爱是无法预料的伤（下）

江潭映月 ○ 著

重庆出版集团　重庆出版社

第三十六章 一切只是不得已

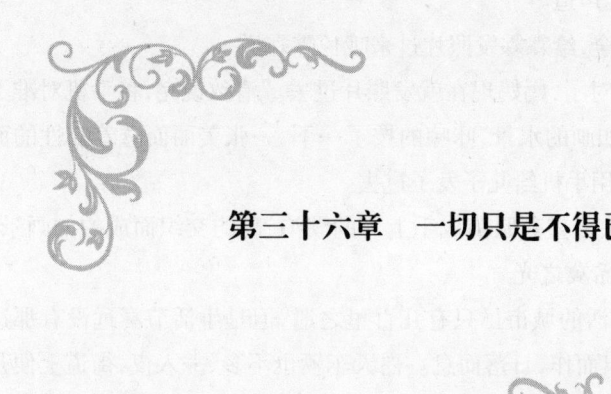

凌川的小镇,背靠着青山,前面有小河轻轻流过,风景很好。

这是王嫂给她找的房子,很整洁,屋里有家用电器和简单的家具。白惠带着简单收拾的行李搬了进来。王嫂每天照顾她的饮食起居。白惠希望,在这个地方,她的孩子们能够好好成长。

清致是在两天后飞往欧洲的。登机之前,她摸了摸儿子的头:"乖,妈妈会很快回来的。"她搂住儿子,在他光洁饱满的额上吻了一下。

霖霖掉了眼泪:"妈妈,你去吧,快点回来。"他说话的时候,一下子就抱住了母亲的腰。八岁的霖霖身高已经到了母亲的腰际,眼泪都淌湿了母亲的衣服。清致心头一酸,将儿子紧紧地搂住。

清致欧洲行的第一站便是奥地利,她记得小时候看过一部电影叫《茜茜公主》。年轻漂亮的茜茜公主嫁给了奥地利年轻英俊的皇帝,乘船沿着多瑙河顺流而下,直抵奥地利首都维也纳。

她记得那盛况空前的画面,记得那年轻漂亮朝气阳光的茜茜公主,也记得那个英俊的奥地利皇帝。

她游览了他们所住的宫殿和维也纳金色大厅,又游览了美丽的多瑙河。踏入了千湖之国的芬兰。

划着一艘有着浓郁北欧风格的小艇,深入那芬兰的千湖世界。眼前异国的美景如画,她的思绪渐渐飘荡。

"妈妈,你现在在哪儿?"霖霖打电话过来的时候,清致正坐在千湖之国的小艇上,眼前湖光山色如画,让她的心情也渐渐开朗。

"妈妈在芬兰。"清致柔声道。

"哦,妈妈你要注意安全,给霖霖发照片过来哦!"霖霖说。

"嗯,妈妈会注意的。对了,妈妈现在就发照片过去。"清致说完,将手机对准了自己,背影是千湖之国美丽如画的水景,咔嚓的按了一下,一张美丽而透着知性的面容映于屏幕上。清致将照片用手机给儿子发了过去。

照片发送成功,她抬头凝望着眼前成千上万的湖泊、岛屿交织而成的如画景色,美丽的眼睛里漾出浅浅的希冀之光。

凌川镇与白惠原先生活的城市虽只有几百里之遥,但是生活节奏远没有那边忙碌。这里的人,基本是日出而作,日落而息。白天车辆也不多,一入夜,街道上便是十分寂静。

白惠在院子里坐了一会儿,便进屋了。夜色渐深,她睡意浓浓,渐渐沉入梦乡。左腿处忽然间一阵痉挛,她被疼醒了。王嫂就睡在外间屋,此刻奔了进来。"又抽筋了?"

她扶住白惠那条有些浮肿的腿,给她按摩,舒活筋络,痉挛过后,白惠的脸上出了一层细细的汗。她又躺下了。

王嫂坐在她的床边,看着她倦意浓浓的脸,和那鼓鼓的肚子,摇头轻叹了一声。

早晨,白惠被一阵鸡叫声叫醒。天光放亮,她从床上爬了起来,穿着宽松的睡衣向外走。王嫂正在精心熬制着滋补的汤汁,浓汤的香气扑入鼻端。

不能不说,王嫂的烹调手艺很高,白惠每天都能吃下很多的饭,身体也胖了一些,这个安静淡然的地方,让她将往昔的不快统统地淡忘了。

院子里种植着很多花草,花开俏丽,有淡淡的香气扑鼻。她摘了几枝月季花,插进客厅里的花瓶,闻闻那清香,觉得心情不由自主地舒畅。

外面有车子的声响传过来,在门口处停下,接着院子门被人推开了,白惠看过去,竟然是数日未见的楚潇潇。

"潇潇?"她惊讶地喊了一声。楚潇潇对她的舍身相护,让她的心里对楚潇潇,多了几分说不出的亲近和感激,"你怎么来了?"她的大眼睛里满是惊喜的神色,楚潇潇穿着白色的T恤,左腕处没有了纱布的遮挡,狰狞的疤痕便露了出来。

白惠看过去时,一阵心悸。

楚潇潇笑道:"好久没看见你了,最近好吗?"

"嗯,我很好。"白惠说。边说边伸手轻抚着日渐高耸的肚子,小脸上漾出浅浅的柔和神色。楚潇潇的目光望了过去,神色十分柔和:"我可以,摸一下吗?"

白惠怔了一下,继而脸上一红。

楚潇潇也意识到自己可能真的唐突了,帅脸不由得一窘。而白惠却笑了:"你是他们的救命恩人,摸吧。"

楚潇潇笑笑,慢慢地伸了手过来,轻轻地落在了她肚子最高耸的地方。隔着衣料轻轻地覆住。

那一刻,是很神圣的,真的心无杂念。楚潇潇是怀着对这个女人的深深喜爱,和对人类孕育小生命的一种神圣的好奇,还有一种对自己喜欢的女人的孩子爱屋及乌的喜欢,而轻柔地将手覆在上面的。

楚潇潇真正感到了生命的神奇。他的大手轻柔地覆在她的肚子上,那鼓鼓的感觉让他的手指不敢动一下,生怕一动,会伤到里面的孩子。

白惠低头,也看着自己鼓鼓的肚子。六个月之前,肚子并不是很大,长得不明显,可是过了六个月之后,宝宝们飞长。现在的她低头的时候,甚至有看不到脚尖的感觉。

门口处,有车子缓缓滑过,车子里的人,看着院子里那一男一女,他的深眸划过清晰的愠怒来。

"潇潇,你怎么会过来?"白惠问。

楚潇潇已经收回了自己的手,一笑道:"好久没看见你了,有点想。"他一笑露出洁白整齐的牙。

白惠脸上有些窘:"上次多谢你了,如果不是你救我,我和孩子们……"

"呵呵,你别放在心上,是个男人都不会眼睁睁地看着而不管的。"

楚潇潇一笑爽朗,他的手插回兜里,手腕处的疤痕若隐若现,白惠的脑中又浮现出那日的情形,不由得又是心惊肉跳的。

"我看看你的伤口。"白惠把手伸了过去,楚潇潇笑笑将那只带疤痕的手腕伸了过来。

"就留块疤,没事了。"楚潇潇轻描淡写地说了一句。这更让白惠感到了他的热忱,心底感动的同时对楚潇潇也是越发感到亲切了。

她轻擦了他的手,他腕子上的伤疤赤裸裸呈现在眼前,那么狰狞可怖。她记得当时那血肉翻飞的情形,心神登的收紧。"有没有用过去疤的东西?"她眉眼之间涌现着心疼。

楚潇潇道:"我一大老爷们,又不是你们女人,有块疤就有块疤呗!"

白惠听他说得轻松,勾勾唇角,松开了他的手。

王嫂见到楚潇潇有些意外,但还是很客气地端茶水招呼他。楚潇潇房前屋后地转了转:"嗯,这里环境不错,挺适合孕妇的。"

白惠笑笑:"这是王嫂亲戚家的房子。"

楚潇潇漂亮的眼睛望过来,唇角眉梢,笑意明亮,可是眼睛里又盛着一种柔情样的东西:"真希望你的孩子们快点生下来。"

"嗯?"白惠感到他似乎是话里有话,可又不明白,只拢了眉尖看着他。

"呵呵,没什么。"楚潇潇一笑爽朗,"时间不早,我该走了,你要是有什么需要我帮忙的,打电话给我。"

"好。"

楚潇潇高大的身影转身离开了,白惠一直看着他钻进那辆保时捷,车子开得无影无踪了,她才怅然若失地进屋。

晚饭过后,她在王嫂的陪同下在小镇的街头走了走,街上有卖花的,各种盆花竞相争艳,很漂亮。白惠买了一盆常春藤让王嫂给捧了回来。

常春藤翠绿浴滴的叶子闪烁着明亮的光泽,放在卧室的窗台上,看上去便能感到一种发自心底的舒服来。

白惠洗漱过后,又看了会儿电视,她就睡下了。怀孕的月份越来越大,她的腿也开始浮肿。她深深地感到做为一个双胞胎母亲的疲累,可也因为肚子里怀着两个宝宝,而欣慰着,白惠的唇角弯出柔亮的弧来。

睡了不知有多久,左腿又开始痉挛似的疼。她呻吟一声,痛苦地伸手去扶自己的腿,有一只大手却是先她一步落在了她痉挛似的腿上,轻轻地按摩揉捏。她抽筋的现象终于被缓解了,那痉挛的疼一点点地淡了下去。她长出了一口气,手臂又放了回去。

那只轻柔慢压的手还停留在她的腿肚处,良久,又缓缓落在她高耸的腹部上。温热的手掌透过她棉质的睡衣贴着她的肌肤,有一种很舒服的感觉。

里面的两个小家伙动了一下,白惠嗯哼了一声,这个动作躺久了,有些累。她慢慢地翻了个身。她朦胧的意识里,现在的样子,臃肿如她,应该跟恐龙差不多。

那只贴在她腹部的手随着她翻身的动作而由她腹部的最高处滑到了侧面。白惠困倦的声音道:"王嫂,你去睡吧。"

许久都没有声音回答她一下,而隔着睡衣温暖着她的那缕温热却是消失了,她又咕哝了句什么,倦意淹没了她的神志。而那坐在床边的人,却是久久地没有离开。

清晨起来,神清气爽的,白惠每一天都会在王嫂烧饭的时候在院子里走一走。看看花草,呼吸一下新鲜的空气。现在的她不太敢轻易出门,那次的狼狗事件,至今让她心有余悸。所谓一朝被蛇咬,十年怕井绳,现在的她,除了小风那东西她不怕,见到狗的影子她就会心慌。所以,没有王嫂的陪伴,她轻易都不出门。

门口是不算宽但很平整的街道,向前走一百米就可以看到干净的一池湖水。她破天荒地走了过去。

清致打了电话过来,说她现在在米兰大教堂的广场上。这次的欧洲之行,开阔了她的视野,也开朗了她的心情,她感到很愉快,并且询问了她和宝宝的事情。她说她给两个未出世的宝宝买了礼物,到时带回来。

白惠的心情渐渐安宁而平静。清致已经从痛苦中解脱出来了,她的宝宝们再过几个月也要降生了,生活,该是充满希望的呀!

她站在湖边上深深地吸了一口气,晨光笼罩着那柔美的身影,那是他的妻,他站在那里,看着他们。

白惠深吸了一口新鲜的空气,缓缓回身,目光不经意间掠过那张俊逸的面庞,她便是一呆。

"你怎么在这儿?"她吃惊地问了出来。

徐长风穿着很休闲的衣裤,样子俊朗又气质脱俗:"我来看看你。"他向着她走来,神色温和,双眸深邃。白惠厌恶地勾勾唇角:"谁缺你看,赶紧哪远走哪儿去!"她厌恶地别过了头,迈开步子,向回家的方向走。

徐长风的身影挡在了她的面前:"我是专门来看你和孩子们的,怎么可能走?"他的手臂伸了过来,轻拢住了她孕后期渐渐圆润的肩。

白惠很厌恶,就是这双手臂搂着那个恶毒的女人,就是这个人对她做出薄情发指的事。

"你别碰我!"她皱着眉喊。

徐长风笑笑:"好,我不碰你。"他的手收了回去,白惠便迈开步子向家里走,徐长风没有跟过来,晨光下,他的身影笼罩在早晨明朗的阳光中,悠长而柔和。

白惠在前面走,小风在后面屁颠儿屁颠儿地跟着,王嫂做完早餐已经出来找她了,见白惠神色有异,便关心地问道:"怎么了,白惠?"

白惠两个字是白惠让王嫂叫的,总是小姐小姐的,听起来很别扭。

"没什么。"白惠进了屋就对王嫂道,"把门锁上吧。"

"哦。"王嫂不明所以,但还是回身把门锁上了。

白惠坐在餐桌前慢慢吃着早餐,可是脑子里总是想起那个人一双深邃而柔和的眼睛。他来做什么?来催她把孩子给他的乔乔?

白惠心里说不出的厌恶气恼。一口烧饼咬下,竟是咬了自己的手指头,她唔了一声,真疼。

徐长风深邃的眼睛看着那道可以说是臃肿的身影走进了前面的院落,又看着那院门关上,他这才向前走去。十余米之后,他的身影隐没于与白惠的居所相邻的那所宅院。

院子里停放着黑色的车子,很普通的一辆福特,那是小北找来的。小北正站在院子里擦着车子,嘴里还兀自咕咕哝哝地道:"老板,你安排的这一切,只为了嫂子能够生活得无忧,安心生下宝宝。可是嫂子恨着你呢。你要是再不表明自己的心意,再不跟她坦白你的苦衷,嫂子可就成了楚少的了,那可是一大两小啊!"

徐长风皱了眉,黑眸里涌出戾色来,小北偷眼瞧了瞧,便立刻闭了嘴。

"一会儿你就走吧,车子给我留下。"徐长风沉声道。

"喔。"小北闷闷地应了一声。

小北在半个小时之后离开了,一个人去马路边上等公交,而徐长风站在院子里,点了一根烟望着蓝蓝的天,吸了起来。

一早的靳宅,靳齐边扣着衬衣的扣子边道:"把我那条蓝色条纹的领带拿过来。"

林晚晴沉默无言地走去衣柜旁,从里面将那条被靳齐存放得非常好的领带取了出来。她把领带递给了靳齐,便向外面走去。

小开心醒得很早,正跟着保姆在婴儿房里玩呢。林晚晴走到儿子的身旁将小家伙抱了起来,在那张小脸上亲了一下。小开心便也亲了他的妈妈一下。

靳齐站在婴儿室的门口,歪着头,目光深沉地看着这一切。他想,如果这孩子是他和……她生的,该多好?

她抱着他们的孩子,他走过去抱着她们两个,他们一家三口,那样子,是不可以想象的幸福。这辈子可能都只是奢望了。靳齐的眼睛里有一抹忧伤掠过。

林晚晴已经看见了他,怔了怔,而小开心则叫了声爸爸。靳齐从恍惚中收回神志走了过来:"嗯,爸爸抱抱。"他伸过大手从妻子的手中将儿子抱了过去。往楼下走去。

院子里有车子停下,红色的玛莎,炫目而漂亮。楚乔下了车子走了进来。

"楚小姐来了。"佣人禀了一句。林晚晴敛眉的同时,靳齐已经将开心递了过来,林晚晴心里不满,但还是接过了儿子。

楚乔走进了大厅,靳齐双眼放亮地迎了过去:"乔乔,是不是有什么事?"

"我想你帮我个忙。"楚乔说。她漂亮的眼睛看了看林晚晴母子,似是不能当着林晚晴的面说。靳齐便对妻子道:"你带开心外面玩去,我和乔乔有话要说。"

林晚晴心头有些郁闷不快,但这样的事情又不是第一次了,她不快也只能闷在心里,抱着小开心向外走去。那两个人不知在说着什么大事,林晚晴厌恶地勾勾唇,把儿子放在院子里的草坪上。小开心捡了个小皮球过来,兴冲冲地让妈妈给他扔。

林晚晴有一搭没一搭地扔着球,小开心追着她扔过来的球咯咯地笑着,好像很开心。

孩子的世界真是简单,没有尔虞我诈,没有感情的纷争,一只小球便能够让他开怀大笑。林晚晴感叹着,再一抬眸,她又是呆了一下,只见她的儿子就蹲在楚乔那辆炫目的红色玛莎的车门处,拉屄屄。

这孩子。

林晚晴忙几步奔了过去:"儿子,你怎么在这儿拉上了!"她忙将儿子的小胖身子抱开了一些。

小开心被他妈妈抱到了一旁,还指着楚乔的车门处啊啊地说呢:"妈妈,屄屄。"

林晚晴有些哭笑不得,正伺候着儿子拉着呢,有高跟鞋的声音传来,楚乔已经穿着她黑色的套装,走了出来。身后还跟着靳齐。

楚乔一手拿着她精致的手包,一边甩了甩长长的卷发,这个女人,连走路的时候也是魅力四射的。不同于伊爱那种矫揉造作的美,楚乔,她的眉眼都是神仙圣手精心雕琢的似的。眼睛亮而冷,鼻子高而挺,连下颌都娇俏中透着一种倨傲。那种与生俱来的优越让她的漂亮眼睛里常带一种冷傲,却并不影响她的美丽。

林晚晴想,这样的女人,哪个男人,会不爱呢?哪个男人会不对她俯首称臣,臣服在她的石榴裙下呢?她看看那紧随着楚乔身后大步走过来的男人,靳齐,他该有多爱这个女人呢?看着他那一脸的在意和紧随其后的那种热忱。心里只觉得讽刺无比。

"哎哟!"一声女人的惊叫滑过耳膜,林晚晴的心头登时一紧,脑子中有一种不好的预感升腾。

楚乔一手扶着车门,一只脚从那黏糊糊的屄屄上抬起来,一张俏脸在看到那黄灿灿的东西时花容变色。靳齐更是吃惊不已。

"乔乔!"他一把扶住了楚乔因为突然间抬脚而站立不稳的身子,楚乔却是连连惊叫。这大概是她这辈子遇到的最恶心的事了。

林晚晴看得眼睛都呆住了。小开心还拉着屄屄呢,此刻却是被楚乔那副花容变色,惊叫的样子逗得咯咯笑起来。小孩子脑子就是简单,只是瞧着好笑,就笑了。笑声咯咯地十分响亮清脆。

楚乔十分尴尬,一张俏脸红得像个番茄。靳齐也跟着一张俊脸青红不堪:"滚!"

他终于对着那边的母子吼了一句。林晚晴怔了一下,而小开心正乐得咯咯地笑呢,乍然一听见父亲愤怒的吼声,看见父亲阴鸷暴怒的眼睛,立时被吓呆了,接着哇地就哭了。

林晚晴一把将还在拉屄屄的小人儿给抱了起来。小开心哇哇地哭着,被他爸爸那一声吼吓得不轻,林晚晴抱着她跑进了屋。

靳家老太太听见了孩子的哭声,又赶忙从屋子里出来了:"哎哟,这是怎么了,我的小祖宗。"

林晚晴的胸口闷闷堵堵的,小开心又哭得厉害,她心疼不已,抱着儿子亲吻他的额头:"乖,开心不哭啊!"她边哄着,边让佣人拿卫生纸过来给小开心擦屁股。孩子被他爸爸那一吓,连屁屁都吓回去了。

"这是怎么了,这是?"靳老太太心疼得不得了。林晚晴也不说话,只是向着外面看去。

楚乔一副恶心极了的样子,看着自己鞋子上沾染的东西,厌恶得直想吐。靳齐情急之下,身形蹲了下去,径自掏出上衣兜中的手帕去给楚乔擦黑色皮鞋上的黄渍。

洁白的手帕,就那样在男人的大手下,一下一下擦拭着一只染满了孩子屁屁的鞋子。林晚晴看着自己的男人,那副为楚乔肝脑涂地的样子,只觉得说不出的讽刺,一股子恶心的感觉从胃里冲了出来。她把小开心往着婆婆的怀里一递,便向着卫生间跑去。

当她擦拭着嘴上的湿漉从卫生间出来的时候,外面已经没有了楚乔的车子,靳齐正走进来。他阴鸷的目光盯着他妻子的脸,一身的阴沉冷肃地向着洗手间而去。

小开心被他奶奶抱着一个劲儿地哄,此刻哭声已经渐弱了。但是看着儿子那胖乎乎的小脸上全是泪痕的样子,林晚晴还是说不出的心疼。

早餐还没吃呢,小开心不哭了,她便搂着开心坐到了餐桌前,靳齐坐在她对面的地方。林晚晴将小开心放在一旁的婴儿椅上,喂儿子吃饭。小家伙虽然不哭了,但是喉咙里还发出吭哧吭哧的声音,一双黑眼珠看看他的爸爸,眼睛里流露出一种畏惧的神色。

林晚晴很心疼,在那种情况下,靳齐就是出手大巴掌扇儿子的屁股恐怕都不会让感到意外。

保姆说道:"少夫人,我来吧。"

保姆将一勺蛋羹送到小开心的嘴边,小开心吃下了,林晚晴看着儿子的脸上渐渐回复了正常的神色,她这才也拾起了筷子,但是只才往口里送了一口菜,就被靳齐阴沉的声音给喝住了:"你不许吃!"

林晚晴一下了呆住了,她张着那双不可置信的眼睛看着她的男人,嘴巴还张着,手里的筷子却在意识到男人说了什么之后开始发颤。

靳齐的双眼中阴霾毕现:"今天不许你吃饭,林晚晴!"

林晚晴双眼中泪花莹然,却是站了起来,手里的筷子啪地在餐桌上一拍:"不吃就不吃,有本事你永远都不要让我吃!"

她说完,就转身跑出了餐厅。身后,小开心被这样一吓,张着小嘴又哇地哭了起来,而靳齐却是登时一愣。继而阴鸷的双眸越发地愤怒阴沉了。

林晚晴一口气跑进了卧房,将房门砰的一拍,自己趴在床上,将头埋在枕头里,压抑得泣不成声。

靳老太太心急火燎地走进餐厅:"哎哟,这又是怎么的了……"

红色的玛莎驶出靳家的院子,楚乔越想越是恶心,忍不住停了车子,扒着车门干呕起来。呕完了,便将那只踩过屎的鞋子从脚上摘下来,从车门扔了出去。

真是倒霉!

她开着车子直接回了家,车子停下。她单脚蹦着往屋走,佣人见状过来扶她,她没好气地吼了一声:"你当我真瘸了呀,去给我取鞋子!"

女佣被她吼得一愣,赶紧进屋了。不一会儿拿着她一双崭新的鞋子下楼来了。楚乔坐在沙发上,换了鞋,气得又吼了一句:"把那只鞋子给我扔出去。"

"是,是。"女佣不知道发生过什么,也不敢问,忙捡起楚乔刚脱下来的旧鞋子向外走,扔进了院子里的卫生桶。

楚乔真是越想越气,自己何时出过这么大的丑啊!在靳家那小媳妇面前,一脚踩在了屎上,她得有多笑她呀!就连那小东西都咯咯地嘲笑她。楚乔是又气又恨,狠狠地将眼前茶几上的果盘给砸了出去。

白惠午睡过后,忽然间特别地想吃桃子。特别地想那又香又脆的味道。她喊了声王嫂,王嫂没有声音。她便下了床,向着外面走去。

她走到厨房,那里有早上出去时买来的一兜水蜜桃。她费力地弯身,想要捡个桃子洗了吃,有一条男人的臂膀伸了过来,在她的手艰难地够到桃子之前,他的手捡起了一个大大的桃子。

"喏,想吃了?"很淡定的声音,微笑着的脸庞,温和满含笑意和柔情的眼,却是徐长风。

白惠叫出声来:"喂,你怎么进来的!"

看着她一双惊诧无比又愤怒的眼睛,徐长风只是淡然轻笑:"我自己走进来的。"

"你……"白惠扭头顺着厨房的窗子向外瞧,院子的门好像是虚掩着的,难道王嫂出去的时候没锁门,所以这家伙跑进来了?

她手一伸,一把夺过了他手里那只大桃子:"赶紧走,不想看到你!"

她边说边是气呼呼地向着水池边走,拧开水洗桃子。孕妇真是奇怪的物种,有时候想吃哪样东西,就要立即吃到嘴里。就像现在这个桃子,也没见得她以前有多么的爱吃,但是此刻,她却是急急忙忙地洗了,恨不得立刻就咯噔咬一口似的。

徐长风看着她笨笨地转身洗桃子,唇角的笑意越发明显:"我来帮你吧。"

他弯身又捡了几个又大又红的桃子,一起放进了灶台边上的不锈钢盆子里,连着白惠手里那只也一同夺了过来扔进盆子,"洗水果要这样洗。"

他温醇的声音说着,大手伸过去,拧开水龙头,让水流哗哗地冲洗着盆子里的桃子。他又从灶台上,找到了盐往盆子里倒了一些。

"喏,这些水果上面,会有一些残存的农药,人吃了不好,尤其是孕妇,会让胎儿发育不良。所以要泡一泡。"他边说,边用手在那几个桃子上揉搓。

"过一会儿再吃会好一些。"洗完之后,他甩了甩手上的水珠,笑意温和地说。

白惠的眼中惊讶呈现,继而又是窘迫。

"我怎么样,和你没有关系。你赶紧走吧,别等着我用棍子赶你出去!"她气愤地吼了一句。

徐长风只微微敛了眉,眼中的笑意却是越发的意味深长:"我来这里,是看孩子的,我洗桃子也是给孩子洗的。"

"抱歉,这里没有你的孩子。"白惠沉了眼帘,转身向着厨房外面走去。

徐长风脸上的笑意僵在了脸上。他的心头晦涩起来,大手伸过去,轻握了她的肩:"你看看这个。"

白惠回身的时候,他的手里已然多了一张折叠起来的纸。他将那张纸在她的面前展开,"离婚协议"几个字在眼前呈现。

白惠定了定神,她清晰地看到了下面落款处两个人的亲笔签名。她神色疑惑地看向他,而他已是又说道:"这份协议我从未拿出去公证过,也就是说,我们根本还是夫妻。你是我妻子,我是你丈夫,也是孩子的父亲。"

看着他深沉而柔和的眼神,看着那张有着自己和他签字的离婚协议,白惠恍然张大了眼睛,但是继而又是愤怒盈满眼睛:"徐长风你什么意思?你这样做到底是为什么!"

她的身影因为突来的激动而有些不由自主地发颤,"你什么意思!"她颤颤贴到了墙壁上,大大的眼睛里全是说不出的震惊和莫名的愤怒。

徐长风轻轻将那张协议折了起来,又塞进了衣兜,双手扶住了她的肩,"母亲被人陷害,徐氏岌岌可危,我这么做是不得已"。

徐长风的眼睛里涌出愤怒和压抑的痛苦:"楚远山一方面说要帮助徐氏,一方面又暗自打压,那只看不见的黑手隐藏在无形中,陷徐家于水深火热,白惠,我不得已呀……"

他的眼中流露出清晰的痛苦,那个时候,父母受人陷害一夜之间变成了丧家之犬,名声扫地,而徐氏的项目被人暗中动了手脚,数亿的投资将要化为泡影,股票下跌,一星期之内几乎让徐氏破产。

　　这些事情,几乎压垮了他。

　　"我这么做,就是为了安抚楚乔,白惠,我从没有想过要真的和你离婚。"他神色复杂地看着眼前的女人,离婚的事情的确残忍,可是他的心里,又几时好受过呢?

　　白惠的心里陡然一震,她的手紧紧地扶住了门框:"你母亲的事情是我造成的,我知道我对不起你们徐家。可是徐长风,你不能这么要我,你把我当成了什么!"

　　她眼中的痛苦清晰呈现,那段痛苦难熬的日子好像又浮现在眼前。

　　"我没有办法。"徐长风眼中的神色复杂,深邃的眼神笼罩着难以言说的痛苦,"我不这样做,就不能取得楚远山的信任。"

　　白惠心头一颤,她的脸色泛白:"那么你用你的生命保护楚乔呢?"

　　徐长风的脑中登时一空,眼前恍若又浮现了当时的一幕,他心神恍惚地开着车子,眼看着就要撞上前面的货柜车,他却不知闪避。而后,在车子撞过去的一刻,他又护住了身旁的女人。

　　"一言难尽,白惠……"他沉沉地叹息了一声,"那段时间的奔走让我心力交瘁,我的脑子里麻麻胀胀的,开着车子冲向了前面的货柜车,当我反应过来的时候,又想,楚乔不能死……"

　　白惠的脸上泪落两行,目光难以置信:"所以,你就不顾自己的安危,不顾你的妻子情何以堪,不怕你未出世的孩子永远没有了爹?"

　　"我……"徐长风的眼中流露出深深的痛苦,"我知道这样做对你的伤害,白惠……让我说声对不起……"

　　"我不需要!"白惠厉声吼了一句,"走,找你的楚乔去,别在这里害得你的孩子没了命。"白惠因为过于激动而全身颤抖,她扶着门框转身,大腹便便的身影没入了卧室里。房门在她身后掩上,她仰头,长睫轻颤,又是两滴晶莹的泪滴滚落脸颊。

　　徐长风俊朗的容颜布满清晰的痛苦,他似乎能听见房门里那泪落的声音,他的心底一声长叹,默默地转身向外走去。

　　夏夜的雨来得又猛又急,白天的闷热过后,夜里便是电闪雷鸣。一道道闪电撕破黑沉沉的夜空,大雨瓢泼一般地倾盆而下。豆大的雨点儿噼里啪啦地打在窗棂上,雨点从窗子飞进来,连床铺都跟着打湿了。

　　白惠本是睡着的,此刻陡然被一声炸雷惊醒,身上一阵的凉意来袭,她瑟缩了一下。耳边又是一声炸雷,她心中惶惶,扶着肚子,便去关窗。

咔嚓的一声,炸雷似乎是从头顶滚过,白惠的脑中有一刻的空白,空白过后,记忆里闪过那年南方小镇大雨过后泥石流爆发的情形。单子杰泥沙中露出的衣角,再无生气的容颜。她啊的一声尖叫,双手捂住了耳朵。

"白惠!"一声熟悉的喊声由远及近,一双手臂揽住了她的腰,她颤个不停的身影被轻揽入一个微凉却结实的怀抱里。

瞬间而来的依靠和怀抱让她一阵眩晕,她的手紧紧地抓住了那人扶在她腹部的手,她深深地阖上了眼睫……

王嫂匆匆地关着门窗,口里念着:"这雷电怎么这么响啊!"她回身看到那光影乍现中拥在一起的身影时,忙转身出去了。

白惠觉得自己忽然间就虚软了似的,那一声声震耳欲聋的炸雷,那一道道可怕的闪电,那哗哗的大雨声,无不让她想起那年残忍的一幕。

坍塌的山体,泥沙掩盖的年轻身体,和那永远年轻永远留在她心底的容颜,在她的眼前浮现。她坎坷的婚姻,挺着大肚子怀着双胞胎躲在这山野小镇的冷萧孤寂、举步艰难,让她忽然间呜咽出声。

她捂住了嘴,心底的悲伤像是突然间有了突破口,泣不成声了。

她的哭声一阵阵地让身后的人心颤。"白惠……"他掺进了痛苦的声音在她的耳旁轻拂,"你相信我,我一直爱着你,一直爱着我们的孩子。你相信我,我每天都在想着你,我真的每时每刻,都想把你搂在怀里……"

他的唇贴过来,吻住了她的脸:"相信我,白惠。等这段时间过了,等一切风平浪静了,我会好好接你,和我们的孩子回去。"

他搂着她,在她的身后,两只手臂一只圈在她的腹部,一只轻捧了她的脸。她的悲伤让他心底发颤,眼底一阵湿润,"原谅我,我没有强大到可以保护你和孩子的地步,我只能这样子退而求全。抚养协议,也只是为了你和孩子的安全。你要知道,楚乔,她可以要人放狼狗,就还可以做出更残忍的事情来。白惠,我怎么能眼看着你和孩子受伤害?你的小脑袋就是一根筋,像一张白纸,你怎么知道,这人心之复杂叵测。"

他在她耳边一声轻叹。似是无尽的心酸和无奈。所有的不能言说的复杂情愫好像都在这一声轻叹里流露出来。

"徐长风,我能原谅你的,只是因为你母亲,你给予我的冷漠。别的,我都不能原谅。"白惠从他的轻抱里,退出了身影,"你走吧,别再出现在我面前。孩子我会好好地生下,好好地爱他们。将来也或许,会有真正爱护他们的人来做他们的爸爸。"

她的语气淡然,眼睛里还蕴着两汪泪,眼神已是平静无波。他一听之下却是心里起了火。

"怎么可能!"徐长风忍不住低喊了一句,"我的孩子当然是我来做爸爸,你休想别人!"他的样子烦躁,"算了,你的心情我理解,但再给孩子们找个爸爸,那是想都别想。"他有些负气地说了一句,却是心头气馁地看看她,转身开门出去了。

白惠怔怔地坐在了床上。窗外,大雨如注,闪电仍然一道道划过黑沉沉的夜空。今天的一切已经够她震惊的了,他竟然从没有去公证过那份协议,他竟然说从未想过和她离婚。真是可笑,原来一切都只是他在导演着,她是那个被蒙在鼓里的人。可是他可曾替她想过,他所做的一切对于毫不知情的她,是情何以堪?他可曾想过,当风云散尽,她可会原谅他?她清晰地记得,当她手里捏着妊娠诊断书却看到他用身体护住楚乔那一刻的震惊,他满身是血,护着那个女人,她永远都忘不掉。

窗外的雷声阵阵,雨势越发地大了。一声炸雷响过,闪电猝然划过夜空,照亮了那间空寂的屋子。窗边一道长长的身形面向着窗外,良久,他才点了一根烟。

大雨过后的小城,碧空如洗,青山苍翠,院子里花瓣零落一地。白惠轻弯了身子,去捡拾地上的花瓣。这么美的花,零落在泥里真是让人看了会心生一种怅然若失。

身旁一只男性的手伸了过去,拾起了地上一朵被风吹落,花瓣残破的粉色月季花,递向她。

他的眼睛里有着看着情人时才有的最最温柔的神色,一只手心里是那朵残花,另一只手里拎着一个白色的袋子,里面是两条大鲤鱼。在袋子里蹦着。

白惠将那朵残花拿了过来,皱眉道:"你又过来做什么?"她一副气恼的样子,对着王嫂道:"王嫂,你怎么又放他进来了?"

王嫂呵呵笑了笑,有些尴尬似的。

白惠转身就扶着肚子进屋了,大厅的门一关,干脆就将后面的人关在外面了。

徐长风勉强地扯了扯唇角:"我买了新鲜的鱼过来,让王嫂给你炖了吃。"

"抱歉,我不想吃你买的鱼。徐先生,你能走多远走多远去。我不想看到你,也不想跟你扯上半毛钱的关系。"白惠的声音冷冷地从房间里面传来。

徐长风的俊颜抽搐起来。

"不管你承不承认,也不管你怎么说,你可以和我没有一毛半分钱的关系,但孩子是我的。孩子的身上流着我的血,这是改变不了的事实。我的鱼,给我的孩子们。王嫂,拿去熬了。"

白惠的脸上恼怒深了几分,她一下子拉开了门:"徐长风你真无耻,我从没见过你这么脸皮厚的人!"

徐长风看着她恼怒的脸,一笑,神色无奈又温和:"别耍小孩子脾气了,让王嫂把鱼熬了,给你和孩子们加点营养。"

"我不需要!"白惠真的恼了,"你伤我有多深,你永远都不会知道,你永远都不能体会到我受的痛苦。不要这样子试图挽回些什么,告诉你,都没用!"

白惠狠狠地抹了一下眼睛,抹了一手的湿漉。房门又被她砰的拍上了。

徐长风俊朗的面庞,那温柔一点点地凝固:"你别激动,我马上就要走了,公司那边有事情要处理。鱼我留下,让王嫂给你熬了。你不想吃,孩子们也要吃的嘛。"他弯身将手里的鱼放到了地上,然后转身出门了。

徐长风说走就真的走了,至少白惠没有再看见他的身影。王嫂中午的时候,还是把那两条鱼给熬了。

加了一些咸菜,那香味老远就飘了过来。她慢慢地吃着,正像他所说,她不想吃,也要为孩子们想,孩子们总是需要营养的。

她就着王嫂贴的玉米面的饽饽,竟然连吃了两个饽饽。王嫂满眼笑意地看着她,像个慈爱的母亲看着自己的孩子。转天中午的时候,竟是小北过来了。

他带着最新鲜的一盆小清虾:"嫂子,这个最补钙了。你不常抽筋吗?老板说,多吃点儿这个好。这个很难买的,嫂子。"小北没忘了为他老板说好话,白惠只勾勾唇:"你替我谢谢他。但是劝他最好别再弄什么东西过来,如果楚乔知道了把狼狗放到这里来,我们母子恐怕连命都没有了。"

小北听了嘿嘿笑了笑:"嫂子你放心,老板都派人保护着呢。"

"别叫我嫂子,我不是你嫂子!"白惠吼了一句。

小北便嘿嘿了两声。

傍晚的街头,车水马龙依旧,黑色的宾利在车辆拥堵的街头缓慢行驶,小北的手机响了起来。接着是一条彩信发了过来。小北看了看,手伸向了车位后面:"老板你看。"

一只修长洁净的手接过了那黑色的手机,屏幕上的图片在眼前展开的时候,徐长风弧度好看的唇,向上轻轻地勾了起来。他向后靠过去,修长的双手交叉,俊朗的眉眼一笑,深邃而慵懒。

第三十七章　拨云见日

本市市郊一家宾馆。

"宝贝儿,我来了。"一间高等套房的门被推开了,一个中年男人闪了进来。他身形微胖,红光满面,肚子处腆着。房门被快速地关上了,伊长泽眯着一双不大的眼睛看着那个躺在床上,香肩半裸,只在胸前横了一条薄被的女人。唇角立即就弯了起来,两只眼睛里全是馋猫偷腥时才有的那种光芒。

"这么久才来,我都等急了。"床上那个把自己全身都剥得精光的女人嘟着娇嫩的红唇一副娇嗔的样子。

伊长泽飞快地解除着身上的束缚:"哎,临时有个会嘛,这不会一完,我就赶紧来了。家里那位打电话,我都没来得及接啊!"

黑色的西装被胡乱地塞到了柜子上,伊长泽中年松弛的肌肤晃入眼睛,最后的遮掩也被褪了下去。他急得什么似的钻进了被子里,一把搂住了那具年轻娇美的身体,"嗯,想死我了宝贝儿。"

"嗯……干吗,猴急个什么!"小情人不干了,脑袋晃着躲避着伊长泽亲过来的嘴唇,"不许亲嘛!"

"你先说,娶不娶我嘛,你把我娶回家,我才许你亲。"小情人不依地说。

二十四五岁的年纪,真是年轻水嫩,长得又漂亮。那撒娇的样子,也是让人说不出的喜爱,伊长泽只恨不得一口把小情人给吞到肚子里去。在这个时候,伊长泽是什么都会答应的:"当然了。不要急嘛,等我做了徐氏的董事长,大权在握,一定把你娶回家,让你吃香的喝辣的。"

"想不到这老家伙还好这么一口儿。"黄侠看完那视频差点儿有吐出来的冲动。徐长风只是轻吸了一口烟,"还好他好这个,要不然,拿到他的把柄,还真不容易。"徐长风慢悠悠地说:"小北,那女人要多少钱,都给她。"

徐长风慢悠悠地说:"小北,明天就叫人把这个发到网上去。"

"是,老板。"小北正回味着,刚才视频上伊长泽忙得差点儿就手脚并用的情形让人乐不可支呢。忙应了一声。

黄侠道:"哎,风哥,嫂子现在怎么样了?肚子老大了吧!"

"可不。两个,你想那肚子多大。"徐长风的眼前是豁然拨云见日般的开朗,心情自然也是好的。

"走,咱们去喝一杯。"他当先站了起来,神色轻松地说。

黄侠笑着起身,"小北你也去。"徐长风说。

几个人离开了公司,开着车子去了常去的那一家会所。常去的包间,几个朋友,一起喝上几杯,在这个时候当真是惬意的事。

吧台边上,一道瘦削的男子身影沉默冷肃,手指间抿着透明的杯子,抿了抿嘴,酒气的辛辣让他微皱了眉。

"靳齐?"黄侠先叫了一声。

徐长风只是向那边看了看,脚步微停,黄侠却是走了过去,伸手拍了靳齐的肩膀一下:"喂,阿齐,一个人喝闷酒啊!"

"你管我!"靳齐喝得脸上一片红,一拳就挥了过来,黄侠嘶了一声,那一拳差点儿挥他脸上。

"你还牛了你呀!"

黄侠大手掐了靳齐的手腕子向里一甩,醉酒不稳的靳齐差点儿被黄侠甩下高脚凳。黄侠松了松自己的领带,"老子才懒得管你。"他说完转身大步向着定好的包间而去。

但是在进包间之前,他还是给靳宅打了个电话:"你们家大少爷喝醉了,把他接回去。"

好久没有放松过了,徐长风喝了几杯酒,俊朗的眉梢眼角渐渐舒展。黄侠还唱了几首歌儿,末了,非点个小姐。还不是一个,一排十来个漂亮的小姐站他面前,像皇帝选美似的,挨个让他选。

"诶,怎么都是些歪瓜裂枣。"黄侠看着那一排年轻漂亮,在他面前扭捏做态的女人们竟是皱起了眉,那领班忙赔笑,"黄少,这可都是这里最最漂亮的小姐了。"

"漂亮你个头啊!漂亮你都领家去!"黄侠没好气地说了一句。那领班吃了一鼻子灰,只得挥挥手让那些小姐们都下去了。

黄侠皱皱眉,手指搁在那高挺的鼻梁上揉了揉,竟是掏了手机出来:"我说周逸晓,你赶紧过来。"

那边正在办公室里整理资料准备下班回家的周逸晓有点儿懵:"去哪儿?"

"这儿,水晶湾会所。"黄侠说完就挂了电话。

周逸晓再想问什么,电话却是再也没人接了。

"什么水晶湾会所!"周逸晓没好气地嘟哝着,这个大老板八成又想出什么招儿来整她了。但好在,公司的福利很好,薪资优厚,要不然,她非一气之下炒了那家伙不可!

周逸晓背了她的包带上挂着维尼熊玩偶的包包出了公司。那个水晶湾是个神马地方,她不知道也没去过。既然是会所,应该是男人们享乐的地方吧。周逸晓想象着里面有可能出现的种种情形,不由扁扁嘴。

车子已经到了会所外面,她付了车钱,在会所外面停了停,这个地方的人,得多有钱呀!她看着眼前那一辆辆的豪车,恐怕都没有低于一百万的。

周逸晓进去时有些找不着北的感觉,好在,有人给带路,直接将她带去了黄侠他们所在的包间。一进去,她就被一只大熊爪给揽住了肩,接着是扑面的酒气:"嘿嘿,哥等你半天了。"

周逸晓真被吓了一跳,包间里面光线黯,黄侠又喝了酒,声音有些变调似的,周逸晓没听出来是他。她尖叫了一声,几乎夺路就跑。黄侠又扯住了她,"喂,我说你跑什么!"

这个声音才真像那个变态大老板的,周逸晓定了定神:"老板,你叫我。"

"当然叫你了,不然要你来做什么?"黄侠扯着她的胳膊将她扯进了包间,"来吧,哥身边没伴儿,跟哥喝杯酒。"

他的大手抓着周逸晓的胳膊将她扯到了他的身旁坐下,徐长风皱眉看着黄侠,这厮什么时候改吃窝边草了。

黄侠喝了好几杯酒,但意识清晰,没有醉酒的迹象,他把一杯酒塞到了周逸晓的手里,"来,喝了它。"

周逸晓皱了皱眉:"老板,我不喜欢喝酒。"

"哦,那你喜欢什么?唱歌儿?好,给哥唱一个。"黄侠眯着一双漂亮的桃花眼看着周逸晓,看样子是吃定这周姓女孩儿了,徐长风脸庞有些抽。

周逸晓暗骂了黄侠一句,站了起来:"那我就唱个歌儿吧!"她伸手去拾麦克风,黄侠的声音又响起来,大大咧咧地,丝毫不脸红地来了一句:"给哥唱个甜蜜蜜吧!"

周逸晓皱皱眉尖，但还是唱了起来。

周逸晓的嗓音不是很柔亮的一种，也不是很甜的一种，但唱起邓丽君这首传唱已久的歌曲，也别有一番韵味。黄侠就那样在沙发上歪着身子，眯着一双漂亮水润的桃花眼，看着她。还伸手打起了拍子。

当周逸晓唱到"在哪里在哪里见过你，你的笑容这样熟悉"时，黄侠就跟着哼唱起来。男性的声音带着一种痞里痞气的音调和着周逸晓的歌声，不伦不类。

徐长风有些哭笑不得，他起身去了外面，站在走廊里吸了一根烟。香烟吸完，里面的人也出来了，小北喝得半醉，黄侠桃花眼依旧灿烂，却是扯着周逸晓的胳膊不松手："周逸晓，去，把我车子开过来！"他说着，就将车钥匙塞到了周逸晓的手里。

周逸晓本身有驾照，是属于那种有驾照，但就是没摸过车的人："喂，我可不敢保证能把你安全送到家。"她翻了个白眼儿咕哝着。

黄侠却大手一扯她的胳膊："走吧。"周逸晓被他带着向外走。

小北呵呵直笑，"黄少该不会……喜欢这女孩儿吧！"

徐长风只轻哼一声："你打个车回去吧，路上注意点儿。"

"知道了老板。"小北嘿嘿一笑对他扬了扬手走了。

手机响起来，看看号码，却是楚乔的。徐长风有心按掉，但在铃声响了两次之后还是接听了。

"风，我在陪伯母聊天呢，你什么时候回来。"楚乔的声音仍然清脆好听。

徐长风皱了皱眉："今天有应酬，回去会很晚，你要是累了，就先回去睡吧。"

"喔。"

那边的人声音有些郁郁的，但电话还是挂断了。徐长风唇角轻扬了扬，哼了一声，人已是弯身钻进了会所提供的车子里。

时间已是夜里十一点半了，客厅里很安静，父亲和母亲想是已经睡了，客厅里也没有楚乔的身影，看样子没等到他，她已经走了。

他上了楼，边走边解着西装的扣子，进了卧室时，领带也扯下来了。房间里没有开灯，他随手按亮了灯开关，然后向着洗浴间走去，完全没有注意到房间里不同于以往的气息。他拧开水龙头，温热的水流哗地冲下，很舒服的感觉。洗过澡，他把头发擦了擦，边往腰间围着浴巾就边走了出来。

但是走出来的那一刻，他立时惊呆了。

一道美丽曼妙的身形，一丝不着地站在他的眼前。楚乔微卷的长发从细腻的两颊垂下，神色柔媚。纤长的身体，肤色胜雪，完美的身体曲线在眼前纤毫毕现。徐长风倒吸了一口凉气。

楚乔迈动纤细修长的两条腿走过来，雪白的手臂轻抬，圈住了犹自呆怔的男人的脖子："风，我一直在等你。"

楚乔像是沐浴过，长发微湿，一种沐浴乳的清香缭绕过来。她的眼睛很亮，映着房间里水晶吊灯的光芒，璀璨而清亮，充满希冀。

徐长风已是僵住。

他想伸手拨开她环在他脖子上的手，她柔软的身形却是贴了过来。那微凉的皮肤，轻轻贴向了他的胸口。低头，便是她女性的柔美。她纤细的腰身隔着他腰间的一条浴巾，与他的身体紧紧相贴。双眼晶亮地看着她的眼睛。

这样的接触，不是没有过，他和她还是情侣的时候，情到浓时自是好一番亲热。那时，她的热情柔媚让他留恋，但是现在……

"风。"楚乔滑腻的身体像一尾漂亮的美人鱼。纤细的腿微勾，已是轻轻地勾住了男人的一条腿，如兰的气息微拂，她嫣红的唇瓣，吻住了男人的。贪恋地吻着。她的柔嫩滑腻的手环住他的腰，房间里的气温好像一下子升高了。

楚乔微合着眼睛，长睫轻颤，白皙的脸颊染上了红晕，她忘情地，投入地奉献着自己的吻。如此的时刻，她的期冀如此明显，她在渴盼着男人的动作。同时，她的纤纤玉手慢慢地向下滑到他腰间的浴巾上。她的手指轻轻扯住了浴巾的一角。他的遮住隐蔽部位的白色棉质布料只要楚乔的手指轻轻一扯，他男性的身躯便会显露无遗。

就在这个时候，那个一直被她吻着的，诱惑着的男人，却是轻吸了一口气，长臂在那具曼妙的身子的腰间一揽。楚乔身子好像是轻了一下，那熟悉的温热手掌熨帖在她的腰间，她一阵心眩神迷，双手更紧地勾住了他的脖子："风……"

她在一阵晕眩中被压倒在了那柔软的，即将成为她和他婚床的地方。

"你看看，它可有反应？"

熟悉，温和，却透着微凉的声音在头顶处响起，楚乔心头一紧的同时，张开了眼睛。她的脸上还带着欲望蒸腾时晕染的潮红，此时眼中已露出意外的神色："你说什么？"

徐长风的手轻轻地拿开了那勾在他颈间的两只纤细手臂，俯在她身上的颀长身影缓缓拉开与她的距离，坐了起来："它没有反应，我怎么满足你！"

他的眼神里似有淡嘲，又似是耐人寻味，唇角也微微地勾着。楚乔当时就张大了眼睛，下意识地看向他的身下。他的身上仍然遮着浴巾，她看不到什么，心头一凉的同时问了出来："你什么意思？"

她的眼睛里盛满了异样的难以置信和微微的震惊。

徐长风轻勾了勾唇角，站了起来，两手将腰间的浴巾系紧，对着一脸惊诧的女人一笑:"你应该知道,这种事情,不是女人一方面的热情就可以达成的。是吧,乔乔?"他的深眸瞟过来,意味深长。

楚乔顷刻间有被一盆凉水从头泼下的感觉,她一下子坐起了身子,眼睛里有震惊,有意外,有难以相信:"为什么?"

徐长风勾唇一笑:"我喝酒了,身体没有反应,改天吧。"他又微弯了身子,伸手轻拍了拍楚乔渐渐变白的脸。

楚乔仍然是难以置信的眼神,异样地幽怨:"你还在想着那个女人?"

"呵呵,你在瞎想什么?你又不是不懂男人,身体没有反应怎么入道?"徐长风笑得异样温和,又轻拍了拍楚乔的脸,"喏,你是要留在这里睡,还是回去?"

楚乔一下子从床上弹了起来。眼前的他,还是那么温柔,可是有一种疏冷却又是她能真切感觉得到,却说不出来的:"好,你先休息。"

她半响才轻吐出一句话来。伸手拾起了她脱在床上的衣物,一件一件地穿了起来。等到最后一件衣服被套上,楚乔的脸上已然明媚如花,"晚安,风。"她走过来,轻踮脚尖在男人的脸颊上吧的落了一吻。

"再见。"她的眼中弥漫着笑意,明亮。但是转身的瞬间,阴郁已经笼罩。

徐长风听着那高跟鞋的声音渐渐消失掉,伸手在楚乔吻过的地方揩了一把,又找到手机拨了司机老王的电话:"送楚小姐回去。"

电话说完,他便长腿一横,在床上躺下了。

"楚小姐,请上车。"司机老王开着车子滑到了楚乔的身旁,楚乔停下脚步,老王将后面的车门打开让楚乔上去。楚乔坐在黑色的奔驰上面,神色冷肃幽愤。

老王将她送去了楚宅,楚乔下了车子老王又恭敬地说了句,"楚小姐慢走。"这才掉转了车头向着来路而去。

楚乔进屋,站在卧室的镜子前,将修身合体的裙子褪了下去,光洁白皙的肌肤,曼妙的身体曲线呈现在眼前……

周逸晓的车技果真不是盖的,红灯时没踩刹车,却踩了油门,白色跑车奔着前面的轿车屁股就顶了过去。

周逸晓当时一阵大汗,黄侠的大手伸了过去,一把就扣在了她握着方向盘的右手上。"刹车!"他在她的身旁低吼了一句。

周逸晓强装着镇定,脚底找准了位置踩了下去,手忙脚乱地一通忙活,跑车在距那轿车十余厘米的地方硬生生停下了,她还未来得及捂心口,黄侠的声音已经用吼的音量穿透了她的耳膜。

"喂,你想害死我啊!"

周逸晓吓得心跳扑通扑通的了，但一看到那瞪过来的男人的眼睛，心头登的一跳后，心跳竟然就停住了。黄侠的一张脸就在她眼睛的前上方，那双漂亮的桃花眼就那么盯着她呢！

"去去，下去！再让你开下去，老子这条命还得搭你手上。"黄侠松了她的手拉开门下去了。

周逸晓反应过来也忙下了车子，驾驶员变回了黄侠，车子又行驶起来，只是周逸晓的心好像找不到节奏了。

白惠住的房子里没装电脑，她是从订阅的报纸上，看到伊长泽被逮捕的消息的。伊长泽收受贿赂，令公司使用了不合格的建筑材料，以及施工队伍，却设计利用白惠的单纯无知让胡兰珠蒙受不白之冤，进而想要拉徐宾下马，从而一跃而成为公司董事长。

白惠看到此处，心头感叹不已。真是人为财死，鸟为食亡，伊家和徐家也算是世交的，想不到竟然因为欲望，做出如此让人不可理喻的事。

"白惠，楚少来了。"王嫂轻轻叩了叩门。

白惠从房间里出来，仍然手扶着那大大的肚子，但脸上已经全是惊喜的笑："潇潇。"

楚潇潇仍是一身休闲装，阳光而帅气。

"呵，你肚子好像又长了诶。"楚潇潇漂亮的眼睛在她的身上一扫说。

白惠唇角弯了弯："天天吃得像头老牛似的，当然长得快了。"

楚潇潇笑眯眯地仍然看着白惠："吃得多就对了。现在，你是一人吃饭，三人都不饿。"

白惠怨气地道："早点生下来就好了，挺着这么大个肚子，真累死我了。哦，我真怀念以前一个人吃饱全家都不饿的日子，现在这肚子就跟坠着个大石头似的，干什么都不方便。"

楚潇潇伸手在她的肩头轻拍了拍："别说小孩子话了。等孩子生下来，你看着两个一模一样的小宝宝，该得多高兴啊！"他笑笑，忽地道，"对了，你看看我买了什么。"

楚潇潇说着，就将地上放着的包装盒拾起来。包装打开了，里面是一对大娃娃。胖胖的两个小人儿，穿着蓝色和粉色的衣服，眼睛鼻子像真的似的，白惠当时就张大了眼睛满眼惊喜地把那娃娃抱过去了："太可爱了。"

"呵呵，我祝你呀，生一对龙凤胎。"楚潇潇笑眯眯地说。

白惠只咯咯地笑，眼睛里闪着亮亮的光："那多好啊！嗯，我喜欢女儿，嗯，儿子也不错。一儿一女最好,就是千万别给我来一对大胖小子,那会要我的命啊!"

她的脑子里闪现出两个胖小子淘气地翻江倒海,把家里弄得个乌烟瘴气的情形,不由得又露出一副苦恼的神情。楚潇潇和王嫂都被白惠那近似天真的自言自语逗得乐了。

中午时,楚潇潇留下来和白惠一起吃的饭。

鱼肉菜兼有的一顿饭,照顾了白惠母子的营养,白惠边吃,还边对着肚子里的小人儿们说话:"宝贝们,你们想吃鱼吗?妈妈不想吃了诶。不过你们要是还想吃,妈妈就再吃几口哦。"

扑,楚潇潇一下子就笑出了声。这女人还真是可爱。白惠被楚潇潇突然间爆出的笑声弄得有些不好意思了,脸上有些发热。

楚潇潇道:"没事没事,你忽视我,当我是空气好了。"他说完,便若无其事地往口里送菜。

吃过饭,白惠想出去走走,楚潇潇便自动作陪了。白惠在前面走着,楚潇潇保护神一般地跟在她的身后咫尺的地方,一直走到了湖边上。

"你看,这里景色多美。"白惠笑着转头,嫣然温柔的一张脸,在回头的瞬间呆了一下。

楚潇潇的身影紧挨着她的身后,她说话的时候,他正好低头看她,俊颜笑意温和。两人的脸竟是咫尺的距离,一个低头,一个仰头,楚潇潇的鼻尖差点儿碰上白惠的额。

清新的气息直撒过来,白惠呆了一下,楚潇潇则是微微眯了眼。空气好像凝滞了。

楚潇潇轻拾了她的两只手,神色柔和:"孩子生下来以后,我们试试交往好吗?"

白惠看着那双变得深沉起来的眼睛,含着几许期待的眼睛,呆了:"楚潇潇……"

"我在问,你只要回答就行了。"楚潇潇的眼睛里满满都是如水温柔的情愫。

白惠张了张嘴:"楚潇潇,你是……楚乔的弟弟,即便是我同意,你父亲和姐姐也不会同意的。"

"这都不重要。"楚潇潇温和一笑,"只要你同意了,剩下的一切,我会拼尽全力去争取。"

"楚潇潇……"白惠不知道自己应该说什么,如果他不是楚乔的弟弟,他当真是她最好的选择。可是他是楚乔的弟弟,他有着好的出身,他们在一起是完全不合适,也不可能的。

"我们是不合适的。"白惠低了头,神色忧伤。

楚潇潇笑了笑,大手轻落在了她的肩上,半晌才道:"好了,我们不说这个。你的孩子生下来,让我来当他们的干爹吧?"

"好啊!"白惠一听这话,却抬了头。她笑,眉眼弯弯的。低头,又轻抚着肚子处道:"宝宝们,你们愿不愿意潇潇叔叔当你们的干爹啊!"

宝宝们自是不会回答她的,但是……

"他们不会愿意的!"一道熟悉的男人的声音滑过耳膜,白惠登时僵住了。

她慢慢地扭身,看向那个走过来的男人。他穿着烟灰色的一件衬衣,西裤笔挺,颀长的身形背对着太阳的方向走过来。俊朗的容颜,修眉微挑,深邃的眼睛里有淡嘲浮现。就那么意味深长地看着她。

白惠不由得撇撇嘴:"我的孩子,我说了算。"

"哦,可他们也是我的孩子,你没权利自作主张。"徐长风已经走过来了,颀长高大的身形挡住了她眼前的光线。

白惠蹙了眉尖儿,徐长风深眸却是望向了楚潇潇,后者也在望着他。空气凝滞着,两双眼睛似是无声中闪现着看不见的火花。

白惠哼了一声:"你别太自以为是了。你以为我和孩子是你扔出去的悠悠球啊,想扔就扔,想拉回来就拉回来啊!"

白惠气恼的一句话让楚潇潇当时就笑了出来,徐长风的眼中有阴鸷浮现,她还真会比喻。

楚潇潇漂亮的唇角一勾,却是伸臂轻拢了白惠的肩:"时间不早了,回去休息一下吧!"

"好。"白惠对着楚潇潇一笑,任他轻揽着她的肩向着来时的路走去。

徐长风的俊脸嗖嗖冒起了黑烟,他真想过去,一把将那家伙的大爪子拿下去,可是他能做的,却只是站在那里郁闷得不得了。

"老板,你这样贸然站出来,楚少要是把你来这里的事情告诉楚小姐怎么办?"小北走过来说。

徐长风沉声道:"他不会说。"

"喔。"

徐长风没有再进白惠的院子而是去了自己的临时住所,而楚潇潇又坐了一会儿之后,就告辞离开了。白惠躺在床上小睡,楚潇潇却是拨下了徐长风的号码:"徐长风,我不管你是来看白惠,还是来看她肚子里的孩子,你现在是我姐的未婚夫,请你好好对待我姐的感情!"

"楚潇潇,我来这里是为了什么,恐怕你是心知肚明。你尽可以把我来看她的事

第三十七章 拨云见日

情告诉你姐姐,如果你愿意你姐姐再放个大狼狗来咬她们的话。"

徐长风说着就按断了电话,他眼神幽沉地向着白惠的院子走去。

白惠躺在卧室里睡着了,傍晚淡淡西去的阳光将最后一点儿余晖打在她脸上,美丽的容颜看起来柔和而沉静。她的身上盖着一条粉色的薄被,肚子高高地隆起着,一只手就轻覆在了那隆起上。他进去的时候,她仍睡着,只是轻吟了一声,微蹙了眉尖,手扶着肚子翻了个身。他走过去在她的身旁坐下,手在她的肚子处轻覆住。他的手掌温热,她似乎是感到了一丝舒服,竟是咕哝了一句什么,又睡去了。

手下有什么动了一下,很清晰的动静,似乎是在他的手心处踹了一下。徐长风心头一阵狂喜,他不由得低下了身,将脸颊贴了过去。

哦,又是一下,好像是一只小拳头砸在了他的掌心处,他不由得笑出了声。上次的胎检照片,他问过医生,她的肚子里极有可能是一男一女的龙凤胎。呵呵,一个男孩子一个女孩子,他一下就得了一双啊!

想象着儿女绕膝的欢乐情形,他笑着,神色喜悦欣慰。然而空气好像突然间在这个时候降了温。他的头发处一阵发麻。他的脸颊僵了一下,缓缓地离开了她的肚子,他看到她正一手支了床怒视着他。

"你怎么又来了!"她的眉宇之处拧得厉害,显是又羞又恼。

"我来看看孩子。"他的大手一下子轻擦了她的手,用掌心裹住,神色温和地道,"乖,别再跟我闹脾气,我不要求你马上原谅我所做的一切,但相信我,迟不过你生产的时候,你们母子就可以回到原先的住所了。我们会像以前一样。"

"呸!"白惠愠怒地瞪起了眼睛,"徐长风,你还可不可以更自以为是一点!"

"你别激动。"徐长风忙温声说,"好了,我不说了,我正好要回去,这几天都不会来打扰你了。"他松开她的手,站了起来,目光又在她的肚子上看了一下,"你现在已经七个月了,注意安全,如果有什么事情,立即打电话给我。"

他说完又对她笑笑,便转身出去了。

白惠犹自气愤了半天。

楚潇潇的车子驶向住所时,视线里出现了一辆红色的玛莎,他微微敛了眉。车子停下时,楚乔走了过来,恼怒地质问:"潇潇,说好了今天见方小姐,你怎么放人鸽子!"

楚潇潇一挑长眉:"方小姐是你和爸爸看中的,你们喜欢,你们去见好了。"

"你!"楚乔气愤地一跺脚,"你去看那个女人了是不是?"

楚潇潇呆了一下才道:"怎么,你又想跑去放狼狗!"

"你怎么知道?"楚乔俏脸神色一变。

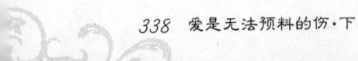

"要想人不知,除非己莫为。"楚潇潇漂亮的眼睛里含满了对姐姐所为的不齿和难解,"姐,你变得太多了。"

楚乔脸上一阵青红交加,却是恼道:"没错,就是我放的狗。还好她现在躲了,如果再出现在我面前,我不定还会用什么方法来制她呢!"楚乔高傲地一扬下颌,"我劝你离那女人远一点儿,让爸爸知道你还和她在一起,有你好果子吃!"

楚乔哼了一声,转身上了车子,红色玛莎嗖的一下就开走了。楚潇潇神色变得铁青,为他的姐姐变得这么心肠恶毒而感到痛心。

傍晚,白惠坐在院子里翻看着一本育儿书的时候,院门推开,赵芳扶着白秋月走了进来。

"妈妈,芳芳?"白惠惊喜得差点儿从椅子上弹起来,不过她的肚子太沉,身子太笨,没弹起来。白秋月已经连忙喊道:"别动别动,小心伤到孩子。"

白惠忙又坐稳了身子。白秋月走过来,围着女儿的肚子打转:"哎哟,都这么大了,惠呀,一定很累吧!"

"还好了,妈。"白惠扶着肚子站了起来,"芳芳,你怎么会和我妈一起呀?"

"嘿,我就知道你会想伯母,所以特意绕个弯把伯母给你接过来了呗!"芳芳笑呵呵地说。

白惠会心地笑:"谢谢你啊。"

赵芳在这里住了一晚,转天就走了,而白秋月留了下来。外孙快要出生了,作为外祖母自然很多东西要准备的,例如,小孩子们的小被子,和一些小衣服类的婴儿用品。白秋月就住在那里,在当地买了些棉花,用带过来的崭新的纯棉小花布给孩子们缝制小棉被。白惠看着那一块块粉色的,蓝色的小被面,心底真是喜欢得不得了。她想着孩子们睡着的样子,两个粉嫩粉嫩的小东西,盖着这么可爱的卡通的小被子,呵呵,想想真是可爱。她的心里充满了对未来的向往和美好的憧憬,然而她做梦都不会想到,不久之后,迎接她和宝宝的是什么。

那将是无尽的残忍和足以灭顶的痛苦。

"这次的伊长泽恐怕像个没头苍蝇似的,在到处乱撞了。"一家会所里,两道男人的身子坐在沙发上,洋酒的气息缭绕。徐长风举起酒杯来向着眼前的男子,就在刚才,他把伊长泽陷害胡兰珠的那段录音正版交给了一位曾经身居高位的国家要员,而眼前这个男子就是那位退位高官的孙女婿。

"亦峰,谢谢你……"

"不用客气,伊长泽这种人整个就是一祸害,这次但愿能让他落马。"亦峰也举起了杯子和徐长风两个人碰了一下。

一杯酒下肚,伊亦峰的手机响了起来:"我出去接电话。"他看了看手机上跳动着的熟悉号码说。

徐长风点头。

伊亦峰从沙发上站了起来,边向外走边接听了来电,那男性磁性悦耳的声音立即变得温柔无比:"水晶……"

徐长风微微挑了眉,这个叫做水晶的人或许是伊亦峰的心上人吧!只是他从来不会想到,伊亦峰口里那个叫做水晶的女子,有朝一日会成为他的大姨姐,而且会对他鄙夷有加。

亦峰接完电话又坐了一会儿就告辞离开了,徐长风一个人慢慢迈着步子向着会所外面走。他开着车子去了他和白惠住过的那所宅子。他上了楼,外面一辆玛莎东海缓缓停下,车窗徐徐打开,楚乔看着那亮起的灯光,她的目光变得怨毒。

伊长泽在睡梦中就被纪检部门带走了,但他仍然不承认,他包养情人,收受贿赂,设计陷害胡兰珠的事。

早晨,白惠手扶着肚子下了床,穿着棉质的睡裙从卧室里走了出来。王嫂在做饭,白秋月在自己睡的那间卧室里做小被子:"妈,怎么这么早?"白惠问。

"早做出来早放心!"白秋月慈爱的声音说着,手指在粉色的小棉被上飞针走线。

白惠喔了一声。坐在床边上看着母亲一针一线地缝着小被子,母亲的神态那么温和,那么慈祥,她静静地坐在那里,以手支了下颌,她觉得这样的早晨真是好美。

"徐先生。"外面传来王嫂的声音。

白惠的眉尖登时就是一紧,接着脚步声走近,徐长风的手里捧着一束鲜艳的红玫瑰走进来。

"王嫂,把花插起来。"他将手里的花递给了王嫂,又转向白秋月道:"妈,你什么时候来的?"

白秋月看见徐长风,缝被子的动作停了停,沉了脸道:"我不是你妈,你妈在你家里呢!"

徐长风吃了丈母娘的瘪,脸上一红,但竟然还厚脸皮地笑了笑,白惠因为母亲这一句话差点儿笑出来。

白秋月站了起来,冷了神色道:"别打孩子们的主意,要孩子让你老婆给你生去。"

徐长风神色自是尴尬的,但这,又是意料之中的。他只能硬着头皮听着,而他的妻子就坐在那里,歪着头,一双慧黠的眼睛微微眯着,看着他。

"妈,你听我说,我和楚乔,不会结婚的。我和白惠,从来没有办理过离婚手续,那份协议,也是假签的。一切,都只是暂时的委曲求全而已。"他试图跟白秋月解释,但白秋月显然是听不进去的。

"哦,那你现在不用委曲求全了?你过来找我女儿,不怕楚乔知道了?"白秋月眼睛里全是讽刺的光。

徐长风心底抽凉气,但面上仍然平静而淡然:"妈,您可能还不知道,伊长泽,已经被逮捕了,所以……"

他后面的话还没有说完,他想说,我妈的事情已经就快要水落石出了,我不用再那么忌惮楚家了。但话未说完,白秋月已然惊问:

"你说什么?"

"我说,伊长泽已经被逮捕了,是他设计陷害我妈,陷害徐氏。"徐长风又说了一遍。

但见白秋月的身形一踉跄,竟是一下子跌坐在了床上:"真是老天有眼啊!"她忍不住喜极而泣。"惠呀,妈现在就回去一趟。"白秋月又站了起来,慌慌张张地就向外走。

"妈,你怎么了?"白惠惊问。

白秋月走得又急又快,回头的那刻,满眼都是惊喜的泪花:"惠呀,恶人有恶报啊,他狐狸尾巴终于露出来了,警察终于把他抓起来了,妈得去告诉你长昆叔叔去。"她说完又继续向外走去。

"妈!"白惠想问问那个长昆叔叔是谁,可是白秋月走得很快竟是到了院子里了。白惠挺着个大肚子,也不敢追,十分不安。

徐长风见状,扶了她一把:"我去看看,你先坐下。"他说完,就大步跨出了房间。

"妈……"徐长风喊了一声,窗子外面,他颀长的身形匆匆地追着白秋月出门了。

白惠慢慢坐下,因着伊长泽被抓,她感到一阵痛快,可是又对母亲所说的长昆而疑惑不安。

那个长昆是谁,他和伊长泽之间又有什么瓜葛,母亲为什么匆匆而走?她扶着额,疑惑不解。

徐长风又回来了,他一进屋,白惠便问了一句:"我妈呢?"

"哦,我让小北开车送她回城了。"他说。

白惠这才稍稍放下心来,"喔"了一声。

白秋月的行为虽然让徐长风感到疑惑不解,但她走了,无疑让气氛轻松了一些。如果白秋月不走,徐长风想,他剩下的时间一定不会好过的。

现在先不管别的,先和他的孩子们亲近亲近才是最重要的。他眯起了一双深邃的眼睛,眼神说不出的柔和,对着他的妻子说:"让我摸摸孩子们,好吗?"

白惠当时就蹙了眉尖："你可以摸他们,但别碰我的肚子。"

徐长风有点儿语噎,他要是有那个本事,还问她干吗!他的俊颜明显抽搐起来:"那个,我就摸一下。"他的大手跃跃欲试地伸在半空。

"一下也不行!"白惠断然拒绝,站起来从他的面前走了出去。

看着她臃肿的身形,一手扶着肚子向外走,徐长风停滞一刻又跟了过去。白惠直接走去了餐厅,说是餐厅,只不过是厨房里隔出来的一部分空间。王嫂收拾得干净,看起来也让人很舒心。

白惠坐在那里,捧着王嫂刚刚给她热的牛奶慢慢地喝了一口。

"空腹不能喝牛奶。"徐长风提醒了一句。"营养吸收不了,对身体也不好。"他的大手握住了牛奶杯子从她的手心拿走了。很快又递了个香酥的烧饼放在她的手心,"喏,先吃这个。"他边说边坐下来,拾起一只清水煮蛋慢慢地剥起了皮。

白惠微蹙了眉尖看着那只鸡蛋在他的手指间脱掉那一层皮,光溜溜的一个鸡蛋被递了过来:"来,把它吃了。这是真正的柴鸡蛋,找了许多老乡家才找来的呢!"

他诚恳关切看着她的眼神是期待的。白惠勾勾唇,他已经把剥好的鸡蛋放在了她眼前的碗里面。她拾起来咬了一口,柴鸡蛋的味道没有体会出来,但是心里却是忽然间涩得想哭。

曾几何时,他对她薄情得令人发指。他拿着一纸离婚协议要她签字,又拟了卖子协议,绝情地扔下一张巨额支票让她把孩子生下来交给他的乔乔抚养。

那时,他怎么从来都不曾顾虑过她的身体和肚子里的孩子?她被楚乔放出来的狼狗险些咬到,身心受到巨大的惊吓,他可曾出来安慰过她?

她咬了唇,心底的酸涩蔓延,泪珠簌地就滴了下来。滴在那个光溜溜的被她只咬了一小口的鸡蛋上,砸在白瓷的碗边上,簌簌地发出了声音。

徐长风整张俊颜就僵住了,他温和的眉眼,弯起的唇角,都缓缓地变得僵硬,心情极度不安:"你怎么了?"

"我不想看到你,你出去,别再出现在我面前!"白惠满脸泪花,愤恨地出声。

徐长风敛紧了眉心,但还是站了起来:"好吧,我出去,你别哭了。"他说完,就向外走去。

隔着厨房的窗子可以看到他黑色的身影站在院子里,仰头看着蓝天,背对着她的方向,不知在想着什么。

白惠咽下心底的酸胀之意,慢慢地往口里送着饭。肚子里的小宝宝动了一下,她又放下筷子,伸手在肚子上轻抚了抚:"乖,不闹啊!"

当她从厨房里出来的时候,院子里已经没有了那道熟悉的身影。她看着卧室里那大捧的红玫瑰，花开耀眼，红得炫目。玫瑰代表炽热的爱情，可是她和他之间，有吗？

她走过去，轻拈了一朵花，手指不由自主地用力一扯，红色炫目的玫瑰花瓣，飘落在原木色的梳妆台柜子上。

"喂，你们干吗！你们还我车子！"伊宅院子里，伊爱眼瞅着自己心爱的车子被警察开走了，一时之间又急又气，"喂，你们给我停下！"

但是没有人听她的，红色的跑车随着警车一起拐了个弯开出了院子。

伊长泽的妻子刘娟颓丧地蹲在院子里，嚷了一声："喊什么，你爸都关起来了，房子也没了，还心疼你的破车！"

伊爱呆了一下，她回头瞅瞅身后那幢漂亮的别墅。她一时之间说不出的丧气。

白惠给母亲打了个电话，知道她已经安全到家，放下心来，不由又问了一句："妈，长昆叔叔是谁？"

"妈回头再告诉你。"白秋月似乎没有时间搭理女儿似的，"惠你先挂电话，妈这就到你长昆叔叔那里了。"

白惠挂断电话，有些郁闷，真不知这个长昆叔叔是谁。妈妈怎么会这么紧张他？

白秋月坐着公交车来到郊外墓地，她的手里捧着一大束白菊，她脚步匆匆穿行在一座座墓碑成行的墓地小路上，长昆，伊长泽被抓起来了。她在心里不停地念着，因为太过激动，眼睛里涌满泪花。

有人迎面走来，白秋月的肩头撞到了那人，却顾不得停下脚步，一边走，一边流泪，一边念念有词，那个人便好奇地看着她。

白秋月一直来到长昆的墓前，把白菊放下，一屁股就坐在了墓碑前，她看着墓碑上那张依稀生疏了二十多年的容颜，流着泪说："长昆，他终于有报应了，你在泉下可以瞑目了。"

白秋月哭着，泪落成行。二十多年前，她嫁入伊家，因为性格懦弱，伊长泽对她非打即骂，是堂弟长昆给予了她默默无闻的关心和照顾，可是伊长泽因为要独吞伊家在徐氏的股份，设计陷害了堂弟伊长昆，他偷偷在伊父的降压药中掺了毒，嫁祸于堂弟长昆，伊老爷子大怒，把长昆赶出家门，长昆就在那个冬季感染了风寒，连带着抑郁，最后一病不起，不久，撒手西去。白秋月亲眼目睹了伊长泽下药的过程，欲找老爷子说出真相，但是伊长泽诬陷她虐待伊爱，长期夫妻关系不睦，白秋月已经对自己的婚姻死了心，于是带着肚子里的孩子愤而离婚。

时光晃眼一过这么多年，一切都像是过眼云烟，长昆长眠地下，伊长泽终于得到报应，白秋月又是哭又是笑，多少年的愤恨都在这一刻化为云烟。

白惠自然不知道这些过往,她只安然地等待着孩子们的降临。

傍晚,她扶着肚子从家里走了出来。小风在她身后摇着尾巴跟着,那一人一狗就慢慢地沿着安静的街道走着。

前面几个小孩子在踢球,场面热烈。那足球被一个大男孩儿踢了一脚,翻滚着就奔向她过来了。她顿时倒吸一口凉气,小风在她身后嗷的一声,似是也吓到了。她的手下意识地护住了隆起的肚子,眼前人影一闪,一道男人的长臂斜刺里伸过来,一掌将那飞过来的球给挡了回去。

"这帮秃小子!"徐长风骂了一句,回身看向他的妻子,她的小脸有些白,显是刚才吓的。

"没事了。"他伸臂揽她的肩,她也没想起来抗拒。

"想去哪儿?"他亲切的声音问她。她才一下子醒过神来似的,"我随便走走。"

她无声地躲开他的揽着她的臂膀,自己向前走去。呆在这里已经两个月了,她每天都只是呆在家里,或者在湖边站一站,她好像已经成了与世隔绝的人了。为了孩子们的安全,她不觉得寂寞,但是今天心情不好,真的不好。她想要去一个新鲜点儿的地方,呼吸一些全新的空气。平稳一下自己烦乱的心绪。

徐长风的身影在后面慢慢地跟着,她走得慢,他便也得慢慢地走。他的腿长,这样跟在她的后面,很受累。

她在前面仅有的一块石头上坐了下来,眼前绿树葱葱,山峦的影像起起伏伏,看起来景色极美。他便在她身侧的地方蹲了下去。他说:"我给孩子们取了名字,你听听。"

白惠怔了一下,侧头看过去,只见他眉眼之间神色十分柔和,温醇的声音已经响了起来:"男孩儿叫永恒,女孩儿叫惠质怎么样?"

白惠一听就愣了:"你知道是男是女了?"

"呵呵。"徐长风当时就笑了,"什么我不知道!"他抬手轻轻拍了拍妻子放在膝上的手又轻攥住,"我早就问过医生了。一个男孩儿,一个女孩儿,我们一下子,就有了两只小白兔呢!"

他的眼睛里清清亮亮的,一种即将为人父的喜悦浅浅地流泻着。白惠轻抽回了被他握住的手,嘟哝道:"什么永恒,什么惠质。"她扁扁嘴,"永恒就不用了,惠质还可以。不过我已经取好了,大的就叫糖糖,小的就叫豆豆。"

徐长风乍一听到这名字,几乎连中午的饭都要喷出来了:"糖糖豆豆,糖豆吗?"他一张俊脸使劲儿地抽搐起来,有这么给孩子取名字的吗?

"喂,不带这样的吧!"他蹙了眉尖,哭笑不得,"咱商量商量,不叫这个,行吗?"

"不行!"白惠一口否决了他的想法。"糖糖豆豆怎么了?"她不满地说。

徐长风心里哭笑不得:"好好,但你总不能让人叫咱们的孩子,小糖豆吧!"

"嗨,两只小糖豆来了。"徐长风故意像别人在喊他的孩子们似的低喊了一声,像模像样的。然后又道:"你愿意人家这样叫我们的孩子呀!"

扑,白惠一个没忍住,差点儿笑出来。

"嗨,糖豆爸,糖豆妈。"徐长风干脆又喊了一声。

白惠真忍不住了,咯咯地笑出了声。

"就糖豆爸糖豆妈,怎么着了?"笑罢,她仍是不肯让步的样子。

"好吧好吧。"徐长风只能让步了。他笑着摇摇头,语气无奈,"好,就叫糖糖和豆豆。"

白惠的笑声便更加亮了几分。笑着笑着,似乎是觉得有些不对劲儿,她又侧了头,便立时对上了一双无比深情的双眸。

他就那么看着她,剑眉,深目,若有所思又带了一抹包容的笑。她又蹙了眉尖,鼓着嘴,像是才反应过来似的道:"没有糖豆爸,只有糖豆妈。"

徐长风呆了呆。

这个女人的脑子好像还不算太慢。他这边神色古怪,白惠已是扶着石头,慢慢地站了起来。"我该回去了。"她说完,臃肿的身影便从他的眼前走了过去。

徐长风也站了起来,看着她臃肿的身影慢慢地向回走,他唇角有笑意渐渐扩大。刚才的一刻,多么温馨呢!虽然只是她的无意而为,但已足以让他回味。

他的手从腰间的钥匙扣上解下了一把钥匙向着远处的草丛扔去。然后迈步追上了她。

"慢点儿。"他扶住了她的胳膊。

"我自己可以走。"白惠咕哝道。

"好,你自己走。"他松开了扶着她的手。

夕阳下,她穿着白粉相间的孕妇装,笨重,可是却清新。发丝被轻风吹起,看起来那么美好。他笑了笑,跟上她慢腾腾的步伐。

"哎哟,糟了,我钥匙丢了。我晚上没地方住了。"快到门口时他懊丧地说了一句。

白惠回头看看他,上上下下地看了他好几眼,那眼神是疑惑的,是清凉的,总之是没有任何暖意和信任的。

"你可以回去住。"她打量完他,才吐出淡淡薄薄的一句来。

他看着她粉色的身影进屋,敛了敛眉尖,没说什么,也迈步跟了进去。

晚餐已经做好了,四菜一汤,有鱼有肉,荤素搭配,兼顾了营养和美味。白惠在椅子上坐下,一手扶着硕大的肚子,一手拾起筷子,眼前忽地瞥见那张熟悉的脸,她不由得喊了一声:"喂,你别坐这儿啊,你坐在这儿,我吃不下饭。"

徐长风咳了一声:"那个,我没地方去,身上也没带钱。"

"叫你的小北给你送过来。"白惠没好气地说了一句。

徐长风笑道:"他要是送过来那至少要两个小时之后了,再说这个点儿上,小北正和媳妇吃饭呢,我怎么好意思让人家出来?"

白惠蹙了蹙眉尖,他倒还真是体谅下属。

她用眼睛阴着他,低头不说话了,他便大大咧咧地开始吃饭。白惠慢慢地吃着,但是脑子里好乱,她想起他曾经的薄情,不管是真的也好,假的也好,用心良苦也好,他和楚乔旁若无人的亲密,他那么不顾及她的感受,早已伤透了她的心。让她无所顾忌地和他在一起吃饭,当真是难。

她心思沉沉,饭吃得自然就更慢了。直到她眼前的碗里,多了好几块白白嫩嫩的鱼肉。她蹙眉,低头看着那鱼肉不语,好半晌,才将手里的筷子放在了碗上,说道:"抱歉,我吃不下去了。"

她扶着桌子慢慢地站了起来,徐长风眉眼黯了下去:"好吧,我走。你慢慢吃。"他站了起来,拉开了椅子向外走去。白惠呆了一下重又坐下了。而后慢慢地开始吃饭。

山里的夜,清清凉凉,徐长风在小镇的街头慢慢地走着。是呀,他伤她太深,他难以得到她的原谅。他当初有多么薄情,现在她就有多恨他,他尝到的果子也就越涩。他慢慢地走着,两手插在裤子的兜里,一直就走到了傍晚时,她和他呆过的那个地方。

山影重重,夜风习习,白日她的笑声恍似回荡在耳边。他在她坐过的那块石头上坐了下去,他想起她笑时的样子,两只眼睛清亮清亮的,笑声清脆而悦耳。

她说:就糖豆爸糖豆妈,怎么着了!

她那固执又单纯的样子让他忍不住想笑,他想着,抬头看了看墨蓝蓝的天际,玉宇无尘,像她的心。

一夜过后,白惠从床上爬起来,穿好了衣服,昨晚上没怎么吃饭,肚子早空了。她走出卧室,王嫂正在厨房忙碌。

"王嫂,今天做了什么?"她走过去问。

王嫂笑道:"今天是玉米粥和蛋羹。"

"哦。"白惠从厨房走出来,站在院子里,朝阳正从云层后面探出头来。她看着,手抚着肚子有些出神。

院门被人推开了,徐长风走了进来。身上披着一层露水,黑色的发丝湿漉漉的,脸上带着一种显而易见的疲惫之色。

白惠不由得呆了呆,敛了眉尖看着他。

徐长风在她不远处站定:"我一会儿就回城了,进去洗把脸。"

白惠微启着嘴唇,没说出什么来,他便从她的身旁走过去进屋了。再出来的时候,他的头发和脸都变得很干净,只是衣服上还显湿漉,"我走了,过几天再来看你。"

他温声说了一句,又从她的身边走过去了。院子门被他轻轻带上了,白惠迟迟没有收回目光。不能不说,她的心里有种怅然若失的感觉。她扶着身后的藤椅慢慢坐了下去……

今天的老板神色不太对,进屋的时候,身上的衣服还可以看出点点的泥渍。

小北将热咖啡端过来的时候,徐长风吩咐了一句:"去给我取件衣服。"

"喔。"小北放下咖啡转身出去了。

他去了徐宅给他取了一套崭新的西装回来,他换上就去开会了。今天是召开高层会议的日子。伊长泽被逮捕,徐氏的业绩正在缓慢上升期。按说老板应该高兴的,但是他站在他的身旁,却看到他的老板黑眸幽沉地发言。几个副总及各部门经理都认真地听着,徐长风的发言完毕,是几位副总的发言,接下来是几个部门经理。小北看到他的老板,在他斜前方的地方,一只手扶了额,看起来有些疲惫。

业务部经理说了句什么,他竟是一下子就火了,啪的一拍桌子:"干得了吗?干不了就别干了!"

他一句话全场死寂。

印象里的老板,一向不会轻易发脾气,像这样没水准的话,绝不可能从他的口里进出来。他是一个深沉有涵养的年轻老板,轻易不会批评人,一旦批评人,也必定会措辞得当,既达到警醒人的目的,又照顾了人的颜面,所以徐氏上下气氛是很融洽的那种。

那个经理当时就闭了嘴,神色异样地看着他。他则是站了起来,缓了声线道:"散会吧!"他说完就顾自迈着长腿走了出去。

会议室里,各位经理们你看看我我看看你,面面相觑,末了又把目光都投向了他。小北脸一抽:"你们别看我,我什么也不知道。"他摊摊手,也走了。前面,他的老板正向着电梯处走。他跟了过去。

"你别进来了。"徐长风跨进电梯的时候,他也想跨进去,但他的老板出言呵止了他。

眼看着电梯门在眼前合上,缓缓掩没了那道沉默冷肃的身影,小北摇了摇头转身回助理室。

徐长风去停车场取了车子,在街头漫无目的地开着。马路的人行道上,有孕妇走过,身旁是小心照顾着,扶着她腰的丈夫。那个女人的脸上,洋溢着一种即将为人母的喜悦和幸福,而那男人的脸上,也满是幸福的神色。

他有些失神,直到那一女一男的身影从车窗里慢慢地消失了,他才收回视线。前面便是一家孕婴店了,他将车子靠了过去。

"先生,想看看什么?"导购员客气地问。

他淡淡地道:"随便看看。"

他也不知道要看什么,就是不由自主地过来的。他高大的身影在孕婴店的一排排架子前慢慢地走着,一件件漂亮而母亲味十足的孕妇装,让他驻了足。他若有所思地看着那件粉色的衣服。半身的裙子,韩式,裙身上印着可爱的卡通图案。他伸出手去,在那棉质的衣襟上摸了摸,他的脑子里划过他的妻子穿着这衣服的样子。

"先生,这件衣服是我们这里新到的,款式大方,又不失活泼。全棉的衣料,又好看又舒服。"导购员不失时机地介绍着。

"给我包起来。"徐长风没等那导购员的话落音,已是轻启了薄唇。

他又转身在那一排排的货架前慢慢地浏览了起来。一件件的婴儿用品充斥着他的眼球,他从不知道,原来婴儿的东西有这么多种。奶瓶,小围嘴,小衣服,小帽子,纸尿片,小玩偶,小摇铃。他伸手拾起了那只红黄蓝相交的摇铃来,摇了摇,叮咚的声音清脆地传入耳膜。他又拾起了眼前一双粉色的小鞋子,鞋身上印着小兔子的图案,那么的小,也就他的一根拇指长。他的唇角勾了勾,他想象着一对粉嫩嫩的小脚丫伸进鞋子里的情形:"小姐,请把这些东西,每样都给我包两份。"他展颜一笑道。

"哦,好的。"导购员很痛快地答应着。

所有的东西被装到了他的车子上,付过钱,徐长风钻进车子,载着他的一双宝贝和妻子的东西开走了。

他没有回徐宅,而是去了自己和她的那所房子。车子停下,他一件一件地往下搬着东西。所有的东西都被运上了楼,放进了屋里,他的额上身上已经汗淋淋的了,而他就坐在了那堆东西中间。

转天一早,楚潇潇又去看望了白惠,他说,他马上就要去内蒙了,让她多保重。白惠一直目送他的车子驶出视线。

楚潇潇在回程的路上,就接到了部队的电话,要他立即收拾东西出发。他的车子提了速,飞快地向着部队的方向驶去。车子进了院子,停下,他正想下车,忽然似是感应到了什么似的,他的目光在车子里搜寻,然后,大手一下子伸进了副驾驶车座的下面,他的手摸到了一个硬硬的东西。军人的警觉让他一下子屏紧了呼吸,手一拽,那东西便被扯了下来,却是一枚车辆定位器。

他的俊颜一下子现出狰狞的神色,大手捏着那定位器直打颤。猛地将那东西往地上一摔,掏出手机就拨打了楚乔的电话:"那东西是你叫人装我车上的是不是?姐我告诉你,白惠和她的孩子要是因为你而有了三长两短,我一辈子都不会原谅你,你就再也不是我姐!"楚潇潇愤怒地咬牙,牙齿几乎要咬碎。

楚乔捏着手机,耳边还回响着弟弟愤怒的低吼,脸色一阵青白。而楚潇潇已经愤愤地走了。

"王嫂,递我条毛巾。"洗浴间里,白惠关了水流,正想擦身体,却发现,洗浴间里没有预备毛巾便喊了一声。

浴室的门被打开一些,一条毛巾递了过来。她接过,便开始擦头发上的水珠。头发擦完,她用一条长长的特大款浴巾围住自己臃肿的身子从浴室里面走出来。她边走边在胸口处系着浴巾的结,再一抬头,却是登时一惊。

"你,你怎么进来了?"她看着眼前多出来的男人,脸上露出吃惊的神色。

徐长风微微眯了一双眼睛,正打量着她白皙却臃肿的身子,此刻笑了一声:"我不放心你和孩子,所以过来看看。"

"你已经看到了,快走吧。"白惠皱了眉,一双手忙护住浴巾上面。

"呵呵。"徐长风轻笑,完全忽视掉她的羞恼。伸臂搂住了她臃肿的身子,熟悉的气息让白惠一阵心神恍惚,她鼓鼓的肚子已经贴在他的腰际,她明显地感受到了那人的腹部微微地向后缩了一下,她将他的胸口一推:"别碰我!"

她这么一用力,身上的浴巾就掉了下去。她臃肿笨重的身体立时呈现在他的眼前。肤色还是那么白,但是身体却像是发面馒头似的,不知道以前的她几倍。她的脸颊顿时大烧,双手慌乱地想将浴巾拽上来,可是她的肚子好大,她连腰都弯不了,只能眼看着滑落在脚下的那块白色,又羞又窘。

徐长风轻笑一声,弯腰将掉在她脚下的浴巾捡了起来,他绕到她的身后,将浴巾从后面将她裹住。他的手指接触到她孕后越发滑腻的肌肤,他的大脑一阵心神摇荡,手指落处却是覆在了她一侧的丰满上。

他微微闭了闭眼,不由自主地享受着手掌下那种软玉温香的感觉,手背上忽然一疼,却是她在他的手背上狠抓了一下。

"别占我便宜!"白惠恼怒地低吼。

徐长风那只覆在她胸口的手慢慢拿开了,嘿嘿干笑了几声。白惠则双手匆忙地将浴巾在胸口处系紧。

徐长风看着她笨重的身体在床上坐了下去,她的胸口往下虽然系着浴巾,可是那白皙得吹弹可破的肌肤,那种孕后的丰满,还有那沐浴后的清香无不让他久未尝房事的身体产生一种久别的冲动。

他站在那里,干咽了一下口水,两只眼睛却近乎贪婪地在她较之以前丰满了不少的胸部处盯视。末了又沿着她的胸往下,越过高高耸起的肚子,往下,一直到浴巾的下摆处。他的身体忽然间热了起来。浴巾下面就是他想窥而窥不到的风景,他真的很想往里面再瞧瞧,再瞧瞧……

白惠想上床睡觉,可是这家伙怎么总站在这儿。她猛一抬头,便正对上那人一双直直盯过来的眼睛。一种叫做贪婪的神色在那双黑眸里涌现着,她顿时又羞又恼:"喂,你别用眼睛吃我豆腐。"

徐长风的身体里正好像有火在烧,喉咙里干干的,嗓子眼儿好像要冒烟了,身体里也像快要着火了似的,猛一听到白惠气呼呼的话,却使紧绷的神经一下子破了功,他不由得哈哈大笑。

"我不用眼睛吃,难道我用手吃,用身体吃就可以是吗?"他故意笑着揶揄她。

白惠气呼呼地将枕头砸了过去。

"去死吧!"

但那枕头被眼前的男人大手一伸就抄在了手里:"我可不能死。我死了,谁来当你丈夫,谁来给孩子们当爸爸。"

他走过去,将枕头放在了床上,在她身旁坐下了。长臂在她肩头一揽,手指摩挲着她的脸颊,却是轻敛了眉宇,眼神深沉地看着她,"说真的白惠,别这么防贼似的防着我,行吗?"

看着他那苦恼的样子,白惠拧了拧眉,轻勾了勾唇角:"一切都是你自作孽不可活。去去,出去,我要睡觉了!"

她伸手去拉他在她脸颊上抚摸的手,然而,那人的手却由她的脸颊上落下去,轻揽住了她可以说是十分粗的腰。她的眼前一张俊颜无限制地放大,接着,她的嘴唇就被他贴过来的嘴唇堵住了。

"喂……"她正下着逐客令,可是话音未落,已是诧然失声。"唔……"她试图用右手去推他,但她的手被他攥住了。她只能张着眼睛看着他一双咫尺近的深眸。

他的眼角似有笑意,温柔地亲吻着她。一只手臂轻揽着她肥硕的腰,一只手轻攥着她的试图抗争的那只手腕,在她呆住的时候,他的舌轻柔地探进了她的口腔。舌尖轻触到了她的牙齿,又往里,碰到了她的舌头,她的脑中空白了。而他却是轻触着她那柔软的丁香舌尖,感受着那久违的美好,他将自己的舌与她呆滞的舌轻绕,一点点地吸紧。那只轻揽着她腰身的手慢慢地收紧了,那只攥着她右手的大手松开,却是向下滑去,轻轻地覆在了她胸前处。白惠牙齿咯噔地一咬,耳边立时传来一声低嘶。那吻着她的嘴唇一下子离开了,胸前不安分的大手也立时收了回去。她看到他凛起了长眉。

而她则不无讽刺地看了他一眼,抬起肥肥的双腿,把自己慢慢放到了床上。徐长风的心头登的一涨,有些不是滋味。

"白惠,你什么时候才能明白我的心呢?我对楚乔,早就没有了爱。如果不是因为公司的事情,我不会和她在一起。那个时候,就只有楚家才能帮助徐家渡过难关。现在,经过我和父亲的努力,公司的业务正在慢慢回到正轨。说真的,现在我最担心的,就是你和孩子们的安全。"

他的眼眸渐渐地深了。未来的路很长,可也同样充满荆棘。

白惠一直那么侧身躺着,他的话她都有听到,虽然一直没有说话,可是她的心有些乱了。

"如果我没有记错,你们的婚期好像马上就到了。徐长风,你已经允了楚乔做她的丈夫,那么就好好的,做楚家的姑爷吧,不要再来打扰我了。"白惠轻叹了一声,心底晦涩。

徐长风登时一僵,大手不由得伸过去轻攥住她一只手:"不会有婚礼的,相信我。"

白惠微合了眼睑,她不知道他那句不会有婚礼了是什么意思,她也没有心思去想,而是禁不住这一天的疲惫睡去了。

早晨醒来的时候,徐长风已经不在,她的身旁放着一张字条,"我会很快接你们回去,然后我们重新开始。"白惠捏着那张纸条,回味着他的话。

又是几天之后,徐长风找来了妇产医生给她做了专门的检查,她的血压,血糖都算正常,两个孩子很健康。她很欣慰。医生打印了B超相给她,她拿着那张相,满眼的欣喜。徐长风也凑过来看,手指捏着B超相的一角,白惠却感到了他手指的颤动。

日子就这样平平静静又满含期待地过着,静静地迎接那场风雨的来临。

第三十八章 意外临盆

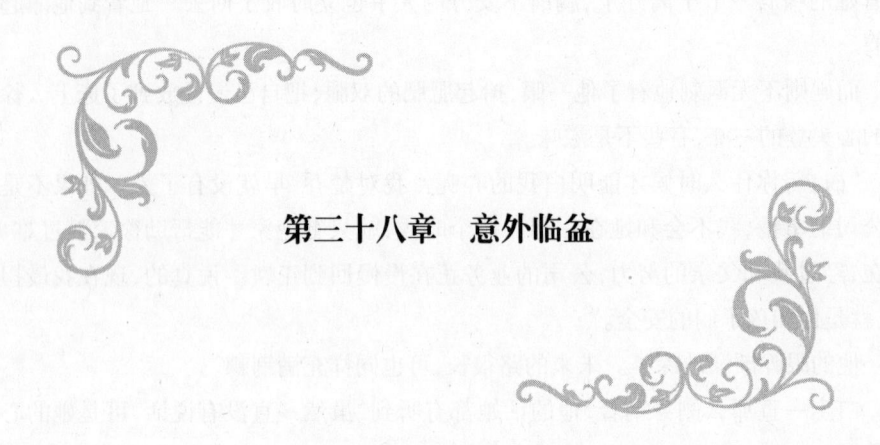

楚乔站在卧室的窗子前,冷眉疏目看着外面沉沉夜色。她有种预感,她的婚礼不会顺利地举行。

她转身,轻拾起床上放着的婚纱,巴黎时尚婚纱大师的手笔,样式时尚中透着典雅,从胸口往下斜嵌着一颗颗细小的钻饰,光芒璀璨。她细长的手指抚摩着那些钻饰,手指忽然间收紧。

楚乔从卧室里出来的时候,头发随意地披散着,身上穿着昨夜的睡裙,她步下楼梯,有佣人喊她:"小姐,要吃饭吗?"

"不要。"楚乔一口回绝了。

管家说道:"小姐,伊爱来了。"

楚乔一皱秀眉:"她来做什么?"忽的又是一笑,"让她进来。"

"是。"

管家转身出去了,伊爱在几分钟之后走了进来。楚乔已经换好了衣服,淡扫妆容的她,整个人显得还是那么精神。

伊爱就不同了,身上再也没有了往日时尚大牌的服装,穿的还是以前伊长泽没出事时穿的衣服,往日漂亮的小脸上,也没有了那种豪门小姐的气势。伊爱见到楚乔嗫嚅地开口:"乔乔,可不可以借我点儿钱?"

楚乔一笑道:"当然可以。"她长腿一偏,姿势优雅地在沙发上坐了下来:"吴嫂,去把我的手包拿过来。"

"好的,小姐。"叫吴嫂的女佣忙转身上楼了。

伊爱在楚乔的身旁坐下了。楚乔道:"才几日不见,怎么变成这样子了?"

"哎,一个个全都翻脸不认人。"伊爱一听见楚乔问她,心头愤慨,"爸爸在公司的时候,那些人都围着我们转,现在一个个都把我当成了病毒似的。"

伊爱做惯了千金大小姐,衣来伸手,饭来张口,自小穿金戴银,可现在,伊长泽被逮捕,家道没落了,她又没有一样可以养活自己的本事,这些日子可以说过得是穷困潦倒。

吴嫂将楚乔的手包拿了过来,楚乔接过,打开,从里面掏了一张工商银行的卡出来:"这卡你先拿去用吧,密码就是我的生日。我们怎么也是姐妹一场,我不能看着你这么落魄下去。"

伊爱眼前顿时一亮,面上露出感慨的神色:"还是乔乔你最好了。"她伸手接了那张卡。

楚乔看着她将银行卡装进了对她来说,虽然才买了几个月,却可以算是过时了的手包里,才好像是想起了什么似地道:"哎,你叔叔当年,好像是得了你爷爷一件祖传的羊脂玉瓶吧,你怎么不要来?"

"哎,我叔叔早就死了,那玉瓶上哪儿找去。"伊爱皱着脸咕哝。

楚乔道:"你叔叔死了,那瓶子也带不走啊!"

伊爱脑中登时一亮:"对呀,我叔叔死了,瓶子不可能带进棺材里。白秋月,对,一定在白秋月那儿!"

楚乔慢悠悠地看着伊爱消失在自己的视线里,嫣红的唇角慢慢地勾起了嘲弄的弧来。

白惠吃过早饭,在沙发上看了会儿报纸,现在的她远离电脑,除了偶尔地看看电视,报纸和杂志就是她最大的消遣了。

她看着杂志上那篇名为国外儿童性教育的图画,忍不住笑出来。那上面的卡通小人实在可爱,她感叹外国人真是聪明,只是几幅画就将中国人千百年来羞于启齿的问题回答完了。

"在看什么?"徐长风温醇的声音滑过耳膜,他人已经在她身旁低下身体,白惠匆忙把那本杂志合上了,让那家伙看到上面的内容,她会觉得难为情。

可是徐长风眼风凌利,早已把那页的内容扫入了眼中,他呵呵笑了:"嗯,挺有创意。等明儿,我们的孩子问我们他们是从哪儿来的,我们就可以把这些画给他们看。"

"才不要!"白惠站了起来。

"嗯?"徐长风诧然。

白惠说:"羞死了。"

第三十八章 意外临盆

明白了妻子的话,徐长风乐出声来。

"等一下。"看见妻子正大腹便便地往外走去,徐长风唤住了她,她转头,就见他颀长的身影走过来,在她的眼前蹲了下去。彼时她的肚子高高的,她真的是低头也看不到自己的脚面。

徐长风磁性温醇的声音响起来:"你鞋带子掉了。"他边说,边亲自拈了她左脚处松散的鞋带,认真地系了起来。他将她白色的鞋带认真地打了个蝴蝶结,确认不会再散开,这才站起身来:"好了,我陪你出去。"

他眉眼俊朗,温和深邃地看着她。

白惠敛了敛眉尖:"谢谢。"她慢慢地走去了门口处,拿起挂在衣架上的外衣披在身上,开门向外走。

徐长风果真跟着走了出来,像一对平凡的小夫妻,丈夫亲切地拥着大腹便便的妻子,在上午柔和的阳光下散步。

白惠有些不适应,她晃了晃肩膀,"你别扶着我了,这样子,你不觉得做作吗?"

她的话让他的神色僵了一下,但只是须臾又笑了:"我们本就是夫妻,有什么好做作的,我发誓我是身心合一地想扶着你,绝不是做秀。"

白惠蹙了蹙眉:"可我也发誓,我是真的很难受。用你天天挽着另一个女人的胳膊来扶着我,让人恶心!"

徐长风的神色便僵住了。

"哟,这肚子这么大,该不会是双胞胎吧?"有个年老的女人问了一句。白惠嗯了一声。那女人便是满脸羡慕的神色,"真好啊,真有福气。"

白惠呵呵笑笑,从老太太的身边走了过去。傍晚的景色真是美,远山如画,树影重重。白惠在一条长椅上坐了下去,穿着他买的那件粉色的孕妇装,黑色的发丝在清风下轻扬,神色间有一种遗世独立的静美。

徐长风不由得掏出了手机来,找到摄像功能,对着那张静美的侧颜轻按了一下。咔嚓的一声,夏末的美景和那幅静美的,充满母性温柔的身影就落进了他的镜头。而白惠也是到这个时候,才侧头看向他,看到他举着的手机时,她的面上露出疑惑的神色。他却是将手机收了起来,走到了她的身旁,望着远处飘渺的蓝天和白云,然后又悠然地在她身旁的空位上坐了下去。伸手到她的肚子上:"我们的小糖豆们,现在是睡着还是醒着?"

他眯了一双好看又温和的眼睛似笑非笑地说了一句。

白惠不由咕哝道:"他们都醒着,但他们不想和你说话。"她伸手掀起他一根手指将他的大手从她肚子上给拿开了。

徐长风轻笑,眼睛里是哭笑不得的神色:"哦,他们怎么告诉你说他们不想和我说话的?"

"我感应到的。"白惠神色不变地说。

徐长风又笑,她皎白的一张脸,说那话时若有其事的神情,让他只感到说不出的好笑,又别有一番可爱。

"哦,我怎么听见他说,他们很喜欢我这个爸爸?"

"切。"白惠不以为然地白了他一眼,这家伙脸皮真厚。她的孩子气的样子,却惹来他更加柔和的神色,笑得俊朗。

不远处,有车子缓缓滑过。很普通的一辆帕萨特,车上的人,漂亮的眼睛冷冽地瞟过那相挨而坐的两人。她看着白惠那鼓着嘴,气呼呼的样子,看着身旁那个俊朗温和的男人,只觉得说不出的刺眼。她暗暗地捏紧了方向盘。

红色的帕萨特从对面开过时,徐长风正低首在白惠的肚子上,享受着做父亲的喜悦,而白惠抬头的瞬间,怔了怔。看到那红色车子里隐约透出的模糊面容时,她的呼吸紧了一下。

"长风这算怎么回事呀?怎么不说一声就把婚给退了?"胡兰珠在接到楚远山的电话之后,怒火冲天,"这婚是随便退的吗?人那是谁呀!楚远山呢!楚远山的女儿呀,是你说结就结,说退就退的吗!这孩子哪根筋不对呀!"胡兰珠气得在房间里来回地走来走去。

徐宾道:"不退,难道还真结呀!乔乔那孩子,长得人见人爱,可是心肠忒毒,连放狗咬人的事都做得出来,你还指望她能好好地待长风的孩子啊!"

胡兰珠气道:"那也不行啊!楚远山的婚那是想退就退的吗?长风这么做,那是往他脸上扇耳光,徐氏才刚经过大难,这个时候惹了楚远山,不是自找死路吗?"

徐宾道:"现在是法治社会,什么都要讲法律的。楚远山再怎么有钱,也不能买通了人来杀我们。徐氏,有我和儿子的努力,用不了多久,就会像以前一样,业绩蒸蒸日上。兰珠,你还有什么不放心的呢?"

望着丈夫深邃安慰的眼神,胡兰珠仍然心神不宁:"不行,我做不到你那么淡定。"她站了起来,飞快地拨了儿子的号码,"长风啊,你赶紧给人乔乔道歉,给楚远山赔罪去……"

"抱歉,我做不到。"胡兰珠的话还没有说完,那边的人已经很干脆地挂了电话。

"嗨,这孩子!"胡兰珠感到自己的眼睛里,鼻子里,嗓子里都在冒烟了,"不行,我得去一趟。"她放下话机,便转身要走。

第三十八章 意外临盆

"你上哪儿去呀!"徐宾一把攥住了妻子的臂膀。

"我去找长风,一定在那个女人那儿了。你说那个女人她哪儿好啊!是能给他生意上帮上忙,还是能给他光宗耀祖啊!"胡兰珠气愤不已,这段时间,楚乔对她精心陪护,胡兰珠对楚乔更是喜欢得不得了了。

她推开丈夫,就噔噔往外走,徐宾用力将妻子扯了回来:"你够了兰珠!"

"你眼里除了金钱,你还有别的东西吗!儿子跟他喜欢的人在一起怎么了,白惠的肚子里可是有咱们徐家的两个骨肉啊,你就真忍心过去把他们给拆了呀!"徐宾脸色沉下来,说话声音也大了。

他这个人是轻易不会发火的,结婚这么多年,从未对胡兰珠红过脸,现在他突然间发火的样子,让胡兰珠呆了一下。

"宾哥……"

徐长风手机收线,站在薄暮下的阳台上,颀长的身形笼着一层沉肃之气。

因着肚子月份越来越大,而不得不搬回城内的白惠走到阳台上,想把挂在那里晾着的内衣摘下来,听见脚步声,徐长风在薄暮中转过身来。他看见她正扬着胳膊够那条大了好几号的淡蓝色的内裤,他便伸了胳膊摘下来递向她。

白惠的脸上热了热,接过来便向卧室里面走去。

徐长风的身子向前,胳膊从后面将她的身子圈住了:"笑一个好吗,白惠?我喜欢听你的笑声,咯咯的,真好听。"他有些贪恋地将鼻子在她的发际,耳窝处轻嗅。曾经,有很多很多个时候,他这样子搂着她,轻闻那淡淡的女人香。那是结婚的最初,是后来,他和她共有的那一段美好时光。

白惠僵了僵,她闭了闭眼睛,却是慢慢地在他的怀里转过身来:"徐长风,我也想笑,可是向着你的时候,我真笑不出来。我会想起你和楚乔在一起的温柔,会想起你对我的冷漠薄情,徐长风……"

她有些语颤:"我想,我们真的回不去了。"她的眼睛里面热热的,往事让她酸楚,让她想要流泪。

徐长风修长的手指轻扳了她的下颌,他立刻便看到了她眼睛里泪盈盈的样子,心头不由得一疼。

"我知道,虽然那不是我的本意,但我伤害了你。我知道你的感受,我能理解。"他将她拥在了怀里,抬起头,深邃的眼睛看着天花板的最高处,也涌起一股子热热的感觉。

"嗨,糖豆爸糖豆妈。"

"咯咯……"

"糖豆爸妈就糖豆爸妈,怎么着了!"

"好吧好吧。"

白惠正躺在床上眯着,耳边传来咯咯清脆的笑声,和男性包容温朗的声音,她一下子睁了眼,目光向着身旁的人瞧去。

"喂,你录下来了?"白惠以肘支了床,眼神奇怪地看着身旁的男人。她想起那日在小镇的村头,她和他给孩子取名字时的情形。

徐长风修长的指尖捏着黑色的手机,对着她绽开一抹俊朗温和的笑:"是呀,我录下了。你笑得那么好,那样子真可爱,我就录下来了。"

白惠手伸过去一把就将手机夺了过来:"有毛病!"她咕哝了一句,将他的手机一关,扔在一旁,就又闭上眼睛了。

耳边传来男性爽朗而温醇的笑声,他在她身旁侧身躺下,长臂横过她肥肿的腰身,在她的胸前圈住:"我觉得这很有纪念意义,将来我们的孩子们长大了,还可以知道当年他们的爸爸妈妈给他们取名字时的情形。"

他在她的脸颊上方轻吐着温热的气息,睡袍敞开的领口,结实的肌肤透着男性的性感和低魅。

白惠不由得皱皱眉,扭了扭身子。徐长风在她的耳窝处轻吻了一下,撑起身子,头俯下,脸颊贴在她的肚子上,"糖糖豆豆,你们在做什么?睡觉吗?跟爸爸说说话好吗?"

白惠伸手在他吻过的地方抹了一把,才说道:"他们告诉我,他们不认识你,他们只认识潇潇叔叔。"

她的话立时让那脸还趴在她肚子上的人炸了毛。徐长风俊朗的容颜一瞬间绷了起来,他能明显地感觉自己脸颊上的肌肉一抽一抽的,抽得厉害,温润的声音笼上阴鸷:"你说什么,楚潇潇也曾这样过不成?"他一把扳住了她的小脸,"凭什么他们只认识楚潇潇,我才是他们的爹!"

他的声音有着压抑的恼怒,显然白惠这句话给他带来了强烈的心理冲击,白惠扁了扁嘴,她也意识到自己这句话或许是有些过火了。

"从怀孕到现在,七个多月了,我最最需要人关心的时候,你在哪里呢?"她忍不住质问他,"当我的手里面捏着妊娠诊断书,迫不及待地想要将喜讯告诉你的时候,你在做什么呢?你和楚乔在一起。我看见你的车子插进了货柜车下面,我发了狂地跑过去,我拼命地拍车门,可是车门打开,却是你用自己的身体护着你的情人,徐长风……"

白惠的眼睛里泪光闪闪,往事的不堪回首让她心如刀绞,眼泪就那么流出来。

徐长风的心就在那一刻震撼了。他只知道她在那个时候怀孕，也知道，她在他出事的现场出现过，可是他却从来不知道原来还有那么一刻，她是捏着医院的妊娠诊断书站在他出事的车子前。

"对不起，我真的不知道，如果我知道，……"

他说不下去了，知道了怎么样？有些事情在当时那个情形下，恐怕还是要做。他的脸上有痛苦的神情在扭曲，"你打我吧，只要你舒服一些。"他拿着她的手向着自己的头抽去。让她的巴掌一下一下落在他的脸上，头顶上。

他的眼窝里热得厉害，痛苦和悔恨，还有许多许多，许多亲情、爱情、事业不能兼顾的无奈，让他心里说不出的难受。他用力地吸了一下鼻子，"我对不起你。"他又将她抱在怀里，身躯紧贴，脸颊在她的脸上蹭过。白惠能真切地感受到他脸上淌过的湿漉，和他心里的痛悔，她的心弦在这一刻颤了颤。

夜色褪尽，晓色来临，又是新的一天。吃过早饭，白惠仍然出去散步，徐长风就陪在她的身边。直到她累了上楼来休息。午饭过后，她迷迷糊糊地睡着了。徐长风在客厅里抽了根烟，正想去书房处理一些工作上的事情，卧室里有惊叫声响起，接着是女人的哭声。

他的心头大惊，腾地从沙发上站起拔腿奔向卧室。只见午后阳光淡洒的床上，他的妻子惊慌地伸着两只手，两只美丽的大眼睛里盛满惊惧，呼吸急促而不稳："孩子，我的孩子……长风，我的孩子……"

她的脸色刷白，他过来的时候，她一把就攥住了他的胳膊："长风，我们的孩子死了。"

"没有，没有，你做梦了。"徐长风急切地将她颤个不停的身子揽进怀里，吻着她的额头。温软的嘴唇轻碰着她的额，她的脸颊，她的嘴唇："孩子好好的，在你肚子里呢！"他边吻着她，边柔声而迫切地安慰着。

怀里的人在听到他这句话时，身子登时就软了下去。

感受到怀里人的虚脱，他的大手轻轻地抚过她额头的汗湿，"你做梦了，孩子们都在你肚子里呢，你摸摸。"

他的手轻执了她的手，覆在她鼓鼓的肚皮上。"你感觉一下，他们在动呢，他们都很好。"

白惠倏然阖上了眼睫，一种前所未有的虚脱之感让她全身的力气被抽光了一般。她软软地躺在他的臂弯里："好多血，我看见，他们都……"她阖着的眼睫张开，又缓缓地阖上，泪珠滴下来，"我看见，楚乔，杀了他们。"

徐长风的心口咚的一下，一颗心刹那间揪紧："不会的，我不会让我们的孩子有事,我会好好地保护他们。"

他的眼睛里满满都是真切的心疼和笃定,让她的心头微微安宁。她紧攥着他的手慢慢地松开了,又躺回了枕头上。

"跟真的似的。"她的眼睛里仍然有一种似是在梦魇之中惊惶无依的神色,喃喃地念了一句。

他又将她的手搁在了手心,包裹住,柔声道:"只是梦,不会有事的,相信我。"他的指腹轻轻地在她的额头上擦过,湿湿热热的感觉从指腹下滑过,让他的心头瞬间又是拧紧。

白惠又迷迷糊糊地睡了,他就一直坐在她的身边。转天的早晨,他交待王嫂好好地照顾白惠,这才去上班。

这几天都没来公司,堆积的事情真多,他一直埋头处理了一个上午的文件,中午就让小北给他带了份工作餐吃了。下午的时候,黄侠来了,两个人说了会儿话,有电话打过来,他有些厌恶地接听,里面是楚乔仍然温朗的声音:"长风,我想我有些事要跟你说。"

"抱歉,我不会再听你说任何话。"徐长风眉心肃然地说。

"真的一点都不想吗?"楚乔又问。

"一点都不想。"徐长风话落音,手机也同时按了结束键。

黄侠道:"她找你是不是真的会有事?"

"不管有没有事,她的话我一句都不会再听,也不想听。"徐长风身子往后一靠,香烟点着,吸了一口:"若说她没有一面和我母亲亲若母女,一面又与她父亲一唱一和,对徐家落井下石,没有放狼狗咬他们母子之前,我的心里,或许会有一个地方,存在着她的记忆。但是现在,在经历了那许多之后,她让我感到厌恶、憎恨。连带着,以前的记忆我都想全部挖掉,这种感觉,黄侠你不会懂。"

他侧睨看向面前那个一向帅气不羁的男子,眼神里的神色难以琢磨。

黄侠的心里震动了一下,曾经,他和她的欢乐幸福,大家有目共睹,而如今,竟到了连记忆都要全部挖掉的地步,楚乔啊楚乔,你该要适可而止了。

楚乔站在徐氏大厦的外面,目光清冷而透出一种怨毒来。半晌,她开车离开了。

"徐长风,你如此绝情,就别怪我狠。"她开着车子,漂亮的眼睛里透出一种森冷森冷的气息来。

前面是一家中老年人品牌服装店,她的目光里出现了一道熟悉的身影。她不由得眯了眯眸,车子慢慢靠过去。

胡兰珠走进那家服装店,里面都是纯手工定制的很中式的衣服,对襟盘扣,美观而且仿古。楚乔走进去,目光在那一件件精致的衣服上扫过,就落在了胡兰珠的脸上,她走了过去。

"伯母,选衣服啊!"

"是呀,乔乔。"胡兰珠的脸上露出温和的笑容,"乔乔,来给你父亲选吗?"

楚乔便笑着嗯了一声:"伯母,这件咖啡色您穿一定好看。"楚乔说着,伸手拈起了一件对襟咖啡色领子处绣花的衣服来。

胡兰珠看了看那件衣服笑道:"嗯,我试试看。"她拿着那件衣服去了试衣间,当她换好了衣服出来的时候,在镜子前照了好半天。

"乔乔的眼光不错,这件衣服看起来不是很起眼,可是穿在身上,效果却不错。"胡兰珠满意地说。

楚乔笑笑:"是伯母您的肤色好,配这件衣服显得优雅,而且年轻了不少。"

"呵呵,乔乔就是会说话。"胡兰珠开心地笑了笑,楚乔明眸含笑,"伯母,您过奖了。"

"伯母说的是真话。"胡兰珠笑得温和慈爱。楚乔又客套了几句,就说道:"伯母我有事先走了。"

"好,你慢点啊。"胡兰珠说。

"嗯,再见。"楚乔跟胡兰珠告别,顺着楼梯向下走,身后传来胡兰珠的声音,"结账吧。"

楚乔嫣红的唇角微勾,左手处一条昨日才买来的玉石珠串在她的暗暗一扯下,骤然绷断,玉石珠子蹦跳着滚到楼梯上,又蹦跳着四散而去。她再次勾了勾唇,迈开步子小心地踏过台阶走了。

胡兰珠手里拎着刚刚才买来的新衣服下楼,半高的鞋跟下忽然间踩到了什么东西,脚下一滑,人迅速地就跌了下去。

"啊……"

身后传来胡兰珠惊恐的尖叫声时,楚乔微笑着勾了勾唇。

白惠从外面回来,慢吞吞地进了屋,王嫂去烧饭,她自己在沙发上坐下来,端起茶几上的杯子,刚想喝口水,沙发上的手机就响起来,她拾起来一看,居然有四个未接电话了。号码全是她的男人的。

她按了接听,手机里传来徐长风有些焦灼的声音:"我晚上过不去你那儿了,我妈这边出了点儿事,你吃完饭,累了就早些休息吧。"

"喔。"她微敛了眉心,心头有些疑惑,但那边的电话已经挂了。胡兰珠那里出了什么事,白惠不知道,她也没有心思去问问,她想,应该不会出什么大事。

这一晚,徐长风没有回来,她睡得不太安稳,总是有一种心慌的感觉。而且梦魇不断。她不得不开了灯,坐了起来。然而身上却出了一层的细汗,心跳也好半晌没有节奏。好不容易熬到快天亮,她才又睡了一会儿,然而正在梦魇沉沉浮浮的时候,手机刺耳地响了起来。

她被手机铃声惊醒,心跳骤然又加快了,她一手扶着肚子,伸手去够床头的手机。肚子里的小宝宝们,好像受到了惊吓,此刻一通乱动,她心头一紧的同时,轻喃了一句:"宝宝们乖。"

电话是袁华打过来的,白秋月出事了。白惠的心头噔的一下,竟是出现了心悸的现象。她喊了声王嫂,王嫂忙进来了。

"王嫂,快,帮我穿衣服。"她心急地说,额上竟是出了一层的冷汗。

王嫂见状,忙安慰:"你先别急,我们过去看看再说。"王嫂安抚着她,帮她披上了外衣。

白惠在王嫂的陪同下,匆匆赶到时,白秋月的心悸加重,脸色跟死灰一般地躺在家里的床上。袁华正绷着一张脸,气恼不堪地走来走去。

"妈!"白惠扶着肚子,加快了脚步奔向床边,白秋月的手颤颤地伸了过来,"惠呀……"

"妈,你怎么了?"白惠的眼睛里迸出了泪来,强烈的担心和不安让她心头揪紧。

白秋月道:"惠呀,没有玉瓶,没有玉瓶啊!"

"妈,什么玉瓶?"白惠心颤又紧张地问。

白秋月声音艰难地道:"玉瓶,是……长昆叔叔的,没了,早就……没了……"

"妈……"白惠不知道那个玉瓶是什么,更不知道那个长昆叔叔是谁。可以说,白惠二十多年的生命里,她只听伊长泽说过一次长昆这个名字,还有一次,是在一个月前,听见白秋月说过这个名字一次:"妈,您别说话了,我们先去医院。"她急切地说。

她用自己的胳膊去扶白秋月,王嫂忙过去帮忙:"我来。"王嫂挡住了白惠的身形,将白秋月扶了起来。袁华过去和王嫂一起扶着白秋月,几个人下楼。

"白秋月,那个玉瓶,你给你女儿了是不是?"伊爱不知从哪里闪了出来,挡住他们的去路,"白秋月,白惠不是爸爸的女儿,是你和长昆叔叔私通生下的,对不对?你这个贱女人,跟着爸爸,还和叔叔生孩子,真不要脸!"

伊爱在这几天里,曾数度来找过白秋月,声声质问白秋月那只羊脂玉瓶的下落,白秋月气火攻心,这几天一直没出门。谁料,伊爱贼心不死,又来了。

白惠皎白的额头冒出了青筋,而白秋月已然怒火上涌,原本是被王嫂扶着的,此刻突然间就推开了王嫂,冲到了伊爱的面前,狠狠扇过去一个大嘴巴:"你个疯子,你胡说什么!"

伊爱吃痛,又叫又骂,"你竟敢打我,你这个贱女人!白惠不是你偷人生的吗?要不你说她是谁的孩子?分明就是和人私通生下的……"

伊爱还在连叫带骂说着污秽的词语,后脑却是咚的一声,剧痛袭来,嗡的一下,伊爱的眼前冒出金星来。她惊恐地回头,但见白惠的手里拿着一个不知从哪儿捡来的木棍正对着她怒目而视:"伊爱你给我滚,再敢说一个冒犯我妈妈的字,我杀了你!"

伊爱惊怔地看着白惠那双秋水一般的眼睛,那里面正往外冒着可以杀死人的火焰,再加上后脑的疼,让她的心里产生了惧意,但仍然咕哝道:"我不说你也是个私生子,妈妈是个贱人,女儿也是!"

伊爱骂骂咧咧地转身快步跑了。白惠的脑子一阵阵发胀,强烈的怒火让她的心口处气血翻涌得厉害。而白秋月怒火攻心,身子一歪,人便倒下去了。

"妈!"白惠惊叫了一声,王嫂和袁华忙将白秋月的身子扶住了。

"惠呀!"白秋月对着女儿颤颤地伸手。

"妈……"白惠的心跳得厉害,强烈的,从来没有过的巨大的不安让她的声音发颤,双眼里锁满了惊恐和不安。

"惠呀!"白秋月颤颤地握住了白惠伸过来的手,一双失神的眼睛里全都是说不出的焦虑,"惠,你不是……伊长泽的女儿,也不是……长昆的……女儿,你是……"

白秋月的话到这里,戛然就止住了,她攥着女儿的手一下松开了,人已然如一根软软的稻草一般再次倒了下去。

"妈!"白惠大喊了一声……

救护车轰鸣,载着重度昏迷的白秋月向着医院驶去。白惠的心像被什么狠狠地撕扯着,强烈的疼痛和不安让她脸色白得像纸,王嫂扶着她坐在车上,担心不已:"白惠,你别太担心啊,你妈妈不会有事的,你自己身体要紧。"

白惠只嗯嗯地应着,她的手扶着肚子,她知道,自己不能太过激动,然而她还是颤颤地打开包包的拉链,摸出那枚黑色的手机。到医院什么情况,她全然不知,妈妈生死未卜,她好害怕,好害怕。

医院到了,白秋月被医护人员送去急救了,白惠还在拨打着那个熟悉的号码。

胡兰珠的左腿骨折了,此刻刚刚做完手术,被人从手术室推出来。徐宾、徐长风都围在她的病床前。胡兰珠脸色很白,这样突然而来的灾祸让她被强烈的疼痛折磨着。现在有麻药的作用,疼痛有些缓解了,她处于半睡半醒的状态。

徐长风是在工作的时候,被那家服装店打过来的紧急电话,叫过来的,胡兰珠从凌晨开始手术,手术一直做了将近三个小时,徐长风就和父亲一起守了三个小时。

安顿好母亲,徐长风道:"爸爸,你回去睡一会儿吧,我在这里守着妈就行了。"他看着父亲一夜之间,憔悴不已的神色,忍不住一阵心疼。

徐宾道:"那我先回去,如果有什么事,立刻就打电话给我。"

"知道,爸。"徐长风说。

徐宾走出了病房,伸手扶了扶太阳穴,这一夜没睡,担惊加受怕,他的头晕晕的。心底不由感叹:这人老了就是老了,比不得年轻的时候了。

他上了小北的车子离开了,不远处,红色的车子驶过来,楚乔眯了眯眸看看徐宾钻进车子的身形,她将车子开进了另一面的停车场。

徐长风在母亲的床边坐下,伸手揉了揉额头,这事情发生得太过突然,母亲怎么会踩到珠子,滑下楼梯,而那珠子又是谁落下的?

他揉了揉额头,不知是过于担心母亲,还是因为别的什么,心里总是有一种慌慌的感觉,好像有什么事情要发生似的,让他感到不安。

病房的门被人轻叩,接着,楚乔的身影就走了进来。徐长风看向她时,微微拧了眉。

楚乔道:"你别误会,我不是来看你,我只是来看伯母的。"楚乔向着胡兰珠的床边走过去,胡兰珠正好微微地睁了眼。

"伯母,你怎么样了?"楚乔关心地探过身子。

胡兰珠是死都不会想到,她这一场飞天灾祸就是拜眼前这个看起来无比可爱,内心里狠毒无比的女人所赐。

"哎,真是飞来横祸。"胡兰珠感叹了一声,声音里透着一股子虚弱。

楚乔做出担心的样子:"哎,真是,那地方怎么会有遗落的珠子呢?真得好好查一查,到底是谁扔的。"

徐长风神色肃冷地看着楚乔和胡兰珠说话,他的手机响起来,他便起身出去接听了,接完电话,主治医生正好走过来。他又陪着走进了病房,楚乔躲开了一些,那位医生便弯身查看胡兰珠胳膊和另一条腿上的擦伤,徐长风将手机放在了胡兰珠身旁的床头小柜上,小心地配合医生给胡兰珠挪动身体,胡兰珠的胳膊腿上青红片片,有些地方,还搓破了皮,冒着血丝。

那医生仔细检查过胡兰珠的伤情才说道:"徐先生,你跟我出来一趟。"徐长风便跟着那医生一起向外走,而他的手机便遗落在了床头柜子上。

白惠的电话就在这个时候打了过来。楚乔不经意地向着那黑色的手机瞄了瞄,立刻看到了屏幕上那跳动着的"白惠"两个字。她的眼中不由得冒出一丝怨毒来。

"我去把手机给长风送过去。"楚乔对胡兰珠说了一句,便拿着手机出去了。

这里是高等病房区,走廊里很安静,连个过往的人都没有。她轻轻一笑,按下了接听键。

"喂?"

楚乔娇婉动听的声音从手机那面传过来时,白惠当时就呆了一下。她又看了一下手机屏上的号码,没有错,就是徐长风的。

楚乔笑吟吟道:"怎么,找风吗?风睡着,还没醒呢,我们现在西山别墅。嗯,昨晚太累……"

白惠的脑子里当时就嗡的一下,西山别墅,他竟和她在西山别墅,共度春宵?他不是说他母亲出了事吗?

她不由得一阵发颤。难道他又在骗她?她的脑子里又是嗡的一下,瞪着那双吃惊不已的眼睛,身子禁不住一阵剧烈的颤抖,手机坠落到地上。

"白惠!白惠!"手机那边沉寂一刻后传来王嫂惊急的喊声,楚乔轻勾唇角,左手的黑色手机轻按关机键……

"白惠?"王嫂轻拍了拍白惠的脸颊,白惠似从一阵迷梦中清醒过来,"我妈她怎么样了?"王嫂摇摇头。

急救室的门打开了,两个人的目光都向着那匆匆而出的医生望过去:"抱歉,我们已经尽力了……"那医生神色歉然,白惠的瞳孔瞬间放大,大脑里面出现一片空白。继而大叫了一声,手捂住了肚子……

"白惠!"王嫂惊急,一把抓住了白惠的手,"你忍着点儿啊,我们马上去找医生!"

王嫂急得团团转,一个劲儿地拨打徐长风的电话,但徐长风的手机却关了机,清致远在国外,王嫂又急又慌,而白惠的叫声越发惨烈:"痛……好痛……啊……"

白惠痉挛着的、惨白惨白的手指紧紧地掐住了王嫂的手,皎月一般的脸上,挂着悲凉的绝望,"啊……孩子……"

生产的过程是一个漫长而痛苦的过程,在那数个小时的时间里,她的眼前不时会有白光闪过。意识快要游离的时候,医生的喊声又将她拉回,"用力。"

她虚弱的身体拼攒着全身的力气,每一次用力过后,她的大脑都会有短暂的意识脱离。

"妈妈……"她呻吟着喊着母亲,眼睛里泪痕点点,白光阵阵。"妈妈,帮帮我……"她的牙关再次咬紧,又是一阵剧烈的宫缩,她的手指掐进了王嫂的掌心。同是女人,王嫂此刻感同身受一般,眼泪就掉下来了。

"啊……"又是一阵宫缩来袭,白惠的额头豆大的汗珠冒出来,一只手死死地抠住了身下的床垫子。

此刻的楚乔站在卧室的窗子前,凝视着外面冬日凛凛。她唇角微勾,眼中嘲弄和狠戾浮现:徐长风,这就是你绝情负我的代价,白惠,你得到了你不该得到的,所以,这一切你必须承受。

"宝宝的胎心开始减弱了,快点用力!"医生的声音一声声传来,白惠阵阵发晕的大脑有了片刻的清晰,孩子,她的孩子,不能……有事。

她咬紧了牙关,拼命聚集着涣散的精神,冷汗涔涔地往外渗出来,渗透她的头发,渗透了枕头和身下的褥子。排山倒海般的剧痛伴着哗啦一下的鲜血涌出,她撕心裂肺地喊了一声,眼前出现了片片的白光。

"出来一个了,还有一个。"女医生说。两滴泪珠顺着白惠的眼睑往下淌。她恍惚的神志再度被拉回,身体被掏空了一般的虚弱让她几乎再也聚拢不起一丝力气。

"白惠,坚持住啊!"王嫂的喉咙里发出哭音,又是排山倒海的剧痛来袭,白惠一点点地麻木了,眼前白光阵阵,她的唇角鲜红的血丝往下淌,身体里有什么一下子抽离开去,接着好像又是哗啦的一下。

白惠彻底地陷入了昏迷。

微弱的婴儿哭声在房间里响起,王嫂心头一喜,她扭头看过去,但见中年的女医生将一个湿漉漉,满身是血的小婴儿递给了身旁的护士。

眼前是一片灰蒙蒙的天空,有很厚的云,云的外面有稚嫩的童音在唤着:妈妈。
"妈妈。"

似乎是自己的身体里发出的声音,又似乎是婴孩儿的声音,混混沌沌地传来,白惠费力地两只手拨拉着那厚厚的云层。她好虚弱,她想到外面去看看自己的孩子,可是她怎么也拨不开那层云。她的脸上是一片白惨惨的颜色,细细密密的汗又从额头上层层地渗出来,她呻吟地喊着:"孩子,我的孩子……"

"白惠!"王嫂温和慈爱的声音像是母亲的一般在她的耳边划过,"白惠。"王嫂的手温和慈爱地轻抚了抚白惠颊边汗湿的碎发,满眼的心疼。

白惠的眼皮终于张开了,她涣散的神志慢慢地聚拢:"王嫂,我的孩子呢?他们都好吗?"

王嫂的眼睛里一下子就沁出了泪花:"都好……"

"女孩不在了,男孩身体很弱。"那个替她接生的中年女医生替王嫂做出了回答。

白惠的大脑嗡的一下,如炸雷骤然滚过头顶,她大叫了一声,泪如泉涌。王嫂的心头也是噔的一下。粉色的褓褥里,小小的婴儿脸色青紫,气息全无。

白惠看着那个几天前还在自己的肚子里欢快地踢腾的孩子,眼泪哗哗地往下淌。她含着泪在那孩子微合着的眼睛上面轻吻。她热热的泪水滴在婴孩儿的脸上,心痛如绞,身子已是颤抖不停。王嫂站在一边抹眼泪,中年医生走了过来:"好了,你刚生完孩子,别抱着她了。她已经死了。"

孩子被抱走了,白惠的怀里骤然一空,眼睛里迅速地涌上空洞的绝望。身子一软,又是昏了过去。

"王嫂……"白惠再一次醒过来,泪湿满脸。王嫂将头靠了过去,"白惠,别说话了,好好休息。"

"不,王嫂。"白惠的眼睛里呈现出一种奇异的光芒,她的额头细细的汗珠明显,声音虚弱到极致,但仍然颤颤地攥住了王嫂的手,"王嫂,我跟你说……"

太平间里,看守老人两只粗糙的手从医生的手里接过了那粉色的襁褓,向着冷藏柜那边走。医院里,定期都会处理一些死婴,多是未婚生育,打下来的胎儿,这个孩子想必也是。老人摇头叹息,现在的人,真的不拿孩子的生命当回事!打个胎就像是吐口唾沫那么随便。

他一只手臂抱着那个婴儿往冷柜那边走,无意间低头瞧了一眼,这一眼,却是让他的心颤了一下。

清晨冬日的气息已经渐渐来临,天气阴巴巴地冷,一辆黑色的小轿车驶向了千云置业的停车场。林若谦中年沉稳的身形从车子上下来,大步走向公司大厦。今天公司有美国的客户过来,那是十分重要的客户,他比平时来得都要早。

员工们已经陆续来上班了,有人在叫他林总,他点头。公司大厦的门口处聚拢着好几个员工,低低的议论声阵阵传来,林若谦疑惑地走了过去,但见大厦门前的台阶子上放着一个粉色的包裹。有婴儿的哭声传来,低低微弱。

"这孩子是谁放在这儿的?"

"哎呀,谁这么狠心呢!"员工们纷纷议论着。

林若谦身子向前,他看到那粉色的小被子里,敞开的地方,露出一张小小的脸,很小很小的一张脸。那是一个闭着眼睛,脸色发紫的小婴儿。

他的双眉一紧,不由得弯下身去,修长的手指探到了那孩子的鼻子下面,一探之下,便立即将那小襁褓抱了起来:"快,去开车!"他对着身后而来的助理王宾喊了一声。

几十米开外的地方,一个中年女人双手合十,连念了好几声的阿弥陀佛。她伸手在眼睛处连抹了好几下,这才匆匆转身走了。

第三十九章　愤怒爆发

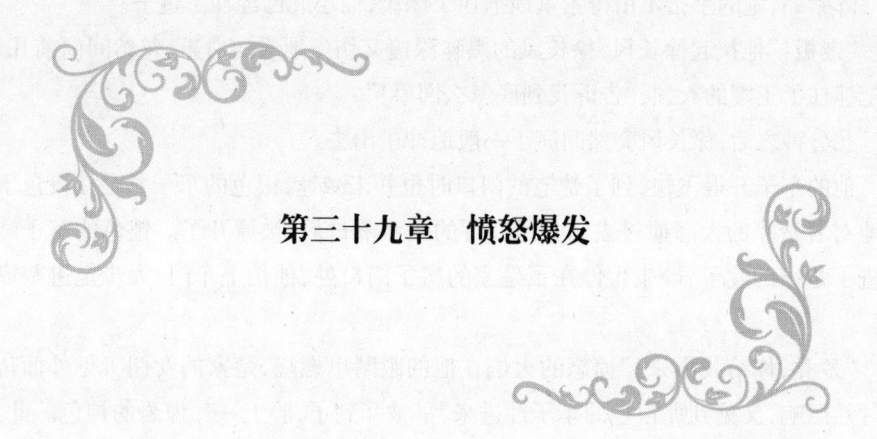

白惠处于断续的发烧中，失去孩子的强烈悲伤让她无力睁开眼睛。气息微弱。病房的门被人打开，一个男人出现在病房里。这已是白惠生产过后的第三天了。

"白惠！"徐长风的神色很憔悴，但眼神却是焦急而又担忧，突然而来的声音，熟悉而急切，划过了白惠迷蒙的神志，她缓缓地睁开了眼睛。视线里，男人的身形高大，挟带了风尘。

白惠的手颤颤地抬了起来，眼中冰凉的寒意迸现，咬紧牙关吐出一个字："滚！"

徐长风当时就呆了。

"白惠……"他难以置信地看着她，她躺在那里，看起来那么虚弱，说话都接不上劲儿。

"白惠，我们的孩子呢？"徐长风的心弦突然间收紧了，一股子强烈的不安再次涌上来，撞击着他的大脑，令他的眼睛里现出了极度的惊惶和紧张。

白惠的眼睛里清凉凉的泪流下来："都死了。徐长风他们都死了，你满意了。"

徐长风的大脑瞬间空白。

"徐先生，他们都死了，你尽可以和楚小姐去双宿双飞吧！"王嫂对着徐长风怒目而视。

王嫂的话犹如一记闷棍敲在徐长风的头顶："你说什么，谁双宿双飞，我的孩子们呢！"

"你的孩子们都死了，在你和楚乔双宿双飞的时候都死了！"白惠歇斯底里地吼着。

徐长风的眼前猝然间一黑，高大的身子哐当一声砸在了柜子上。白惠心脏突然间一阵紧缩，她的手指不由得紧紧地抠住了床单，而小北已经冲了过来。

"老板！"他扶起徐长风，徐长风的黑眸深邃又伤痛地看向白惠，忽然间向前几步，一把抓住了王嫂的衣领，"告诉我到底怎么回事！"

几分钟之后，徐长风突然间疯了一般地冲了出去。

他的车子开得飞快，到了楚宅的门口时也并未减速，银色的车子竟是在夜色下直直地对着楚家的大门撞过去。大门在砰的一声响过后，被撞开了。银色的车子嗖的冲进了楚家的院子，硬生生停在了楚家的房子门口处，他拍上车门，大步走进楚家大厅。

"楚乔，你给我出来！"愤怒的火焰在他的眼睛里燃烧，楚家的女佣听见外面传来的砰然巨响，又见到那银色的车子冲进来，早被吓到了，脸上一片惊恐的神色。此刻，再看着披着一身夜色进来的，满脸冰寒肃杀的男子，女佣惊骇不已。

"徐先生！"

徐长风并不答理，满脸肃杀大步地登上楚家的楼梯。

"小姐，徐先生来了。"

女佣又惊慌不已地喊着，那喊声从一楼处传上来，楚乔正站在卧室的镜子前，慢慢地梳理着才刚洗完的长发。洗发水的香气淡淡地飘洒，她看着镜子里那张冷然俏丽的脸，容颜依旧美丽，可是她的生命里，注定不会再有笑容了，因为她爱的那个人再也不会爱她了。

佣人的喊声传过来的时候，她微微蹙了眉，外面脚步声纷乱，接着一声愤怒的吼声传过来，她卧室的房门被砰的一脚踹开了。一道男人的身影冲了过来，凛冽的气息，冰寒的面容让她的心头一缩。

徐长风一把就揪住了楚乔睡衣的领子，将她从椅子上拽了起来："楚乔！你这个丧心病狂的女人！"

啪的一声，重重的一个巴掌落在了楚乔的脸上。

"你这个贱女人，你害死了我的孩子！"徐长风的脸上肌肉剧烈地抽搐起来，一双俊眸阴鸷毕现。

"不是我，徐长风！是你们之间根本就没有信任，是她从来就不信任你！"楚乔两眼冒出泪花，"她从来就不信任你，不然怎么我说什么她就信什么！徐长风你真的悲哀，枉你煞费苦心地保护她周全，她根本就不相信你！"

"啪！"又是一声脆响，楚乔的身子哐当砸在了梳妆台上，手臂碰到了她价格昂贵的化妆品，一个小瓶子骨碌骨碌地滚到了地上，砰然炸碎。

楚乔脸颊上火烧火燎地痛着,她的唇角流出了血,精致的容颜上,青青红红一片,却是抬头颤颤地望向那个男子,"徐长风,你从未这样对待过我,你说过,会呵护我一辈子!"

眼泪从她漂亮的眼睛里流下来,她从来认识不到自己的错,她只知道,他和她之间,曾经有最美好的誓言。

而他背弃了。

"我的确说过会呵护你一辈子,可是楚乔,是你自己背弃了誓言,是你自己一再打破我的底线。楚乔,你死一百次,一千次都不足惜!"徐长风揪着她的衣领,咬牙愤怒地低喊。心中万分悲痛和着刻骨的仇恨,让他失去了理智,他把楚乔狠狠地摔在了地上,揪住她的头发往着墙上撞去,楚乔连喊叫的力气都没有了,耳边只有咚咚的声音不断传来,

直到女佣惊慌失措地抓着徐长风的手让他住手,徐长风才松开了楚乔,但眼睛里已经泪光迸现,"楚乔,如果有可能,我情愿失去十年的寿命,都不想我的记忆里再有你!"

第四十章　生死茫茫

徐长风一纸诉状将白惠生产的那家医院告上了法庭。白惠只是隐隐听说了他告那家医院的事情,她并没有询问什么,她的心如死灰一般。只是有法院的人来找她询问生产那天的事情,她才试着去回忆了一下。那是她不愿触及的伤痛,她回答得断断续续,几近无力。为她接生的女医生在她生产后便突然离职了,去向不明,这里边是不是有什么不可告人的秘密,她无暇去想,她只是沉浸在失去母亲和女儿的悲痛里难以自拔。

白秋月的丧事在三天之后举行,丧礼的当天,白惠身披重孝,在母亲的灵前长跪不起。赵芳悲伤的眼窝发热。徐长风作为女婿身披重孝,他在白惠的身旁跪下去,给白秋月磕了三个响头,这才伸手搀扶他的妻子。

她的两肩发颤,满脸泪痕,眼睛肿得厉害。连声音都哑了,几天之内,失去母亲,又痛失骨肉,她的伤,她的痛只比他更多。

徐长风的心一阵阵地揪紧,他将她不断抽动的肩揽在怀里:"白惠,不要哭了。"他试图给她擦脸上的泪,她却是一下子推开了他:"别碰我,徐长风,滚!"

她的眼睛里一片幽愤,怒火迸现,他的心头不由得一缩,那两只伸出去的手直直地僵在了半空。

楚潇潇也来参加葬礼了,他才出差回来,就听说了白惠的事情,心头震惊不已,连家都没回,便匆匆赶来了葬礼的现场,他将白惠扶住。轻声对她道:"我扶你回去吧。"

白惠的头昏昏沉沉的,眼前不住地发黑。她软软地靠在楚潇潇的怀里。楚潇潇将白惠抱了起来,什么也没说就向着他的车子走去。身后,徐长风看着那高大的身影抱着他的妻子离开,徐长风仰头长叹。天空灰蒙蒙,他的心在淋漓地滴着血,一阵阵的悲痛涌上来,几乎将他灭顶。

黑色的奥迪载着楚潇潇和白惠离开了,小北看向他的老板,但见他那双深邃的眼睛里郁结着说不出的愁闷和痛苦。

白惠被楚潇潇送回了她的房子,这里是她曾经快乐幸福过的地方,是她与她的宝宝们生活了好几个月的地方,看着房间里熟悉的一切,她的心情百感交集。这里的每一个角落都记载着她和宝宝们的点点滴滴,那些个大腹便便的日子,充满希望的日子。

糖糖豆豆,她的小糖豆。

白惠瘦削的身形在婴儿室门口慢慢地蹲了下去,双手掩着面,低低的哭泣声如泣如诉,让人的心口一阵阵地抽紧。

楚潇潇的心口像是被什么一把捏住了。但是此时此刻,他真的不知道说什么,什么样的言语才可以安慰到她。失去一双儿女,那该是多么彻骨的疼痛啊!

白惠昏昏沉沉地睡了过去,眼睫上残留的泪珠轻颤着,楚潇潇在她的客厅里,坐了好久,她姐姐的所作所为给白惠造成的伤害让他愧疚无比。

白惠悠悠醒来的时候,已经夜色沉沉。楚潇潇的目光望过来,她微微眯了眯眼。

"潇潇,你还没走。"

"没。"楚潇潇向她走了过来。

"你感觉怎么样?"楚潇潇的手轻覆在她的额头上,落手光洁处,是一层潮潮的汗。

"我没事了,你回去休息吧。"白惠轻声说。

"好吧,你休息,有什么事就打电话给我。"楚潇潇说。

白惠点头,楚潇潇临出门之前,白惠又道:"潇潇,帮我找个房子。"

楚潇潇回头看了看她,似是想说什么,但终是没有说,嗯了一声转身离去。

白惠躺下,床边上就是两个宝宝的打印照片。看着那两个粉嘟嘟可爱的宝宝,她的眼泪忍不住流下来。嘴唇咬住,悲伤从心底溢出,她压抑地哭出了声。

没有什么比怀胎数月一分娩却痛失骨肉更悲伤的事情了,白惠沉浸在痛苦中难以自拔。

夜色下的徐宅,"王嫂,别挂电话。"徐长风的声音染了一抹急切喊住了王嫂就要按掉手机的动作,本是他叫清致派过去照顾她的人,现在也把他当成了敌人。

他心底苦笑不已:"王嫂你告诉我她现在在做什么?睡了吗?还在哭吗?"

"她很好,死不了!"王嫂气愤地挂了电话。徐长风的神色瞬间沉黯下来。

又是一个晨昏过去,白惠悠悠醒来,自己蜷缩在床上,手里的遥控器毫无目的地按着,电视屏幕上的一组画面将她的视线凝住了。

林水晶,中国画界后起之秀。

白惠的眼睛里登时亮了起来。

深秋的季节,外面的树木楼房都笼罩在一种萧索的气息里。展览中心的外面,一道瘦瘦长长的身影,停住脚步。她穿着长款的银色风衣,披着过肩的长发,身形看起来弱质纤纤,然而一张脸却是那么的白。

她看着眼前展览中心大门口处的红色横幅:青年画家林水晶个人画展。姐姐,真的是你吗? 白惠的眼睛里有泪光浮动。

一拨又一拨的人从她的身边走过,走进了展览大厅,她才也推门而进。她的目光向着里面望过去,大厅里挂着一张张或者气势隽永,或者气势磅礴的画。

"林水晶,这样行吗?"一个男人的声音喊了一句,白惠的心头立时一跳,她的目光向着那个喊话的人望过去,那是一个青年男子,手里正举着一幅临摹自敦煌的"飞天"画像要挂到墙上去,一个年轻的女子走了过来。

她有着高挑的身形,一头青丝微卷从一侧的脸颊旁散落下去。她穿着黑色质地良好的紧身毛衫,墨色的丹宁裤膝部磨白,窈窕的身形透着一种成熟女子的魅力。与楚乔的美不同,楚乔是天生的冷艳,可是眼前的女子,她是那种从内而外散发出来的一种书香气掺着一种高贵的气息,还有成熟女子的沉稳和睿智。

那是她的姐姐。

白惠的唇边轻唤着姐姐两个字,心口又是一阵轻颤。她多想唤一声姐姐呀,可是她却不敢唤出来。

多少年不曾见过,她可还记得她?

她看着那个梦里想了多少次的容颜走到那个青年男子面前,指挥着他去将那幅画挂好。她却默默地退了出来。她站在外面的台阶子前,仰望着灰蒙蒙的天,美丽的双眸里雾气蒙蒙。她紧走了几步离开了展览馆,一直走到几十米之外的地方,这才捂住了心口的位置。

她站在那里,心跳似乎是好久才有一下。迎面,有一对夫妻走过来,男人的手里面推着一个双位的婴儿车,车子上,两个漂亮可爱的小宝宝,穿着蓝粉色系的棉质衣服,头上戴着同款式的小帽子,圆圆的小脸,大大的眼睛看起来十分可爱。那是一对龙凤宝宝。

白惠的目光看过去时,呆了呆。

女宝宝皱皱小鼻子忽然哭了,年轻的妈妈便忙将女儿从婴儿车里抱了出来,轻哄,小丫头竟然咯咯地笑了起来。稚嫩的童音响在耳边,一声一声地滑过白惠的耳膜，却似是刀子般一刀一刀地凌迟着她的心脏。

她看着灰蒙蒙的天，她想起那个毫无生气的小婴儿，她是那么小，却毫无生气地躺在她的怀里，在还未来得及睁开眼看一看这个世界的时候便匆匆地离开了人世，匆匆地离开了她。

糖糖，妈妈还没有喊一声你的名字……

白惠的心弦一阵剧烈的颤动，头像是撕裂一般的痛。她一阵发颤，不禁倚住了路旁的大树。

天堂酒吧，哦，这里可是天堂？

她看着那霓虹闪烁的地方，心头浮动着难以言说的迷茫。都说借酒浇愁，那么，一定也可以减轻她的疼痛。她的心，好疼啊！

她坐在酒吧的角落里，单薄的身影透露着说不出的孤寂和痛苦麻木。一个男子靠了过来："小姐，看起来你好像不太舒服啊，想不想舒服一下？"

白惠幽然抬眸，黯淡闪烁的灯光下，那人对着她笑，神色悠然如神……

林水晶从舞池那边过来的时候，听到了低低的呼救声："放开我，放开我！"她定睛看过去，但见走廊的尽头，灯光昏暗处，有两道人影扭在一起。背对着她的是一个男人，男人的身影里面裹着一个女人，那男人的嘴唇一个劲儿地亲吻着女人的脸，那女人则是躲闪着喊着："放开我。"

林水晶秀眉一皱，已然大步走了过去："放开她！"

那个正在搞着猥亵动作的男人回了头，眼神发直，不知是醉酒的，还是怎么了。对着她吼了一句："没你事儿，一边去。"

林水晶恼怒："你放开她！"

那人便是一拳挥了过来，伴着一阵酒气。那拳头眼看就落在了林水晶的脸上，耳边划过那个女人的失声惊叫。

就在这个时候，有人一把攥住了那个人的手臂，猛地向后一背，那男人立时发出嗷的一声怪叫。

"滚！"伊亦峰对着那人吼了一声。

那个小青年胳膊好像脱臼了，疼得酒劲儿醒了大半，爬起来就跑了。林水晶倒抽了一口凉气。

昏暗的光线下，那个蹲在墙角处的女人，一双亮亮的眼睛正盯着她。

"水晶姐……"白惠颤颤地站了起来。长发披散的她，脸颊苍白，却又被凌乱的发丝遮住，林水晶的眼睛里涌出惊异的光来，似在努力地回想着，这个女人，她是谁。白惠站直身子,如悬崖边上的一朵小花,她的双唇微微地翕动着,似有千言万语要说,眼里更是泪花闪闪,殷殷期盼地看着她。

林水晶终于吐出两个字来,眼中惊喜浮现:"玲玲?"

"水晶姐。"白惠叫着,心里一直深深埋藏着的思念和这些日子的痛苦煎熬让她的泪水决堤。她叫了一声水晶姐,便天旋地转间,倒在林水晶的怀里。

再次醒来的时候,她半躺在一辆漂亮的跑车上。身旁的驾驶位上坐着长发蓬松,却神色十分可亲的女子。她正神色焦急地看着她:"你怎么样?我送你去医院吧!"

白惠摇了摇头:"不用。"

"真的不用?"林水晶黑珍珠一般的眼睛里落满了担心的神色。

白惠点点头:"我休息一下就好了。"

"那好吧。"林水晶有些不放心,但还是开动了车子。

这是一处不大的房子,简单的装修,四面白墙,房间里只陈设着一些必备的家具。白惠被林水晶扶着靠坐在了简陋的沙发上,她纤瘦的手指轻轻地扯住了林水晶的衣服:"水晶姐……"

她的两只眼睛含着异样的悲愁抱住了林水晶的腰。那眼神,那声音,那张苍白如月的脸无不让林水晶从未有过地心颤。她不由得伸手捧住了白惠的脸:"玲玲,告诉我,你怎么了?"

白惠的两只眼睛里噙着泪花,只是又喃喃悲痛地叫了声水晶姐……

白惠睡着的时候,林水晶就守在她的床边,白惠断断续续的讲述让她知道了,她和她离别之后的坎坷,和母亲的离世。但是她绝口没提徐长风,更没提她的失去的孩子们。她只是为失去亲人的痛苦和见到林水晶的欣喜缠绕着,伏在她的肩头,像是失散多年的孩子终于找到了亲生母亲。林水晶就一夜无眠地守了她一个晚上。

早晨,林水晶离开了,白惠一直送到门口,恋恋不舍地抱住林水晶的腰,林水晶摸了摸她的脸:"记得,有事情给我打电话。"

"嗯。"

林水晶的车子开走了,白惠回身进屋。不知过了多久,徐长风来叩门了,白惠没有动。

"白惠?"徐长风的声音扬起来,白惠说道:"别进来徐长风,我不想见你。"

"白惠!"徐长风又喊了一声,但白惠却不再回应他。他抬头看看眼前的门牌号,这是他好不容易才找到的她的新居。可是她不给他开门。

"白惠,你听我说,我那天真的不在楚乔那里。我母亲摔伤了,我在医院里陪着她,我不知道楚乔动过我的手机,我没想到她会那么做……"

徐长风在外面顾自解释着,可是里面一直没有声音,徐长风气馁地叹了一口气,在半天之后转身离开了。

许久之后,在那脚步声越来越远的时候,两滴清凉的泪从白惠的眼中滴下来:"是不是真的都不重要了,我的孩子死了……"

徐长风一个人站在酒柜前,拿着一瓶酒直接对着嘴巴灌了起来。或许只有醉了,他心里的伤才可以淡忘。不知过了多久,他醉倒在了酒柜下面。清致进来的时候,他就四仰八叉地栽在那张大床上,满屋子酒气弥漫。

"哥。"清致推了推他,徐长风没有反应,清致用手探了探他的脸,烫烫的,连手臂都是烫烫的,这是喝了多少的酒呢!

她将他的两只皮鞋脱了下来,又脱了袜子,将他的两条长腿顺到了床铺上。松开他的衬衣领子,将被子盖在他的身上,这才满脸愁思地坐在了床边上。

"哥,你这样子怎么行呢?你应该振作起来,孩子已经没了,可是你还有将来。你应该去把嫂子追回来,你们不能就这样下去。"

所谓亲者痛仇者快,楚乔,她最乐于见到的,就是现在的样子。清致觉得头很疼,她自己的事情还是一团乱麻呢,家里又发生了这么多的事。徐长风只在喉咙里发出了几声嗯嗯的声音,清致离开时,将房门给他锁好了。

徐长风早晨醒来时,头疼不已。他去花店买了一大束的红玫瑰,驱车前往白惠的住所。白惠就坐在客厅里,盘腿坐在沙发前的地毯上,心不在焉地看着电视。已经一个多月了,她的孩子们啊!

她就那么靠着沙发,恍然若失地熬过了一个上午的时间,门铃响起,她把门打开,头发随意披散着的她,容颜沉静。很柔弱,可是也很美。

"白惠。"徐长风的手里捧着那一大束的红玫瑰,站在门口处。

白惠抬了眼帘,看向他那一双俊眸:"什么事?"她的安静淡薄让他的心口一抽。

"只是来看看你。"徐长风捧着那一束花,深眸凝视着她,她的瘦削,她的病态和羸弱让他心头缩紧。

"哦,那么你已经看完了,你可以走了。"白惠淡漠地说完就随手关门。

"白惠!"徐长风的声音响起来,那门被他一只胳膊撑开了。他一双黑眸里充斥着一种叫做痛苦的神色。

"求你,给我个机会。"

白惠的心弦登时就是一颤:"抱歉徐先生,我们真的完了。"她手掌用力,房门被她硬生生推上了。转过身来,背靠着咖啡色的防盗门,她的长睫上滚落两滴晶莹的泪来。

徐长风站在门口处,那房门关得死死的,他的心口也堵得死死的。他站在那里,心头刀子戳似的不好受。

"白惠,我说过和她断绝了关系,就是真的断绝了,我绝没有再找过她。白惠……"

他的声音透过门板传过来,有些沙哑,透着真诚,也透着焦灼。白惠的心头一阵阵的涩痛,她慢慢地蹲了下去,以手掩面,眼泪从指缝间流出来。

她不知道他是什么时候离开的。那说话声音消失了好久,才响起他的脚步声,最后渐渐消失。她定定地坐在地板上,神色游离。

楚潇潇来敲门的时候,她还坐在那里呢,房门打开,她看到楚潇潇的手中拿着徐长风捧来的那束红玫瑰。

"这花不知谁放这儿的。插起来吧,这么好的花,扔了怪可惜的。"楚潇潇将那束玫瑰递了过来。白惠接过,插在了窗台上的空瓷瓶里。

楚潇潇若有所思地打量她,她的长发柔顺地披在身上,穿着粉色碎花家居服的她,身子瘦削羸弱,是一种弱质纤纤的美。

"明天我要飞厦门了,一起吧!"他的神色温和在征求她的意见,却又好像已经替她做了决定。

"好啊。"白惠回眸轻弯了唇角,对着他笑了笑。这是她一个多月没再有过的笑容。

楚潇潇走过去,执了她的两只手,轻轻地将她纳进了怀里。白惠感受着这个陌生,却又让她很亲切的怀抱,轻阖了眼睑。

转天的一早,楚潇潇开着车子过来接了她,两个人一起奔赴机场。他穿着很时尚的夹克,脸上戴着墨镜,年轻而且帅气。车子存在了停车场,楚潇潇拉了她的手,两个人向着候机楼走去。

几个小时之后,碧海蓝天,碧空如洗,白惠站在海滩上,斜阳夕照,清风阵阵,心头有了这些日子里从未有过的一丝开朗。

楚潇潇走过来,将自己的夹克披在了她的身上:"你身子弱,别着凉了。"夕阳下,他看着她,将她锁在他温和的目光里。

"谢谢。"白惠说。

两个人坐在了一块礁石上,白惠看着那残存的夕阳一点点地消失在海平面上,灯光亮起,点点灯火如水晶一般在海的尽头闪烁。

楚潇潇的手臂轻柔地揽了她的肩:"白惠,让我们,谈一场恋爱好吗?"

白惠的心头微微地惊讶,她转过头来看着身旁这张熟悉的面庞,他的眼神那么温柔却是在等着她的回答。

白惠轻轻地垂了眼睑:"我们……"

楚潇潇是一个出淤泥而不染的人,他太过完美,而且……白惠不知该说些什么来回答他。

楚潇潇道:"我知道,我的身份或许并不该跟你说这句话,但是我喜欢你。如果这句话永远都不说,那我会不甘心。你懂吗,白惠?"楚潇潇的眼神变深,就那么望着她。

海浪一阵阵地拍击着礁石,带来海水咸湿的气息,白惠微微失神。

"潇潇。"白惠不知该说什么。她的心里可以说是死灰一片。她一直追寻着的爱情可谓是童话,她一直爱着的人,伤得她体无完肤,还害死了亲生的骨肉。而现在,让她开始一段全新的恋情,近乎奢侈,何况那个人,是楚潇潇,楚乔的弟弟。她和他,怎么可能开始一段恋情呢?

楚潇潇似是看透了她的心思:"你当我没说吧!"他站了起来,轻快地笑了笑,又拉了她的手道,"饿了吧,我们去吃东西。"

白惠便跟着他手拉着手沿着海岸线向回走。前面不远的海鲜大排档,里面坐了很多游客,十分热闹。楚潇潇替她点了鲅鱼的饺子,又要了好几样海鲜和清香的扇贝汤,两个人慢慢地吃了起来。

白惠想起了那些和楚潇潇一起吃牛肉面的日子,一时有些恍然。她离开那个地方,伤心的事情不被碰触,心情也少了几分抑郁。

她吃了小半盘的饺子。最近胃口一直恹恹的,但是现在不知不觉地竟是吃了好多。

楚潇潇微笑地看着她吃饺子,带她来到这个陌生的城市,显然是对的。回去的时候,楚潇潇将白惠背了起来,白惠没有拒绝,而是双手圈住了他的脖子,放心地将自己的头搁在了他结实宽阔的肩膀上,慢慢闭上了眼睛。

她竟是睡着了。楚潇潇笑了笑,背着她向着租住的旅馆走去。

这是一家坐落在居民区里的混搭型小铺,装修和家具都是别具一格,十分有特色的。楚潇潇之所以选了这里,而不是那些大型的酒店,主要就是觉得这里的风格与众不同,可以转移白惠心底抑郁的情绪。

他把她轻放在了床上,又亲手脱去了她的鞋子,正要给她盖被子的时候,白惠醒了。

"潇潇,到了啊!"

白惠睁着一双还是迷蒙的眼睛,带着几分睡意的惺忪问。楚潇潇道:"是呀,你睡了一道儿。"

白惠脸上有点儿发热:"哦,你累坏了吧,我……谢谢你。"

"呵呵,你不重,再背多远都没问题。"楚潇潇笑得痞痞。和楚潇潇在一起无疑是快乐的,白惠的唇角弯了弯。

　　转天,楚潇潇租了一辆自行车,双人的那一种,他在前面掌握着平衡,白惠在后面。

　　这种自行车对白惠来说是一种很新鲜的玩意,她也好奇地和楚潇潇骑了一会儿。环岛路空气宜人,路边便是碧蓝大海,景色和情境当真是美。

　　一对对年轻的情侣蹬着这种双人自行车从身边驶过,留下一路欢快的笑声。白惠的心情也开朗起来。累了的时候就干脆不蹬了,剩下楚潇潇一人在卖力。后来,就到了小吃街。两人一起吃了海蛎煎。那是一种鸡蛋和海蛎煎的饼,淋上番茄酱,酸酸甜甜的,非常好吃。白惠吃了一整套的海蛎煎。楚潇潇就坐在她的对面看着她吃,她吃得津津有味,那样子又文静,又可爱。

　　他不由得眯了眯眼睛。

　　白惠正吃着,感觉到了他玩味的目光,便对着他莞尔一笑,楚潇潇道:"别动。"他边说,边将休闲上衣中的手帕抽了出来,身子微微探向前面,洁白手帕从白惠的唇角处轻轻地擦了过去。

　　白惠呆了一下,他的动作这么亲近,让她的脸颊瞬间便热了。而楚潇潇则笑道:"你把鸡蛋吃脸上去了。"白惠一听,羞得差点儿把脸扎到餐桌底下去。

　　徐长风的身影出现在这家海蛎煎外面的时候,正巧看到楚潇潇为她轻擦唇角的情形。洁白的手帕,如月般的女人,深情温和的男人。他的脸上有片刻的肌肉抽搐。

　　他想进来的,但却不知为何迈不开脚,只在外面看着那两个人深情脉脉,吃得有滋有味。楚潇潇结过账从店里面出来的时候,怔了怔。而白惠却是彻底地呆住了。

　　"吃饱了?"徐长风歪着头,微眯着一双眼睛似笑非笑地看着她。白惠差点叫出声来:"你怎么在这儿?"

　　"我是来找你的。"徐长风上前几步,靠近了白惠的身边。他一双深眸就那么看着她。

　　楚潇潇也凛眉看着徐长风,而白惠已然平静了心绪道:"你来找我做什么。我们之间,已经不会有未来了。"

　　徐长风道:"有没有未来,你一个人说了不算。"他的神色耐人寻味,却又带着一种笃定。

　　白惠有点儿语噎的感觉。半晌才道:"你太自信了。"她收回视线,将手伸进了楚潇潇的掌心,她的手便随即被楚潇潇的手包裹住,两个人牵着手从他的面前走了过去。

　　徐长风的呼吸瞬间变粗了。

他看着那两个人像是情侣般地手牵着手向前走，他的眉毛紧紧地拧了起来。楚潇潇和白惠的身影已经走到过往的人流里，找不到了，他还站在那里，怔怔出神。

前面是一家家鳞次栉比的购物小店，店面小巧而精致，拥挤却独具匠心。一件件各有特色的小工艺品带走了白惠的视线。铁皮画，干花，陶瓷摆件儿各种小玩物应有尽有。眼前两只小陶瓷猫吸引了白惠的注意，一黑一白，造型卡通煞为可爱。两只猫的身旁挂了个小牌子："寻求包养。"

白惠的唇角弯了弯，伸手将那只白猫拾了起来，她仔细地端详着，"老板，这个多少钱。"

"一只五十元。"老板说。

楚潇潇在一边微微眯着眼睛看着她，她真的好特别，别的女孩儿感兴趣的会是衣服和首饰，可是她却喜欢这些小东西们。

"老板能不能便宜点啊？"他听着她问。

那老板道："不能了小姐，已经很便宜了。"

白惠有点儿无语，正想还说什么，楚潇潇竟然已经掏了钱出来："喜欢就买了吧。"

白惠蹙眉道："潇潇这个很贵。"

楚潇潇的手揉了揉她的头发："千金难买你一笑，何况只是区区的五十块。"他说的话貌似有点儿离题，说完，人已经拿着那只"白猫"转身出去了。白惠蹙了蹙眉尖，又勾了勾唇角，便也转身跟了出去。

两个人回到了居住的那家旅馆。

白惠住的是三楼的海景房。站在露台上，海水的湿咸便扑面而来，海风阵阵，夜色下的大海上，灯火点点，海浪的声音一阵阵传来，有一种让人心驰的感觉。

楚潇潇住在隔壁的房间，想是已经歇下，白惠独自一人站在露台上，听着那夜晚的海浪拍岸的声音。视线里，好像有道身影站在沙滩上，与她对望。

她定了定神。心头一紧的同时，手机已经响了。她迟疑一刻返身进屋，将手机取了出来，电话果真是徐长风打过来的，他就站在对面的沙滩上。晕暗的灯光下，可以看到他模糊的身形，颀长而沉肃。

"不要和楚潇潇呆太久，早些回去吧，你和他在一起不合适。"徐长风的声音伴着海风传来。

"什么不合适？"白惠敛眉问了一句。

徐长风道："你和他谈恋爱不合适。他是楚乔的弟弟。别说他父亲不会同意，楚乔也不会同意。"

"你想多了，徐长风。我和潇潇是朋友，无关他的父亲和姐姐。"白惠心头微愠，夜色下,那道模糊的身影似乎是将一只手插进了大衣的兜中。

"你那么想,他恐怕不那么想。白惠,我是男人,我懂得他的心,他喜欢你,而你和他,是不会有未来的。所以,你最好和他保持距离。"徐长风又慢条斯理道。

"你闭嘴徐长风!"白惠恼怒地低吼了一句,"我做什么不用你来管,我不想和你说话了!"白惠说完立刻就按掉了电话。

楚潇潇是她的朋友,是她在危难的时候,挺身相救的人,是她在需要温暖的时候,给她温暖的人,像哥哥一样。白惠咬了咬唇,心里头翻涌得厉害。

隔壁的窗子前,楚潇潇的身影良久地站在那里……

徐长风没有再打电话给她,也没有再找过来,而白惠和楚潇潇在厦门又停留了一天,然后返回了那座北方大都市。

楚潇潇开着车子将她送回了居所,这才离开。白惠上楼,手里拎着从鼓浪屿买回来的几个小工艺品,掏钥匙开门。房间是她临走时的样子,整洁温馨。然而沙发上多了一个人。她打开房门的时候,他就坐在沙发上,手指抚摩着那只"白猫"。她进来的时候,他的眼睛就那么望了过来,深邃而耐人寻味。

"你怎么在这儿?"白惠吃惊地叫了出来。

徐长风神色未变,只慢悠悠地道:"你不跟我回来,我只好在这儿等你。"他放下白猫站了起来,一身藏青色西服,衬着修长挺拔的身材,浑身由内而外地透出一种尊贵来。

白惠有点儿语噎的感觉。

"可这是我的住所,徐先生。"白惠镇定下来,将手里的东西放下,指着门口道,"你这样做是私闯民宅,请你赶紧离开!"

"呵呵,私闯民宅!"徐长风笑得玩味而嘲弄,"你是我老婆白惠,你的房子就是我的房子,怎么叫私闯民宅?"

"你……"白惠无语了。

而他已经迈步向她走过来:"我们从来就没有真的离过婚,所以,离开楚潇潇,我们过回以前的日子。"他的手轻执了她一只手,目光变得柔和。

白惠气恼地将他的手一甩:"你说过就过,你说离就离,我几时才有个自主权?你走吧,我现在很安静,不需要你来打扰!"

啪的一下,她的手臂再次被他扣住,她的身子被他向回一扯,一把压在了墙壁上。他的手随即扣住了她纤细的腰,一股子粗灼的气息扑面而来。他深邃的眼睛灼灼地盯视着她的眼睛:"我不会放手让你和楚潇潇在一起的。"他俊朗的容颜一下子拉低,狠狠地吻住了她的嘴唇。

白惠不依地推他,口里含糊出声:"你别碰我……"可是他丝毫不给她挣开的机会,将她的身形紧紧地压在白墙上,女人与男人力量上的悬殊,让白惠根本挣不开他。他的大手顺着她上衣的下摆探了进去,直接贴上了她腰处的肌肤。接着那手指就解她裤子的纽扣。白惠又急又羞,抬起脚来在他的腿脚处连踢带踹。她的挣扎越激烈,越让他的火焰猛涨,男性的征服欲越是强烈。他不顾她的挣扎,热切霸道地亲吻着她,她的裤子纽扣他解不开,就干脆揪掉了。

　　就在这个时候,门铃响了起来。清脆的铃声一阵一阵地传来。他禁锢着她正在她身上索取的手僵了一下。门铃持续地响,她和他就在客厅里紧挨着门口的地方,清晰真切地听到了一个女人的声音:"玲玲? 玲玲你在家吗? 我是你惜然妈妈。"

　　白惠的脑中有什么轰然炸响,在他怀里的那具身子已经开始战栗起来。她推拒他的手开始发抖,大大的羞恼的眼睛里一点点地染上了惊喜的神色。

　　她的眼睛里有泪珠一点点地氤氲出来。她的样子让他感到震惊,那只在她身上的手一点点地收了回来,搂住她的腰:"你怎么了?"

　　他不由得担心地问。

　　"玲玲?"外面又传来温和亲切却带了一丝焦急的女人声音。

　　白惠也不说话,一把将徐长风推开了,几步奔到了门口,匆忙地整理了一下衣服,一把将防盗门拉开了。门口处站着一个中年却可以说是十分漂亮的女人。她穿着很合体的咖啡色风衣,肤色白皙,短发蓬松,明眸沉淀着岁月的沉静,但却透出一种担心来。

　　白惠看着眼前这张曾经在无数个夜深人静的时候浮现在眼前的容颜,她的眼睛里闪烁着晶晶亮亮的泪光:"妈妈。"她一下子扑进了叶惜然的怀里。

　　叶惜然的双臂随即搂住了她簌簌战抖的身子:"玲玲,你还好吗? 怎么一直都不回去看看妈妈?"

　　白惠一听到叶惜然的话,眼泪瞬间流得更凶。

　　"妈妈,妈妈,我……"她颤抖着说不出话来,只是两只胳膊紧紧地搂着叶惜然。

　　叶惜然心里焦急,又说不出的担心,此刻,只有一只手不断地抚摩着白惠的背,"玲玲,你的事情水晶都跟妈妈说了,不要太伤心了。"

　　对于白惠的事情,林水晶并未提到太多,只说是她的母亲去世了,婚姻又出了问题,白惠现在过得不太好。然后归期匆匆,她便返回了英国。

　　叶惜然说话的时候,一抬眼就看到了站在房间里的人,徐长风,他如玉树临风一般站在白惠身后的不远处,双眉微凛,若有所思。她微微敛了敛眉。

　　白惠从叶惜然的怀里拉出身体,两只眼睛红红的,惜然的到来,她可以预料,只是自己这般狼狈的境况,她真的不想被曾经的养父母见到。

对于徐长风来说,白惠幼年的那段记忆,他从不知情,白惠从不曾说过,那是深埋在她记忆里一段最美好的时光。徐长风伸臂轻轻地将妻子的肩揽住对叶惜然道:"请问您是……"

"她是我妈妈。"白惠毫不犹豫地说了一句,也随即从徐长风的臂弯里脱出了身子,"妈妈,你快进屋。"白惠拉了叶惜然的手,伸手抹了一把眼睛。

惜然在客厅的沙发上坐下了,目光疑惑地在徐长风的身上打量。徐长风对于白惠的那句我妈妈,感到疑惑而且吃惊。而惜然的目光更是耐人寻味。

"你就是徐长风是吗?"惜然问。水晶只提到了那个负了白惠的人的名字,但并没有说些别的。是以,惜然并不敢确定些什么。

徐长风猜测着叶惜然的身份,其实对于叶惜然的丈夫林若谦,他是见过的,只不过并不算熟。徐长风心头一阵讶然,但还是礼貌地说道:"晚辈徐长风,是白惠的丈夫。"

叶惜然道:"你母亲的事情,我听亦峰提起过,但我一直不知道,我的女儿玲玲,就是你家的媳妇。如果早知道,我怎么可能眼看着她受那么多的苦!"

徐长风心头一动,目光深敛,而白惠心中登时涌起一阵说不出的感动和温暖,她轻叫了一声妈妈,叶惜然已是轻搂了她,对着徐长风道:"你们的事情我并不了解,所以也没有资格埋怨些什么,我只能说从此以后,我不会允许有任何人伤害我女儿。"

惜然的目光严肃而且淡定,却也是咄咄逼人的。徐长风的心顿时一沉,而叶惜然又道:"现在你先出去吧,我和我女儿多年未见,有很多话要说。"

徐长风眉宇处纠结着,却不得不说:"好吧,我先走。"虽然他从不曾刻意去伤害过白惠,但是他的行为却仍是深深地伤害到了她,是以,叶惜然的话让他多少都是愧疚的,神色间也有些难以从容了。

"再见,伯母。"他又看了看他的妻子这才转身离开。

叶惜然在白惠那里坐了很久,直到林若谦的电话打过来,叶惜然才起身告别,临走时说道:"玲玲,你父亲今天有会议要开没办法过来,但过几天他会亲自过来看你的。"

白惠心头被暖暖的亲情包裹:"妈妈,我会去看爸爸的,我很想他。"

或许自小的经历使然,在亲生母亲白秋月面前,她从来都要坚强,而在叶惜然的面前,却是让她真真切切地有了一种女儿对母亲的依恋和依赖。

看着叶惜然离去的身影,她的眼神流露出浓浓的眷恋。林家的车子就停在楼下,她眼看着叶惜然快要钻进车子里了,她又喊了声妈妈,然后又紧紧地将自己埋入叶惜然的怀里。"妈妈,我一直都在想你和爸爸。"

"嗯,妈妈知道。"叶惜然亲昵地搂了搂她,抚摸着她柔顺的长发,"乖,你身体不好,好好养着,妈妈过几日会和你爸爸一起过来看你的。"

"嗯。"白惠点头,看着叶惜然的车子越走越远,她的眼前越来越模糊。

徐长风坐在办公室的沙发上,默默地吸着烟,昨晚从白惠那里离开,他心头疑惑,便叫小北去查了查,这一查他才知道,他的妻子竟是林家多年前的养女。

这些事情,他的妻子竟然从不曾提起过。他也是到现在才知道,他的妻子曾在出生不久即被扔到了孤儿院的事。他并不惊讶于林家的家世,他也不惊讶于白惠被林若谦这样的父亲收养,他只是突然间心里好疼。他的妻子,她自从生下,便命运多舛,孤儿院生活了五年,到后来被林家领养,只是快乐地生活了一年之短的时光,便被亲生母亲白秋月接走,自此,便是乐少苦多。

徐长风一根香烟燃尽,又吸了一根,直到徐宾推门进来。

"怎么吸这么多烟?"徐宾看到儿子的眼神笼在一片烟雾中的样子,心头便是抽紧,浓眉拢了起来。

徐长风将吸了半截的香烟碾熄在烟灰缸中,这才开口道:"我没事,爸爸。"

"没事怎么可能吸这么多烟!长风啊,心里再不好受,也不能用烟来糟蹋自己知道吗?"徐宾轻拍了拍儿子的肩。

"白惠那里怎么样了?"

第四十一章 她的小豆豆

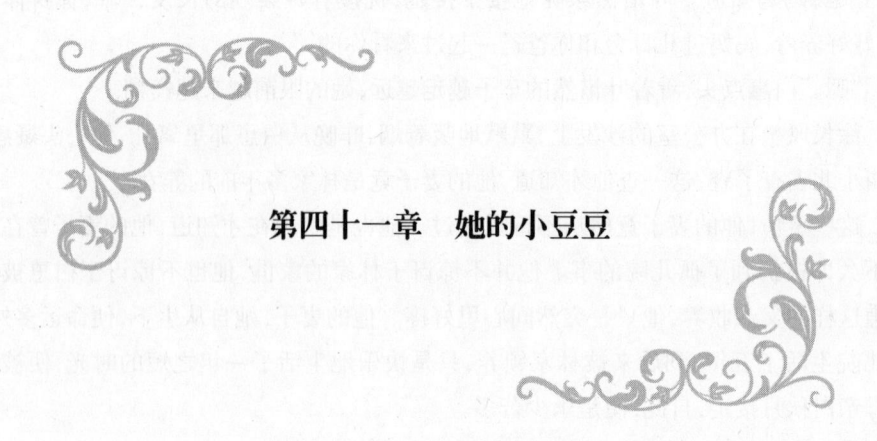

三天后的早晨,林家的车子停在了白惠的楼下,那是林家的一辆奔驰。白惠上了车,那司机很客气地叫了声:"玲玲小姐。"

白惠有些不适应地道:"请叫我白惠吧。"

那司机一直将白惠载去了这座城市的一处花园小区,这里,有林家的房子。白惠被司机带进了屋,她看到沙发上的中年男子,林若谦,她的林爸爸。

叶惜然已经迎了过来,亲切地搂了搂她:"玲玲啊,快来见你爸爸。"

她携着白惠的手将她带到了林若谦的面前,林若谦中年依然俊朗的眉眼微微地眯了起来:"嗯,真不可以想象,当年的小玲玲,长成这么美丽的大姑娘了。"

"爸爸。"白惠一声喊,已是蕴藏着说不出的激动和欣喜,还有深深的涩然。林若谦便伸了双臂,笑道:"来吧,像小时候一样。"

白惠的嘴一扁,心里一酸,她想起了那短暂的时光里,她和她的水晶姐姐在她们的爸爸下班后,一人一个抱住他的情形。她的眼窝一热,人已经扑进了林若谦的怀里:"爸爸,玲玲一直都想你……"

"嗯,爸爸知道。"林若谦轻拢着白惠的背,那是一个真正慈爱的父亲。

这一个上午的时间,一家三口亲昵地说着话。白惠的心里一直涌动着说不出的喜悦,一种喜极而想哭的喜悦。她说不出那是一种什么样的感觉,她一直都想着他们,思念着他们。虽然他们所住的城市并不远,可是她从没有勇气去真的见见他们。

当年她只是一个孤女,可是却得到了养父养母倾注的绝不少于亲生女儿的爱,而若干年之后,他们对她竟还是这么热忱,这么亲切,这么疼爱。白惠感动着,温暖着,两只眼睛里不时地涌出泪花来。

她在惜然的身边呆了一整天的时间,晚上又和惜然睡在一起。她偎在惜然的身边,像是很小很小的时候。母女两个说了半宿的话,白惠把这些年的经历大致讲了一下,但是绝口没提她和徐长风的事,亦没有提到两个孩子。那是她心口永远的伤。

惜然只用疼爱怜惜的眼神看着她,并没有多问什么。转天,林若谦一早就出去了,中午的时候,惜然亲自下厨做了几个菜,白惠吃着母亲亲手煮的饭,心里头暖意包围。

临吃饭之前,白惠听到惜然在打电话:"小晨晨怎么样?吃得好吗?嗯,你们好好照顾着。"白惠的心头登时抽紧,人在惜然的身后呆住了。

小晨晨,是她的……

"玲玲,你怎么不吃饭啊?"惜然电话打完见她呆愣着就问了一句。

白惠的心头不知是喜还是痛,只是两只眼睛里闪了泪花:"我这就吃妈妈。"

下午,白惠和惜然在小区里走了走,林若谦正好开着车子从外面回来,一家人一起回家。院子里有车子停着,一辆银色宾利,还有一辆不知名的跑车。白惠在看到那宾利的牌号时,当时就呆了一下。

"玲玲?"惜然喊了她一声,她忙回了神扶着叶惜然的胳膊。前面走着的是林若谦,此时,他高大的身影已然迈步进屋了。

白惠听到里面有青年朗朗的声音响起来:"伯父。"

"哦,亦峰来了。"白惠又听到林若谦的声音。

当她和叶惜然迈步进屋的时候,却发现客厅里站着两道男人的身影。

一个挺拔魁梧,帅气而阳光,浑身都透着一种阳光的气息。这个人,她见过,这正是那个叫做亦峰的男人,那个和她的水晶姐一起解救过她的那个男人。

而另一个……

白惠的目光望向伊亦峰身旁的男人时,心头顿时抽紧。徐长风,他长身玉立,温文儒雅地站在那儿。

"伯父,伯母。"徐长风客气而礼貌地喊了一句。在生意场合,他称呼林若谦为林先生,此时此刻,他随了亦峰,"伯父,伯母,冒昧来访,请恕长风无礼。"

他说话的时候,对着林若谦和惜然的方向微微地弯身,鞠了个躬。

林若谦神色微凛:"坐吧。"

徐长风便和亦峰一起坐在了另一面的沙发上。

"亦峰,这位是你玲玲妹妹。"林若谦介绍说。

亦峰漂亮的眼睛打量了一眼白惠,笑道:"哦,我们见过。"他对着白惠露出十分明朗的笑,对着白惠叫了声玲玲妹妹。

白惠说:"你好。"

伊亦峰便笑了笑。

白惠向着徐长风望过去,而他也在看她,眼神意味深长。

"伯父,伯母,长风和玲玲妹子的关系,你们可能都已经知道了,此事可谓一言难尽……"伊亦峰开口说。

惜然不由得气恼道:"亦峰,你别帮这个人说话!"

亦峰干笑,林若谦则道:"然然,你先带玲玲上楼去吧,我这里有话正要对徐先生说。"

叶惜然蹙着眉尖,神色并不好,但还是轻搂了白惠,"我们上去吧。"

白惠跟着惜然上了楼,身后有声音传来:"徐先生,既然你来了,有些话我就不妨说出来,我不管你出于什么理由,出于什么目的,是不得已也好,是无意的也好,你伤了我女儿,我就不能容忍……"

白惠的心头霎时涌过百味。林若谦的一句,我女儿,让她的心头暖意浓浓,却又百味杂陈一般。隔了二十多年,她重又感受到了父爱的温暖,她有流泪的冲动。

她不知道那天,林若谦都和徐长风说了些什么,她在楼上只是隐约会听到一点声音,徐长风一直很少说话,而林若谦显然也不是话多的人,只是寥寥几句,已是极尽维护她之意,一言一语之间,是把白惠当做了亲生女儿的。对徐长风没有过多的指责,但那种父亲对女儿的维护却是字字体现出来。

白惠心头感慨万千,她长这么大,从不知道自己的亲生父亲是谁,亲生父亲也就是如此了吧!

徐长风和伊亦峰在接近半个小时后离开,白惠的目光从二楼的窗子处望过去,但见一辆白色的跑车和一辆银色车子驶出了院子。

白惠在惜然那里住了两天,第三天时,叶惜然和林若谦返回D城,她才离开回自己的居所。临行之时,惜然像搂着自己亲生的女儿一般搂着她说:"想妈妈爸爸就过来,林家永远都是你的家。"白惠"嗯"着点头,眼睛里泪光浮动。

回到一个人的居所,她默默地坐在沙发上,她想起了童年的时光,也想起了小晨晨。小晨晨,呵……

灯光杯影映着一道道男男女女衣冠楚楚的身形,这又是圈子里的一个聚会。徐长风本无心过来,但是邀请者是刚从英国回来的一个发小,人家热情洋溢,他不能不来。但是他修长的手指擎着那细脚的杯子,却是微拢着双眉,若有所思。

"长风,那边热闹,我们过去玩会儿。"一个朋友拍拍他的肩,他只是轻勾了唇角,"你们玩吧,我一个人静一静。"

"啊好。"那个人便走了。

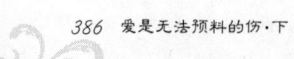

徐长风望着窗外的夜色,他在想林若谦说的话,他说:不管你出于什么理由,伤了我女儿,就是不对。如果你还想和我女儿过下去,就拿出你百分之二百的诚意来,否则,我断然不会让白惠和你重新来过。

是呀,他有再多的理由,可是都是以伤害她为代价,他值得原谅吗?

"风哥,在想什么?"是黄侠的声音,他一袭白衣风度翩翩地过来了。

"没想什么。"徐长风对着他一笑,俊朗也有些无奈。

"哎哟!"耳边划过一个女子的尖叫声。他蹙了眉心看过去,却见一袭明艳装束的女子在他身后不远处的地方,扭了脚。

那是一张极为精致的容颜,楚乔的神色间露出几分懊恼,但是看到他时,脸上又冷冰冰冷的了。他站在那里没有动,而黄侠也只是看着楚乔,没有过去扶一把的意思。

徐长风转身递了根烟给黄侠:"来,抽个吧。"黄侠接过,跟他借了个火,两个人就在楚乔扭脚处的正前方几米处,悠然而自得地吸起了烟。

徐长风站在窗子边上,看着窗外的车水马龙,身后传来楚乔的声音:"阿齐,你快来……"紧接着便是靳齐奔过来的惊呼声:"乔乔!"

他厌恶地勾勾唇,干脆就迈开步子离开了。

"乔乔,你怎么了?"靳齐从麻将桌那边匆匆奔来,楚乔仍然蹲在地上,一手扶着脚踝处,神色委屈而痛苦:"阿齐,扭脚了。"

黄侠一直站在那里,静静地看着楚乔一脸委屈,看着满脸关心和焦急的靳齐一把将楚乔抱起来。他看着他们的身影消失在前面的一间包房里,他想,这个世上最最执迷不悟的人,莫过于靳齐了。

靳齐将楚乔直接放在了沙发上。

"让我看看。"他蹲下身来,毫不在意的大手抚上了她白皙的脚踝,仔细地检视了一会儿道,"还好,你休息一会儿应该就不疼了。"

"嗯。"楚乔点头,眼睛里泪花闪闪。靳齐的心像是被谁揪扯了一下似的,瞬间就发颤了。他稳定下混乱的神志,起身给楚乔倒了一杯水:"来,喝点儿水吧。"

"嗯。"楚乔样子极乖地接过来,慢慢地喝了一口。靳齐就坐在她身旁,凝视着她。

"阿齐,送我回家吧。"楚乔又是一脸人见犹怜的神态说。

"好。"靳齐便站了起来,扶着楚乔向外走去。他用自己的车子把楚乔送到了家,下车的时候,楚乔轻转眉宇:"阿齐,陪我一会儿吧。"

她语声幽幽,眼神里带了期许,靳齐几乎是不假思索地道:"好。"

他扶着楚乔,两个人进了屋,楚乔坐在床头看着靳齐,大衣已经脱下的她,里面穿着十分漂亮冷艳的一条黑色裙子,白皙的肌肤在灯光下,闪烁着一种十分迷人的光泽。

"阿齐,我们喝杯酒吧,一个人好寂寞。"楚乔喃喃耳语似的说。靳齐看着她那双漂亮的却是迷惘的眼睛,轻轻点头。楚乔便走了出去,一会儿就拿了一瓶洋酒进来了。盖子打开,楚乔倒了两杯出来,一杯递给了靳齐,"来,阿齐。"

楚乔对着靳齐娇媚一笑,万分妖娆。靳齐心念怦然一动,那杯酒被他一口喝了下去。

楚乔又给两个人都倒上了酒,洋酒的芳醇中,两人连喝了好几杯。楚乔媚眼如丝,醉意醺然,两靥生春,看起来说不出的娇媚。靳齐酒劲儿上头,脑子也有些不听使唤。眼前可就是他心心念念爱着的人,此刻就是让他生生醉死他也愿意。

"乔乔,你真美。"他一向冷峻的眼睛里涌出无限的温柔。

楚乔则是媚眼如丝,双手环住了靳齐的脖子,星眸怅然:"阿齐,如果他像你一样,该多好。"

徐长风的车子在傍晚时驶向了白惠所在的小区,在小区外面的市场处,他看见了两道熟悉的身影。

一个是他的妻子,一个是楚潇潇。白惠的手里捧着一个不大的鱼缸,缸里面游弋着三条小金鱼,两条黄色,一条黑色。

徐长风慢慢开着车子跟在后面,看着他的妻子和楚潇潇一起往小区里面走。

"不知我会不会把它们养死哦。"白惠看着那些小鱼,有些无措似的。

楚潇潇笑,"你不要总喂它们,不把它们撑死就没事了。"

白惠脸上一窘,楚潇潇则是笑得爽朗。

徐长风的车子始终与那两道身影保持着七八米的距离,他的车窗敞着,他们说什么,能清晰地传进耳中。

楚潇潇的手臂轻揽了白惠的肩一下,笑道:"你知不知道,你真的很可爱,比我见过的所有的女孩子都可爱。"

白惠当他是打趣她,不由得瞪了他一眼。那样子有些羞赧。

"咦,你衣服破了。"白惠视线收回的时候,不经意地看到了他黑色翻领皮衣的左肋下,竟是坏了个口子,想是刚才在市场上被什么划破的。

楚潇潇低头瞧了瞧:"哟,还真坏了。"

"我帮你缝缝吗?"白惠征询似的问。

楚潇潇便立即点了头。徐长风长眉凛得厉害。他想起了她帮他缝扣子时的情形。那是两年之前了,她坐在沙发上,在灯光下,一针一线耐心而细致地把衬衫袖口处的铜纽扣给他缝上。

她那么耐心,那么细致,一针一线密密地缝着,然而就在转天,她便不辞而别了。去了那个南方的小城和那个叫做单子杰的小子同在一所小学教书。

往事沉沉浮浮地涌现在脑海,而眼前的两个人已经消失在楼门口了。

白惠将鱼缸放在了沙发前的玻璃茶几上,取了针线让楚潇潇将衣服脱下来,在她的腿上展开,找到那条细细的口子,她慢慢地缝着。这件衣服一看就价值不菲,生生划了条口子,真是让人心疼。她一针一线慢慢地缝着,细心而仔细,楚潇潇就好奇而温柔地看着她。这年头,会缝衣服的女孩儿,真的不多了。

白惠低垂着眉眼,耳侧的发丝垂下来,她用另一只手轻轻地往耳后拢了一下,就这么细微的小动作,楚潇潇心里的那根弦就好像被人拨了一下,刹时涌起暖暖的心动。衣服上的口子,他可以拿去专卖店处理的,但他更喜欢,更想,看她给他缝衣服时的样子。

白惠手里的针缝完最后一下,轻轻挽了个扣,然后将那根线揪断了。

"你看看行吗?"她将手里的针插回了针线包里,拿着衣服给楚潇潇看。但是一抬头,她就呆了一下。楚潇潇一双漂亮的眼睛,就似笑非笑,又无限温柔地看着她。她呆怔的工夫,他的脸向着她拉近了,鼻息相闻之间,他在她白皙细腻的脸颊上,轻吻了一下。

她脸颊上微微湿热,他的俊颜已是轻轻拉开了与她的距离,但是目光仍然温柔无限地将她笼在他的视线里。

白惠的脸上热了热,不由得伸手在脸颊上他吻过的地方,摸了一把。

楚潇潇唇角轻勾,眼神里勾出了几分暧昧出来:"你缝的,我就喜欢。"他起身将那件衣服披在身上,"我走了白惠,过几天再来看你。"

"哦,那再见。"白惠站了起来,脸颊上仍然是热热的,楚潇潇那温柔的眼神好像还撒在她的头顶。

楚潇潇开门的瞬间,怔了怔,门外站着一道挺拔的身影,却是徐长风。两个大男人相互对视着,彼此都凛了眉宇。

白惠也惊了一下,楚潇潇回头道:"我过几天再来看你。"

"嗯。"白惠对着他点了点头,楚潇潇便径自从徐长风的身边走过去了。

徐长风深眸凝视着屋子里的女人,她的脸颊微微泛着红,她和他,刚刚做了什么?他抬腿走了进来。

"喂,你别进来。"白惠想把他关在门外,他却是手一带将门在身后掩上了。

"他对你做了什么?"他的大手抬起来,轻落在她的脸颊上,那里,才刚被楚潇潇吻过。"这么红。"他又吐出一句来,对着她,微微眯了下眼睛,一片耐人寻味的肃冷。

白惠哑口无言,他的眼睛还真是毒。她抬手啪的一下拍在了他的大手上:"别碰我脸!"

徐长风的手背被她拍过的地方,麻麻酥酥的,但他只是轻勾了勾唇角:"白惠,楚潇潇是军人,他总这样和你这个有夫之妇勾搭下去,是要受处分的。"

白惠心头一沉,但仍是说道:"你别说话这么难听!"

徐长风轻笑:"这是事实,难道你不是有夫之妇吗?难道他没有和你勾搭吗?"

"你!"白惠彻底无语,"徐长风,我们明天就去民政局办手续,我们离婚!"白惠对着他恼怒地喊。

徐长风的眉眼之间有讥诮涌出来:"你想得美!"他的大手一把攥了她的胳膊将她的身子一下子就扯进了怀里。"你想和楚潇潇双宿双飞了,嗯?"他清凛的眸子直直地盯视着她的眼睛。

白惠的身形被他扭在了怀里,仰头看着他:"是,我就想和他双宿双飞,徐长风,我们明天就去民……"

她后面的话没有说出来,她的嘴唇已经被他覆过来的嘴唇堵住了。他的大手一把就扣在了她的后脑上,强迫地让她仰了头接受他的吻。

白惠又气又恼,拳头飞快地招呼到他身上,但是他并不闪避,反是一只胳膊圈了她的腰,轻易就将她打横抱了起来。

他抱着她,大步走进了她的卧室,一下子将她扔在了大床上。白惠被他突然间一摔,眼前冒出金星来,大脑里一阵阵地闪着白光。而他已然欺身过来,五指插进她的指间交握住她的手:"白惠,我是不可能让你和楚潇潇在一起的。你这辈子都别想离婚!"

他俯下头来,亲吻她的脸,她摇头躲避,他却松了她的手,直接就捧住她的脸,狠狠地惩罚性地吻过去。

"你别碰我,我嫌你脏,徐长风!"白惠又气又恼胡乱地喊。

她的话无疑像个炸雷在徐长风的头顶滚过,他的双眸立即涌出狠戾的颜色,而白惠仍然不依不饶:"别用你那和楚乔接吻的嘴唇来吻我,我嫌你脏!"

徐长风恼怒地吼:"楚潇潇还是楚乔的弟弟呢?你怎么不嫌他脏!"

啪的一声,他的脸上挨了白惠一个巴掌:"你别拿他们两个来比!"

她的巴掌更激怒了徐长风,他心底的火簌簌地狂燃。一双深眸狠戾毕现:"楚潇潇就那么好,嗯?你要是不怕他被处分!"他边说,边动手解她衣服的扣子,白惠的手匆忙去挡。

"徐长风,你别这样!"

然而他不管不顾,那两只大手跟钳子似的,她怎么也掰不开。她的衣服纽扣一个个绷开,她越发地心急。

这个时候,房间里响起小风的叫声。徐长风的裤腿子被小风咬住了。小风的牙齿咬着他的裤腿子使劲儿地往外拽,口里还嗷嗷地叫。

"松开!"徐长风吼了一声,可是小风越发用力了,还吭哧吭哧地透过他的裤子咬他的腿,徐长风甩了甩腿,"松开!"

那小东西根本不听,徐长风气得用另一只脚去踢它,小风嗷地叫了一声,被他一脚给踢出去了。

白惠惊叫一声:"徐长风你别伤它!"

她爬了起来,惊急地想要去看看小风伤到哪里,可是人才站起来,眼前便是猝然一黑。徐长风忙伸手去抱她:"白惠?"

白惠幽幽地醒来了。

"你别激动,我不会再碰你了。"徐长风轻声说,两个人就那样对望着。

白惠轻叹了一声:"即使那天你真的没有在楚乔的床上,也是你对她一向的纵容,让她什么都敢做……"

徐长风忽然间感到说不出的一种难受,他的神情整个颓丧下去。

白惠睡着了,徐长风没有走,但坐在她的床边,他的心如死灰一般。

"糖糖,豆豆!糖糖,豆豆!"睡梦中的白惠忽然间惊叫起来,徐长风一把抱起了她,"白惠,你做梦了白惠。"

白惠从沉沉的梦魇中醒过来,脸上全都是泪:"我梦见糖糖和豆豆了。糖糖好惨……"她说不下去了,低低的声音呜咽起来,拳头砸向他的胸口,"都是你的乔乔!都是你的乔乔!"

她越说越是难受,眼泪飞了一脸。她痛苦的哭声终是让他不知所措,直到滴下冰凉的泪来。"是我不好,是我害了他们。"徐长风的一颗心柔肠百结。

白惠打累了,身子乏急地软在了他的怀里。"我看到你,就会难受,我们离婚吧,徐长风。"白惠在他的怀里喃喃出声,"我不知道我们以后还可以怎么样过下去。我看到你,就会想起楚乔,我们不可能再过下去了。如果宝宝们都在,或许可以,可是……"她的语声哽住了,半晌才道:"我找不到我们可以继续下去的理由……"

她的哭诉让他的心被撕扯着一般。她的找不到继续下去的理由,让他的心头冰凉。他如被一记闷棍敲过头顶一般,就那么呆愣愣地站在那里。

从那之后,徐长风好几天没有过来,也没有给白惠打过电话,她想,就这样彼此淡薄下去,就是最好。她在一个早晨,坐上了去D城的长途车。

这座城市,她只在六岁那年来过,生活过不足一年的短暂时光,但记忆是美好的。她没有打电话给惜然,而是凭着幼年那模糊的记忆,坐在出租车上慢慢地找着。

她记得,那是一座很大的花园别墅,四周的风光极好,她隐约记得那个别墅区有个很好听的名字,叫:水,倾城。因为那处小区被一条明亮的湖水环绕,风光极佳。

她终于找到了那个地方,只是比记忆中越发的漂亮了。她打听到了惜然家的住址,轻按门铃。漂亮的铁艺大门里出现了一个老年的男子:"小姐,请问你找谁?"

"我找惜然妈妈,我是她的女儿,我叫白惠。"白惠刚才还平静的心潮却在这一刻突然之间泛起巨大的涟漪。一颗心咚咚地跳起来。

那管家一听,立即满脸带笑:"原来是玲玲小姐呀,太太天天都盼着你过来呢!"他笑呵呵地给白惠开了一侧的小门。

白惠走进去的身影在那一瞬间发抖。不知为什么,她很激动很激动,一颗心毫无节奏地乱跳,连那张一向白皙的小脸上都布上了奇异的红潮。

"请跟我来。"管家在前面带路,白惠跟着他向前走。眼前树木扶疏,却露出初冬时节的萧条。

"太太,玲玲小姐回来了。"随着管家的一声喊,客厅里走出一个中年的女人,"玲玲。"叶惜然满脸欣喜地与女儿拥抱在一起,白惠的眼睛里晶莹闪烁,紧紧地回抱住母亲,"妈妈……"

叶惜然去给林若谦打电话了,白惠的目光在客厅里打量,眼前的情景依稀就还是小时的样子,而且,她和姐姐一起弹过的那架钢琴还在。她的眼前浮现出那样的傍晚,她和她的姐姐,一起静静地听着母亲一双轻灵的手弹奏出优美的乐章。她不由得有些出神。

一阵婴儿的啼哭声传过来,嘹亮而清晰。白惠的心神登时就是一颤。她不由得顺着那哭声传过来的方向望了过去,只见一个中年女佣抱着一个小小的婴儿从楼上走了下来。

"太太,小晨晨又不肯吃奶。"

佣人的眼睛里带着焦急,那怀里的小东西,长得白白胖胖的,此刻正咧着小嘴哭得欢畅。白惠的心神登时被那张小脸紧紧地吸住了。她不由得站了起来,呼吸急促,脸上红得厉害。

惜然打完电话走到了佣人的面前,将那小婴儿抱了过来:"晨晨,怎么又不吃东西呢?"她蹙着眉尖,很担心很无奈的样子,"是不是又要妈妈喂呢?"

她边说边抱着小婴儿在白惠面前的沙发上坐了下来,口里念道:"这孩子,天天要我喂才肯吃东西,真是个折腾人的小家伙!"

惜然的声音略带埋怨,但是神色却是关切的,疼爱的。她一手抱着小晨晨,一手接过佣人递过来的奶瓶,耐心而温柔地将奶嘴轻轻地送到小晨晨的口边。那孩子的嘴唇一沾到奶嘴就停止了啼哭,张着两只眼睛看着收养她的女人。

　　白惠目不转睛地看着小婴儿吃奶的样子,他的一只小手从被子里伸了出来,在眼前呀呀地舞着,两只眼睛黑而亮,边吸着奶嘴,边瞧着他的惜然妈妈。

　　"慢点喝,臭小子。"惜然温声斥了一句,那小家伙喉咙里便发出了啊啊的声音。

　　白惠的一颗心不停地发颤,小豆豆,她的小豆豆。

　　"玲玲你怎么了?"惜然感觉到了她的异样,问了一句。白惠颤颤问道:"妈妈,他身体可好?"

　　"嗯,刚来的时候不好,在医院里住了一个月呢,现在没事了,能吃能喝的大胖小子。"惜然又低头喂晨晨奶,边喂边道:"也不知道这孩子的爸爸妈妈怎么那么舍得,不就是早产身子弱吗?送医院治好了不就得了吗?干吗要把好好的孩子扔掉!"

　　惜然无心的话让白惠的全身阵阵发颤。

　　小家伙咕咕地吃着奶,半天之后小嘴一扭,饱了的样子,小手扬着舞来舞去。

　　"妈妈,我可以抱抱他吗?"白惠心跳得厉害,满怀期冀地说。

　　惜然笑道:"当然可以了。"她说着,就把小家伙递了过来。白惠接过那小襁褓,搂在怀里,低头看着怀里的那个小人儿。他有着黑亮亮的眼睛,圆乎乎的小脸,连小手都胖乎乎的,是一个十分健康的小宝宝。白惠一将他抱过来,他便用黑亮亮的眼睛看着她,小嘴一翕一合地发出啊啊的声音,似在和她说话。白惠的眼睛里一瞬间就热了。

　　她低头瞧着怀里的小人儿,多少个夜里,她整夜难眠,可却不敢有过来看他的念头。孩子就是她心底不敢碰触的伤。可是真的见到了她的孩子,她的母爱的柔情便再难抑制,她把小晨晨紧紧地搂在了怀里,一滴泪不知不觉地就滚了下来。

　　"白惠,你不舒服吗?"惜然又问了一句。

　　白惠忙将怀里的小人儿交到了惜然的怀里:"妈妈,我只是想到了我死去的女儿。"她抹了一把眼睛,"她也是这么大,我夜夜都梦到她,她总是哭着喊我妈妈。"

　　"哎,我的孩子。"惜然的眼神里满怀心疼。

　　林若谦回来了,他一出现在客厅里,白惠便站了起来:"爸爸。"林若谦笑着对着她伸了伸双臂,白惠便扑进了林若谦的怀里,"爸爸,你好吗?"

　　"嗯,爸爸很好,就是有点儿老了。"林若谦笑。

　　白惠嗔道:"爸爸不老,爸爸永远都是我记忆里的样子。"

　　"嗯,那样子爸爸不成了老妖精了?"林若谦打趣似的说。

他又搂了搂白惠,伸手解松了领带,低头瞧了瞧惜然怀里的小家伙,轻勾了勾唇角:"嗯,这小东西。"

他的声音里满满都是宠爱,看样子对这小家伙也是喜欢得不得了。白惠感受着惜然和林若谦给予的温暖,她的心在温暖和激动中颤动着。到了傍晚,管家进来说道:"太太,有位徐长风先生来访。"

惜然眉心一敛道:"叫他哪凉快哪儿呆着去。"

管家怔了怔,但还是转身出去了,白惠的心弦在听到徐长风几个字时咯噔一颤。她的目光向着外面望过去,但见大门口处,一道玉树临风般的身影正站在车子前,好像在等着让他进来的样子。

管家走到门口对徐长风歉意地道:"对不起徐先生,我们太太说不想见你。"

徐长风顿时一哑:"那个,麻烦你再进去跟你们太太说一声,我……"

"徐先生,我们太太说让您哪凉快哪呆着去。"管家讪笑。徐长风心里头这个郁闷。他还想说什么,但终是没说,转身上车走了。白惠看着那辆银色的车子消失在视线里,一颗紧揑着的心才重又放下。

"玲玲,跟徐长风离婚吧,离了,妈妈帮你找一个比他好一千倍的。"惜然道。

白惠的眸中顿时闪过异样的诧然,离婚,她天天都在想,可是再婚,她却是没有想过,但来自于母亲的温暖还是让她心动。

当晚,白惠睡在了水晶睡过的房间里,隔壁就是婴儿房。白惠睡在水晶的床上,感受着那种来自于姐姐的温暖,心情说不出的激动,当她听到隔壁间婴儿的啼哭声时,她的心弦又揪紧,她下了床,轻开了门,进了婴儿室。

现在是午夜三点,那小家伙饿醒了大声啼哭,保姆在忙乱地冲奶粉。白惠将婴儿床上的小家伙抱了起来,耐心而温柔地哄着。保姆将奶粉冲好,歉意地走了过来:"麻烦你了,玲玲小姐。"

"叫我玲玲就好了。"白惠边说边坐下来,伸手接过保姆手中的奶瓶小心地送到婴儿的嘴边,"小豆豆乖哦!"

她完全没有注意到自己的口中说了什么,而那保姆则用异样的眼神看着她。

小家伙吃完奶,又尿了一泡才睡着,白惠认真地看着保姆给小家伙换尿片。

"玲玲小姐你回去睡吧。"保姆说。

白惠不舍地看看那熟睡的小家伙,哦了一声,半晌才离开。转天的上午,管家又进来说道:"太太,那位徐先生又来了。"

"让他走。"惜然冷漠地道。

那管家犹豫了一下道:"太太,他不走。"

"让他进来吧。"是林若谦的声音。他正从楼上下来,整理着西装。管家便转身出去了。

惜然瞪了她的男人一眼,林若谦则笑道:"你不能总不让他进来。"

徐长风进来的时候,白惠正从楼上下来,她刚跟保姆一起给小晨晨喂过奶。看到迎面进来的男人,她心神一跳。

徐长风对林若谦和惜然很客气地叫了声"伯父,伯母"。

林若谦道:"随便坐吧。"他边说边翘着长腿在徐长风对面的沙发上坐了下来。

徐长风说了声谢谢,也坐下了。

林若谦叫人给徐长风上了茶,他看看眼前这个儒雅斯文、丰神俊朗的男人,说道:"徐先生,此来是为何事?"

"伯父,白惠一个人过来了这里,她身体不好,我不太放心,所以跟过来看看。"徐长风说。

林若谦道:"白惠到了这里,就是回了娘家,你可以放一百个心。"

"哦,我知道。"徐长风笑,"伯父伯母对白惠如同亲生父母,她在这里我当然放心,可心里总是惦记的嘛。"他笑笑,有些无奈的样子。

林若谦深眸若有所思地看着他,白惠道:"我很好,你可以走了。"

徐长风便道:"我此来就是为了陪在你身边的,我怎么可能一个人回去呢?你身体不好,我呆在你身边才放心。"

"哎——"白惠被他的执著弄得有些无语。

这个时候,楼上传来婴儿的哭声,白惠的心神噔的一跳,她想都没想转身就向着楼上快步而去。徐长风奇怪地看着妻子上楼的背影,他没听说,林家还有小孩子呀!

"伯父,我上去看看。"他起身自作主张地就往楼上走去。林若谦想拦他,可是他已经噔噔上楼了。

"晨晨怎么了?"白惠几乎是冲进了婴儿室。那保姆正一只手轻扶着小家伙的两条小胖腿给他换尿片,"他拉了。"保姆说。

白惠这才松了一口气,走过去帮着那保姆扶着小晨晨的小胖腿。保姆给晨晨的屁股擦干净,白惠便将那小家伙抱了起来。

"晨晨乖。"白惠的臂膀轻摇着那小家伙,低头对着他温声地说着话。小家伙黑漆漆的眼睛看着眼前的女人,然后咧开小嘴就笑了。

白惠的心头如温泉涌过,顷刻间,眼睛发热。她低头在小家伙的脑门上亲了一下,情不自禁地说道:"妈妈爱你。"

"这是谁的孩子?"突然而来的声音,让白惠的全身突然间一个激灵。她立即扭了头看向门口处进来的男人,徐长风正带着一脸奇怪的神色走进来。

白惠忙将小晨晨搂在怀里,心头跳得厉害:"你进来干吗,别吓着了小晨晨!"

徐长风的目光在看到白惠怀里的小人儿时,立时就凝住了。血缘就是一种奇怪的东西,他可以让人莫名其妙地对一个从未见过面的人感到亲近。

"这孩子是谁的?"他不由得又问了一句。

白惠真不知道该怎么样来回答。林家的两个孩子均未成家,自然不会有小孩儿,而林爸爸林妈妈那么大的年纪也不可能生下这么小的孩子。

"捡来的。"她不得已说了一句。

徐长风的目光便疑惑地看看她的脸,继而又落在那小家伙的脸上,小人儿仍然黑漆漆的眼珠看着他的亲生母亲,小嘴里啊啊的发出声音。像是在和她说话。

白惠的后背上已经冒出汗来了。天知道她此刻有多么紧张,如果他知道他的儿子并没有死,而是被她偷偷地送了人,他会怎么样?她的心跳得更加厉害了。

"真可爱。"耳边有温醇的声音响起来,接着男人修长的手指轻落在小人儿的脸蛋上。那只手指轻轻地,轻轻地在小人儿胖乎乎的小脸上抚摩,极为喜爱的样子。白惠不由得侧头,她看到她的男人眉眼之间被一种只有做了父亲的男人才有的温和与慈爱笼罩。

他的手指在小人儿的脸上停留了好久,才离开。"这么可爱的小人儿,怎么舍得扔掉!"他凛眉,自语似的说。

白惠的心头又是一跳。

"你快出去吧,别吓到了孩子。"她说。

徐长风笑道:"我有那么可怕吗?"他说话的同时,还是后退了一些。白惠抱着小晨晨转了个身,留给他一个后背。

"这孩子多大了?"身后又响起温醇的声音。

白惠的耳根又跳了跳。

"快三个月了。"是保姆替她做了回答。白惠的大脑嗡的一下,脊背上又潮潮地出了一层汗。

"哦。"徐长风若有所思的神情,"如果我们的孩子还在,也是这么大。"他轻叹了一声道。白惠的心头登时又是一紧,而他却已经转身出去了。

白惠这才松了一口气,身上的衣服却好像都湿透了。惜然进来时看到她额头上细细的汗珠,担心地问了一句:"白惠,你是不是不舒服啊?"

"没有,妈妈。"白惠有些惊慌。

孩子是她自己叫人送过来的,当初迫不得已的选择,让她现在倍受煎熬。

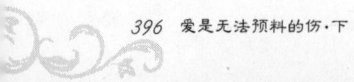

"来,把晨晨给我吧,你肯定是身子虚,去休息一下。"

惜然伸手接过小晨晨抱在怀里,白惠这才发现自己竟然浑身都发软。她从婴儿室出来,回到自己睡过的房间,一下子倒在了床上。孩子是她自己叫人送过来的,当初就是瞒着林爸爸林妈妈的,可是现在,她该怎么办呢?该要说出一切吗?

还有徐长风,他要是知道了晨晨就是他的亲生儿子,会不会立即就把儿子要回去?她的身上又渗出汗来。

房门被人推开,她惊了一下,又撑起了身子,只见她的一身俊朗的男人走了进来。

"你不舒服吗?"他走过来,大手轻探她的额头,她深深地合了一下眼睫,才道:"是,我有点儿晕。"

"又晕?一定是累到了吧!不要再抱那小孩子了,你身体不好,要多休息。"徐长风关切的声音如轻风一般在她耳边拂过,可是她感觉不到舒心,只感到一阵阵的紧张不安。

"你回去吧,不要呆在我身边,我就会好起来。"她张了眼睛说。

他便敛眉,用很耐人寻味的眼神看她:"你好像很紧张,在害怕着什么。"

白惠的心登的一跳:"我没有,我只是不想见到你。"

"哦,这样。"徐长风凛眉思索了一下才道,"你跟我回去,我可以保证我不在你眼前晃,但你要是还住在这儿,我就不敢保证什么了。"他的大手伸过来,托起了她的下颌,在她的嘴唇上吧的落下了一个吻,"就像这样。"

他说话的时候,长眉微扬,竟是一脸的邪魅。

白惠心神越发地紧张,正想说话的时候,房门又开了,这次进来的是惜然。当时,徐长风正一只大手托着她的下颌,俊颜与她的脸近在咫尺,两人几乎是鼻尖贴着鼻尖,呼吸缭绕。那动作,十分暧昧。

白惠乍一看到进来的母亲,脸上登时一热,而那个与她呼吸相闻的人,则是微微站直了笑唤了声"伯母"。

惜然脸上绷得厉害,她显然是想骂徐长风一顿的,但看得出来,她的神色也有些尴尬。

"去去去,这不是你们家!"她对着徐长风一脸厌恶的表情。

徐长风也不以为意,只是轻笑:"我先出去,白惠你不舒服就躺一会儿。"他说完站起身就向外走。

白惠看着母亲走过来,脸上仍然烧得厉害。他吻她的情形,母亲一定都看到了,她有种无地自容的感觉。

"玲玲,要不要找个医生给你看看?"惜然坐下来,脸上流露着关心。

白惠摇了摇头,她自己是怎么回事,她自己再清楚不过:"没事妈妈,我休息一下就好了。"

徐长风从白惠的房间里出来,在门口处站了一会儿。在这所宅子里,他是一个不受欢迎的人,林家的人虽然客气但是看起来也是十分厌恶他的,他得尽快将他的妻子带走才行。

"小少爷乖,看看这是什么哦,这叫气球哦。"隔壁的婴儿房里有声音传出来,是保姆在哄小晨晨玩。

他不由得又迈步走了过去。这是一个阳光洒满的午后。婴儿房里明亮而温暖。婴儿床上,那个胖胖的小家伙正挥舞着两只小胖手,咧着小嘴,两只黑眼珠跟着保姆手中的粉色气球转来转去。

他走了进去,从一旁的柜子上拾起了一个彩色风铃拧动按钮,然后拿到了小家伙的头顶处。风铃旋转起来,丁零的声音,清脆而动听。小家伙的两只眼睛立时就被吸引过来了。两只小胖手,再加上两只小胖脚,全都舞动起来,踢腾着。徐长风不由得笑出声来。

白惠从房间里出来的时候,就听见了那笑声。她忙向着婴儿房走去,但见那个身形高大的男人就站在婴儿床旁,手里举着一个旋转着的风铃,对着那小娃娃笑得温润俊朗。

"看不出,他倒挺喜欢孩子的。"惜然说了一句。

白惠心头紧张,只哦了一声。

"这孩子是从哪儿捡到的?"徐长风问保姆。

保姆道:"在先生的公司门口捡到的,当时可小了,是个早产儿,先生一把他捡回来就送到医院去了。"

徐长风喔了一声。

白惠的额头有汗冒出来,保姆道:"小晨晨命好,被我家先生捡到了,如果被别人家捡到,吃苦受累的,可都说不定呢!"

徐长风脸上一副若有所思的神情,白惠已经奔了进来:"徐长风,你不是要回去吗,我想好了,我跟你一起走。"

徐长风深敛的眉宇一下子扬起,问:"你说的是真的吗?"

"嗯。"白惠点头。她真的好怕,他再呆下去,还会问些别的出来,她真的好怕,他会对小晨晨的来历感到疑惑,继而会对小豆豆的事情产生怀疑。她感觉自己好像是在冰火两重天里,他的一切行为,都是无意的,可是她已经受尽煎熬。

"那好,我们现在就走。"徐长风放下了手中的风铃,伸臂揽了她的肩。

惜然对白惠现在就要离开，感到意外："玲玲，你好不容易来一趟，不再多住几天吗？"

"妈妈，我过些日子再来看你和爸爸。"白惠过来抱了抱母亲。

"好吧。"惜然有些不舍。

白惠又抱了抱林若谦："爸爸，我过些日子再来看您。"

"好吧。"林若谦说话的时候，目光意味深长地看向徐长风："我女儿你带走了，但你若是再让她受一分委屈，我就要你好看！"

徐长风眉心微敛，温声道："放心吧，爸爸。"

他竟然叫了爸爸出来，林若谦的脸上现出古怪的神情。他本想再说句别的，可是他这一句爸爸把他叫得有种无所适从的感觉，好吧，算他小子会说话。

白惠也很惊讶，徐长风不是嘴巴很甜的人，但是当初对母亲白秋月和父亲袁华，一向都妈妈爸爸的叫，叫得很自然，现在又开始叫林爸爸了，她有点儿无语。

宾利从林家的院子里驶出来，白惠又回头，目光深沉而眷恋，不光是对林爸爸，林妈妈，更有对屋子里那个小宝贝的深深不舍。

豆豆，原谅妈妈又把你扔下了，妈妈爱你，可是妈妈不想让他知道你就是他的儿子，不想因此而又跟他纠缠不清。豆豆，妈妈会再来看你的。她在心里说。

晚上，徐长风离开了，白惠从手机相册里面翻到了小家伙的照片。那是她特意给小家伙照的，睡着的，醒着的，照了好几张呢！有一张是吃手指的，还有一张是光着小屁股洗澡时的。她一张一张地翻看着儿子的照片，唇角勾出温柔的笑来。

豆豆，妈妈爱你。她的嘴唇落在手机屏幕上，亲了一下。

她怀着对儿子满满的，浓得快溢出水来的爱睡着了。手机的屏幕还停留在那张小豆豆吃手指的照片上，搁在她的胸口处。

徐长风推门进来，房门里那么安静，他便没有出声，直接走来了卧室。

呵呵。

一看到他的妻子睡着的，像只猫似的样子，他便不由得勾了勾唇。他走到床边，伸手去拾她胸口上搁着的手机，手机屏上还是那小娃娃的照片呢！他拧了拧眉，目光在那小娃娃的脸上瞧了瞧，有些奇怪，他的妻子如何会这么喜欢那个捡来的小娃娃。他把她的手机放在了床头，伸手轻抚她的脸。

她咕哝了一声，样子娇酣。他不由得俯身过去，在那张白皙的脸颊上亲了一下。

她又咕哝了一声，一只手臂也抬了起来，在他脸旁挥了一下："谁呀，干吗！"

她睡意浓浓的不满让他不由得想笑。她却是睁了眼，眼前薄暮浓浓，一个男人坐在她的床上，脸容模糊，却不用看也知道那是谁。她忙手臂撑起了身子，对他嚷道：

"你怎么又来了？你不说只要我回来了，你就不在我眼前晃吗？"

"呵，我不在你眼前晃，我只是过来看看你。"徐长风毫不知羞的样子，手又伸过来，在她的脸颊上抚摩，满眼怜爱地感受她的细腻。

白惠有点儿无语："徐长风你这是狡赖，你是堂堂的徐氏总裁，你怎么说话跟放风似的！"

看着她气恼的样子，徐长风只是轻笑，笑中透出几分无奈，伸臂搂住了她："别再耍小孩子脾气了，白惠，我们好好过日子吧！"

白惠拧紧了眉，猛地将他推开，满眼的敌意，徐长风的眼睛里顷刻间锁进了深深的挫败和失意。白惠的胳膊碰到了床头放着的小宝宝打印照片，照片掉到了地上。徐长风弯身捡了起来，那双深刻的眼睛里，慢慢被深深的伤痛取代。

多么可爱的两个小宝宝。他和她的孩子，徐长风的眸光呆呆地凝视在那张照片上，许久没有动一下，好久，有颗清亮的泪珠滴下来。

第四十二章　没有结果的表白

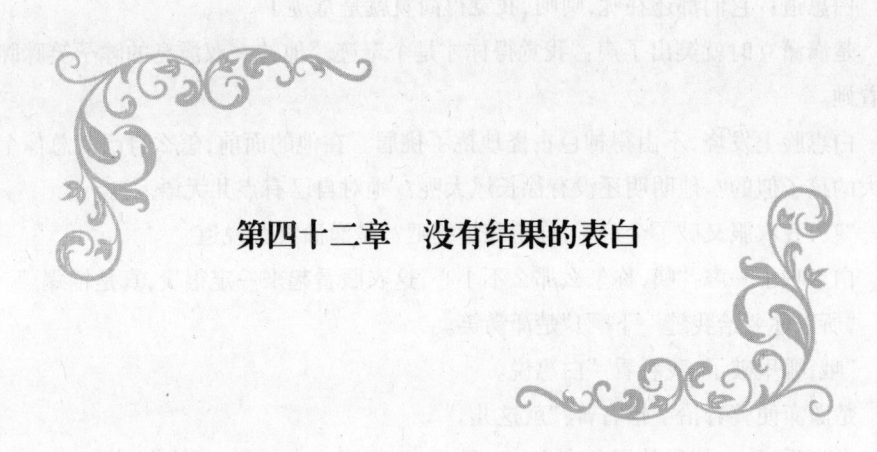

白惠一早起来,徐长风已经走了。他去了杭州。他走之前吻过她的额,她知道,但她装着在睡的样子。她给惜然妈妈打了个电话,母女两个聊了一会儿,她才开始打探小豆豆的状况,听着妈妈说起小豆豆尿了林若谦一身尿,白惠扑地笑出来。

两天后的上午,白惠站在窗子前,外面是一片冬季萧条的景色。视线里,有车子滑过来,车号熟悉。车门打开,楚潇潇出现在眼前。他下了车子便下意识地抬头看了一眼,这一眼就正看到了站在窗子前的白惠,他便对着白惠挥了挥手。帅气的容颜阳光中挥洒着温暖。

白惠不由得笑了,拉开窗子对着外面喊了一声:"楚潇潇。"

楚潇潇便对着她又扬了扬手,帅气的面容又温和又爽朗。看着楚潇潇走进来,白惠忙去开门。楚潇潇的手里捧着一大束白色的百合花,一开门,那香气便扑面而来。白惠吸了一下鼻子,说了句:"真香。"

"送你的。"楚潇潇将花递了过来,白惠咯咯笑着接过。不能不说,楚潇潇的每一次到来,都能够让她从心底里感到快乐。"真漂亮!"她的小鼻子在那一片花朵中嗅了嗅,十分愉悦的样子。

楚潇潇不由得失笑:"世上的女人如果都像你的喜好这么简单,那男人们就不用劳心费神地赚钱了。"

白惠对着他做了个鬼脸:"那不是很好吗?"她笑着转身去找瓶子插花去了。

楚潇潇看着她单纯而快乐的身影,失神之后又是摇头轻笑。白惠将花插在了水晶瓶子里放在了床头柜上,这才转身出来,而楚潇潇已经在沙发上坐下了,正用手抚摩着那只小鱼缸。他的眼神玩味地看着缸中的几条小鱼。

白惠道："它们都还在呢，呵呵，我觉得简直就是奇迹了。"

楚潇潇立时就笑出了声："我觉得你才是个奇迹。"他的一双漂亮的眸子笑眯眯地看着她。

白惠脸上发烧，不由得神色古怪地挑了挑眉。在他的面前，怎么自己就总像个没长大的孩子似的？他明明还没有徐长风大呢？她对自己有点儿无语。

"哎，我衣服又破了个口子，你给我缝缝吧？"楚潇潇笑罢说道。

白惠哦了一声："咦，你怎么那么不小心，这衣服看起来一定很贵，真是糟蹋。"

"所以你要给我缝一下啊！"楚潇潇笑。

"哦，哪里破了，我看看。"白惠说。

楚潇潇便笑着抬了抬右臂："就这儿。"

白惠看过去，但见他黑色皮衣的右肋下，裂开了一个口子，不算大，就跟左面那个她缝过的差不多，位置也差不多。

白惠皱眉道："你真不小心啊！"

他不由伸手揉了揉她的头，像宠溺的大哥哥似的。

白惠便蹙着眉头："你脱下来，我给你缝。"她转身去了卧室，不一会儿就取了针线盒子出来。重新将黑色的线穿进了小小的针眼儿。

楚潇潇将衣服脱了下来，白惠接过来，找到那个小小的口子，一针一线慢慢地缝了起来。

外面响起脚步声，接着是门锁被转动的声音，防盗门打开了，客厅的尽头出现了一道高大的男人身影。白惠正低头认真而细致地缝着楚潇潇的衣服，头顶处，乃至全身，都有锋芒在扎着她似的。她不由得抬头，这一看之下，又是心头一缩。

徐长风半个小时之前下的飞机，此刻一身风尘，便直奔了她的住所，却不想看到了这样的一幕。他的妻子正在给另一个男人缝衣服。

他眼中的阴鸷似乎可以将她活活灼死。

楚潇潇神色平静地看着他，白惠眉心微动，心头转过片刻的不安，但又想到，她和他虽然名义上还是夫妻，可是她已经早就决定放弃这种关系了，甚至只要他同意，两个人就可以去民政局办手续了，解除婚姻关系只是一个小本子的事了。她紧张个什么呢？

想到此处，她又是平静下来，将手里的线系成一个结，又揪断，将针收进盒子里，衣服递给楚潇潇这才平静地说："你回来了。"

徐长风神色阴沉，却忽然间又转了身，拍门而去。白惠呆在那儿了。

楚潇潇拢眉道："是不是我影响到你和他了？"

"没有。你在这儿我很快乐，我和他，没有你，我们也不会再在一起了。"白惠低眸道。

楚潇潇轻抬了她的下颌："真的吗？"

"当然是真的。"白惠看着那双温和的眼睛，不由得伸手想去掰那只抬着她下颌的手指。

楚潇潇却反手攥住了她的手，目光真切："那么，给我个机会好吗？"

看着那双深情的，等着她回答的眼睛，白惠一下子心就慌了。

"潇潇，你知道，即便你不是楚乔的弟弟，你爸爸也不会同意的，所以我们……"

"如果我真的喜欢你，别人的意见我都不在乎。所以，我只问你愿不愿意。"楚潇潇认真地看着她的眼睛。

白惠心里一乱："那是不可能的呀！你很好，不论长相，还是身份，而我结过婚，生过孩子。我们根本没有办法相配。我没有那么自不量力想和你结婚。潇潇，"她垂了眼睫，又抬起头来，"你做我哥哥吧！"

她的话让楚潇潇的心瞬间冰凉。但他仍然是笑了笑："白惠，你真会折腾人，真让人抓狂。"

白惠呆了呆，眼神歉意地看着他，楚潇潇的神色间却是染上了一抹凄凉，他摇摇头，有些无奈。拾起了衣服披在身上："好了，你休息吧，我该走了。"他说完就大步离开了。

白惠听着防盗门关上的声音，忽然间觉得自己好残忍。

楚潇潇离开了白惠的居所，他开着车子，穿着那件破过一次，又被他故意撕了一次，再让她缝好的衣服，身上却没有了那种想象中的暖意包裹，他只感到说不出的失落。他掏出手机打了个电话出去："陈诏，出来喝杯酒。"

半个小时之后，某酒吧。

劲爆的音乐，扭动的人影，交织成一幅现代都市里的诡异场景。吧台边上坐着两个相貌不凡的男人。

"潇潇，你怎么愁眉苦脸的，难不成失恋了？"陈诏把着杯子问。

"我都没恋爱过，失你个头啊！"楚潇潇神色间不无颓丧。陈诏挑眉道："你不和那个姓白的，挺好的吗？上次去厦门公务都带着她来着？"

"一厢情愿。"楚潇潇苦笑，"我就是爱上一个不该爱上的女人了！"

他一手插进漆黑的发丝，神色苦恼，又将另一只手中的酒杯对着陈诏的碰了过去，然后搁在嘴边上猛的喝了一大口。

"喂,不带这么喝的啊!"陈诏喊。

楚潇潇却是苦笑:"今天就是要不醉不归!"

陈诏皱眉,见楚潇潇一个人埋头不停地喝酒,他招手叫过来一个招待,"告诉你们老板找个漂亮妞儿过来。"

"是,陈先生。"那人便转身而去了。不一会儿,便有一个年轻漂亮的女人走了过来,一袭紧身的裙装勾勒着凹凸有致的身材,这是一个长相十分漂亮性感的女人。"帅哥,要陪酒吗?"那个女人的纤手轻搭上了陈诏的肩。

陈诏从上衣兜里掏了一沓子钞票出来,砸在那女人伸过来的手上:"把他给我哄开心了,这些钱就是你的。"

"哎哟,小事一桩嘛!"那女人对着陈诏打了个响指,便扭着俏臀走到了楚潇潇的身旁,"帅哥,一个人喝酒不闷啊? 妹妹来陪你喝一杯吧?"那个漂亮女人边说,边伸出了丹蔻鲜亮妖艳的手指轻搭上了楚潇潇的肩头,有一下没一下地在他的肩上抚摸。

楚潇潇只是闷头又喝了一口酒,并没有言语,那女人便以为可以进一步了,身子轻轻地贴了过去。丰满却有致的身体,挨上他结实的身躯,那只柔软的手带着一种魅惑人心的力量,慢慢地探向了楚潇潇的领口,短裙下的大腿一下一下地磨蹭着他的腿,轻柔而蛊惑。楚潇潇仍然是一副淡薄神态,那个女人却以为是有机可乘,翘臀轻抬,下一秒,已轻搁到了他的大腿上:"帅哥,不要这么严肃嘛……"

她甜腻腻的话音还未落,楚潇潇的一只大手却是一下子抬了起来,一把扯住了那女人暴露裙装的胸口处,爆出粗口:"不想让老子毙了你,就给我滚!"

那女人突然间看到楚潇潇风云陡变的样子,心头骇了一下,骂了一句:"你以为你谁呀。"她丢下一句就扭着俏臀气呼呼地走了。

陈诏神色戏谑地道:"你小子,还荤素不吃了怎么着!"

"老子今天就不吃了! 陈诏,你再弄这些恶心人的女人出来,看我不勒死你我!"

楚潇潇对着老友发狠地将铁拳在吧台上砸了一下,陈诏神色便古怪起来。

徐长风离开白惠的住所,心底里越发地闷堵。他才去了杭州三天的工夫,她就又和那个楚潇潇好上了。他总是在想她和楚潇潇在一起那甜甜的笑脸,那温柔婉约的样子,那给他认真缝衣服的细致,还有,她和别的男人在一起给他的心口添的堵。他忍不住拿出了手机来,拨了那个女人的电话过去,那边一接听,他便说道:

"白惠我跟你说,你再跟楚潇潇来往,我就给他的上司寄举报信,告他与有夫之妇不清不楚。你看他在部队还呆不呆得下去!"

白惠捏着手机,气得全身发颤:"徐长风你真是卑鄙到家了!"

那边的人轻笑:"我卑鄙? 好,我还真就卑鄙了。我马上就写信去。"他说完竟是

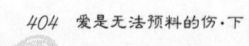

要挂电话,立即去写信的样子,白惠惊急地尖叫:"徐长风你敢!"

她这一着急,脑子里猝然间一晕,她的手臂下意识地在床头柜上一扶,楚潇潇送给她的白色百合花连着瓶子一起跌到了地上。

手机那边的人已然惊觉:"你怎么了?"

白惠的眼前一阵阵发黑,她强自地稳定着心神,将手机合上了。人从床头柜子上爬了起来,手肘处火烧火燎地疼,她一手抚着昏昏的太阳穴,坐到了床上。

徐长风很快就赶过来了,不能不说,电话里那声惊叫还有瓶子坠地的声音让他的心极为不安。他的车子开得飞快,在十几分钟之后就到了她的住所。他奔进她的房子,她正歪倒在床上,手扶着头,脸色有些白。

"你怎么了?"他的目光从地板上滚着的花瓶和一大束的鲜花上掠过,心头跳得厉害。

白惠一手放在太阳穴上:"头晕。"

他奔了过来,伸手到她的额头:"怎么又晕了? 刚才是不是摔了?"

白惠蹙紧了眉尖:"徐长风,你……"

"我不还没做吗,你就这个样子了,你!"徐长风心头窝火,但还是伸臂将她揽在了怀里。他不敢斥她一句,她的脸色那么白,还有那突然的晕眩让他说不出的担心。

白惠仍然很生气,但又连生气都力不从心:"我跟楚潇潇光明正大的,我们没有任何一丝不轨的行为,你为什么要做那么卑鄙的事? 想当初你和楚乔,你们光明正大地大街上秀恩爱,在亲朋好友面前秀恩爱,我是不是应该拿把斧子劈了你们!"

她的眼睛里闪着愤怒的火,可是偏偏又很虚弱,让他的心头一时间如在火上煎一般。

"好吧,是我罪有应得。"他站起身,有些颓丧地向外走去。白惠深深地合了合眼睫,她感到了一种说不出的疲累。

第四十三章　见你一次抽你一次

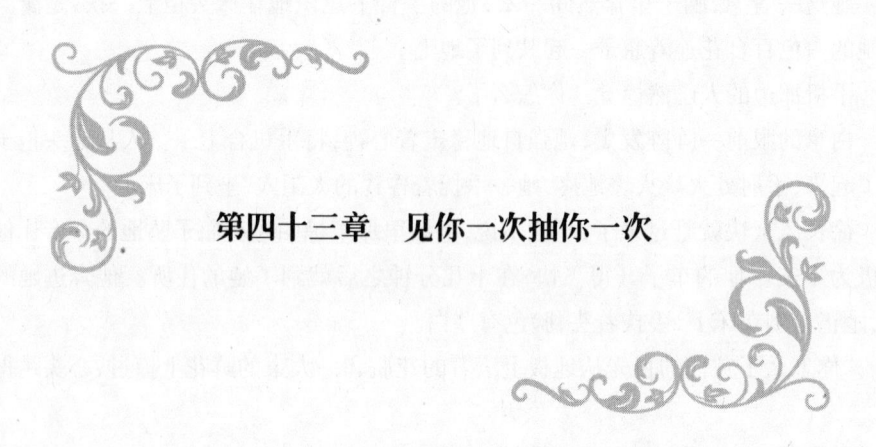

严寒的冬季，外面干巴巴的冷，白惠想起了小糖糖，一个人在那个孤冷的世界，是不是在哭泣？是不是在找妈妈？她心里说不出的难受："妈妈。"电话打通的时候，她的泪珠也已滚落。

惜然的声音笑了笑："白惠呀，最近好吗？"

"我很好，妈妈。"白惠的声音里有浓浓的抑郁味道。"妈妈，你和爸爸都好吗？小晨晨好吗？"

"嗯，我们都好。倒是你呀，听起来不太开心的样子，是不是徐长风又欺负你了？"惜然慈爱温和的声音问。

"没有，妈妈。"白惠静下声音，听着手机里面婴儿喝奶时的嗯嗯吭吭的声音，她的脑子里浮现了那小家伙口里叼着奶嘴，黑眼珠却瞧着她的情形，多么温馨的场景。

"妈妈，晨晨胖了吗？"她问。

"哦，他这个月长了三斤，你要是不把身体调养好了，再见到他可能就抱不动他了。"惜然说。

"嗯。呵呵。"白惠轻弯了弯唇角，心里感到高兴。"妈妈，你还记得我是在哪家孤儿院领到的吗？"

"呃……"那边沉默了一下，似是思考，继而说道，"好像叫玉兴福利院的地方。"

白惠沉思着，惜然又道："怎么了？"

"没什么妈妈，我想去看看。"白惠笑笑。挂断电话，她穿上风衣，开门出去了。

玉兴福利院是这座城市里很古老的一座福利院，福利院的大楼看起来有些陈旧，她一进去，就听见了小孩子的哭声。隔着房门，从窗子里可以看到那些或是肢体残缺的孩子，或是生病的孩子，看着那一张张让人心疼的小脸，她的心如被人割着一般。

她恍恍惚惚地想起，六岁那年的一天，惜然妈妈走过来的时候，她看着她一张温和疼爱的脸，就有一种想让她抱抱的想法。而后，惜然妈妈就将她带走了。她的记忆开始浮浮沉沉。

她在这所福利院做了一天的义工，帮着福利院的保育员们照料那些身世悲惨的小孩子，她不嫌他们身上有病，亲自给他们喂药，给脑瘫的孩子换洗拉了大便的衣服。

她感到了一种欣慰，她想她的小糖糖，或许在天上也会有人照顾的。她怀着一个母亲悲悯祈愿的心照看着那些小孩子们。直到她的身体真的有些受不了的时候，她才从福利院出来。额头上湿湿热热的，她觉得呼吸微促，心跳好像有点儿跟不上身体的需要。她在福利院的墙边上站了一会儿，这才走到大道边上拦车。

坐在出租车上，她的头倚着靠背，有点儿昏昏沉沉的，心跳总是跟不上节奏似的。车子到了街旁的一家超市，她让司机停了车，她要进去买些东西出来。耳边有闹哄哄的声音传过来。

"就是这只狐狸精勾引我男人，打她，打她！"愤怒的声音伴着年轻女人的尖叫，刺耳地传过来。白惠扭头瞧去，但见一个中年女人举着手包正往一个年轻的女人头上砸。

那个年轻的女人头发蓬乱，几乎是抱头鼠窜，惊叫着向着她这边跑过来。那两只眼睛，那张脸，白惠认得，那是伊爱。她倒抽一口凉气。

伊爱已经看到了她，就这么一怔，那个中年女人已带着一男一女冲过来，揪住伊爱的头发，上来就是两个耳光子："让你好好的人不做，偏要做狐狸精，我打死你！"

白惠的心头豁然一紧，本就紊乱的心跳跳得越发没有节奏。她没有再看伊爱一眼，而是迈开步子进了那家超市。

当她拎了买的东西出来时，外面已经没有那几个人的身影，她正往路边走着，有尖厉的声音传过来，接着她的头发就被人揪住了："你过瘾了是不是？我让你幸灾乐祸！我让你幸灾乐祸！"伊爱扬手便挠白惠的脸。

尖尖的指甲狠狠地划过白惠细嫩的肌肤，带起清晰的血丝。白惠看都没看清伊爱披头散发的一张脸，脸上已是被指甲划过的痛火辣辣传来。她惊叫着，伸手去挡，但她身子弱，根本不是伊爱的对手，手背又被伊爱的尖指甲挠了几下。火烧火燎地疼。

"放开她！"有男人愤怒的声音传过来，接着伊爱挨了劈面的一个大巴掌，耳朵嗡嗡响着，摔在了地上。

白惠正手捂着脸,此刻身形已然被拉进了一个带着凉意的怀抱里,她听得那声音,那只臂膀揽得她紧紧的,她听见他在愤怒地低吼:"伊爱,不想我让人剁了你的手,就赶紧滚!"

白惠身形发颤,因着伊爱突然而来的疯狂袭击,也因着这突然而来的温暖,她伏在他的怀里:"长风……"

徐长风听见那来自于怀里的闷闷的声音,夜晚的街头,风一阵阵地吹过,那声音柔弱得让人心疼。他的手落在她捂着脸的手上:"让我看看!"

他的手指想拿开她的手,可是她捂着脸不动。他便又柔声地说:"让我看看!"

白惠的手指一根根地松动了,暮色沉沉的天幕下,他看到那张皎月一般的脸上,好几道抓痕,横七竖八,瘆人眼目。徐长风不由得倒吸了一口凉气。

"我带你去医院看看。"他搂了她,匆匆地向着他的车子处走。打开车门,他将她扶了进去,又匆匆地绕到了另一面去开车。

白惠的脸上丝丝火辣的疼,疼得她低低抽气。徐长风恨伊爱恨得牙痒痒的,也越发地心疼白惠。车子开得飞快,竟是闯过了红灯,直接开过去了。

白惠的伤口被医生消炎处理着,她疼得抽气。等到伤口处理完了,她的脸上已是越发的白了。徐长风半拥半搂地将她从医院里带出来,上了车子。

他的心情很不好,伊爱简直是丧心病狂。

到了家,房门打开,暖气的热气扑面而来。他帮她脱下棉衣,然后又弯身将她一把抱了起来,轻放到了床上。这才蹲下去,脱她脚上的鞋子。白惠感到很疲惫,再加上被伊爱那么一吓,更有种浑身发虚的感觉,也就任着他给她脱鞋了。

他将她脚上那双半截的小棉靴脱下来,棉靴的靴口处毛茸茸的,是时下大街上随处可见的年轻女孩儿们穿的一种挂毛的小棉靴子,他拿在手里看了看,又送到卧室外面去了,取了双粉色棉拖进来放在她床下。然后又是转身出去了,再进来时,手里捧着一杯水。

"来,把它喝了。"他走过来,一只手臂直接就托起了她的头。

"我自己来。"她坐起来,接过他递过来的水,送到嘴边,热热的感觉从水杯里传出来温暖着她的掌心,她感到舒服了一些。

"今天一天去哪儿了?"徐长风在她的床边上坐下问。

"去福利院走了走。"白惠如实地说了。将手中的杯子搁在了床头柜子上,重又躺下。

"去做什么?"他深黑的眼瞳望着她,声音又柔和了几分。

"去看看那些孩子们。"白惠侧了个身,蜷了身子。

徐长风又看到她脸上的伤口时,凛了眉,沉默了一下才道:"下次出去小心一些,你脸上那些伤,看着都让人心颤。"

白惠沉默着没说话。

他又道:"我出去一趟,你先休息一会儿吧。"

徐长风出去了,白惠慢慢地睡着了。再醒来时,外面有响声传来,她趿上拖鞋走到客厅,只见徐长风正将手里的餐盒放到客厅的茶几上。

"我买了晚餐回来,你吃点儿吧。"

"谢谢。"白惠将耳边的碎发往着耳后轻拢了一下,看着他一双修长洁净的手将袋里的餐盒一一打开放在她的面前。

有糖醋排骨,有清蒸桂鱼,还有素炒三丝,米饭,还有热面。白惠看着那些东西心里头一热。

"来,快吃吧。"他将一碗米饭递了过来。人在她的身旁坐下,捧起了另一碗米饭。

"来块排骨。"他边说边给她夹了块排骨放在碗里。白惠迟疑了一下慢慢地啃起了那块排骨。

"你身体这么弱,就是自己不好好吃饭,什么时候强壮起来,像头牛似的,跟我打架我也愿意。"他半带了调侃似的说。白惠心神微微一动。

白惠睡下的时候,徐长风还在房间里,而她,实在是身子虚得慌,就顾自地闭上了眼睛。梦里头,伊爱对着她张牙舞爪地又抓又挠,她的喉咙里发出一声惊叫,身后有手臂伸过来,将她揽进了怀里,接着是温热的手掌落在她的额头上,很熟悉的温热,她半睡半醒的状态又变成了睡眠。

徐长风轻叹了一声,额头慢慢地凑了过去,轻落在她的发顶上。她睡着了,太累了,所以不知道抗拒他。

又是早晨了,他起得早,买了早餐回来放到客厅里,又过来轻吻了一下她的额头:"我早上有重要的客户要见,先走了,早餐放在客厅里,你起来时凉了就热一下。"他说完就转身离开了。

白惠噩梦之后就睡得很沉了,此刻半睡半醒地却也是嗯了一声。徐长风离开了,白惠还睡着,九点多的时候,手机响了,她那时还躺在床上,把手机拾过来接听了,里面出来的声音让她一下子叫出来。

"水晶姐……"

徐长风到了公司先开了个会,就在小北和一个秘书的陪同下去见法国的客户了。

接近中午的时间,那位法国客户在中方几个代表的陪同下正手擎着酒杯,低低交谈着什么。

法方客户的手背上一只纤纤玉手搭了上来,却是一身明艳的楚乔。楚乔和那个法方客户是多年的朋友,徐长风拧眉。几句话过后,楚乔似乎是不经意之间,手里的杯子晃了一下,杯中的酒液便泼到了徐长风的西装上。

"哟,真不好意思,我手有点儿抖。"楚乔一双眼睛亮亮的,睐过他。

旁边那个法国佬微勾着唇角,一脸等着看笑话的表情。徐长风微敛了眉,却是伸手将上衣兜里的白色手帕抽了出来,轻轻地拭过衣服上的酒渍,然后手指一张,手帕掉在地上:"没关系,如果你抖得实在厉害,尽早去看医生。"

他神色不变,眼神却是咄咄地睐了楚乔一眼。楚乔的神色僵了僵。

徐长风转身:"小北,拿杯酒过来。"他对着随站一旁的小北说,就是这么一抬眼的工夫,他看到了一双美丽却清冷的眼睛。

他怔了怔,那是一个十分漂亮的女人,他不认识,却有些似曾相识的感觉。那女人的眼睛里涌满了深深的鄙夷让他心头涌起一阵说不出来的别扭。而那女人却是已经转身,留给他一个柔美却冷冰的背影。

白惠飞快地梳洗过后,穿了崭新的大衣从家里出来,打了辆车就奔着水晶所说的酒店去了。林水晶此来就是为了参加一个朋友的婚礼,婚礼过后,立马飞回英国去。

是以,白惠匆匆而来。在林水晶所说的楼层,边走边找。一个转角处,有道高挑的身影,穿着黑色抹胸的紧身礼服,颈间钻石的光芒闪烁,她走过去的时候,那身影正好转过头来,指间夹着一根女士香烟,嫣红的嘴唇吐出一缕烟雾来,漂亮的眼睛里已是嘲弄。

"恢复不错嘛,还那么苗条!"

白惠冷声道:"托你的福,我很好!"

楚乔又是一笑:"哟,你这么一说,我倒是想起来了,你的孩子们怎么样?是不是都还健在呀?"

"你!"白惠的眼中一瞬间闪过怒火,右手已然颤颤地捏紧。

"玲玲。"有声轻唤传过耳膜,她腰间一紧,已是被人轻揽进了怀里,接着眼前皓腕一闪,只听啪的一声脆响,楚乔的脸颊歪向了一边。

白惠惊呆地看着楚乔那张刚才还满是得意和高傲的脸,耳旁已然又有声音响起来:"楚乔是吗?很好,徐长风不舍得打你,我可舍得!"

林水晶的右臂又是扬起,手起干脆,又是啪的一声重重地落在了楚乔另一侧的脸颊上:"这两个巴掌是替我妹妹还你的!"

她一张漂亮的脸上,冷肃的气息迸发,两只美丽的眼睛愤怒阴沉地瞪视着楚乔。

虽然身上只穿着毛衫和长裤,虽然没有一件高档首饰的装饰,但却自有一种凛冽不容侵犯的气势。又似乎是与生俱来直到此时此刻才焕发出来的一种霸气,让楚乔心头不由得一阵震惊。

林水晶不是白惠,她所生长的环境,加上天生的性格使然,给了她充分的自信,虽然一向沉稳,但是绝不容许别人侵犯自己的权益。尤其当她知道,楚乔对白惠所造成的伤害时,对楚乔愤恨无比,此刻一见到楚乔的样子,两个巴掌就甩了出来。

"徐长风怕你,我可不怕你。楚乔,你最好给我哪远滚哪儿去,不然,我见一次抽你一次!"林水晶愤愤地说。

白惠仍然是一副惊呆的表情,但是脸上的白还有那清晰的指痕还是让林水晶心颤了一下:"怎么弄的,这是?"

"姐。"白惠收回那停在楚乔脸上的视线,没有回答林水晶的问话,而是两只手抓住了林水晶的手,"姐,你回来了,真好!"

"我们进屋说。"林水晶搂了白惠,两个人竟是顾自走开了。楚乔可以说长这么大,从未被人打过,只除了白惠和徐长风。此刻她一向高傲的脸上,指印分明,火辣辣的疼唤回了她震惊的神志。她是楚乔啊,是娇娇公主啊,她几时被人这样指名道姓地抽过巴掌?

她不由得迈步想追过去:"你是谁?你给我站住?"

但是她还没有走过去,扬起的右臂已被人一把钳住:"楚乔,不想让我抽你,就赶紧滚!"徐长风已经目睹了刚才的一切,此刻脸上青筋跳动,楚乔陡然回眸看向眼前的男人,脸上的指印清晰明朗:"徐长风,我们走着瞧!"

她丢下一句,愤愤地挣开了徐长风的钳制,踩着高跟鞋,气愤地走了。徐长风没有工夫看一眼那愤愤的身影,他已经迈开步子向着林水晶和白惠所在的房间而去。

林水晶拉着白惠的手进了屋,便让她坐在了沙发上。捧起她的脸,眼睛里锁满了心疼:"你这脸怎么弄的?"

白惠听着姐姐无比担心关切的话语,心里头一阵阵地涌过热流,眼睛里很亮,可却又不由自主地涌出激动的泪花,她一把抱住了林水晶的腰:"姐,是谁都不重要,重要的是,我又见到你了。"白惠搂住了林水晶。

林水晶身材像楚乔一般高挑,比白惠高半个头,白惠伏在她的肩头,身子颤动,真是让人又怜又疼。

"姐,你不能多住几天吗?"白惠问。

"嗯,姐马上要考试了。今天晚上就飞回去。"林水晶一手捧着白惠的脸,另一只手轻柔地给白惠拭去了眼角的泪花。

"玲玲,那个徐长风你要跟他一刀两断,这样的男人,不配你!"包房里有清晰的女人声音传过来。

徐长风的脚步戛然而止,身体里好像有一股子火簌地向着四肢百骸扩散去。他忽然间感到一阵阵的发热。他想要伸手去推那房门,可却怎么也伸不出手去。

白惠从林水晶的肩头抬起脑袋,眼睛里一瞬间又恢复黯然:"他不同意离。"

"不同意?要不要姐帮你?"林水晶问。

白惠默然,半晌才道:"我自己再试试,姐。"

林水晶道:"瞧你,多久可以变成一个厉害的女人让姐放心一些。不过都不重要,姐会给你找一个比徐长风强上一百倍的男人,来呵护你。"

房间里的声音仍然阵阵传来,徐长风的两只手掌一下一下地捏紧,只觉得脸上烫得厉害,全身好像都在发热了,他有一种处在水深火热之中的感觉。

徐长风最终也没有推开那扇门,而是许久之后转身离开了。他叫了黄侠两人一杯杯地喝起了酒。林水晶的话不时地在他的耳边回响,像是扇过来的嘴巴。原来在他们的眼里,竟是这样的,他配不上她。他们都在想着给她找个更好的男人呢!

他觉得自己很挫败。心底里的抑郁无处宣解,不由得就想起了酒。酒这玩意真的是个好东西,酒到浓时就可以让人神经麻醉,也可以借着酒劲儿去做些不敢做的事。

黄侠在对面看着他一杯一杯慢慢地喝着酒,他心里的复杂无法言说,而他,也不是都明白。至少,不是亲身经历,不会有最最切身的感受。

一杯一杯的酒下肚,徐长风好像有些微微的醉了,而后站起来对他说道:"我先走了,你随便吧。"

"哎,你能开车吗?我载你吧!"黄侠忙说。

"不用。"徐长风立即拒绝,他拿起西装外套大步就走出去了。

黄侠一个人在那家会所的外面站了一会儿,当时天色已经都黑了,他看了看黑沉沉的天幕,看了看那城市的霓虹,却是大步奔着前面的咖啡厅而去了。

现在他想去喝杯咖啡。

咖啡厅外面的一个人影引起了他的注意。那是一个年轻的女孩儿,穿着桔色的大衣,神色灵动而有些羞涩,正和一个年轻的男子对面而站。那个男的,也和她差不多的年纪,穿着很有朝气的运动款的羽绒服,长得清清秀秀的。与其说是男人,倒不如说更像个大男孩儿。

黄侠看着那两个人走进了咖啡厅,便也迈开步子走了进去。

咖啡厅里面气氛幽静而安然。有淡淡的音乐声流淌。他走进去的时候,看到周

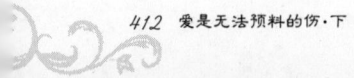

逸晓和那个男孩儿两个人已经坐下了。漂亮精致的玻璃桌子上，放着水晶的花瓶，瓶子里一枝红色的玫瑰芬芳娇美。

他就站在周逸晓后面的位置停住脚步看着他们。那两个人点了两杯咖啡，坐在那里都似乎有些紧张的样子。半响男孩儿才问了一句："平时喜欢做什么？下了班以后？"

周逸晓对那男孩儿笑了笑："我喜欢旅行，但是现在没那么多钱，所以一般就在近处玩玩，爬爬山。"

那男孩儿便也笑了笑："我也喜欢旅行，不过我是背着包走到想去的地方，和我认识的哥们。"

"呀，真好！"周逸晓面上露出惊讶。

原来在相亲呀！

黄侠搞明白了周逸晓和那男孩儿的状况，便慢悠悠地走了过去。他一拍周逸晓的肩膀，拉了把椅子就在她身旁坐了下来。

"逸晓啊，这位是谁啊？"黄侠大大咧咧地坐在周逸晓的身旁，竟是一只大爪子搭到周逸晓的肩头，眯着一双灿烂的桃花眼，对着周逸晓说。

周逸晓有一种全身起鸡皮疙瘩的感觉，她的大老板……

"哎，这位小兄弟，想追逸晓啊？"黄侠又把他一双灿灿的桃花眼转向了对面的大男孩儿。

大男孩儿正对黄侠的身份奇怪着呢，此刻脸上便有些不自在，但还是笑了笑点头。

黄侠便用痞痞的声音道："逸晓的标准呢，也不高。玫瑰花园的四室两厅有一处，外加一辆宝马X6，就行了。"

他神色间带了几分慵懒，说出的话却是让周逸晓脸上的肉都抽搐起来。

玫瑰花园是这座城市里最高档的住宅区，那里的四室两厅，至少要二百万，再加一辆价值一百万的宝马X6……

对面那男孩儿神色很是尴尬："抱歉，这两样东西，我都没有。"他红着脸站起身，"抱歉，打扰了。"

看着那男孩儿神色窘迫地离开，黄侠忍着心底的笑意，俊脸上神色如常，悠然转眸，这一下便是立即对上了周逸晓一双愤怒的眼睛。

周逸晓拾起自己的咖啡杯对着眼前这张邪恶无比的俊脸泼了过去。

"我让你胡说八道！"

咖啡液从黄侠那张干净帅气的脸上滴滴往下淌，他闭了闭眼睛，半响才伸手去抹了一把,又咧了咧嘴道:"至于吗!"

周逸晓瞪着眼前这个男人,真是恨不得再泼他一杯的,她愤愤地道:"怎么不至于?你把我说成什么了?我有那么物质吗?"

黄侠脸上仍有咖啡液在淌,神色却不变:"物质怎么了?嫁汉嫁汉,穿衣吃饭。"

"那是你的女人们,那不是我!"周逸晓气愤地拾起了自己的包,转身就走了。

黄侠挑了挑眉,看向那个气愤而走的身影,神色间有些古怪:"先生,给。"有侍者递了手帕过来。

从酒店离开,楚乔愤愤地进屋,牙根紧咬,脸色青青白白,手指甲掐进肉里,都不自知。

她的脸面真是丢尽了。徐长风,白惠,你们不要让我逮到机会,我会让你们生不如死。

抽了一半的香烟,烟头部位被死死地按在她和徐长风曾经的一张合影上。那上面,她在他的怀里笑得甜蜜爽朗,他意气风发,温和俊朗。

香烟头部被死死地按在那张俊朗的面容上。在他的脸上,死死地戳住。直到煳焦的味道飘出来,那张照片像要起火,那张熟悉的容颜变成一个烧焦的洞……

白惠是坐着酒店的车子回住所的。她洗了个澡就睡了,这一天没沾床,她觉得又困又乏,睡得也沉。

房门是不知何时打开的,有粗重的呼吸在房间里缭绕开来。白惠平躺着,一只葱白的手臂从睡衣的袖口伸出来,弯曲在枕头旁,睡相安然而恬静。那个进来的人,脱去了外套,穿着衬衣和长裤便爬上了床,他的因着酒意而灼烫的手轻熨在她纤纤的细腰处,慢慢地收紧,最后贴在她的肌肤上。他俯下,带着酒气的嘴唇吻住她恬然半闭的嘴唇。白惠是被身上的不适和嘴唇上缭绕着的粗重气息唤醒的。她睡意迷蒙,但还是睁了眼睛。房间里没有开灯,一张模糊的脸就在她的脸颊上方与她气息交缠。

她的黑眸陡然间瞪大,惊叫声爆出口边:"你是谁!"

"别闹,乖。"徐长风对着他的妻子轻嘘了一声,又是吻住她的嘴唇。白惠已然听出了他的声音,一时之间真是又急又气。这厮真是够卑鄙的,在她睡觉的时候,这样侵犯她。她气愤地用拳头对着他的肩膀又捶又砸,他却是不管不顾,双手在她的身上四处游走。

白惠禁不住那种折磨人的感觉,水深火热似的,让她直想去死。她扭动挣扎得太过厉害,他不得不松开她的嘴唇,在她脸颊上方喷洒着带着酒味的热气:"你别闹了,你就是晕过去了,我也还要继续。"

他说完再一次吻住了她,尝过了她口里的芬芳,却又是霸道地在她耳边宣誓,"我不会给你再嫁的机会,也不管林水晶要给你找的男人有多么好,我都不会同意。你就别做离婚再嫁的梦了!"

他从她的身上下去,想要在她身旁躺一会儿的,但是她对着他的胸口一脚蹬过来。

力道着实不小,他还没等沾到床呢就被她给蹬下去了,咕咚的一声,他已经掉在地上了。他手臂撑起身子,便看到她坐在床上,对着他怒目而视。接着是枕头,床头的两本书,全都对着他的脑袋飞过来,噼里啪啦地砸在了他的头上。

枕头倒是没什么,砸过来也不疼,就那两本书那么厚,砸在头上真疼。他一手捂着脑袋站了起来:"喂,你把我砸死了,会后悔的。"

"你去死吧,卑鄙的家伙!"白惠又羞又怒愤愤出口。

徐长风呆了一下,又温笑地捉了她飞过来的小爪子,在她的脸上吧的偷了一个吻才道:"要杀要剐,随你处置,老婆。"

天一下子就放亮了,徐长风起来的时候,白惠还睡着呢,蜷着身子,睡得很沉。昨天半夜又打又闹的,像个小老虎,大概把她所有的精力都耗光了,后来睡得像摊泥。他却是没有睡意,他在反复地回味着林水晶的话:徐长风配不上你。

是呀,他配不上她。他除了天生的有钱,他还有些什么呢?她跟他的时候,才二十二岁,才出校门没多久,简直就是一枝含苞待放的花,还未及完全绽放就被他整个给采撷过来了。她带着满心的憧憬嫁给了他,可是他却并没有给她安稳幸福的婚姻。甚至还失去了两个孩子。他没能保护好她,他其实很自责,很惭愧,真的。

白惠醒来的时候,他还在她的身边,就靠着床头,一只手臂压在头下,不知在思索着什么。她皱眉心,把自己的身子拉远与他的距离,冷冰冰地说道:"你下去,别赖在我的床上。"

徐长风收起手臂,唇角轻勾:"老婆,还生气呢!你要实在气得慌,把我手臂绑上,你打我一顿?"

"滚!"白惠忍无可忍地爆发了。

手机铃声悠扬地唱了起来,是白惠的,她不再理他,翻身下床去找手机了。电话里,袁华有些苍老的声音说道:"白惠,你妈妈没了,你不能就把爸给忘了……"

袁华病了,一个人在家里。白惠捏着手机,心头直跳。

徐长风已经穿好了衣服,走到她身边问道:"怎么了?"

白惠敛紧眉心:"我爸爸病了,要我现在过去一趟。"

"哦,那我载你去。"徐长风说完,就往外走去。

白惠出来时,他在客厅里等着她。"你把衣服穿好了,外面冷,别冻着。"他看见她只是将大衣披在了身上,便皱皱眉走过来,两只手指捏住了她大衣的扣子,一个一个地给她轻扣上了。

"我去热车。"他给她扣完最后一个纽扣,就转身匆匆而去了。

白惠下楼时,车子已经在楼洞口处停好,发动机开着,发出嗡嗡的响声。他的手伸到后面,将车门给她打开了。白惠只迟疑了一下就钻了进去。

袁华有点儿脑血栓的迹象,被徐长风开车送去了医院。看着他跑前跑后地忙碌,白惠有些恍然。

袁华很悲观,情绪不太好,他直感叹自己没有亲生儿女,白惠有些心乱:"爸爸,我会把你当亲生父亲看待的,妈妈不在了,我也会伺候你到老的。"

袁华似乎是得到了些安慰,不再唠叨了。

徐长风道:"爸爸,我给你请护工过来照顾你,等你出院回家了,我会请保姆给你。"

袁华道:"哎,谢谢你了。"

白惠和徐长风一直等到袁华输完了一瓶液才从病房里出来,白惠心头有些郁郁的,不知怎么的,感到有些不舒服似的,或许是来自袁华的那些话。让她不胜感慨。

"晚上想吃什么?"徐长风问。

白惠淡淡地道:"我不想吃什么。"

徐长风道:"不吃怎么行?你的身体弱,不吃会病倒的。"他说着话车子径自拐去了一家私房菜馆。"来吧,进去吃点儿,这家的饭菜做得很好,汤煲得也好。"他打开车门对她说。

白惠迟疑了一下,下了车子,跟着他走进了那家私房菜馆。菜馆的老板是清朝御膳房大厨的后裔,做的菜也是宫廷菜系,价钱贵得令人咋舌,但味道也确实与众不同。徐长风要了三个菜一个汤,又要了些面食。

他神色淡然,慢慢地吃着,白惠却没有多少胃口,一早上就被袁华叫走,在医院里守了好几个小时,再加上袁华的那些话,她心头不是滋味。

就这样慢慢地吃着,手机响了起来,她放下筷子,忙接听:"潇潇?"

她的身影走出去的时候,徐长风眉宇之间一点点地笼上了阴霾。

白惠从外面回来,又在原先的位子上坐下了。楚潇潇自从上次离开之后,半个多月了没有给她打过电话,而她,不知怎的,也有点儿不敢碰那个号码。这么多次了,楚潇潇那深情的眼神,那一句一句试探性的话语,她不是不明白。可是,那样的事情,她不敢想,也不能想。

她不由得又有些出神。

徐长风深黑的眼瞳向着她睐过来，意味不明的一种犀利，落在她的发顶处。她也抬起了头，视线交汇，他的眼神意味不明地深盯着她的眼睛。

"和楚潇潇断了往来，你和他是没有可能的，一丝都没有！"他对着她一字一句开口，阴沉而不失霸道，声息咄咄。

白惠不由得敛紧了眉："再说一次，我和他是朋友，也只是朋友。但若说断了往来，那是根本不可能的，在我差点儿被恶狗咬死的时候，是他舍身相救。不要说那狗是他姐姐放的，他就应该那么做，一切都因你而起徐长风！楚乔所有一切恶毒，都是你给她纵容的！"

白惠神色凛冽，脸色有些泛白，说话的时候，手指捏紧了包包的带子，最后一个字收尾的时候，她已经起身而出了。

她的身影从他的视线里一闪而逝，他眼前的位置一下子便是空荡起来。耳边她的声音仍然刺耳而鄙薄，徐长风不由得端起了眼前的酒杯，仰脖一抿而尽。

白惠从那家菜馆出来，一直走到马路上，她才深深地吸了一口气。抬手叫了一辆出租车，她径自回家了。

第四十四章　千里赴婵娟

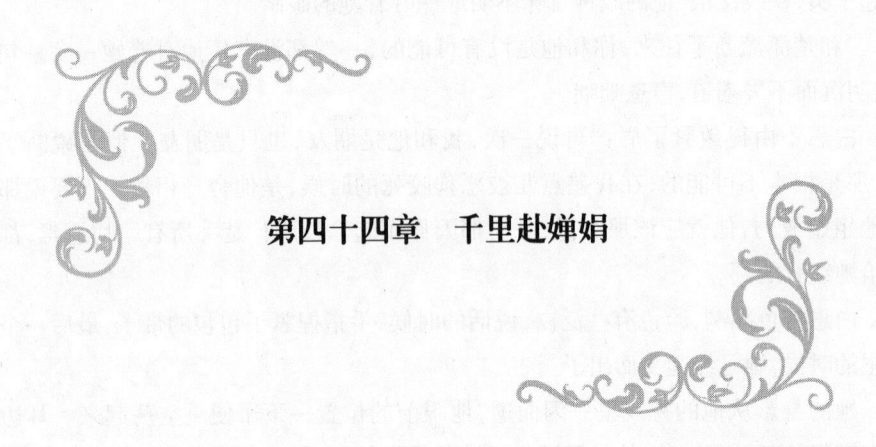

这一晚过去,徐长风没有再出现,一连好几天都没有。她自己去医院照顾袁华,直到袁华三天之后出院回家,她给袁华了一些钱,并且告诉他,有事打电话给她。然后才离开。她坐车去了D城。

小晨晨,已经半个月没有见到了,他的头发越发浓密,黑黑亮亮的,小脸和全身都胖乎乎的,看起来极为可爱。白惠的心头盈满了喜悦。她抱着小晨晨亲了又亲,那小家伙也好像很喜欢让她抱,这大概就是血缘的力量,她抱他的时候,他会用黑亮亮的眼睛看着她。

"小晨晨,看看这个可爱不?"惜然手里拿着一只玩具小花狗走了过来,手指在开关处一按,那小花狗便两只小爪子敲打着身上挂着的小锣鼓,汪汪地叫起来。

小晨晨听见音乐声和小狗的叫声,黑眼珠便立时望了过来,看到那小狗,便小嘴一咧,发出一声稚嫩的,只有小娃娃才有的笑声,响亮响亮的,着实好听。白惠的心头立时一阵激荡,这是她第一次听到儿子的笑声呢,竟是这么好听。

"水晶在英国,皓皓在上海读书,家里就剩下你爸爸和我两个老家伙,真是空得慌。不过还好有小晨晨在,这孩子真是老天送给我们的,专门来慰藉我这老婆子的呢!"惜然不无感慨地说,说话的时候,细致的眉梢眼角全都是浓浓的疼爱。

这是所有上了些年纪的女人都会有的想法吧。

白惠心头一动的同时,眼神不由得落在了养母的脸上。她已经不再年轻了,虽然生活幸福和富裕的生活条件,给了她几乎是不老的容颜,但是这个年纪的人,最渴望的就是,儿女绕膝的快乐。

水晶姐姐远在英国，林家唯一的儿子林靖皓更是复旦大学在读。这偌大的宅子里就只剩下了两位老人，母亲的心里想是极为空寂的。她抱着小豆豆，心里的念头被压下了。

本市著名的会所，一场模特走秀正在进行中。

追光灯打在一道道高挑的身影上，一个个几乎透视装束的美女陆续在眼前亮相。人群中叫好声纷纷，在座的都是本市名流。这些人当中，有一个人，尤其惹眼。他有着俊朗的面容，穿着顶级定制的西装，眼神深沉而耐人寻味。他跷着一条长腿坐在那些名流中间，一双深眸带了一种由内而外散发出来的凛冽，凝视着T型台上那一个个走过来的身材性感而婀娜的美女。

他的眼睛好像在深深地瞧着那一个个走入视线的女人，又像是全然没有留意。

一场一场的表演一一而过，从内衣到外衣，从三点式到性感的裙装，在场的人，视线都被台上那一个个身形婀娜的女子所吸引，他也不知是看进去没有。直到时装表演结束，开始有人出来跳舞的时候，他起身，单手插在西裤的兜中向外走去。

因为演出还没有结束，走廊里很安静，只是偶尔可以听到表演现场传出来的阵阵叫好和口哨声。可是此时，视线里出现了一个身材高挑纤瘦的女孩儿。她穿着裹身的银色高腰短裙，衣着暴露，化着很浓的妆，像是才从T台上下来的模特。她神色惊惶地从前面一间屋子里跑出来，身后一个中年男人紧追而来，大手一伸就揪住了那女孩儿烫染成银色的长发，猛地往着怀里一带。

"让你跑！"

那女孩儿随即一声尖叫，身子被那个中年男子压在了墙壁上。那男人一只大手揪着她的头发，将她的后脑往墙壁上一磕，恼怒地道："让你跑！"

那男人边说，边扬手一个巴掌扇在那女孩儿的脸上："老子看上你，是你的福气，敬酒不吃吃罚酒！"

那女孩顿时尖叫起来："求你了，饶了我吧……"

徐长风的眉宇间一黑，人已经阴沉出声："放了她！"

路漫漫想不到她会在这样一个人生中最为黑暗的夜晚，柳暗花明般地遇见她生命中的贵人。她吃惊又惊喜的眼睛看着这个一身肃冷，却是风度翩翩的男子。他只是用几句话和那阴鸷的眼神便吓走了那个欺侮她的男人，她的眼睛里闪烁着泪花，看着那个生命中的贵人大步从身边走了过去。她想不到，她不但得以逃脱魔爪，而且在此后不久，平步青云。

"来来，大家都踊跃点，上来表演节目了。"今天部队里有个小小的庆祝会，主持人在台上动员着台下的士兵们，"都不要害羞哈，来来，谁上来？"

"我来!"一个年轻的士兵走了上去,于是,台下响起热闹的掌声。

楚潇潇起身向外走去。夜色寂静,礼堂里的喧闹被一点点地抛在后面,他走在部队的大院里,夜风嗖嗖,他的两只手插进了军装的兜中,感觉有点儿烦躁。他边走边从兜里掏出手机来,他想拨打白惠的电话的,但是号码都从电话簿里调出来了,却迟迟没有拨出去,最后又将手机塞进了兜中。

"嘿!"肩膀上忽然被人拍了一下,接着耳边响起一个俏皮的女声,"潇潇哥,人都在看节目,你上哪儿去呀?"

楚潇潇回头看向跟过来的年轻女孩儿,她军帽下面梳着两条又黑又亮的麻花辫,白皙的小脸,尖尖的下颌,两只眼睛又漂亮又有神,此刻正笑嘻嘻地看着他。

楚潇潇道:"我有事。"他沉着脸说了一句就又迈开步子继续往前走。

小女兵又追了过来:"潇潇哥,你最近天天板着一张脸,小心长褶子未老先衰!"

女兵的声音很脆,文艺兵出身,说话的声音脆亮而好听。楚潇潇猛地一回头,两只英气勃发的眼睛里迸出寒光来:"厉诺言,我说你躲远点儿好不好!"

"哎……"女兵鼓起了小嘴有点儿不满,"我是实话实说嘛!"

"你再实话实说,信不信我揍你!"

楚潇潇的大手作势一挥,厉诺言眼看着那只蒲扇似的大手扬起来,嗷的一声惊叫着跳开了。

楚潇潇哼了一声,转身大步走向了自己的车子。厉诺言看着那魁梧的身形弯身钻进车子里,看着那黑色的奥迪嗖的一声冲进夜色里,翘了翘小眉毛,又鼓了鼓小嘴,一副气恼的样子。

楚潇潇的车子飞快地驶出了部队的大院,在夜色下的街头徐徐行驶。他很想打个电话给她,哪怕是听听她的声音。这份爱注定会没有结果,可是他总是忍不住去想她。红灯处,他终于是掏出了手机来,拨出了那个熟悉的号码。

"白惠,你现在在家里吗?"

"潇潇? 我在D城呢……"白惠的声音带着几分睡意来临的惺忪。

"那我去找你好不好?"楚潇潇说。

"别……"白惠立时惊得从床上坐了起来。但是她的"别"字还没说完呢,楚潇潇已经将手机挂断了。白惠的全身好像都潮潮地冒出了汗来。

她忙又拨打他的电话,她想告诉他,别过来,隔着好几百里呢!但是楚潇潇的手机再也没人接听了。

现在是夜里九点钟了,她不由得有些莫名的担心。惜然妈妈已经睡了,小晨晨也睡了,只有若谦爸爸好像还在书房里忙着什么,她便有些不安地在卧室里走来走去。

也就是一个半小时之后,楚潇潇的电话打了过来,白惠忙接听,楚潇潇的声音道:"你在D城的哪儿,我下了高架路了,我去找你。"

白惠的大脑嗡的一下,霎时间又是浑身潮潮地出了一层汗。她怎么可能叫楚潇潇来这里呢?可是真不知道该怎么跟他说,她住在哪儿。

"你住在哪儿呀?我已经到了啊,你不能让我就这样在街上游荡吧!"楚潇潇似乎是猜出了她的心思。

白惠的身上,冷冷热热地交替着,楚潇潇的到来太过突然,让她一时之间竟是不知如何是好。

"玲玲?"房门被人叩响了,林若谦的声音传进来。想是听到了她来来回回踱步的声音,所以担心地询问。

白惠的心立时一慌,她忙将卧室的门打开了:"爸爸。"她看着眼前温和俊朗的男人。

林若谦微敛眉宇道:"你怎么了?"

白惠鼓了鼓勇气才道:"爸爸,我有朋友过来了,我可不可以……让他进来?"

"朋友?"林若谦的面上似有狐疑的神色,接着又是一笑,"当然可以,这里就是你的家嘛!"

"谢谢爸爸。"白惠的眼睛里闪过了亮光,有点儿激动,有点儿慌乱。

林若谦笑着摸摸她的头:"你这孩子,怎么这么让人不放心呢!"

"好了,我先去睡,你朋友来了,就叫他进来。"他又说了一句。

"嗯。"白惠点头。

楚潇潇在半个小时之后到了林宅。白惠早早地去了门口处候着,楚潇潇的车子开进院子,一身军绿色的他,英武而帅气。

"白惠。"他走过来,双臂一伸就抱住了眼前裹着大衣的女子。他在她的耳边呵着清新的薄荷香,"别推开我,我一直都想这样抱着你。"

他温热的声音滑过她的耳膜,白惠的心头一阵紧似一阵地慌乱。她有个感觉,楚潇潇这样一夜奔波数百里来,一定不仅仅是为了要见她,而他这份要见她的心,让她有点儿不敢承受。因为,她真的给不了他什么。

楚潇潇一直抱着她好久也不肯松开,还是白惠提醒道:"潇潇,这里很冷啊!"

楚潇潇才爽朗一笑,松开了她,白惠道:"我们进屋吧。"

楚潇潇被白惠带进了林若谦的客厅里。楚潇潇很惊奇地环视这所宅子,他笑道:"白惠,想不到你还有这样的亲戚呢!"

"嗯,林爸爸和林妈妈从小收养过我,待我像亲生女儿。"白惠说。

楚潇潇便用他灼热的眼神看着她,"你这样的女子,会有很多人想要搁在心里来疼的。"他不由得执了她一只手,轻按在手心。

白惠的颊上热了热,想将手抽回,楚潇潇却是捏得很紧。"今天部队里有活动,大家都在看节目,可我就是看不下去。特别想看见你,所以我就过来了,白惠。"楚潇潇的眼神在水晶的吊灯下,特别明亮,也特别的深情灼灼。

白惠又有一种全身都发热的感觉,心里热,五脏六腑热,四肢百骸开始热。让她的身上开始潮潮地出汗,她该怎么样面对楚潇潇的一腔热情呢?

"玲玲,这位是?"惜然的声音传过来,白惠立时抽回了被楚潇潇握着的手,她看到了从卧室里走出来的惜然,她穿着整齐的衣裤,显然是特意出来的。

"妈妈,这位是我朋友。"白惠说。

楚潇潇便说:"伯母好。"

他一身的松柏绿大衣套在身上,帅气又英伟。惜然的眉心微微地敛了一下:"你好,请坐吧。"

"谢谢伯母。"楚潇潇客气地说。

惜然却是又对白惠道:"玲玲,不要太晚了啊,你身体不好,不能熬夜。"

白惠喔了一声,母亲的冷淡让她感到意外。而楚潇潇也似是感觉到了什么,惜然走后,他笑道:"可能,他们知道我的身份吧!你的养父母,他们不会是普通的人。"

白惠的心头噔的一下。

楚潇潇只坐了一会儿,就站起来了:"什么时候回去了给我打电话。"

白惠嗯了一声,说:"这么晚了,你就住这里吧!"

楚潇潇道:"我明天要上班呢!"

白惠又是心头一惊,他明天要上班,可是却大半夜飞驰几百里来看她。

楚潇潇高大的身影走向了外面泊着的车子:"白惠,晚安。"他回身,一双微凉的大手轻捧了白惠的脸,眼神温柔而灼灼。他在她一面的脸颊上落下一吻,又随即松了她,转身大步上车。那黑色的奥迪驶出了林家的院子,转弯开走,白惠站在门口有些惆怅的感觉。

"真是千里赴婵娟呢!"有凉凉的带着嘲弄的声音清晰地滑过了她的耳膜。

白惠还未及转身的身体顷刻间僵住。她僵硬地回转身子,只见门口的疏冷夜色下,一道长长的身影从灯光黯淡处走出来,他穿着黑色的大衣,两手插在大衣的兜中,一张俊朗的面容玄寒如千年冰雪。

白惠豁然倒吸了一口凉气,他,是何时来的?

她的心头掠过忐忑,她才知道,自己得知楚潇潇要过来的时候,身上一阵阵的冷热交替是因为什么，或许潜意识里，是有不安的吧！

她看着他没有说话，而其实，她的心很乱很乱，在此刻突然间出现的他，让她不知所措。

她的脸在门口黯淡的灯光下泛着青幽幽的白，徐长风已经走到了她的面前，他的插在兜里的右手掏出来，却是修长的手指轻划过她冻得冰凉的脸颊："很好！你果真很有种！我让你和他断了往来，你便和他越发亲密。甚至大半夜，跨越两个城来相会，白惠，你很好！"

他似乎是咬着牙在说话，说完最后一个字，大手落下，一个转身，大步走进了夜色中停泊着的黑色车子。

白惠一直看着那黑色的车子消失在视线里，她的大脑一阵阵发空，太阳穴忽然间疼得发胀，她不由得伸手扶了一下。

她的双腿如坠了石头地往回走，客厅里，灯光依然明亮，她的惜然妈妈就坐在沙发上呢。

"玲玲，这个人，就是楚潇潇吧？"惜然望着她的眼睛，"玲玲，听妈说，这个楚潇潇，你得和他断掉。他再好，可是他是楚家的人，你们即使在一起了，也不会有好结果。"惜然一字一句严肃而坚定。

"妈妈……"白惠的目光里闪出吃惊。

惜然走过来，搂了她道："我的玲玲，妈妈是个过来人了。妈妈曾和你一样，走过一段弯路，如果你和楚潇潇真的在一起了，你会像妈妈一样，你就是步了妈妈的后尘呢！"

惜然说话的时候，语声十分苍凉，当年她和叶明川不顾一切的阻力，结婚，后来怎么样了呢？她的每一天，都过得很辛苦。虽然叶明川待她很好很好，虽然她在努力地维护那段婚姻，可是终是难以长久。

而眼下的玲玲，却似乎也陷入了那样一种恋情，不被亲人祝福的恋情，要承受的痛苦，只有亲身经历才知道，她不想白惠过那样的生活。

"玲玲，楚潇潇虽好，但你们在一起绝不会有幸福，相信妈妈，不会骗你。"惜然轻抚着白惠的头发，神色间语重心长。

白惠心惊的同时深深地看着她的惜然妈妈。

靳齐的车子驶进楚家的院子，楚乔侧过身来，在靳齐的脸颊上吻了一下。如魅的红唇，漂亮而妩媚的双眸，微微带着酒香的呼吸让靳齐一阵心猿意马，而楚乔的双臂便顺势攀住了他的脖子，红唇吻住了靳齐的。

刚回来的楚潇潇，车子驶进院子，他一眼就看到了前面黑色的车子，那车牌号是靳齐的,他当然知道。他不由走得过去,车窗贴膜颜色很深,但他还是看到了里面嘴唇相缠的两人。

那个男人是靳齐,那个女人可不就是他的姐姐?

一股子火气嗖的蹿了上来,冲得他的太阳穴嗡嗡地疼。他一拳砸在了窗玻璃上,砰的一声,里面的两人被震得耳膜都疼了。楚潇潇一拳落下,又一把拉开了那车门:"靳齐你给我滚!"

里面的人惊呆了,楚乔一张小脸青红不堪,就像是被人捉了奸的感觉,让她头顶发麻,而靳齐,一张脸也是露出惊愕的神色,继而就烫了起来。

楚乔镇静下来,下了车子:"潇潇,我的事,你别管!"

楚潇潇的脸上一阵红一阵白:"姐,他是有妇之夫,你怎么可以跟他纠缠不清!"

"我说了,我的事你别管!"楚乔厉声道。

楚潇潇咬牙:"我是不想管你,可你是我姐,是楚家的女儿,我怎么可能眼看着你这么丢人现眼!"

其实楚潇潇已经很久没有回过家了。他姐姐所做的事情让他羞愧,让他无地自容,他想不透他的姐姐怎么可以做出那样的事情来!

啪的一声,楚乔一巴掌甩了过去,楚潇潇的左颊立即传来火辣辣的疼。

"我再说一句,楚潇潇,我的事不要你来管!"楚乔愤愤地说。

楚潇潇声音直发颤:"那好,那让爸爸来管你吧!"他说完,陡然转身大步走向了自己的车子。

楚乔的心噔的一下。

楚潇潇从家里离开,开着车子上了马路,心里头真是又羞又愤的一种感觉,他的姐姐怎么可以这么不要脸呢!

他真是想不明白,去自己宅子的一路上太阳穴都胀得要炸了一般。

第四十五章　身世成谜

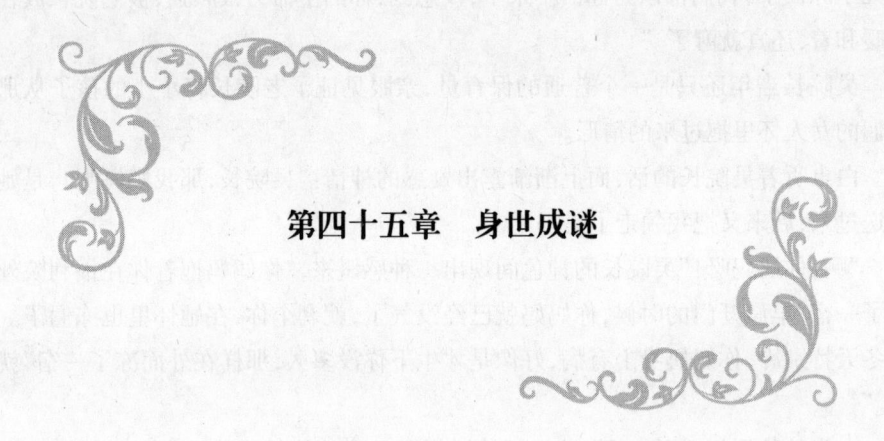

白惠回来的时候，天空飘起了入冬以来的第一场小雪，夜里，她又梦见了小糖糖。小糖糖站在前面不远的地方喊妈妈。她总也看不清女儿的面容，可是她清晰地听到女儿唤她的声音，一声声的妈妈让她肝肠寸断。她哭着喊糖糖，哭着向那边跑，她想跑过去将女儿抱在怀里，可是那明明不远的距离，却是总也跑不到头。她跌倒了爬起来，女儿仍然在前面不远的地方，只是哭得越发凄惨。她醒来时，全身大汗淋淋，后半夜再无睡意。天亮之后，她看到外面，铺了一层的雪，厚厚的。昨夜的梦，糖糖唤她的声音那种肝肠寸断的感觉好像仍然撞击着她的心口，她的额上、身上潮潮地出着汗，她觉得自己好像要无法呼吸了。

她打开房门走了出去。昨天飘过小雪，路面湿滑，她艰难地走出了小区，出租车不好找，她在马路边上站了好久，才拦到了一辆。

每当她梦到小糖糖的时候，就想去福利院。她总有一种感觉，她真心地照顾那些孩子们，她的小糖糖在天上，便也会被好心人照顾着。白惠毫不嫌弃地将那些身体残缺的孩子抱在怀里，给他们以母爱的温暖，亲切地给生病的孩子讲故事。

"吴院长。"身旁的管理员对着走进来的中年女人喊了一声，白惠看过去，见一个面目慈祥的女人走过来。年纪似乎比母亲白秋月要大，眼神很温和。

"你就是白惠吧？"吴院长温和地问。她早已听说了有这样一个年轻女人，自小在这里呆过，现在又过来做义工。

白惠点头："是的，吴院长。"

吴院长上下看了看她，面上带出笑来："嗯，时间过得真快呀，晃眼就是二十年。

我还记得当年,你在你妈妈怀里的样子,那么小,小得那脸都没有一个拳头大。浑身都几乎冻僵了,我们都以为你活不来了,没想到,你的生命力很顽强,被老院长放在怀里暖和着,还真就醒了。"

吴院长当年还只是一个普通的保育员,亲眼见证了老院长将小小的孩子从那个冻僵的女人怀里抱过来的情形。

白惠听着吴院长的话,面上渐渐露出疑惑的神情:"吴院长,那我妈妈呢?是她把我送过来,后来又把我领走了是吗?"

"啊,你妈妈呀!"吴院长的神色间现出一种感慨来,"你妈妈抱着你在福利院外面躺了一宿,早晨开门的时候,你妈妈就已经没气了,就剩个你,在她怀里也冻僵了。那个冬天特别冷,你妈妈身上有病,好像是才生下你没多久,那样在外面冻了一宿,就死了。"

白惠的脑子里嗡的一下,她一把就抓住了吴院长的手:"吴院长,您说的不对,我妈妈是白秋月,她半年前才去世的。"

"啊,白秋月呀,她的确有个女儿被她的家人扔在了福利院,但是那孩子呆了两个月就死了,天生的心疾。"吴院长微敛了眉尖说。

轰的一下,白惠的脑子里瞬间空白一片。这么说,一直养了她十几年的母亲并非亲生,而她的亲生母亲,早就去世了吗?白惠难以相信吴院长的话,血色从脸上抽离而去,她的脸上白得厉害。

"吴院长,你说得不对,一定不对,怎么会这样啊!"她难以置信地摇头,眼睛里是极度的空洞,如果那个死在福利院门口的女人是她的母亲,那么她的父亲是谁呀?为何会弃刚刚生产过的妻子于不顾,连亲生女儿都不要?

她摇头,不断地摇头:"吴院长,不是的,不是这样的。"

她的身子晃得厉害,一手扶了墙,身上的汗层层淋淋地出,她虚弱地喘息,又绝望地喊了一声:"这是为什么呀……"

某高档会所一场模特走秀节目正在热闹地举行着,一道道高挑又火辣的身材从T台上依次扭着俏臀走过,身影一转,美背纤腿,再一转,几乎可透视的装束让人连连惊叫。

贵宾席上,一道长长的身影跷着长腿,神色肃清,看着那一道道迷人的身材,一张张美丽的容颜在眼前晃过。

他修长的手指拿起了杯子,轻轻地啜了一口,又轻捏着杯身,目光悠悠冷清地凝视着那一连串走过的身影。

路漫漫第一趟走秀的时候就已经发现了台下那张俊朗的容颜,他还是一如那日的冷清,但却让她的心头没来由地一颤。猫步走得更加靓丽,心底也涌出说不出的愉悦来,她不由得对着那张冷清却俊朗的容颜轻弯了弯唇角,但是那个人好像没有什么反应。而她已经走到了T台的前沿,适时地转了身,又走了回去。

"老板,你电话。"小北将徐长风的手机递了过来。

"没有重要事不要叫我。"徐长风淡淡地说了一句,眉眼未斜。

小北道:"是……是嫂子出事了。"

小北的话音一落,徐长风的脸色当时就变了。

白惠被院长叫人扶到了一间办公室的沙发上坐下,她惨白着的脸色,空洞着的眼神让吴院长一阵心惊。

"难道你养母一直没告诉你吗?"她在白惠身边坐下,有些不安地说,"我以为她会告诉你呢,她当年亲自来求证过这件事。"

白惠空洞的眼神一下子又被心惊填满:"你说什么?到底怎么回事?"

徐长风的车子在福利院的院子里停下,不待小北过来开车门,他已经下车了,他大步走进了福利院陈旧的大楼。

白惠的身子歪躺在那旧沙发上,脸色惨白如冷月。房门被人呼的一下就推开了,徐长风黑色的身影一身凛冽地出现了,接着是小北。

白惠倏然抬了眼睫,那一刻,心头歘然一跳。

"你怎么了?"徐长风的黑眸落在她惨白的脸上,人已然走到她近前。

白惠手扶着沙发坐了起来,她并不知道徐长风会过来,她当时有些昏迷的症状,人倒在福利院的保育室里。吴院长叫人从她的包里拿手机出来,调出了通话记录,第一个号码就是徐长风,所以就打电话给了他。现在白惠醒过来了,见到突然间出现在眼前的男人,她有些心惊。

"我没什么……"她的话还未说完,他的胳膊已经伸了过来,她身子一轻,下一刻,她已经被他抱在了怀里。

"先回去再说。"他抱着她不由分说向外走去了。

小北跑到前面去开了车门,徐长风将她放了上去,接着自己也钻了进去,小北驱车离开。路面依旧泥泞,但已经好走多了。

"嫂子,风哥一接到电话就立刻赶过来了,还好你没事。"小北边开着车子边说。

白惠一阵心颤。她的手很凉,仍然被他一只大手给攥在手心,他坐在她身旁,黑眸凛冽地瞄过来。她不由得把手缩了缩。

他却是再次将大手捏紧,吩咐道:"小北,把车子开到顾氏的医院去。"

"是,老板。"小北立即回了一句。

白惠皱眉道:"我没事。"

"没事做什么晕倒!"徐长风凛冽的声音划过了她的耳膜。白惠有点儿语噎。

"我只是一时激动。"她垂了眼睫,吴院长的话还在她耳边回响:那个冬天特别冷,你妈妈好像生下你没多久,在外面冻了一宿,就死了。

那个人,真的是她的妈妈吗?

那为什么要一个人流落在外面,那般凄惨,而她的父亲,又是谁?

她又想起了白秋月临终前的话:你的爸爸,不是伊长泽,也不是长昆,你是……

妈妈的话没有说完,她就过世了,她的身世彻底成了谜。而今天,她又突然间听到了吴院长的说法,连她的亲生母亲,竟然都是另有其人。

白惠觉得自己很痛苦,也很无奈,为何老天会这样对她呢?亲生父亲从来不要她也就算了,竟然连一直养了她二十年的母亲,也不是亲生的。白惠心里说不出的难受。

"为什么激动?"徐长风深沉微凛的声音又划过了她的耳膜。

白惠轻轻摇摇头:"一个从小就没有父亲的人,有一天得知,连养了她十几年的母亲,都不是亲生的,怎么会不激动?"

她说话的时候,眼睫轻颤着,泪花就盈盈欲出。她吸了一下鼻子,又道:"你从小生活在父母恩爱的家庭,你不会懂,那种无依的感觉。"

白惠的声音轻幽幽地说着,她仰了仰头,将眼底的泪意努力地咽下去。

她的话却是让他的心头轻颤了一下:"你说的什么,谁不是亲生的?"

"吴院长说,我母亲并不是白秋月,我的母亲是死在福利院门口的。"白惠说话的时候,语声再度一哽,声音凄惨,"我不知道这是不是真的,我真的想找到我的亲生父亲问一问,他怎么就如此狠心,生下了女儿,却从来不闻不问!"

徐长风心头又是一颤,他不由得伸出手去,轻拢了她的肩:"你有我,一直都有我。"他的声音不由自主地染了温柔,他的臂膀真的很结实,带着独属于他的男性的气息,让她的头有一阵的晕眩。他的左臂轻揽着她的肩,他像是在给她最深刻的依靠。

白惠轻合了合眼睛,如此一刻,其实是她心底中一直都盼望的一刻,可是这副臂膀……

白惠被徐长风一直送到了家里,他让小北开着他的车子走了,他跟她一起上了楼。两个人在沙发上坐下,徐长风拿着杯子去接了杯热水过来,递向她。

白惠接过,慢慢地送到口边,轻抿了一口。她两只手捧着那个水杯,丝丝的热气从玻璃的杯壁散出来,让她一阵阵地感到踏实和舒服。"谢谢。"她说。

徐长风顾长的身影在她的身旁坐下了,黑眸幽幽地看着她。她的眉眼看起来都是那么的柔和,像天边的一轮月,冷清,却是温婉的。

"你的身世,我帮你去查一下,或许,还可以查出来。"他在她的身边开口,那声音微沉,却有一种让人沉迷的感觉。

白惠的心头立时就紧了一下,她看向那双黑沉,却灼灼的眼睛,半响又是低了眸:"谢谢你。"

徐长风一敛眉:"我们是夫妻关系,我帮你查询身世,是应该的。你不用谢我。"他说着站了起来,"我走了,你自己休息吧。"他说着话,人已经迈步离开。

白惠呆呆地看着那人淡薄沉肃的身影消失在门口,又啪地带上了防盗门,她的心陡然就是一颤。

徐长风从白惠的住所离开,心头有些窝火。她的凄凉,她的心伤,他都看得见,可是她口口声声的谢谢,分明是把他当成最疏远的人,她的疏离淡漠无疑是让他恼火的。他气闷地把车子向着自己的住所驶去。

一连几天,白惠都没出去,心思郁结,她落落寡欢。她的身世本就是个谜,再加上吴院长无意间挑破的真相,她的身世便变得更加扑朔迷离。她的亲生母亲是谁?她叫什么名字?她姓什么?她在这个世界上,可还有亲人?而她的父亲又是谁?可还在这个人世?如果在世的话,为什么从来都不曾寻找过她这个女儿?还是,她是个私生女?白惠晃了晃头,赶走了这个念头。

徐长风的车子驶进了福利院,吴院长是小北打电话约好的,此刻就在办公室里等着他。他和小北走进去,吴院长立即就站了起来:"徐先生,你来了。"

徐长风在几天前,刚刚为这所福利院捐了款,并且叫人为这里的保育员们发放了过节物资。院长见到他,便很是热情。

"你好,吴院长。"徐长风客气地说。

吴院长便道:"不客气,请坐吧。"

几个人落座,吴院长主动说道:"关于您太太的事情,所知道的人并不多。我算是一个亲历者,我就把我知道的讲一讲。"吴院长坐在她的办公椅上,陷入回忆,"那个冬天,特别的冷……"

徐长风从福利院出来的时候,心思很沉重。他的脑海里浮现出一张清秀,却是惨白的脸。她穿着整洁的棉衣,可是却十分陈旧。她把刚刚出生几天的婴儿紧紧地抱在怀里,在寒风呼啸的晚上,拖着生产不久患病的身子举步维艰地走到了福利院的门口。那个晚上,据说有零下二十度,呵气成冰。那个女人将小小的婴儿紧紧地抱在棉衣的里面,紧贴着自己的肌肤,用自己残存的体温保护着女儿。后来,她的身体渐渐僵硬,而怀里的小娃娃,被母亲保护着,没有被风吹,可是却也冻得快要僵了,而后,天亮了。

　　福利院的大门打开了,一早出门办事的老院长,看见那个可怜的女人。她伸手推了推她,那具身体在冷风呼啸的夜晚,早已僵硬成冰,匍匐在福利院门口破旧的台阶子上,灵魂早已脱离了身体。而她的手臂却是紧紧地护着自己的胸口,在老院长轻轻一推的时候,她的身体偏了原来的位置,怀里那个小小的婴儿却露出了脸来。

　　老院长心惊之余,忙将那小小的婴儿从那冻僵的臂膀中抱了出来。二十六年前,医疗和交通都不发达,老院长情急之下,解开了自己的衣襟,将那快要冻僵的孩子,紧贴着自己的肌肤搂在了怀里,用自己的体温温暖着她。一条小生命就这样起死回生了。徐长风不由得深深地叹了一声,眼睛里竟是有了泪意。

　　"白秋月既然早就知道,嫂子不是她女儿,为什么一直不说啊?"小北边开着车子边说。

　　徐长风似是在沉思着什么并没有说话,而小北又道:"这样子,嫂子的身世不就永远都成了谜了吗?"

　　徐长风仍是没有说话,良久之后才道:"去民政局一趟。"

　　白惠已经快要睡着的时候,外面传来旋动门锁的声音,她不由得坐了起来,目光向着门口处望过去。时间已经快夜里十二点了,房门处有响动无疑是让人紧张的。

　　徐长风带着一身的寒意走了进来。

　　她直直地看着他,黑眼睛里有惊异的神色。徐长风脱下了身上的大衣,走了过来,高大的身影在她的身旁坐了下去,说道:"我去民政部门查了一下,又去了警局,他们调了二十几年前的记录,但那个时候,信息的管理并不完善,我没有查出什么来。他们只是说,无人认领的尸体,一般都是一段时间之后火化,而后埋葬。"

　　白惠只听得心头如绞,徐长风后面那句话直接让她流了泪。一阵说不出的悲伤忽然间涌了上来,她的手捂住了嘴,呼吸被滞住了一般,一口气没上来,竟是哽在胸口,泪落如雨。

　　徐长风一惊,忙将她的身子揽在怀里,急切地唤了一声:"白惠!"

　　白惠捂着嘴,好半响呼吸才顺过来,只觉得身体的力气又被人一下子抽空了似的,她黑眸失神地望着眼前一脸焦灼的男子,幽幽说道:"我只但愿,这都不是真的。"

　　"是呀,不一定是真的,我们也只是听那个院长随口一说而已。人都死了,没办法做亲子鉴定,说不定根本就是吴院长记错了,你就是白秋月的女儿。"徐长风急切地说着。做回白秋月的女儿,她的身世就会简单得多,此时此刻,他只能这样安慰她。

　　白惠美丽的眼睛看着他,在他的怀里,凄楚而羸弱。晶莹的泪珠在她的一双美眸里莹莹闪烁。

"那是发生了什么啊!刚生过孩子,就冻死街头……"白惠沉浸在悲伤里难以自拔。那种凄惨的景象只是想象已是让人难以承受的痛。

徐长风的指腹轻轻地擦过她的眼角:"不要太难过了,如果她真是你的母亲,她看到你能够健康地长大,她也会欣慰。"

他的指腹轻柔地从她的右侧眼角滑过,拭去湿意,黑沉沉的眼睛里盛满了深深的疼惜凝视着她的眼睛,却是又轻轻地拭过她的左侧眼角。

"相信我,我们重新来过,我会给你幸福。"他温醇而深刻的声音滑过她的耳膜,他黑灼灼的眼睛已经是拉近,微凉的嘴唇落在她的嘴唇上。那只沾染着湿意的手不由得轻捧住了她的脸,小心翼翼地吻过。

白惠看着他那双深邃的、沾满心疼的眼睛,轻声道:"可是,我忘不掉楚乔。"

她的话像是一记闷棍敲在了徐长风的头上,他的长眉一点点地纠结了起来。而白惠又喃喃道:

"我打了电话给你,我好希望,你能过来帮帮我,我妈妈快要死了,我希望你过来。我不知道该怎么办……"她的眼睛里泪花闪烁,几个月前令她崩溃的一刻,又在脑海中浮现:"可是接电话的是楚乔。她告诉我,你和她在西山别墅……"

她再次掩住了嘴,泪水刷的一下流下来。

徐长风心弦猛烈地颤动,更紧地抱住了她:"不是真的,那不是真的!"

"可是我那个时候不知道,长风。我崩溃了……"她语声发哽,"你不能体会到我当时的心情啊!"

徐长风的心脏已是轻颤不已。他的揽着她的手臂不由得收紧,神色阴沉而涌上戾色,被痛苦填满。

"楚乔像一根刺,你和她在一起,即使是作戏,可是伤在了我的心里,我忘不掉,我可以原谅你是不得已,但是我驱不散心头的阴影……"

白惠一句一句在他的怀里颤颤诉说,却是一根根钢针一般扎在他的心头。他终于在那里坐不下去了,他松开了她:"我出去走走。"他便起身向外走去了。

白惠的心里五味杂陈着,他对她确实是用了心,她能感觉到,可是心上的伤不是一时一刻能好,愈合了,心底也会有个疤。

因为画界的一些事情,林水晶从英国回来了,她回国的第一站便是白惠这里。她在到达的第一天傍晚给白惠打了电话,两个人约在了一家咖啡厅见面。

林水晶穿着米色开衫,同色系黑格子的高腰裙,一头微卷的长发,浑身流淌着的一种书卷之气带着成熟女子的魅力,坐在咖啡厅的一隅,像是一道十分美丽的风景。

"水晶姐。"白惠一早上的雀跃在见到林水晶之后尽情奔放,她的小脸绽开着最惊喜的笑容,加快脚步走了过去。

"玲玲。"林水晶站了起来,上前两步与白惠两个人拥抱在一起。"玲玲,你怎么又瘦了啊?"林水晶抱着她,有些心疼。

白惠只是笑:"我没事,姐。"

两姐妹亲热地在咖啡厅坐下,想念的话自然是说了一遍又一遍。这个时候,有道长长的身影走了过来,他穿着时下很流行的男士夹克,丹宁裤加一双高腰鞋,身材结实而挺拔,脸庞帅气而阳光。

这是一个二十七八岁的青年男子。他有很浓的眉毛,鼻子往上,眉宇之间,有点儿像台湾的一个男演员,白惠想了想,是阮经天。

那人一看见林水晶就先笑了:"嗨,水晶!"

"周相逸。"林水晶站了起来。

白惠不认识那人,便也跟着林水晶站了起来,一双秀气的眸子有些惊奇地打量那个叫周相逸的男人。

林水晶介绍道:"这是我妹妹玲玲。玲玲,这是我大学同学,周相逸。拥有自己的摄影工作室的,国内摄影界的后起之秀。"

白惠便嫣然一笑:"你好,我叫白惠。"

她对着周相逸伸出了那只纤纤素手,周相逸礼貌地轻握了一下:"你好。"

白惠不知道林水晶因何而约了她,又约了这个男人,直到从咖啡厅离开的时候,那个周相逸将她们两个人一起开车送去了林水晶所住的宾馆。

周相逸开车离开,林水晶才问:"玲玲,你觉得这个周相逸怎么样?"

"挺好的啊,这么年轻就有自己的工作室。"白惠想都没想地说了一句。

"长得呢?"林水晶微歪了头问。

白惠道:"挺好的啊,挺帅的。"

"那你觉得他言谈举止呢?"林水晶又问。

白惠又想了想道:"挺好的啊,彬彬有礼有点绅士的感觉。"

林水晶笑道:"成了,既然他这么好,回头姐再问问他的意思,如果他也这么说你,你们就正好凑一对了。"

白惠一下子就呆了:"姐,你说什么?"

"我说,就把这个周相逸介绍给你。忘了跟你说了,他有韩国血统的。"林水晶又笑道。

白惠惊得张大了嘴,她想不到,林水晶竟然会用这样的方式给她相亲。"姐,我……"

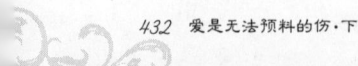

她想说，自己其实还没有再找的意思，何况，她根本就不是自由之身啊！她跟徐长风就是两根纠缠不清的藤蔓，她怎么有心思再找呢？更何况她其实已是一个母亲。林水晶却是一搂她的肩："走吧，咱们姐妹好久未见了，我们洗个澡躺下再聊。"

"姐，我和徐长风还是夫妻呢，你不要给我介绍什么对象了。"白惠坐在床头，看着林水晶洗过澡从洗浴间出来，修长优美的身体裹着白色的浴巾，漂亮而动人。

林水晶正在用毛巾擦拭湿漉漉的头发，一听就皱了眉："夫妻？你们还没离？"

"没有。"白惠摇头。

林水晶刚想说什么，房门被人轻叩，外面传来熟悉而悦耳的男声："水晶？"

"等等！"林水晶应了一声，忙将身上的浴巾解下，换上了一身睡衣。

她披着长发走过去将房门打开，白惠看过去，却是伊亦峰站在门口。

"水晶，你来了怎么都不告诉我？"伊亦峰一进来就带了嗔怪的语气。

林水晶却是手臂一扬，圈住了伊亦峰的脖子："我这不正想给你个惊喜嘛！"

白惠是头一次看到林水晶这样孩子气，这样俏皮的一面，只见她一张温柔而漂亮的脸上，布满孩子气的可爱笑容，竟是嫣红的嘴唇凑过去，在亦峰的脸上吧的吻了一下。

"好了，不要生气啦！"她笑容俏皮地说。

白惠眼看着伊亦峰的大手抬起来，在林水晶的脑袋上，揉了一下，那双漂亮的眼睛里满满都是无奈的宠爱，她有一种十分羡慕的感觉。她不由得站了起来："水晶姐，我还是回去住吧，我忘了跟你说了，我睡觉择席。"她不好意思地笑笑。

林水晶拧眉："你说假话吧？"

"没有，是真的。"白惠说。

伊亦峰便笑道："呵呵，她睡觉是择席，我听长风说过。"

"去你的，你跟他走得很近是吗！"林水晶板了小脸，小拳头扬了起来，对着亦峰的胸口就是两拳。

"不是，不是，就是偶尔见过。"亦峰带着笑，捉了林水晶乱挥的两只手，"瞧你，越来越厉害了，像个小野猫似的。你看人玲玲多温柔。"

白惠便笑了笑，而林水晶便似乎是有些不好意思地扭了头过来："玲玲，你真择席呀？"

"嗯，真的。"白惠一口咬定了自己择席的事。

林水晶便皱眉道："那好吧，你回去睡，我明早过去接你，我们一起回家。"

她走过来执了白惠的两只手，白惠点头。林水晶和亦峰一直送她到宾馆门口，白惠上了车子回头的那一刻，但见那两个人已经拥吻在一起。

男的揽着女友的腰,女的秀臂勾紧男人的脖子,吻得热情而浓烈。

白惠的唇角不由得弯了起来,弧度美丽。这或许是他们久别之后一个美好的夜晚,她择席择得对呀。她在心底里祝福她的姐姐,永远都幸福。

转天一早,林水晶的车子还没到的时候,白惠却接到了楚潇潇的电话,楚潇潇的声音有些沙哑,白惠担心地问了一句:"潇潇你怎么了,嗓子怎么哑了?"

楚潇潇道:"有点儿感冒。"

"哦,那你要多休息,多喝水啊。"白惠在电话里嘱道。

楚潇潇笑:"我知道。"他的声音发紧,竟是咳嗽起来。一连串的咳嗽,清晰而紧促。手机还开着,他的咳嗽一声一声地传入白惠的耳膜,揪着她的心似的。

"潇潇,你怎么咳嗽这么厉害?"她问。

"没事,咳……"楚潇潇说话的时候又是一阵紧似一阵的咳嗽。白惠心里已像起了火,"你告诉我你在哪儿啊,我去看看你。"

"咳……不用。"

"你说啊!"白惠急道。

"我在部队医院。"楚潇潇说。

白惠十分惦记楚潇潇,他咳嗽那么厉害,让她说不出的担心,她立即给林水晶打了电话过去:"姐,你们先回去,我回头自己过去,我这里有点儿急事。"

"什么急事啊?我们等你。"林水晶说。

白惠道:"不用了姐,你们先回去吧,爸爸妈妈一定在盼着你们了。我会尽快过去的。"

"嗯,好吧。"林水晶道。

白惠手机一收,便立即穿了大衣,噔噔地从楼上下来了。她一直小跑着出了小区,跑到了外面的马路上,上了一辆出租车奔着楚潇潇所在的医院而去。而在她的身后,一辆黑色的宾利中,一双深黑的眼瞳看着她匆匆地从小区里跑出来,又钻进了蓝色的出租车。一大早,她去哪儿?他不由得驱了车子缓缓地跟在后面。

白惠在医院的门口处买了一些苹果,然后走进了住院大楼。楚潇潇所住的楼层很安静,看得出来,是属于比较高等的病房。她找到了病房门号,轻叩了叩门:"潇潇?"

"进来。"一声沙哑的声音传了出来。

白惠便推了门,她看到楚潇潇躺在病床上,英俊的容颜上,两只原本十分漂亮的眼睛凹进去很多,神色萎靡,但是见到她的那一刻,两只眼睛还是亮了亮。他向着她伸出了手:"来。"

白惠便将手里的一兜苹果放在了他床头处,将自己的手搁在了他的掌心。他的掌心微烫。

"你在发烧吧?"

白惠的手被他轻攥了一下后,已是轻抽出来,放在了他的额上。

"是有点儿烧。"楚潇潇轻扯了扯唇角,似是在笑。

白惠担心地道:"你有没有吃退烧药啊,这样烧着多难受啊!"

"没到吃的地步,还不到三十八度。医生不是说,不超过三十八度就吃退烧药,会破坏身体的免疫力吗!"楚潇潇仍是笑,虽然精神中染了萎靡,但却是不想让她担一点心。

"那我去问问医生该怎么办,你不能总这样啊,这样身体也会受不了的。"

白惠说着,就要走,但是楚潇潇的大手扯住了她的手腕:"别走,陪我呆一会儿吧,挺想你的。"

楚潇潇的眼睛里涌出一种深情的温柔。白惠呆了呆,继而颊上有些发热:"那好吧。"她在他的床边,拽了椅子坐下了。

这个时候有护士进来,给他换液。白惠问道:"你真的只是感冒吗?"

"支气管肺炎。"那个护士替楚潇潇做了回答。

白惠一下子就紧张起来:"肺炎?那怎么办?"

"死不了人的,瞧把你吓得!"楚潇潇的大手揉了揉她的头,极是疼爱。

白惠不好意思地垂了头:"怎么会得肺炎?你怎么搞的!"

"呵呵,只是肺炎而已,又不是肺癌。"楚潇潇笑。

白惠一把将他的嘴给捂住:"不许胡说了你!"她命令又带了几分气恼地说。

楚潇潇便又笑,摇摇头,有些无奈,又极是宠溺。

"我给你削苹果吃。"白惠的手从他的唇边移开,拿了一个苹果过来,拿起了一把买来的水果刀,慢慢地削起来。

"吃点苹果润润嗓子,会好一点。我小的时候嗓子痛,咳嗽,我妈妈就总是给我削苹果。"白惠一边小心翼翼地削着苹果皮一边说。

楚潇潇微微眯了眼睛看着她,低垂的眉眼,细致而柔和。她白皙的手指灵活地转动,苹果皮薄薄的,转成了长长的条。"来。"她削下一块苹果递向他。楚潇潇张嘴接过去,笑笑,"嗯,真是香。"他赞了一句。白惠便笑。

最初见到楚潇潇的时候,她曾以为他是一个不怀好心的公子哥,但是接触得多了,她发现他很热情而且开朗、善良。她由最初的提防,到了后来的心无防备,再到后来,现在,就有一种把他当哥哥的感觉。虽然他是楚乔的弟弟,他有一个十恶不赦的姐姐,但是她好像就是把他们两个人联系不到一块儿,在她的眼里,楚潇潇是干净的,是纯粹的,更是善良的。

她仍然慢慢地削着苹果,薄薄的苹果皮转了两个圈之后掉落了,她放进苹果袋里,继续认真地削着。

楚潇潇慢慢地品味着唇齿之间的甜香,苹果甘甜清润,嗓子里似乎是好受一些了,但让他益发幸福的是眼前的小女人。此生此世,他和她恐怕不会有在一起的可能,所以他会特别在意和她单独相处的每一分每一秒,也许将来,这些都会变成回忆。

病房的外面,隔着窗玻璃,徐长风的眸向里面望过去。他清晰地看到,楚潇潇轻握着他妻子的手,又看到他妻子在床边坐下,拿了一个苹果来削。他想起了他和楚乔出事的那一次,他进了医院,而她就坐在床边,一语不发,默默地削着苹果,认真却是缓慢,细致却又是心事重重。可是现在,她在给另一个男人削苹果,楚潇潇之于她,是当做了心爱的人吗? 怒气在心底里滋长。

"小的时候,最羡慕军人了,有时候就想,呃,如果有个军人哥哥该多好!"白惠边是削着苹果皮边说。

楚潇潇眯起了眼睛,饶有兴味地看着她:"呵呵,为什么?"

"嗯……因为感觉很安全啊!"白惠抬起头,眼睛里不由得闪出了一种亮亮的流光来,"军人是正义、勇敢的化身啊!"

她小的时候,时常被袁华关在黑暗的储藏室里,恐惧、无助,使她特别希望能够有个哥哥。哥哥可以在袁华将她塞进储藏室的时候,跟他说:"不!"可以在母亲无助懦弱的眼神下,打开储藏室的门,将她放出来。而这个哥哥最好还是个军人。

这是很多女孩儿都会有的一个梦吧! 白惠的眼神暗了暗。

楚潇潇凝眸看着她,她真的好单纯,单纯得像一张白纸,可是她好可爱。像这个世界上的最后一方圣土,那么洁净,那么纯白。

"哎哟。"刀子从苹果皮上溜下去,划过了白惠左手中指的指腹,血珠很快渗出来。

楚潇潇一下子就倾身过来了:"划着手了?"他拿走了她手里的苹果和水果刀扔在床头柜上,又捏住了她纤细的手指,他看到那殷红的血珠从她受伤的指腹上跌落。

他大喊:"医生!"

白惠指尖锐痛让她连连抽气,但是楚潇潇因为这个而喊医生,让她有些不好意思:"只是划破了而已,过几天就好的。"

她将受伤的手指从他的手心抽了出来:"你不要叫医生啊,会被人笑话的!"

楚潇潇却是不理她,而是伸手从床头的纸巾盒子里抽出纸来,又轻捏了她的手指,将那洁净的纸巾轻按在她受伤的部位。

"瞧你,这么细的手指头,如果再用点力,还不断了!"楚潇潇满眼难掩的心疼,皱着眉说。

白惠被楚潇潇给予的浓浓怜爱温暖着,说实话,她真的很喜欢这种温暖,很干净,很纯粹。她不做他想,从来没想过别的,比如男女之间的。

楚潇潇用纸巾给白惠将手指包了起来,动作很轻,像呵护着自己的宝贝一般。而他自己,那输液针却因为刚才突然的动作而穿了血管。白惠发现的时候,不由惊叫了一声,忙按了铃叫护士过来。

病房里那温馨又动人的一幕无疑深深地刺激了徐长风的眼球和心脏。他的脸上肌肉抽动得厉害,终于一扭身大步离开了。

"潇潇哥。"病房的门再次被人推开了,一个穿着绿色军装的年轻女孩儿出现在眼前。

厉诺言一脸的笑容在看到楚潇潇床前坐着的白惠时,僵在了脸上。她一双水灵灵的眼睛好奇地打量着白惠,心直口快地问道:"咦,你是谁呀?"

"我是潇潇的朋友。"白惠对她笑笑,然后伸手拿起了自己的手包,"潇潇,我先走了,你好好养病啊!"

"嗯,去吧。"楚潇潇的心里不舍,但还是用目光送着她出了房门。

厉诺言一直看着白惠从病房里出去,才收回视线转身望向楚潇潇:"潇潇哥,她是不是就是白惠呀?"

第四十六章 母女连心

白惠从医院出来,已是正午的时间了,她仰头看看阴沉沉的天,深深地呼了一口气出来,然而目光一转之间,又是怔了一下。

她看到眼前那道黑色的身影,他正幽然转身,一双黑眸肃冷而耐人寻味地瞟向她。良久,伸出了手来:"别在这儿站着了。"

"长风,我今天要去林家的,林爸爸林妈妈和水晶姐在等我,我现在马上就去车站。"白惠说。

她的话无疑让他的双眉又凛了起来,扣紧她的手腕:"明天我送你过去,今天,和我在一起。"他不由分说地就执着她的手,大步地扯着她走向他的车子。

"喂!"白惠不由得叫了一声。

但他不顾她的低叫,只是扯着她的手往前走。把她推进了他的车子。手机响起来,白惠忙拉开了手包的拉链,她知道电话一定是水晶打过来的,果真就是。

"水晶姐,我下午就过去,嗯,嗯。"

手机里面传来婴儿的啼哭声,白惠的声音一下子停住了,呼吸也是一紧。"水晶姐,晨晨怎么了?"她终于没忍住问了出来。

林水晶道:"小晨晨有点儿发烧。"白惠的心弦被紧紧地捏住了,小晨晨病了,那是她的孩子。她的脸色立时就白了。

徐长风沉凛了眉,"那孩子怎么了?"

白惠的心头一跳:"发烧了。"她咬了咬唇,又是说道,"我要马上去D城,你停车吧,徐长风。"

徐长风心头这个气呀："我停车,你怎么去呀?再说,那孩子跟你什么关系呀,你急什么?"

"我……"白惠一下子语噎了,在他的眼里,她和小晨晨自是一点关系都没有的,最多,也就是养父母的养子。

她的眼睛里有灼热的液体流出来,她急忙拭掉了："我就是担心嘛,那孩子和我一样,都是被人扔掉的。"

这句话果真就让她的男人的心头一颤："我送你过去就可以,你自己怎么去?坐长途车吗?"

他皱眉说了一句。车子却是在前面的路口处转弯了,二十分钟后,白惠已经在高速路上了。徐长风这样不乏热忱的举动让她有些害怕,她很怕他知道小晨晨就是她和他的小豆豆会是什么样。

"小晨晨被林家这样的人家收养,视如亲生,已经很幸福了,你不要太难过。"徐长风边开着车子边说。白惠嗯了一声。

车子在两个多小时之后到达了D城,白惠的心也揪得越发的紧了。她捏着手机,苍白的脸上不知不觉地爬满了泪。徐长风从后视镜里看见不由得吃了一惊。

"你不用这个样子吧,小孩子感冒发烧不是很正常吗?林家带孩子去医院了,你还不放心吗?"

白惠当然知道,林家人将小豆豆视若亲生,可是那是她的亲生骨肉,她当然心疼如绞。她没说话。

两人到了D市的儿童医院,林若谦的怀里抱着小晨晨,那样子分明是一个担心儿子病情的慈父,而并非是一代商业骄子。叶惜然正拿着药单往售药处走。小晨晨高烧,烧得蔫蔫的,在林若谦的怀里闭着眼睛。

白惠心头猝然间一颤,加快脚步奔了过去。

"爸爸,妈妈,晨晨怎么样啊?"

林若谦听到她焦急的声音回过身来,俊朗的眉眼间一片焦灼神色："医生说先输液,这孩子的嗓子发炎了,烧到了三十九度。"

林若谦的话犹如当头一棒敲在白惠头上,她的心立时簌簌乱颤。

小豆豆长得胖乎乎的,可是此刻眼睛闭着,脸色很黄。她将额头低下去,碰了碰小家伙的额,感到烫得厉害。

林若谦看了看徐长风并没说什么,而徐长风却自作主张地喊了声爸爸,如果喊的是妈妈,惜然会说,我不是你妈,别叫我。而林若谦不同,他是一个很理智的人,他淡淡地嗯了一声。

徐长风伸手摸了摸小晨晨的额头，一摸之下，便是心颤了一下。

护士配好了药液，要给小家伙输液了，白惠不知道小孩子输液是要扎脑袋的，眼见着护士手里的针扎进了儿子头部的血管，她忙将头扭向了一旁。

小晨晨被那一针给扎得哭起来，手臂挥舞得厉害，两只小腿也开始乱蹬。而护士的行为又让在场的人心惊，因为她又将那枚针从小晨晨的头部拔出来了，显然是没扎好。第二针又扎了下去，白惠立时心惊肉跳了。小晨晨哭得越发厉害了，声嘶力竭似的。白惠一颤，脸上已是白了。

那护士叫了护士长过来，手里还拿了一个类似刮胡刀的东西。

林若谦已经低吼出声："你们到底会不会扎呀！别拿我的孩子当鞋底子纳！"

"先生，您别急，小孩子这种状况是常有的。"护士长很镇定地说，"先把头发刮掉一些，我们换个位置试试。"

白惠眼看着另一个护士走了过去轻按了小晨晨的头，护士长手里的刀片麻利而小心地在小晨晨的头发处剃过，漆黑的一缕头发被剃了下来，露出青色的头皮。

"好了，在这里试试。"护士长说。

当那输液针扎过去的时候，白惠一下子捂住了嘴，心脏处紧缩不已。小晨晨的声音尖锐地扬了起来，这一针显然是极疼的，不过还好是一针成功了。白惠紧绷着的神经豁然一松，竟是眼前猝然间一黑。腰间一副有力的臂膀适时地扶住了她，并揽进了怀里。"你不舒服吗？"徐长风温醇而关切的声音划过了她的耳膜。

白惠定了定神，在他怀里扶了扶额，两腿一下子就软了似的，她不得不借助他的力量站着。

"我没事，我只是……看着心疼。"她在他怀里颤颤地站稳身形。

小晨晨仍然在哭，叶惜然耐心地轻哄，他终于安定下来，在她怀里慢慢睡着了，白惠心神慢慢地松下来，身子越发软得厉害。

徐长风的目光柔柔地定在小家伙的脸上，不知怎的，他看过一眼之后，就想看第二眼，看了第二眼，过一会儿还想看第三眼。真是一种很奇怪的感觉。

清致小的时候，他年纪也不大，清致睡着的时候，他有时候会淘气地去扯她的小耳朵，或者捏捏清致的小手，那是新鲜和好奇，还有一种对妹妹的喜爱，可是对眼前这个小家伙好像是不同的。很奇怪的感觉，他和这孩子没有血缘，可是看见那针扎进他的血管，竟是不由自主地心疼。

白惠道："妈妈，让我来抱他吧，您歇一会儿。"

叶惜然可能是感到累了，点了点头。

白惠便小心翼翼地将小晨晨抱在了怀里，她坐在沙发上，看着儿子那睡着的容颜。她怜爱的手指轻抚，不由得又一次低下头去，亲了一下小人儿的额头。

她的眉眼之间浓浓流溢的都是母性的温柔，好像，她怀里抱着的，就是自己幼小的儿子。她低垂着眉眼，眸光柔软如水，徐长风的深瞳凝落在她的发顶，他忽然间问道："我们的孩子，真的死了吗？"

听到那低沉而疑惑的声音，白惠的心神顷刻间一颤，她没有抬头，也不敢抬头迎视他的目光，她咬了咬唇："没有死，难道还活着吗？"

她的泪迸了出来，几个月前，那揪心扯肺的时刻又回到了脑海，心头像是被人生生又扯开了一个口子。

徐长风的眼神黯了下来，没有再说什么，白惠的脊背泛起潮湿，她将小豆豆紧紧地抱在怀里，在心里说：原谅妈妈，豆豆。

此刻，徐长风心神恍惚。假若，他的孩子还在，那么此刻，抱在她怀里的，就是他和她的孩子，他的骨肉血亲。那该是多么温馨的一幕呢？

他眉宇之间的沉痛和忧心落进了叶惜然的眼睛，她微微蹙眉。

小晨晨输了接近三个小时的液，输完后被林若谦叫司机开车接了回去。小家伙退烧了，好像是舒服了一些，人也显得活泼了。一会儿吃吃手指，一会儿用亮晶晶的眼睛看看围着他的人。

叶惜然摇头道："不知道这孩子的父母怎么那么狠心哦，这么可爱的孩子就扔掉。"

白惠的心弦簌然间就是一颤，而徐长风，他的眼睛里倏然就滑过一抹异样的神情。

转天的早晨，徐长风回去了，白惠看着他的背影离开，她想说一句，路上开车小心，但却没说出来。而他好像行色匆匆，就这样离开了。

小晨晨连输了三天液，白惠跟了三天，她把自己完全当成了妈妈，而忽略了林家人产生的疑惑。看着自己的亲生骨肉被一针一针地扎，她心疼又不能说，自是百般煎熬。

"玲玲，我发现，这孩子的唇角有点儿像你诶。"林水晶笑呵呵地说。

"嗯，是有点儿像。"伊亦峰端详了白惠一眼，又看看那躺在婴儿床里的小家伙说。

白惠只是不置可否地笑笑，而心头却是紧张。

"玲玲，你是不是有什么心事？"惜然见她脸色不对，搂着她的肩关心地问。

当初，把小豆豆送到林家的决定，是情非得已，虽然收养小豆豆的人是待她如亲生的养父母。可是如今，小豆豆已经三个月了，白惠却不知如何将当初的事情说出来。那一切太过残忍,所有的一切她都不想再回味。而现在,小豆豆的身世让她不安,她知道早晚有一天,她是要说出来的,可是她该怎么说呢?

"玲玲?"惜然又轻唤了一句。

白惠豁然回神,眼里已是沾了晶莹:"妈妈,我没事。"

徐长风下了高架路直接去了医院,这段时间的流感特别厉害,他的父母这几天相继感冒了,先是浑身酸疼,接着就是咳嗽发烧。父亲徐宾现在就在这家医院打点滴呢。医院的门口人们进进出出,丝毫不比平时少。他将车子停好,迈步走进门诊大楼。

"赶紧回去凑钱啊,医院也不是救济所。都像你这样,医院不就关门了吗?"眼前有个穿白大褂的医生匆匆地从诊室出来,一个看起来六十年多岁的老人抱着怀里的婴儿又紧跟上:"求求你了医生,我孙女烧得厉害,求您先给她治治吧。"

徐长风看过去,那个老人衣衫破旧,一张脸上,满是皱纹,怀里是一个破旧的襁褓,从他的方向只看到那个孩子的后脑勺,戴着一项旧的毛线帽子。

"那你也得先回去拿钱啊!你孙女是早产,又得了肺炎,那是要住院治疗的,先办了住院手续再说。"

那个医生有些不耐烦地说着。身后有声音响起来,低沉而微愠:"把她的费用算在我的身上,请你先给她安排治疗。"

医生有些吃惊地一回头,就见到了一身黑色,面容沉肃的徐长风。徐长风的手里拿着一沓钱,在那个医生的眼前扬了一下,最后拍在他的手里,头也不回地离开了。

那个医生低头看看被徐长风拍在手里的一万块钱,又用奇怪不可思议的眼神看着他离去的身影,这才对老人道:"先进来吧。"

徐长风不知道他此次匆忙地离开,便错过了和他亲生女儿一次相认的机会。

那个老人抱着幼小的孩子又跟着医生去了诊室,他感念着今天是遇到了好人。

"小安安,你要坚强一点儿啊,我们把肺炎治好了,你要健康地成长啊……"

徐宾被重感冒折磨,神色很憔悴,清致守在病房里,见到哥哥,心头便踏实下来。

"爸爸你今天怎么样?"徐长风进来问。

徐宾道:"还好,就是头晕。长风啊,白惠那里怎么样?林家虽是白惠的养父母,可也算是你的岳父母呢,不管他们因为白惠责怪你些什么,你都要耐心听着。"

"我知道爸。"

"乔乔、潇潇,过来给你们的妈妈上炷香。"楚远山站在妻子的遗像前,神色有些凝重。

楚乔走过来，手里拈了香点上，在母亲的遗像前深深地弯下身体。楚潇潇看着遗像中那张年轻漂亮的脸。也走过去拈了香和楚乔一起对着遗像鞠躬。

"娇兰，晃眼，你都走了三十年了，时间，真是快呀！"楚远山深深地叹息了一声，目光里流溢着对青年早逝的爱妻，深沉而痛惜的眼神。在儿女都上过香之后，他也走了过来，亲手在妻子的遗像下将香烛点上。

晚宴已经备好，楚家三口人都围在餐桌前，这一家三口也算是有段时间没有在一起吃饭了。

"潇潇啊，来，跟爸喝一杯。"楚远山对着儿子举了举杯子。

楚潇潇神色间并没有父亲那般的热切感慨，但也举起酒杯跟父亲碰了一下："爸爸，祝你身体健康。"

"呵呵。爸爸希望你早日结婚生子呢！"楚远山眉眼间现出慈爱的神色来。

楚潇潇并不以为是，没有接下父亲的话茬，而楚乔则用细致白皙的手指捏着白瓷的小勺子搅弄着碗里的蛋汤，若有所思。

楚远山道："乔乔，你怎么了？"楚乔便笑笑抬头："我没事，爸爸。"她说着，就也用细长的手指举起了酒杯，"爸爸，生日快乐。"

"嗯。"楚远山看着女儿，眉眼之间越发的慈爱。

楚潇潇也举起了杯子："爸爸生日快乐。"

"嗯，来，我们一家三口喝一杯。"楚远山说。

一家三口轻碰了碰杯子，喝下杯中的酒，好似所有的美好愿望都随着酒液溶进了生命里。

"潇潇啊，厉家那丫头你觉得怎么样？"楚远山侧眸看向儿子问。

楚潇潇很干脆的声音道："不怎么样。"

楚远山自是一愣："什么不怎么样！人家年轻，漂亮，家世好，哪点配不上你！"

"可我不喜欢她，爸。我对她没感觉。"楚潇潇淡漠地说着，又仰脖子喝了一大口酒，然后就将手里的杯子搁下了，"我嗓子痛，先上去了。"他说完竟然就起身走了。

楚远山心头恼火，楚乔道："爸爸，潇潇还惦着那个白惠呢！"

"什么，他们还在来往？"楚远山一下子怒了。

楚乔道："可不。潇潇住院，那女人还去瞧他了。"

楚远山的眉眼之间立时又阴沉起来。

楚潇潇上了楼，肺炎未好利索的他，又咳嗽起来。他往着床上一躺，手里拿着黑色的手机，若有所思地调出了那个熟悉的号码，可是他的手指放在那个"拨出"键上，却迟迟没有按下去。

有些时候,他也想克制自己的,可又经常被心里的念头战胜了理智。所以在明知,她只把他当哥哥的情况下,他还会不由自主地去想念她,想要呵护她。他知道这样或许不对,可是他真的,难以控制自己的感情。

楚乔回了卧房,一个人躺在床上,心不在焉地把着遥控器。电视屏幕上仍然晃动着那些熟得不能再熟的深宫剧镜头,她的手指轻按了关机按钮,那些个衣着华丽的女人便从屏幕上消失掉了。她感到好孤寂。她躺在那张雕花的大床上,就是没有睡意。她不由得拿起了手机,将那个熟悉的号码拨了过去:"阿齐……"

白惠和养父母一起坐在大客厅里看电视,边看边说着话,气氛暖暖的。小晨晨已经睡了,白惠坐在沙发上,感受着那种温馨,可是总有一种心慌的感觉。

不知那种心慌的缘由是什么,她有些坐立难安。后来早早就回了自己的房间。临睡之前,又去看了看小豆豆,小家伙睡得很好,睡容香甜甜的。她低头在小家伙的脸上亲了一下,才离开。可是这一晚上,却是梦魇重重。

她听见小糖糖在喊她:"妈妈,我好疼。"她醒来的时候,眼泪湿了一脸。

"玲玲,你怎么了?"早餐的时候,白惠没有下楼,林水晶过来看她。

白惠一下子抱住了林水晶的肩:"水晶姐,我很难受,很难受。我想回去。"

"你怎么了?"林水晶担心地抚摸她的头。

"我梦见了小糖糖,她说她好疼。"白惠的心像是被刀子割着似的,"我现在就是想回去,我也不知为什么,姐。"白惠一晚梦魇折磨,她冷汗涔涔湿透衣衫,此刻身体感到了一种说不出的难受和虚弱。

"玲玲,你可能有点儿神经衰弱,我带你去看看医生吧!"林水晶细嫩的手指轻轻地拭去了白惠眼角的晶莹。

白惠的梦魇情况是生产之后常有的,只是今天还多了心慌的感觉,林水晶安抚着她,并且亲自开着车载着她去了医院,医生说她是身体虚弱所致,给她开了安神静脑的药,她吃了,然后便沉沉地睡了。林水晶一直就守在白惠的床前,她很希望自己能够给她一些力量,她的手轻裹着她的手,将自己作为姐姐的温暖传递给她。

而在徐宅里,徐长风也是一晚没有睡好觉,因为他也感到心慌慌的,好像发生了什么事似的。可他又不知道发生了什么,难道是父亲身体又不舒服吗?所以他一早就开车去了医院。徐宾精神很好,徐长风放下心来。但心慌的感觉隐隐还在,只是没有昨天晚上严重了。

他从父亲的病房出来,往外走,到了一楼处时,有人迎面走过来,手里端着个搪瓷缸子,衣衫破旧,却神色匆匆。徐长风正往前走,那人就疾疾地撞了过来,搪瓷缸子碰在他的胸口处,里面有液体洒出来。

"哎哟,对不起呀!"老人忙道歉。

徐长风只敛了眉宇,从上衣兜中掏出纸巾来,在身上的污渍上擦拭了一下:"没关系。"他敛着眉说了一句,而那老人却是惊喜地说道:"原来是你呀,大恩人。"

徐长风微怔,继而就想起来了,这就是那天没钱给孙女看病的老人。

老人道:"大恩人你告诉我你叫什么,等我攒够了钱我给你送过去。"

"不用了。我不缺那钱。"徐长风淡淡地说。说完便已是迈开步子与老人擦身而过了。

而如果他有一种未卜先知的能力,他就会跟着那老人去他孙女的病房看一看他从未曾看到过一眼的亲生女儿。这样也许,他将来的悔恨和自责,会少上几分。

"小安安,爷爷给你冲了奶粉,来,爷爷喂喂。"衣衫陈旧的老人,瘦弱打着晃的手臂抱起病中的小女孩儿。

那女孩儿有一张小桃心般的脸,眼睛很大,眉眼都十分秀气,如果不是病着,你就会看到她的眼睛黑亮亮的,像是最珍贵的黑宝石。十分惹人喜爱。

老人用另一只手拿着小汤勺舀了一些奶轻送到了小人儿的口边。小人儿干涸的嘴唇张开,咽下了老人喂过来的奶。

"安安已经不发烧了,过几天爷爷就带你出院了。"老人亲昵慈爱地对着孙女说,"等你好了啊,爷爷也给你买那个什么'臣'的奶粉喝,不是说,喝了那种奶粉身子会长得壮吗?爷爷没有钱,买不了,但是现在有了啊!"

徐长风给小安安垫付的医药费还剩余了五千块,老人本想还给他,可是他却说不要了,所以就留下来给他的小孙女买奶粉吧。

白惠在林家住了三天,心里头始终有一种隐隐的不安,小豆豆有林家人无微不至的照顾,她不用担心什么,而那不安的来源是什么,她也不知道。她只是有一种十分奇怪的感觉,好像落了什么东西在原先生活的那座城市,她只有找到它,才可以了结这种不安。而在几个月之后,她才真的知道,那种不安,原来就是来自母女之间的心灵感应。她的女儿还活着,被遗失在那座城市的某个角落。她那晚的心慌难安,就是因为她的女儿在饱受着病痛的折磨。

她被林家的车子送了回去,回去之后做的第一件事,就是去了一趟福利院。她买了很多糖果,小玩具,带给那些小孩子们。看着他们欢喜的笑脸,她也感到了一种说不出的欣慰。从福利院出来,走到门口,她看到有黑色的车子停在那里,熟悉的鹰形车标,那是他华贵的限量版宾利。

她的脚步顿了顿,他已经打开车门下来了:"我猜你就是来这儿了。"

徐长风对着她轻勾了勾唇角。白惠是意外的,他竟然可以猜到。

"这么晚了,我们一起去吃饭吧。"他走过来,轻拥了她。白惠任他拥着上了车,她的心好像是麻木的,他一直不肯放弃的执著,让她有些无措,也感到迷茫。若是和他复合,她的心头总是有根刺,而若是不和他复合,又总是这般纠缠不清,她该怎么办?

思绪浮浮沉沉间,眼前已是一家档次很高的西式餐厅,徐长风走过来给她开了车门,白惠迟疑一刻下车,他又轻牵了她的手,拉着她向着里面走去。

餐厅里流淌着动听优美的轻音乐,一对对年轻的情侣相对而坐,香槟和玫瑰,灯光和音乐,组成一幅幅浪漫温馨的画面。白惠和徐长风走进去的时候,她的目光在看到邻座那对男女时怔了怔。

那男的神色冷酷,却独独对着眼前的女人显露温柔,正是靳齐,而那女人,是一身冷艳的楚乔。

靳齐和楚乔似乎也没有料到会在这里碰到他们,靳齐的眉心一凛,而楚乔的眉梢眼角则是淡嘲明显。徐长风轻拉着白惠的手在位子上坐下,又极体贴地为她点了餐,其实白惠真没什么胃口,身边坐着那样两个人,她怎么可能吃得下饭呢?

但是徐长风却神色如常,还亲切地为她介绍每道餐的味道来历。白惠对西餐并不感冒,他带她来,她就坐在这儿了,只是默默地吃着。

"阿齐,这块牛扒帮我切一下。"楚乔的声音带了几分少有的柔媚,白惠不由得看过去,但见靳齐连犹豫都没有,便用自己的刀叉将楚乔盘中的牛扒轻轻切开了。

"好了,可以吃了。"靳齐的声音很柔和。

楚乔明眸一笑,俏皮而妩媚,她竟是站了起来,隔着小巧精致的餐桌就凑了过去,红唇在靳齐的脸上吻了一下,笑得明亮动人:"阿齐你真好。"

楚乔当众亲了靳齐一下,尤其是当着徐长风的面,靳齐的心头立时就火热起来,望向楚乔的眼睛便是越发地温柔了。两个人目光对视,竟是炽热缠绵的样子。

"呃……"白惠胃里猝然间一阵翻搅,刚刚吃下去的牛扒竟是冲口而出,她的手匆忙地拾起桌上的纸巾堵在口边上,真是恶心死了。

她擦完嘴,竟是将自己只喝了一口的咖啡端起来,走到了靳齐和楚乔的餐桌前,杯中的液体泼向了靳齐的脸:"靳齐,这是替晚晴泼你的。这个世界上竟然还有你这样恶心的男人!你真让人恶心!"白惠愤愤地骂着,不顾靳齐投过来的阴鸷的眼神,转身便走了。楚乔的脸当时就青白了。

本是要做一场秀的,却不想她竟然会吐,而且还用咖啡泼了靳齐的脸,这其实就是在打她的脸。楚乔咬了牙,冰冷恨意的目光看过去,白惠已经走出了视线,而徐长风那双黑眸正意味深长地瞄过来,深深地一凝,便立即起了身,大步地向外走去了。

楚乔心里别扭，脸上就带出来了，恨恨的又有些委屈。靳齐心里着恼，但是当着徐长风的面，他终是有几分顾忌，手帕擦过脸，此刻握住了楚乔的手："乔乔，别跟他们一般见识。"

白惠匆匆地从西餐厅出来，胃里仍然一阵阵地翻涌着恶心的浪潮，她不由得伸手捂了嘴，干呕了半天。徐长风跟了出来，

"你怎么了？"他走过来，从上衣兜里掏了手帕出来似乎是想给她用，但她却是一下子往后退了好几步："别过来！"

徐长风不由得凛了眉，白惠的脸色泛了白："你告诉我，为什么男人都是这个样子，当初的你，现在的靳齐，你们男人，一个个眼里就没有家，没有妻子，没有孩子，没有一丝责任感吗？外边的女人，都那么香吗？楚乔，她就那么好吗？你，靳齐，你们就不觉得脏吗？不觉得可耻吗？"

白惠明显是被刺激到了，脸色白得厉害，说话的声音发颤，眼睛里幽愤的火苗簌簌乱颤。林晚晴在家里为靳齐生儿育女，靳齐就在外边和楚乔勾搭。这个世界怎么了，为什么男人一个个都这个样？

徐长风被她突然间的排斥和质问弄得当时就僵在那里了。他俊朗的容颜青青白白地变幻着："你冷静一下白惠。"他走过来，轻拢了她的肩，白惠的胸口急剧地起伏着，当初他和楚乔在一起的时候，她气愤，她痛苦，可是没见过她这样的连呼吸都加速的样子，不由得让他心情紧张起来。

"我就不明白，她那么恶毒的女人，她有什么好，你们男人一个个连家都不要了，一个个围着她的裙子转，真恶心！"

她愤愤地骂着。不知是自己以前的过往，还是对林晚晴的怜惜让她的心头翻滚着异常的愤怒。眼睛里火星子乱迸。徐长风想不到，刚才那一幕竟是刺激得她如此之深，一时之间无可奈何，焦灼无措起来。

"怎么，这就受不了了？我和长风，我们当初可是比这个亲密多了。"楚乔的声音带着浓浓的讥诮走了过来。

"你想不想听听，我们是怎么亲密的呀？我们当初，可是爱得火辣，做得热烈呢！"

楚乔眉眼之间的得意和讥诮那么明显，白惠的脸上立时渗出更加青青惨惨的白来。

徐长风星眸冷光迸现，大手一把就将楚乔的手腕捏了起来，五指钳子一般狠狠捏住那柔软皓腕："楚乔，你还当真是够无耻！你最好拿出照片来，给大家看呢！"

徐长风咬牙切齿，脸上肌肉抽搐得厉害，几乎是口不择言了。楚乔一下子傻了似的。徐长风将她的手腕狠狠地一扭又一甩："去吧，去拿照片吧，让大家看看楚远山的

女儿有怎么样的无耻!"

徐长风被气到了,真的被气到了,气极就差点儿笑了。

看着他那嘲弄讥诮明显的样子,楚乔的脸当场就白了。而徐长风却已经将白惠的手拉住,拉着她大步地向着停着的宾利走去。

靳齐付过餐钱从餐厅出来,楚乔正全身发颤地站在台阶子下面,而徐长风已经拉着他的女人走向了远处的宾利。靳齐不知道刚才发生过什么,如果知道,他多少也会迟疑一下,才会走过去,而不是将那个战栗的女人扯进怀里。

"乔乔,怎么了?他们欺负你了?"他紧张地问。

"阿齐,他们骂我无耻,骂我勾引你,还想攀住你……"楚乔一下子就哭了,在靳齐的面前。靳齐立刻就心疼了,楚乔这般无助,他便是她的依靠。

"谁说你要攀住我,我娶你又怎么了!"他的冷俊容颜上,青筋暴跳。楚乔一下子抬了眸,漂亮的眼睛,泪汪汪的,却是一下子亮了。

白惠被徐长风推进了车子里,他飞快地绕到前面去开了车门,像是逃离一般地将车子嗖的驶了出去。再多待一分钟,徐长风都有可能会吐掉。他是彻底的无语了,彻底的恶心了。他只想快点离开这个地方,离得远远的,这么恶心的女人,他当初怎么会爱上?

他真想狠狠地扇自己两个大嘴巴。

白惠坐在车子的后厢里,心里头,脑子里,翻腾着的都是无耻两个字。靳齐怎么这么无耻,而楚乔又是何其不要脸,专门沾染有妇之夫吗?

她的呼吸一直急促着,心里头气血翻涌,怎么都是难受。而徐长风也没有说话,一直默默无声地开着车子。一直到了白惠所住的那所宅子。

白惠深吸了一口气下车,徐长风也关车门跟着她上了楼。一进屋,房门就被他的右臂给拍上了,他反手就扯住了她的手腕,将她一下子带进了怀里,急切地吻上了她的嘴唇。白惠不依,双手化拳砸向他的铁臂。

徐长风不管不顾地吻她,一只手臂揽紧了她的腰身,连抱带拖地将她压在了沙发上。白惠的身下是他的一只手臂,他的手臂下面是布艺沙发那海绵垫子。

他的黑眸灼灼,颀长结实的身躯覆身在她柔软的身体上,他气息灼烈,灼灼凝视着她。

白惠愤愤地嚷:"徐长风你躲开!"

徐长风的深眸仍然灼烈,一只大手就轻扣了她白皙如月的脸:"你听着白惠,不要上她的当。她就是想看到我们反目成仇,不要给她这个机会。"

他的话炽热而急切,白惠心里一动。

徐长风稍稍松了口气,将她从沙发上拉了起来,他的手指轻轻地抚摸着她脸侧的头发,眼神温柔。

"我去烧水喝。"白惠能感觉到四周的空气沾染了异样,她不得不推开他站了起来。饮水机早上出去的时候关了,省电。她走过去,又按了一下加热按钮,饮水机里便发出烧水的声响。她没有再回沙发处,而是走到了窗子前,夜色都降下来了,她的小豆豆呢?在喝牛奶,还是吃蛋羹?

"你刚才没吃什么,饿了吗?我出去买一些。"徐长风站了起来。

白惠摇摇头:"我不饿。"

"你不饿也得吃。"徐长风走了过来,神色认真,"你身体一直弱,总是这样怎么行呢?我出去买一些回来,你等我。"他说完就走了。

白惠站在窗子前,看着他黑色的身影融入宾利的黑色中,她其实应该感动的,可是因着楚乔那番话,她的心里仍然有些别扭。

徐长风将晚餐买了回来,仍是以茶几当餐桌,一一摆开:"来,过来吃点儿。"

白惠其实真没胃口,她的胃特别容易受情绪影响。但是他买过来了,她便不得不过去吃点儿。只是吃得很慢,若有所思的。而他好像也是在勉强着自己吃,吃几口停一下。这次,是真的没胃口了吧!他和青梅竹马的情事都被他的青梅拿出来抖落,而且是当着他一心想要挽回的妻子的面,他能吃得下饭才真是怪事。

一顿饭,两个人各怀着心事,就那么慢慢吃着。

转天,徐长风上班去了,白惠一个人在家,她翻着手机,凝视着儿子的照片,小人儿的样子真是可爱,黑漆漆的眼睛,胖乎乎的小脸。手机屏幕上的照片突然不见了,取而代之的是一个跳动的号码,是楚潇潇的。

"白惠,你在哪儿?"楚潇潇的声音响起来。

"我在家啊!"白惠说。

这也当真是一件奇怪的事,她厌恶楚乔,憎恨楚乔,可是那种感觉却是从来都影响不到她对楚潇潇的好感。

"哦,方便出来吃个饭吗?"

"嗯……"白惠犹豫了一下,说真话,她真怕她和楚潇潇在一起的情形被徐长风看到,然后用楚潇潇的军人身份威胁她。而且,她能明显地感觉到,楚潇潇喜欢她,不同于单子杰的那种。单子杰单纯得像个大男孩,她和单子杰在一起那么长的时间,却从来没有过男人和女人的感觉,而是把他当成了弟弟。而楚潇潇给她的感觉则不一样,楚潇潇是一个成熟的男子,有时候看着她的眼神是热热的,而且,他也向她表白过,虽然她一再地委婉岔开话题,但他的心思她都知道。

"呃……"

"很为难吗?"楚潇潇显是有些失落。

白惠道:"不是。"

楚潇潇有些委屈地道:"今天我生日呢,出来陪陪我吧!"

白惠当时就惊讶了:"啊,你的生日?你怎么不早说?我没有准备礼物啊!"

"呵呵,你陪我吃碗面,就是最好的礼物了。"楚潇潇笑得温和而爽朗。

白惠便立时应了。挂了电话,她忙去梳头换衣服。

楚潇潇的电话挂了几分钟之后,他的车子就停在她的楼下了。白惠匆匆地从家里出来,上了他的车子。

"生日快乐。"白惠一上车便对他说了一句。她眉眼弯弯的,两只眼睛黑宝石一般,亮得璀璨,楚潇潇有些失神:"谢谢你。"他竟是身子拉近,在她的脸颊上落了一吻。

白惠呆住了:"潇潇……"

楚潇潇的眼睛里全是浓浓的柔情和说不出的爱恋神色,却是对她笑笑,身子拉远收回视线,开起了车子。

白惠因着他这个吻而有些不自然,但还是对他扯了扯唇角。楚潇潇将她载去了以前去过的一家店,可以做拉面的店。

四菜,加上一盆手擀面。

楚潇潇给她盛了一碗面:"喏,我的长寿面,必须多吃啊!"

白惠笑呵呵接过:"嗯。"

她看着眼前这个帅气英俊的男人,她想起了楚乔过生日的那次,衣香影丽珠光宝气的宴会。怎么同是楚家人,楚潇潇的生日却是一个人过呢?

楚潇潇道:"你这么看着我做什么,你会让我以为你喜欢我的。"

白惠笑了笑,"我只是在想,为什么没有人帮你过生日。"

"呵呵,从小到大,都没有人给我过生日,我自己过了二十七个生日,现在有你。"他将手里的酒杯对着白惠轻举了举。

他的话让她感到了意外,"为什么?你爸爸呢?他不给你过吗?"她问。

"他只给我姐姐过。"

楚潇潇笑笑,有些无奈:"好了,我们不说这个。来,吃面。"

徐长风从办公室往外走的时候,手机响了起来,小北说:"老板,警方来电话,那个负责给嫂子接生的医生已经找到了,很快就会被带回国内。"徐长风的脑中登时一空。

第四十七章　一箭双雕

白惠又去了趟福利院,她给小孩子们带去了识字卡片和饼干糖果,然后直接去了吴院长的办公室。

吴院长见到她很热情:"哎哟,小白来了,快请坐。"。

白惠在沙发上坐下:"吴院长,我想耽误您一点儿时间,我有些话想问您。"

吴院长道:"哦,有话你就尽管问吧。"

白惠便若有所思地道:"吴院长,您能给我讲讲那个死在福利院门口的女人吗?她已经死了那么多年,我的母亲也死了,我的身世成了谜,我甚至不知道自己的亲生母亲到底是谁了,您真的没有记错,我就是那个女人抱来的孩子吗?"

吴院长想了想深有感触地道:"当然不会记错。因为那件事情太奇怪了,而且那个女人死得那么惨,我们看见的人都掉了眼泪。一个刚生下孩子没几天的女人竟然孤身一人在零下二十度的天气抱着个才出生几天的婴儿,死在福利院的门口,这件事情太过奇怪,所以印象也很深刻,我到现在,有时还会梦见那一幕呢,真的太深刻了。"

白惠的心头猝然间一颤,却又是问道:"那您怎么确定我就是那个孩子?"

吴院长道:"因为那个女人死相凄惨,我们记住了那个女人,当然也会关注女人的孩子。那孩子的襁褓上,有个'玲'字,是用指血写上去的,所以院长用那个玲字给孩子取名玲玲。"

玲玲,白惠猝然间出了一口凉气。

吴院长又道:"后来,你被D城一个有钱的太太收养了。也就是几个月之后,白秋月就来了,她来找她的女儿。当时这里没有电脑系统,孩子们的档案管理比较混乱,白秋月的女儿跟你一般大,都是同一个月进来的,只是她的女儿已经因为天生的心疾死了,可是档案的管理人员弄错了,他们以为你就是她的女儿,所以指引她去D城找你。可是在她找到你之后不久,我们就发现了这个错误,想办法通知了她,但她没有再过来……"

白惠听着吴院长的讲述,心头如被针扎着似的难受。看样子,吴院长是不会记错了,那么,她的母亲,她到底是谁呢?为何母亲会咬破手指在她的襁褓上,写下一个玲字?

白惠从福利院出来,没有打车,而是沿着马路慢慢地走着,她在努力地想象着二十几年前深夜的一幕,努力地想象着那个女人,她的母亲的面容。她为何会孤身一人,病弱缠身的情况下奔走在冰冷的街头,她的男人是谁?白惠又想起了母亲白秋月临死前的那句话:"你不是伊长泽的女儿,也不是长昆的女儿。"

母亲的话只说了半截,就与世长辞了。想来,母亲或许知道一些什么的。白惠打了辆车去了郊外的公墓,她在母亲的墓前跪下,凝视着母亲白秋月的照片上那副有些苍老的面容,心头难过:"妈妈,我到底是谁的女儿?您都知道的,是吗?"她跪在那里给白秋月深深地磕了几个头,才起身,默默地离开。

在路上,她接到了楚潇潇的电话,问她有没有吃晚饭,她说没有,楚潇潇说,那我们一起吃吧。白惠没有推辞,和楚潇潇去了他们曾经去过的一家饭店。

白惠有心事,竟是想喝酒了。楚潇潇浓眉深敛,看着她慢慢地将一杯红酒喝进肚子。她又倒了一杯,两只美丽的眼睛里满是迷茫。

"妈妈,我……到底是谁……"她趴在桌子上之前喃喃地念了这么一句。

楚潇潇听不懂她说的到底是什么,但她眼睛里的伤浓得化不开,深深地映进了他的眼睛。他轻抚了抚她的头,将她抱了起来,在饭店里众目睽睽之下,抱着她下楼离开。

楚乔厌恶地看着这一幕,在楚潇潇抱着白惠往外走时,她掏出手机来,把那一幕拍了下来。白惠的手挂在楚潇潇的肩头,楚潇潇把她抱得稳稳的。白惠的头靠在楚潇潇的怀里,楚潇潇的神情满是疼惜,抱着她走出饭店。

徐长风接到这张照片的时候,刚和小北分开,一股子翻涌的气血登时冲上了头顶。他上了车子,嗖的一下就开走了。

楚潇潇把白惠送到了家门口,又从她的包里找到了钥匙,扶着她进屋,给她脱了鞋,然后将被子盖在她的身上,白惠却睁开了迷迷蒙蒙的双眼,"潇潇!"她攥住了他的手,"你真好……"

楚潇潇眼神柔和:"好好睡一觉吧,明天都会好的。"他看着她闭上了眼睛,手慢慢地从她的手心抽回,然后无声无息地转身,可是看到了门口处的人时,他拧起了眉……

白惠被邻居的惊叫声惊醒,她匆匆地奔了出去,才看见徐长风和楚潇潇打在了一起。两个人都挂了彩,徐长风的脸上青了两块,楚潇潇的鼻子在淌血,白惠惊得快要说不出话来,她用自己的袖子给楚潇潇擦鼻子上的血:"潇潇!潇潇你流血了。"

"我没事。"楚潇潇攥住了她的手,对着徐长风愤愤地道:"你要去告你就去告吧,我楚潇潇没做亏心事,不怕你告!"

"告什么!"白惠登时一急,目光惊惶地望向对面的男人,徐长风的眼睛迸着阴鸷的火,"那好,你就等着上法庭吧!"

他满是火星子的眼睛停在妻子的面上,对上她惊惶的大眼,又看到她袖子上因为给楚潇潇擦鼻血而留下的血痕,愤怒、窝心,一瞬间涌上,他猛地转身下楼而去。

白惠感到全身都软了,楚潇潇捏了捏她的手:"别怕。"他又伸手抹了一把鼻子里刚刚滴出来的血,"我不会有事。"他深深地看了她一眼,转身离去。

白惠看着楚潇潇匆匆而去的背影,跌坐在了门口。

转天的早晨,房门被人拍得砰砰响,白惠匆忙走过来,开门,她看到门口处站着一个穿着军装满脸怒色的女孩儿。

厉诺言愤愤地道:"白惠,潇潇哥被停职了,你怎么还这么安然呢!"

白惠的心本就一夜难安,听了厉诺言的话,惊白了脸,她的声音难抑地哆嗦着:"你说什么,发生了什么?"

"这得问问你了!"厉诺言愤愤地说。

白惠的大脑一阵阵的空白状态,眼前的女孩儿愤愤地诉说着发生的事,白惠难以置信地杵在那里,她的脑中闪过徐长风所说的话,他说要让楚潇潇上法庭的。她立即拿起了大衣,往外走去,打了一辆出租车直奔徐长风的公司去了。现在这个时间属于上班段,他一定在的。

公司的前台早就认识她了,自然没有拦她,白惠直接上了徐长风所在的楼层,没有叩门,而是直接推开了。办公室里只有两个人,黄侠和他。黄侠坐在沙发上,他在大班椅上,此刻,两束目光齐齐望过来。

黄侠叫了声嫂子,白惠却只怒气冲冲一脸疾色地瞪视着大班椅上的男人,他的脸上还有一些瘀青在。

"徐长风,潇潇的举报信是你写的是吗?你怎么这么恶毒啊!"

她惊急的质问让大班椅上的男人,一副俊朗的容颜当时便是青白起来。他的身子腾地站了起来:"我恶毒?没错,我就是恶毒!我写举报信怎么了?楚潇潇勾搭我妻子,我就是要举报他!"

白惠惊呆了。她难以置信地看着眼前的男人,泪花从那双美丽的眼睛里流出来,声音难掩地抽泣:"我恨你,徐长风,我恨你,你竟然这么卑鄙!这么龌龊,我真是眼瞎了!"

她说完猛然间转身拍门而出。

血压和心跳似乎是在一瞬间飙升,徐长风的黑眸中阴鸷闪烁,大脑中却是嗡嗡地炸响,他的手一下子撑住了办公桌子。

"风哥!"黄侠忙过来扶了他的臂膀,他让他重又坐在了大班椅上,这才说道,"风哥,举报信不是你写的,你为什么不跟嫂子解释啊!"

"解释?解释什么?她上来就是质问我,可见她的心里,楚潇潇有多重啊!"徐长风凄凄凉凉地说。

他在大班椅上,伸手够了烟盒,黄侠给他点上了。他吸了一口,稳了稳心神才道:"反正我也是想写的,她把屎盆子扣我头上,也不算白扣,不是吗?"

看着他无比苍凉的神情,黄侠心头忽然一阵难过。他的风哥一向是意气风发的,几时竟然成这个样子了!

白惠从徐长风的公司出来,太阳穴嗡嗡炸响,心头的气血急剧地翻涌,她有些眩晕。伸手扶在墙壁上,定了定神,她招手拦了一辆出租车。她没有去别的地方,径直去了法院。从法院出来,已是傍晚,她坐在出租车上拨通了楚潇潇的电话:"潇潇,对不起,都是我害了你……"她难掩地抽泣着。

楚潇潇躺在自己居所的床上,地板上,几个酒瓶子横七竖八,烟灰缸里是凌乱的烟头。

"跟你无关,白惠。"楚潇潇的声音依然那么温和,可是听起来怎么就让人那么的难受?

"我已经向法院提交了离婚起诉书,我们会彻底分开的。潇潇,我不会再跟那么恶毒的人纠缠下去了……"

白惠显然是过于激动了,说话语无伦次的。楚潇潇为白惠的一腔真情感动得眼睛里冒出了泪花,他的喉结耸动得厉害,似乎是有千言万语都涌到了喉咙口,他有些发抖,而手机那边的人已经挂了电话。

楚潇潇手指松开,手机坠落地板上。

门铃声响了,丁零清脆。

他仍然躺在那儿,没有应声。门铃便持续地响,然后是手机,他仍然一动不动,良久之后,外边响起一个女孩儿的声音:"潇潇哥,我知道你在里面呢!你开门啊!"

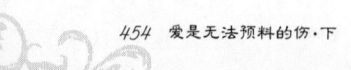

是厉诺言的声音。

楚潇潇一皱眉，人已经从床上下来了，他大步走到了门口处，旋动门锁，一把将房门打开了，门外站着年轻漂亮的女孩儿。

厉诺言迈步就要进来，楚潇潇却是大手一伸拦在了她胸前，"站那儿别动！"

看着他脸上沉凛的颜色，厉诺言一愣："潇潇哥……"

"别叫我潇潇哥！"楚潇潇怒声打断她。

厉诺言更疑惑了："为什么？"

楚潇潇道："厉诺言，谁让你跑到白惠那里去胡说八道的。"

"我？"厉诺言惊诧地瞪大了本就大的眼睛。

"是。厉诺言你听着，我的事情不要你来管，你给我哪儿远滚哪儿去！"楚潇潇大手对着外面一指。

"喂，你！"厉诺言被楚潇潇一通训斥冷言相向弄得个小脸青红不堪。她想说什么，但那房门却已经砰的关上了，将她关在了外面。她气得小脸青青白白地变换，末了一嘟嘴，"哼，狗咬吕洞宾，不识好人心！"

厉诺言气呼呼地一转身就走了。

楚潇潇很烦躁，人在沙发上坐下来，点了根烟抽上了。

徐长风是在一个星期后收到法院寄来的起诉信的，起诉信直接寄到了公司里。秘书将那信放在了他的办公桌上，然后用奇怪的眼神看着他。

徐长风慢慢地将那封信撕开了。里面的信纸被抽了出来，展开，他看到了几个清晰的大字：离婚起诉书。

他的手指顿时轻颤起来，她为了离婚，竟然都跑到法院去了。他一目十行地看着纸上清晰的黑字，最后暴躁地将那张起诉书刷刷地撕成了碎片。

他慢慢地掏出手机来，找到了他妻子的电话号码拨过去，待到里面接通以后，他凉凉嘲弄的声音道："很好，准备起诉我了，不过你想得美白惠，只要我徐长风不答应，你别想跟我离婚！"

他的最后一句话十分暴怒，按掉结束键时，他的手指控制不住地发抖。

白惠的耳根处好像还回荡着他那近似低吼的声音，她的心神颤了颤，眼睫轻合，再睁开的时候，手指在手机的通信录上翻找，她找到了一个熟悉的电话号码拨了过去，"姐……"

周相逸是在本城的一家咖啡厅见到白惠的。她穿着杏色的大衣，端坐在那里，神色淡然安静，宛如一枝洁白纯净的莲。

周相逸穿得一身休闲，神色阳光地走过来："白小姐，你好。"

"你好,周先生请坐。"白惠很客气地对他欠了欠身。

周相逸落座,他一双细长的眼睛饶有兴味地凝视着她,她却是轻弯了弯唇角,然后才嫣然道:"周先生,我有个不情之请……"

当白惠轻轻散落那一身的轻纱时,她的神色已经接近平静,她的一头青丝整齐地挽到脑后,露出光洁的额头,美眸幽幽,她站在那里,全身凝白如雪,身影纤长,两只柔白皓腕在小腹处交叉,指间一朵白莲刚好遮住隐秘之处。

她神色幽幽,如山间静流,柔美的线条,透出东方女性的沉静温婉,她站在那里是那么的美。周相逸手中的摄像机咔嚓一声,那副静如白莲的影像便定格在画面中。

追光灯闪动,一道道年轻高挑的身影从眼前一一走过,路漫漫绘着精致眼妆的眼睛凝向T台下面,她在寻找着那张熟悉的面孔。他已经好久没来了,她的心情有点儿失落。一场表演结束,她随着女模们下了T台,还没有换装,领班就走了进来:"漫漫,晚餐去聚福楼,都是大老板,你要小心侍候着。"

路漫漫知道那是一家大饭店的名字,她皱皱眉,但还是去了。她精心化好了妆,穿上得体又性感的裙子,外面套了一件样式时髦的大衣,走进那家饭店。她以为又是以往那些个大腹便便的老板们,但是她的眼睛在看到主位上那道颀长俊朗的身影时,她的眼前顿时一亮。

楚潇潇仍然停职在家,那封举报信让他从万人景仰的青年军官变成了道德败坏的人。

大理石地板上,蒙了一层轻尘,楚潇潇在家里闷闷地抽烟,外面有车子停下,黑色的轿车上下来一个身材魁梧的中年男子。楚远山大手砰砰地拍儿子的房门,楚潇潇将房门打开,楚远山劈头盖脸就是一个巴掌扇过来:"叫你和那个女人分开,你就是不听,现在闹出事来了,你都把老子的脸丢尽了!"

楚远山愤怒地吼着,手指愤怒地指着自己的儿子:"我楚远山怎么养了你这么个东西!"

楚潇潇脸颊抽动,眼睛里怒火涌现,一面脸颊在他父亲的巴掌下立即就红了起来,而楚远山还暴跳着在房间里走来走去,"我告诉你,你要是再跟那个女人来往,我势必叫人做了她!"

"你敢!"楚潇潇立即失控地吼了一声,"你要是敢动她一根手指头,我跟你没完!"

"好好好,真跟你那个妈一个德行!"楚远山气急败坏地跺脚,最后拍门而出了。

楚家二楼的阳台上,楚乔纤细的身形拢在一层薄纱里,她的纤指捏着红酒杯,漂亮的眼睛,眼角微微翘了起来,徐长风,白惠,你们势必要分开的。潇潇,对不起,我要是不除了你,我也待不安稳呢……

这是距那座大都市一百多里的一座小城,白惠的新工作地点就在这所县城的一所小学里。她在这里担任小学一年级的语文教师。

研究生班的课程她申请了一年的休假,暂时她也没有心思去上课,只身来到这里,只为了躲去那一切的纷纷扰扰。每个周末,她依然会去那所福利院照顾小孩子们。对小糖糖的心疼和思念,全部都转化成了对那些身世凄惨的孩子们的爱。

她走进那个保育室,帮着保育员拿着新的小被子进来,房间里好像多了一张小床,她惊奇地向着那边望了望,她的视线便就此被定住了。

那是一个瘦瘦小小的女孩儿,她穿着破旧的棉衣,躺在小床上,漆黑的头发乱糟糟地贴在桃心般的小脸上。她的眼睛很秀气,眼珠很黑很黑的,而眼睛里却全是泪花,正在大哭着。

白惠在看到那张满是泪花的小脸时当时就是一呆,心口处不知怎么就疼了。她不由得将怀里抱着的小被子放下,走了过去。她将那孩子抱了起来,指腹轻轻地去拭掉小人儿脸上的泪花。

"乖,不哭哦。"

那小人儿看了看她,黑漆漆的眼睛,与她一双美眸对视着,许是她眼睛里的温情和疼爱让小人儿感到了温暖,她抽噎着,却不哭了,只用含着泪的眼睛与她对视。

"这孩子是昨天才送过来的,叫小安安,是医院的弃婴,收养她的人得了重病,自身难保,就把她送到这里来了。唉,真可怜。"身旁的保育员说。

白惠听得心头像针扎似的难受。再看看怀里的小人儿,她仍然用一双黑亮亮的眼睛看着她,不知怎么的,她有一种十分怜爱的感觉。

"这孩子多大了?"她问那保育员。

保育员道:"好像四个多月了吧。"

跟她死去的女儿差不多大啊!白惠的心好像在一瞬间被抓紧了。她的手轻轻地抚摸着小人儿的头,眼睛里满满都是怜爱。小人儿扁了扁嘴,又抽噎起来。

白惠心头一阵难受,便又温柔而耐心地哄道:"小安安乖,小安安不哭了,阿姨会带你去看爷爷哦!"

那小人儿便果真不哭了,小脑袋扭过来看她。大概是她温柔疼爱的神色让她感到亲切,她眨了眨眼睛,晶莹的泪珠在睫毛上轻轻颤动:"喔喔……"她竟是对白惠说起了话,白惠一刹那间精神恍惚起来。

从福利院离开的时候,她的心神好像留在了那里。留在了小安安的身上,不知怎么的,那个孩子的身世让她揪心,也让她心疼,更好像有一种牵扯不清的东西撕扯着她的心,她的脚步走得越远,那种撕扯感便越重。

她不由得伸手捂在了胸口处……

这里是她在学校附近租住的房子,不大,四十平米,但一个人住却显得空落。她给林家刚刚打过电话,听着小晨晨在电话那边清脆的笑声,她的心神恍惚得厉害。

她该怎么样跟林爸爸林妈妈说出小晨晨的身世呢？她知道这样瞒下去,对他们是不公平的,可是那些不堪的过往,她该怎么说出口呢？

"风哥,法国的那个项目你打算怎么办？"黄侠坐在徐长风的办公室里,神色担忧地问。

徐长风轻吐了一口烟雾出来："楚远山是想置徐氏于死地的,只是那个暗地里陷害楚潇潇的人,他是出于什么目的？不过不管出于什么目的,他的愿望应该已经达成了。"

他说话的时候,脑中忽然间惊鸿一闪,随即又是呆住。难道为了达到自己的目的,她连自己的家人,自己的亲弟弟都不惜陷害吗？

"徐宾,这件事是给你儿子一个教训,叫他过来跟我认错,把潇潇的事情给他澄清,这件事情,我就既往不咎。"楚远山的电话打到了徐宾的手机上。

徐宾气息一沉,道："潇潇的事情,不是长风所做,他也做不出那样的事来。至于法国的项目,楚远山你尽可以使尽手腕,但是自古邪不胜正,我就不信你胳膊长到可以连天都遮住。"

"我们最多损失一笔钱,楚远山,你损失的是你和楚氏一世的威名。"

徐宾不卑不亢的话,让楚远山闷闷地吃了个钉子,他啪地挂了电话。

"爸爸。"楚乔走过来,给出气粗浊的楚远山抚摩后背,"爸爸,都是潇潇自己不听话。再让他在这里呆下去,他会把楚家的脸都丢尽的……"

"嗯！"楚远山沉沉地哼了一声。

楚乔又道："爸爸,您千万别为潇潇的事情上火,把自己气坏了,那可不值了。"

"嗯,还是乔乔懂事啊！"楚远山感叹地说。

"我恨你徐长风,你竟然这么卑鄙,这么龌龊,我真是眼瞎了。"一声声控诉,一声声近似于咒骂的声音依然在耳边回荡,徐长风的脸渐渐变青。他一下一下轻叩着桌面的手指忽然间捏紧了。眼前是当地的一处有名的旅游景点,红墙黄瓦下面,一道道身着古代装束的身影翩翩走过,有剧组的工作人员在忙碌。

徐长风轻轻地吸了一口烟,眼前衣香影丽,画面绝美,他的神色渐渐如常。

"停,大家歇息一下。"

导演的喊声传入耳膜,那一道道翩跹身影便是纷纷退去,一道头梳流云髻,粉色衣衫的身影走了过来,环佩叮咚之声过后,化着精致妆容的路漫漫,纤纤玉手轻轻执起了保温壶在徐长风眼前的杯子里斟上了清香的碧螺春:"风哥,给。"

路漫漫纤细如葱的指间擎着那白瓷的杯子递过来。徐长风的一双深眸淡淡地瞟了过来与她那双盈盈美眸对上,只是耐人寻味地看了一眼,便又淡淡移开了。

"我不喝了,我还有事,先走了。"

他说完,高大的身影已是站了起来,没有再理会身后的路漫漫,也没有跟任何人打招呼,顾自离开了。

身后有女人的声音低低说道:"漫漫,徐先生这样的金主,你可要多用点儿心思抓住啊……"

徐长风从剧组离开,一直走到了那红墙黄瓦的外面,他抬头看了看苍茫的天空,这才迈步走到车子旁钻了进去。

天空以及街头一片片灰蒙蒙的肃杀气息,有零星的雪渣飘下来,小北开着车子说了一句:"这什么天嘛!"

徐长风没有应声,只是若有所思地想着心事。不能不说,他恨她,生她气的同时,他也很想她。晃眼就是半个多月未见面了,那次,他电话里对着她阴狠发誓:只要我徐长风不答应,你就别想离婚。

之后,她便是沉寂了一般,再无消息过来。他有些烦躁。不由得点了根烟来抽。一根烟吸尽的时候,车子也停下来了。眼前已是国展中心。

在这里,有大型玉石展,还有摄影绘画展,他是应一个朋友的邀请而来的。车门打开,他弯身钻了出来,深眸向着国展中心的大门口望过去,只见两个年轻女子身着玫红色的旗袍仪态端庄地站在门口处,一个中年男子从会展中心匆匆而出。

"徐先生,里面请。"会展中心经理对着他十分客气而恭敬地说。

徐长风淡淡地嗯了一声,迈步上了台阶,从那两个妙龄迎宾员的身旁走过,留下了一身的凌锐之气。

"徐先生,您来了。"玉石馆的负责人满脸堆笑地说。

徐长风嗯了一声,他在玉石馆走了走,他其实没有什么心情玩赏玉石,他自己的事情还如一团乱麻呢!他心不在焉地在里面看了看,目光却是被一只玉镯吸引,那只玉镯通体澄澈,淡青色的花纹若隐若现,他便走了过去,叫那展览员将玉镯从柜子里拿了出来。他放在指间,凝眸细瞧。

"徐先生,这只镯子可是玉石中的上上品呢!"那个负责人说。

徐长风没有接声,对于玉石,他多半也有些了解,虽不算行家,也是能够看出成色的。这只镯子很漂亮,而且典雅。"

他的眼前浮现了一只柔白皓腕,这只玉镯无疑是极配她的。

"把这只玉镯子给我包起来。"他说。

"好的,先生。"那个展览员便立即应了一声。

徐长风叫小北刷了卡,那只价值连城的玉镯便被他收进了衣兜里。他从玉石馆那边转了出来,玉石馆的负责人全程相陪,徐长风道:"你去忙吧,我随便走走。"

那人便点头:"好好,您随意。"

徐长风视线收回往前缓缓而行,转过一个回廊,那面却已是摄影馆。

这里的作品,都是出自世界闻名的摄影大师之手,照片中的景物或阳刚,或阴柔,或灿烂,或超尘,一副副形态各异,如百花齐放。徐长风从玉石展那边转过来,他全身由内至外散发出来的冷峻和儒雅的气息吸引着门边上立着的女迎宾员。

他的目光淡淡地向着那边一瞥时,那女孩儿便忙低下头去。徐长风从她身边走了过去,他的目光缓缓地从墙壁上一幅幅形态各异的摄影作品上划过,冷漠的面庞上没有半分多余的神色。他的助理小北则跟在他的身后,亦步亦趋。

前面的宽敞处便是人体摄影展。几个西装革履的男子正站在一幅人体摄影作品下面,低低私语。

其中一个中年男子,若有所思地凝视着眼前的画面,然后用日语说了句什么,身旁陪同的翻译便对展厅工作人员道:"小姐,这幅作品多少钱?"

工作人员笑道:"对不起先生,这幅作品是作者的珍藏品,只供展出,不出售。"

翻译将工作人员的话传给了他的老板,那中年男子听罢笑笑,深沉的眼中却是露出些许失落的神色。

小北便在这时低低地啊了一声,目光已经呆住。再看他的老板,徐长风,他那张俊朗的面容不知何时已是一片青白。他的目光正紧紧地盯住中年男子要买的那幅作品,那上面,是一个没穿衣服的女人。

"太……太太。"小北不由得低低地叫了一声。

而徐长风,俊逸的双眸已经泛出幽冷的光,他的喉头在急剧地收缩,强烈的愤怒正从他的心头蹿上来,狠狠地冲撞着他的大脑。他忽然间就拔腿大步奔向了那幅人体像……

第四十八章　还君明珠

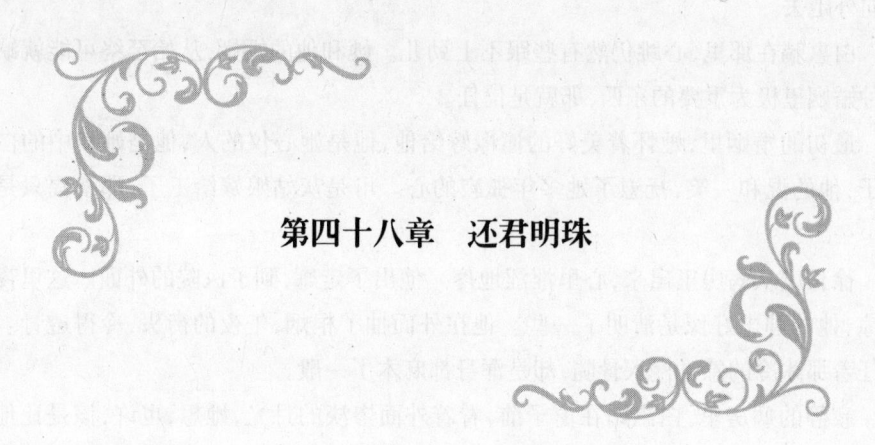

"医生,我太太怎么样?"顾氏的医院里,徐长风急切地扯住了那位年轻医生的衣袖。

年轻医生神色严肃:"你太太似乎是急火攻心,悲伤过度,但是检查结果显示,她的心脏好像有些问题。"

轰的一下,徐长风被医生后面的那句话说得当场一呆。

"你有没有看错,她的心脏怎么会有问题?"

"不会看错。你太太的心疾是早期,发现得早,治疗及时,不会有太大问题。"医生说。

徐长风急速下沉的心,好像是找到了一些安慰。他几步奔进了妻子的病房,她刚从昏迷中幽幽醒来,脸色白得像纸。

"白惠……"他的声音染了几分艰涩,走过去的时候,忽然就没了底气。

而白惠只是以那么深的眼神凝视着他。

他在她身旁的椅子上坐了下去,将她细弱的手包裹在掌心:"你相信我,我不喜欢路漫漫,我和她来往,只是因为一时气愤。我们之间什么都没有发生过。就是昨晚,我都只是为了气你才那么做的。"

他的声音哽咽了。

幼稚吗? 可笑吗? 他,竟然用另一个女人来气她。

白惠被他的大手包裹住的手轻轻地动了一下,似要抽回去:"我想休息一会儿。"

她轻轻地掀动了嘴唇。

徐长风眸中一黯,但须臾还是起了身:"好吧,你先休息,我去外面。"他神色落寞地向外走去。

白惠躺在那里,心跳仍然有些跟不上劲儿。她和他的婚姻,从始至终可能就缺了一种婚姻里极为重要的东西,那就是信任。

最初的婚姻里,她怀着美好的憧憬嫁给他,他是她心仪的人,他是她梦中的白马王子,他的温和一笑,抚慰了她多年孤寂的心。可是灰姑娘嫁给王子,那幸福只是童话……

徐长风从病房里出来,心里涩涩地疼。他出了走廊,到了医院的外面。这里夜风凉凉,他的神志好像是清明了一些。他在外面抽了根烟,午夜的街头,冷得透骨。他只任着那冰冷的感觉侵入骨髓,却是浑身都麻木了一般。

寂静的病房里,白惠站在窗子前,看着外面惨淡的月光,她想,也许,该是让他知道的时候了。

徐长风在早晨的时候推开了白惠病房的门,清晨六点钟,走廊里很安静,白惠似乎还在睡着,神色安然,却苍白。

他放轻了脚步在门口处迟疑了一下还是走了过去。而她的长睫轻轻地颤动了一下,却是睁开了眼睛。

她说:"长风。"

她的声音很轻,是那种身子虚弱带出来的轻弱。

徐长风忙走到了她的近前:"白惠?"他走过来,轻扶了她的肩,让她坐起来。

她的心跳好像有些跟不上呼吸,气促地坐了起来,他伸臂揽住了她的肩,将她揽在了他的怀里。他看着眼前这张苍白的脸,他想起了昨天在咖啡厅的时候,那时,她还是好好的。怎么一下子心脏就出了问题?他难以相信。

"你想说什么?"他的心情没来由地紧张。

白惠的头枕着他的臂膀,面色如冷月洁白,沉沉地叹息了一声:"长风,有件事情,我应该告诉你了。"

她说话的时候,又是轻幽幽地叹息了一声:"小豆豆,没有死,他在林家,他就是小晨晨。"

她的话一出口,徐长风登时呆若木鸡。

房门在这个时候被轻叩,接着就有人走了进来,一男一女,中年的容貌,怀里还抱着一个胖乎乎的小男孩儿。

白惠在徐长风的怀里,本来闭着眼睛,可是此刻陡然睁开了,待看到出现在眼前的人时,两只美丽的眼睛里登时就泛出了亮亮的光。

"妈妈，爸爸。"

"玲玲，你看我们把谁带来了？"惜然抱着小晨晨走了过来，小家伙好像又长个儿了，虎头虎脑的，当真是可爱。

"晨晨……"白惠喊了一声，不由得颤抖着伸出了双臂。那是一种母性的本能，却逃不过同是母亲的惜然的眼睛。

惜然将怀里的小人儿送了过去："来，让妈妈抱抱。"

惜然的一句话让白惠一下子就惊呆了。

徐长风的深眸一直就停留在儿子的脸上。这就是他的儿子，他以为早已死掉的儿子，他长得这么好，这么可爱，这么健康。他的心颤动不已，一双眼睛直直地盯视着那个胖胖的小家伙。

白惠吃惊不已，嘴里颤颤出声："妈妈……"

惜然柔和地一笑道："玲玲啊，别愣着了，快抱抱你儿子吧！"

"妈妈……"白惠的手伸着，却是轻颤不已，心里念道：妈妈，你们全都知道了是吗？

惜然笑道："你以为能瞒得了妈妈吗？都是做母亲的人，你看小晨晨眼神都不一样，妈妈都知道，早就知道了。晨晨生病那次，我就叫你水晶姐拿了你的头发和小晨晨的去做了鉴定了。"

"妈妈……"白惠的心头激情动荡，羞愧和不安涌上来，她忽然之间挣开了徐长风的怀抱，从床上爬了下来，扑通就跪在了叶惜然的面前："妈妈，对不起……"

她跪在那里，泪流满面，痛苦和自责，深深地折磨着她。此刻，惜然说出了小晨晨和她的关系，她只觉得羞愧不已。她跪在惜然的面前，抱了她的腿，眼泪浸湿了惜然的裤子。

惜然深深地叹息了一声，她将怀里的小人儿交给了身旁的丈夫，伸手将白惠扶了起来："玲玲啊，妈妈虽然不是你的亲生母亲，可也是视你如亲生骨肉的，你的事情，你爸爸都调查过，妈妈也都基本知道了。小晨晨越长越像徐长风，而你看着这孩子的眼神，分明就是母亲看着自己的儿子。玲玲啊，你所受的苦，妈妈都知道……"

惜然语重心长的一句，让白惠恍然流泪。

看着这让人柔肠百结的一幕，徐长风心底高兴，可是又觉得真的没脸见人。他的儿子就在眼前了，那胖乎乎的小脸，那黑亮亮的眼睛，那是多么纯真啊，多么可爱呀！可是他这个父亲……

他的身形无声地退了出来，儿子就在眼前，他却是没有相认的勇气了。

惜然和林若谦临走的时候又将小豆豆抱走了，因为白惠的身体，自顾都不暇，小豆豆留下,只能让她更加辛苦,从而加重病情。

徐长风一直看着林家的人离开,他才默默地回了病房,白惠正轻合着眼睑,不知是睡了,还是眯着。不知怎的,此时此刻,他很怕她会就此闭上眼睛,永远都不再睁开,她有心疾呀!

"长风。"白惠似乎是听见了他的脚步声,又轻喊了一句。

徐长风走过来,轻执了她的手放在手心。病后的她,跟昨天判若两人。那时,她恨他,冷漠他,口口声声是要离婚的,可是现在,她却亲切地叫他长风,亲切地唤他的名字,目光似乎有所期冀似的。

"怎么了?"他将她柔弱无力的手轻裹在了掌心,柔声地问了一句。

白惠慢慢开口道:"长风,我有个请求,你可以办到吗?"

不知怎的,她的话,竟让他有一种临终遗言般的感觉,他的心头一阵猛颤,他使劲儿地晃了晃头,驱赶掉那可怕的念头。

"你说,你想要什么?"他轻声问。

"我什么都不要,长风。"白惠轻摇了摇头,"有些事情,我恐怕力不从心了,我的心脏很不舒服,这里,一定出了问题。这一阵,一直都不舒服。"她的左手轻碰了碰心脏的位置,"长风,小豆豆可以回到你的身边,回到徐家认祖归宗了,可是我的小糖糖,再也没有了。"

晶莹的泪滴从她美丽的眼睛里滴落,颗颗剔透,清亮,哀婉而让人怜惜间又染上心疼。

徐长风的心脏急剧地颤动,他的声音沙哑而痛苦:"对不起……"此时此刻,他真的惟有这三个字可说。

白惠又是轻轻开口:"在福利院,我常去的那家,有个小孩子,你把她抱回来,当做女儿,好吗?"

徐长风凝视着妻子那双美丽却是带着期冀的眼睛,轻轻点头,嗯了一声。

而白惠却像是交待完了临终遗言一般,沉沉地合上了眼睛。她似乎很累,很想睡觉的样子,他的心头一疼,不由得乞求似的说道:"你别睡好吗?我好怕,白惠。"

白惠却是再次缓缓地张开了眼睑,喃喃地道:"我每晚,都会梦到小糖糖,她哭得好可怜。小豆豆……有你和林爸爸林妈妈的照顾,他会很好很好。可是小糖糖,没有人照顾,在那个冰冷的世界。只有她一个人……"

徐长风的心头陡然间一沉:"你说什么?"

白惠美丽的眼睛似乎现出一种迷茫来:"我想知道,那个世界在哪里,我想去陪陪女儿。"

徐长风大惊之下,又双手握了她的肩,轻摇她的身子:"白惠,小糖糖会有人照顾的,像你照顾福利院的那些孩子们一样,小糖糖也会有好心的人去照顾她。白惠,你坚强一点,不要胡思乱想好吗?"

"我不是胡思乱想。我的心脏,早就开始不舒服了。我想,或许我的亲生母亲,就是死于心疾。小豆豆很好,对他的成长和未来,我很放心,可是小糖糖不一样,我不忍让她一个人留在那个冰冷的世界。长风,我想,就这么去了,去陪着小糖糖……"白惠喃喃地说。

那一句一句"去陪着小糖糖",那一句,"心脏早就开始不舒服了",让徐长风的心颤抖不已,心脏似是裂开了一般,鲜血淋漓。

"你胡说什么!"他忍不住抓紧她的肩,用力地摇晃,"你还这么年轻,你怎么能说这样的话?小糖糖会有很多疼她爱她的人去照顾。白惠,豆豆不能没有你,谁也抵不上亲生母亲的关爱。你不能再有去陪着小糖糖的想法,你要坚强地活下去,知道吗!"

他的深眸,灼灼火光迸现,她的一番话,快要将他的心搅碎了。她要是再说下去,他真的难以承受了。他保不准会大哭。他的手紧紧地包裹住她的手,将她的头拥在自己的怀里,"白惠,如果你去了,我也不会苟活了,我怎么有脸见人呢!"

他哭了,眼泪滴在了她的脸上。那是伤心和懊悔。转天,徐长风去了福利院,他高大的身形从车子上下来,向着里面看了看,便迈开步子走了进去。

"徐先生,这就是你说的那个孩子。"一个保育员带着他走进前面的保育室,伸手指着一个看起来和小晨晨差不多月数,却是瘦得多,满脸菜色的小女孩儿说。

那个小女孩儿穿着半新不旧的,不知是哪家人捐过来的小衣服,躺在小床上,身边是一个破旧的布娃娃。

徐长风的目光看过去时,那小女孩儿的眼睛正好望过来,这是一双多么秀气的眼睛呀?像是这个世界上最美丽的星星,可是却沾满了晶莹。

她的喉咙口发出吭哧吭哧的声音,似乎刚刚哭过。而那双秀气的,大大的眼睛却是凝在他的身上,看着他,似是认识他一般,染满了委屈,就那么看着他。

徐长风的心头忽然就涌上来说不出的怜爱和疼惜,他走过去,轻轻地将那小娃娃抱了起来,放在怀里。她有着黑而柔顺的头发,虽然先天不足,后天又营养不良,但却并没有影响到她天生的美丽。虽然她还那么小,可是那双眼睛却是会说话一般,就那么凝视着他。

很多年之后,徐长风都不能忘记那双带着委屈的泪盈盈的眼睛,当他知道,这就是他的亲生女儿时,他痛断了肝肠。

小人儿仍然用那双黑得晶莹的眼睛看着他,嗓子处仍然有低低的抽咽声传来,那张桃心般的小脸上,泪痕未干,眼睛里的晶莹还在颤颤地闪。

这是一个多么让人心疼的小人儿呀?

徐长风忍不住用指腹轻轻地去拭小人儿脸上的泪痕,对着她柔声道:"从今以后,你叫小糖糖好吗?"

小人儿微微地敛了眉心,那双凝着泪花的眼睛仍然凝视着他。徐长风又是一阵心疼,这个女孩儿,虽然只是头一次见面,可是那双眼睛却是无端地扯疼了他的心。他终于明白,他的妻子为何要他收养这个小女孩儿了,或许,她也有这种感觉吧,心被撕扯的感觉。

办完了一切的手续,徐长风抱着小人儿从福利院离开了,小人儿没有再哭,但是眼睛里却是泪花闪烁,小嘴时而就扁一扁。

徐长风搂着她,亲昵疼爱地捧起小人儿的脸,道:"小糖糖,我们现在去看爷爷好吗?"

小人儿听见徐长风的声音,便抬起了小脑袋,黑而柔顺的刘海下,那双大大的眼睛里盛放着亮亮的光。

徐长风怜爱地俯低了头在那小人儿的脸上亲了一下:"乖,叔叔带你去看爷爷。"

小北开着车子在那座破旧的楼区转了好几圈,才找到了小安安爷爷住的地方,那是一片破旧的平房。小北想不到在这座北方大都市里,竟然还有这样的地方。一排平房的旁边,就是废品收购站,各式的瓶子、箱子,堆积成山。还在有车子把更多废弃的东西运过来。

宾利被那废品车挡住了,一直堵了老半天才开出去。徐长风抱着小安安下了车,小北已经在挨个平房地找寻小安安爷爷的住所了。这里的人,显然是认识小安安的,有个看起来年纪很大的老人好奇地说道:"小安安?你怎么回来了?"

徐长风便抱着小安安走了过去:"大娘,您认识这孩子?那么,她的爷爷住哪儿?"

"哦,她爷爷呀,快去看看吧,她爷爷得了不好的病,恐怕熬不过这几天了。"老人摇摇头十分叹息地说:"那可是一个好人呢!"

徐长风心头没来由地一沉。他抱着小安安和小北一起走到那大娘所指的房子。

房门虚掩着,小北轻轻推开了,一股子腐败发霉的味道便立时扑鼻而来,小北忍不住捏了捏鼻子。小安安张着两只小手,在徐长风的怀里扑向那个躺在床上的人。

"安……安……"一道苍老的声音传过来,"是我的安安吗?"薄暮沉沉中,破旧的床上,一个神形枯槁的老人,正颤颤地伸过手来。

徐长风的心不由得颤了一下,他将怀里的小人儿抱了过去。老人用他苍老无神的眼睛打量着徐长风,眼里渐渐地就有了神采:"原来……是恩人呀!"

徐长风可能已经忘了,可是老人记得,清晰地记得,那日,他抱着小安安走投无路的时候,是他给了他一万块钱。小安安的肺炎就是用那钱治好的。

徐长风眉心一动,脑子里在迅速地回转,然后猛然间轰然炸响,他也记起了这个老人。

"我已经收养了安安,从今以后,她叫小糖糖了。"徐长风说。

"哦,好啊,你是好人,小安安做了你的女儿,我死也就放心了。"老人费力地说着话,说完了又大口地喘息,"这孩子命苦啊,我是从医院的太平间把她抱回来的……"

老人又歇息了一会儿才道:"那天是八月二十号,她被医生送到太平间的时候,我多看了一眼,我看到她的眼皮似乎是动了一下,我用自己的脸贴了贴她的小脸,竟然是有鼻息的,真是恶毒的父母啊,孩子还有气呢,就扔到太平间去了……"

徐长风听得心头一跳一跳地发颤,八月二十号,可不就是他妻子突然临盆的日子吗?他的一双儿女在那天生下,一死一病。

这个孩子,竟是跟他的女儿一般大。

他不由得又将目光移向怀里的小人儿,小人儿的眼睛里好像染满了忧伤,嘴里吭吭地抽咽着,接着,仰起小下巴,大哭了起来。

徐长风的心尖猝痛,难道这个孩子,就是老天派过来弥补他丧女之痛的吗?

"乖,不哭。"徐长风的手指轻轻地去拭小人儿脸上的泪花。

"小北,你这就打电话叫救护车过来,我先带小糖糖走。"他说着,就抱了小女孩儿从那间屋子里出来了。外面暮色沉沉,街灯已经渐次亮起了,可是他的心头却是有一个地方,好像是很沉很沉。

救护车将老人带去了医院,徐长风叫小北跟着去办理各种手续,而他自己,则是抱着小女孩儿打了辆出租车去了医院。

小人儿仍然在抽咽,小脸上一片狼藉。徐长风心头刀割一般,从上衣的兜里将洁白的手帕掏出来,轻轻地给小人儿拭去脸上的泪花:"乖,不哭,叔叔会照顾你的。"

白惠才刚刚吃过饭,傍晚时,清致来看过她。清致看起来仍然很清瘦,但心情却好像挺好。问到她的近况时,她只是淡淡一笑。

白惠也不知道说些什么好。那么多的女人喜欢做小三,喜欢不劳而获,那么多的男人,喜欢老牛吃嫩草。她又想到了林晚晴,她还在为靳齐抚养儿子,可是靳齐和楚乔勾搭成奸。

病房的门被人推开,竟是徐长风抱着小糖糖走了进来。白惠看到那个眼睛会说话的女孩儿,眼睛里登时就是一亮。而徐清致也是站了起来:"这孩子是……"

"她叫小安安,是我从福利院里抱回来的。"徐长风说,又对妻子道:"我给她改了名字,用我们女儿的名字,小糖糖,好吗?"

白惠的心头一颤的同时,眼睛里竟是晶晶亮亮的一片:"好……"

小糖糖用她大而明亮的眼睛看着眼前的女人,那两只眼睛像是在说话一样。

白惠将她抱了过来,伸手轻轻地抚摩她柔软的发丝。像是抚摩着她小小的女儿的头发。

她恍然想起了自己那段在福利院的时光。她不大,只有六岁,可是有些记忆却是清晰地存在于脑海里,多少年过去,都不曾忘记过。后来,她遇到了去福利院的惜然妈妈。

她当时刚刚被一个保育员拧了屁股。因那个保育员脾气不好,而且那天,好像心情也不好,她只是因为摔了个跟头哭了几声,那保育员嫌烦,便在她屁股上拧了一下:"你再哭,我把你扔到海里去喂鱼!"

白惠清晰地记得那句话,小小的她被吓坏了。抱着个破旧的布娃娃,眼里都是泪花,却一声都不敢吭地站在烈日下。

白惠的神志从回忆中拉回,眼睛里有些模糊。那时的她,也是这样无助的眼神吧!

"我刚刚叫小北把她爷爷送去医院了,癌症,没有几天时日了。"徐长风轻叹了一声说。

白惠的心头咯噔的一沉,那个老人,一定是个心肠极好的人,可是为什么好人都没有好报呢?

"哥,你有没有觉得这孩子长像有点儿像嫂子?"徐清致在旁边一直都没有说话,此刻却是问了一句。

徐长风的目光登时便又瞟向了小糖糖。小人儿有着桃子一般的小脸,那眉眼之间确实有些熟悉的感觉,他不禁又看看他的妻子。她的眼睛很美,那种美不是精致妆容修饰出来的,是一种天生的皎洁。而那小人儿,她的眼睛也同样是秀气的,甚至说是美丽的,虽然她还很小。

"她们的眼睛有点儿像。"徐长风说话的时候,脑子里忽然间就有什么一闪而过。他的心头竟是咯噔的一下。

"白惠,小安安的生日和我们的小糖糖是同一天呢,也是同一家医院出生的,你看小安安长得那么可爱,说不定她就是我们家小糖糖化身而来。"病房沉寂的夜里,徐长风轻执着妻子的手柔声地说。

白惠仍然躺着,她前半夜睡了一觉,后半夜便是无法入睡了。而他一直就和衣躺在沙发上,此刻见到她醒来,便拉了椅子坐在了她的身旁,他是特意留下来照顾她的。

白惠只是听着他说话，并没有应声，她的女儿，谁可替代呢？但是小安安的到来无疑还是让她的心头有些欢喜的。不知为什么，她对那孩子就是有一种牵肠挂肚般的感觉，把那孩子接了过来，她就好像心头的某个角落安然了一些。

徐长风见她仍然眼神茫然不说话，便又道："你不知道，医生说，你的病，大半在心。心情抑郁所以加重病情，其实心疾并不重。发现得早，医生说治疗及时，不会有什么危险。但你若是这样成天抑郁下去，病情就会无形中加重了。我们可还有小豆豆呢？你怎么忍心抛下他呢？"

"可是糖糖呢？我的糖糖再不会回来了。"白惠说话的时候，声音微哽，眼睛里泪光盈然，徐长风不由得心头一黯。

天色大亮以后，徐长风去办了出院手续，他的妻子不想住在医院，她说，很怕医院这种味道，让她想起生产那一天。

林家人将她接去了林家在这所城市的宅子。那里有小豆豆，天天跟她的孩子在一起，她的心情会好一些。而徐长风则抱着小安安，现在被他改名为小糖糖的小女孩儿去了亲子鉴定中心。

清致是和他一起去的，徐长风开着车子，她则是在后面抱着小安安。当一切做完之后，从亲子鉴定中心出来，清致问道："哥，你为什么说，如果DNA检测不符，就做一份相符的出来？"

徐长风的深眸便望了过来："清致，如果这孩子就是小糖糖，你嫂子，她的心疾便会不治而愈。"

清致便是怔然了。

徐长风的意思就是，不管这孩子是不是小糖糖，他都会让她变成小糖糖。清致不由得心头难受。

白惠在林家的宅子里，搂着小豆豆给他讲故事。虽然她的气色仍然不好，心律不齐，不时气促，但是心情却好多了。

"太太，徐先生过来了。"有佣人进来说。惜然便拧拧眉，但还是说道："进来吧。"

白惠心思一顿的同时，惜然的声音温和感慨地响了起来："以前吧，不知道小晨晨就是你和他的孩子时，我是一心希望你们离婚的，可是知道了小晨晨的身世，我就有些不忍了。毕竟，你们之间还有孩子，不管你们谁再婚了，对孩子都是一种伤害。"

惜然的神色十分感慨，当年她和叶明川在一起的时候，对女儿水晶，何尝不是一种伤害呢？

白惠沉默了。

徐长风抱着小安安走了进来，小安安已经穿上了清致给她买的新衣服，粉嫩粉嫩的衣服,衬着一张十分好看的小脸,虽然还是很瘦,但一双眼睛却是越发黑亮了。

"小安安。"白惠一见到那孩子,两只眼睛便立时亮了。她把小安安搂在怀里,亲昵地在她的额上吻了一下,小安安仍然用她黑宝石一般的眼睛看着她。她的眼睛会说话一般,有些害怕,有些紧张似的看着白惠。白惠的心里便是猝然更疼。

这个孩子,跟当年的自己,是何其相像呢?她不由得将小安安紧紧地抱在了怀里。

惜然是头一次看到小安安,一看之下,不由得把目光胶在了白惠的脸上:"玲玲,这孩子的眼睛真像你。"

白惠的心头发颤,双手已经轻捧了小安安的小脸,黑眸仔细地端详怀里的小人儿,却是说道:"妈妈,她会不会是小糖糖的化身来安慰我的呢?"

"嗯,有可能。"惜然笑笑说。

白惠心里一热,便越发亲昵地搂紧了小安安。

而此时,徐长风则是第一次以一个父亲的身份去抱他的儿子。小家伙胖乎乎的,长得十分可爱,此时就在惜然的怀里。

徐长风抱他的时候,他用那黑黑亮亮的眼睛看看他,小手一挥,那意思是:我不想让你抱,你躲开点儿。

徐长风的脸亲切又心急地凑了过去,想亲亲这小子,这小子的小胖手一挥,正落在他老子的脸上,便听啪的一声响,徐长风的脸上挨了他儿子毫无意识的一个巴掌。

徐长风的脸当时就划下了无数道黑线来,惜然一下子就乐了,而白惠也是怔了一下,继而也乐了出来。再看那小子,却是头都不抬的,摇着手里的摇铃玩,口里还哼哧哼哧地发出怪声来。

徐长风有点儿无语,有点儿郁闷,但看到他妻子那眉眼全都弯起来的样子,心里却是高兴的,难得他的妻子笑得这么好。

傍晚的学校门口,一辆一辆接孩子的车子沿着马路边停下,这是一所贵族学校,在这里上学的孩子,皆是出身富贵人家。徐清致将车子在学校的对面停下,人从车子上下来,站在车子旁等候着儿子出来。

这个时候,一辆黑色宝马也在前面不远处停了下来,熟悉的车牌号,熟悉的车身让徐清致微微皱眉。

因为是对头而停,她能看到车子里模糊的身影,一男一女。宝马的车门打开,陶以臻走了下来。他一身西装笔挺,金边眼镜的后面,细长的眼睛向着这边瞧了一眼,就走了过来。

"我来接霖霖出去吃饭。"陶以臻淡淡地说。

清致用她那双秀气,却是很睿智的眼睛看着陶以臻道:"抱歉,今天不行。"

陶以臻不以为然地道:"徐清致,我们大人之间的事,不要牵扯到小孩子,我们离婚了,可霖霖还是我儿子,我有权利见他。"

"我没有不让你见他,霖霖后天就要考试了,今晚要在家里看书。"徐清致说着,就为从学校里欢欢喜喜跑过来的儿子打开了车门。

霖霖背着书包跑过来,站到母亲的身边看了看他的父亲,陶以臻便向着儿子伸出了手:"霖霖,今天和爸爸一起吃饭吧,爸爸好久没见你了。"陶以臻神色温和地说。

霖霖皱皱眉,"爸爸,我晚上要陪妈妈一起吃饭,爸爸要是想我了,就过来一起吃吧。"

"霖霖,爸爸是特意过来接你的。"陶以臻微敛了眉心。

霖霖却是黑眸向着那辆宝马车里望了一眼,又摇了摇头:"爸爸,你有苏阿姨陪,已经很好了,我不能留下妈妈一个人。"

霖霖说完转身钻进了清致的车子里,陶以臻还想说什么,清致已道:"抱歉,请让一下吧,我要开车了。"清致说完,人便矮身钻进了车子里。

陶以臻的身子不得不往着旁边闪了闪,他看着那辆白色的奥迪车徐徐开走,眉心敛着,不知在想着什么。

苏丽菁却走了过来,娇滴滴地挽住了他的胳膊:"陶哥,叫你不要过来嘛,瞧瞧,人家根本都不赏脸不是!"

陶以臻眉心处便沉了下去……

徐清致开着车子载着霖霖直接回了家。

房子还是那所房子,却是比以前还要冷清得多。李嫂已经将晚餐做好了,霖霖放下书包就去了餐厅,小孩子总是饿得快,他喊了声妈妈快来吃饭,就端着米饭碗大口地吃起来了。

徐清致只应了一声,身子便靠在了客厅的门上,一种说不出的惆怅和冷清孤寂的感觉冉冉升上来……

徐长风和香港分部的人开过了视频会议,关了视频窗口,人往着大班椅上一靠,一种疲惫的感觉升上来。他不由得伸手扶了扶额。

秘书见状捧了咖啡过来,"徐总,请。"

徐长风端起放在眼前的咖啡杯,这是一种带着酒香的咖啡,闻起来酸酸苦苦的味道,但是喝上一口,唇齿之间留下的却是醇香。

徐长风轻抿了一口进去,品味着那种初时酸苦又渐渐变得醇香的味道,轻合了眼睛,似是闭目养神。

秘书便轻声地退了出去。

"老板,明天一早的上海之行已经准备好了。"小北走进来说。徐长风点了点头。

上海那边早就该过去一趟的,但是诸事繁忙,一直没有成行。晚上有个应酬在一家酒店,他本不想去,但是有些事情再不想也还是要做,人生就是有那么多的无奈。

应酬回来,时间已经是夜里十点钟,他很想念他的妻儿,很想看看他们,但这个时候,他们可能都已经睡了,他不好意思过林家去打扰,便直接回了自己的宅子。

一晚疲累大睡,早晨行程匆匆,小北的车子过来接了他,两个人奔赴机场。

安检已经通过了,他提着小型行李箱在贵宾厅等候飞机起飞。眼看着就是飞机起飞的时间了,他正要提着行李去检票,手机响起来,他又放下行李掏出来接听,这一听之下,人当时就惊呆了。

"徐先生?"电话那边的人听不到这边的声音,不由得奇怪地喊了一句。

徐长风的脑子里还处于强大震惊过后的空白状态,那面的声音还在响着,他却不知那人在说着什么。

"徐先生?"那边的人又喊了一句。

徐长风如梦方醒一般忽然间提起行李箱,向着出口处飞跑。

"先生,您所乘的飞机马上就要起飞了。"地勤人员喊了他一句,他却是头都不回,大步从那人的身边飞奔了过去。

他一直跑出了候机楼,招手拦了一辆刚刚送过人要走的出租车,便钻了进去,"XX医学鉴定中心,谢谢。"那车子载着他一路飞驰,徐长风连行李箱都忘了拿就奔进了那所中心的大楼。

负责给他做亲子鉴定的人说,小糖糖的DNA和他的相符度在99.99%之上,也就是说,他就是小糖糖生物学上的父亲。

那么,就是说,他的小糖糖没有死,他的女儿没有死,徐长风被一种强烈的惊喜震撼着心潮,飞奔进医学中心的时候,差点儿就撞在了电梯壁上。他的心头难以掩饰地激动,心脏恍若快要跳出来了。

他迫切地想要证实他没有听错。他一路飞奔到了鉴定中心的办公室。"医生,你说的是真的吗?会不会搞错?"他迫切地抓住了医生的手,急切地问着。

那医生笑道:"不会有错,我们反复地检测,仔细地复核过。"

徐长风的大脑嗡嗡地直响,高大的身了像是被定在了那里。

"徐先生,您就是那女孩儿的父亲。"那医生的嘴唇一开一合,徐长风强烈的欣喜着,可是欣喜之间,他又在想,这是怎么回事?

他的女儿不是死了吗?医院不是给了死亡报告的吗?那个女医生不也说孩子是

一生下来就死了的吗？可是他的小糖糖是活着的。

他的脑子里又闪过那个老人的话,他说,小糖糖被送进太平间时,还是有气的。这是怎么回事!

徐长风被强大的震惊撼动着心湖,一时之间他的脑袋嗡嗡炸响,身子轰然一个趔趄,像被谁迎头劈下一棍,他好半晌才找回自己的思绪。

女儿死而复生,这本该是让人欣喜若狂的事,可是为什么,他却那么难受?

收养小糖糖的老人说过,孩子是在太平间里捡到的,那是怎么样的一种残酷啊!他的心头又是涌出愤怒的烈火。

得知孩子们的死讯时,他曾不顾一切地冲去了太平间,他曾亲眼见到过一具具死人的尸体停放在那里,他的心脏猛烈地抖动,他的女儿就被扔到了那满是死人的地方。

他的大脑一阵发黑,眼睛里泪光迸现。

他从鉴定中心出来,头沉得厉害,没有回家,亦没有去看他的妻儿,而是一个人去了一处酒吧。

现在的他,很痛苦,没有女儿失而复得的喜悦,却更多的是难受和煎熬。

他的女儿呀!他命运多舛的女儿,才生下来,气息尚存不是得到有效的医治,而是被无情地丢进了太平间。

那是他的女儿呀!才出生的女儿呀,那么小,却是到鬼门关走了一趟。他难以想象,如果不是那个老人心地善良救下了他的女儿,那么他的女儿,就要孤零零地躺在死人堆里,一点点地死去,最后与那些被丢弃的死婴一起被丢进殡葬场的火化炉。

那是多么残忍啊!他想想已是万箭穿心一般了。

清致打电话过来的时候,徐长风仍然趴在吧台上,一杯一杯的,也不知喝了几杯酒。他想用酒来麻醉他的神经,可是人说,酒入愁肠愁更愁,他是深切地体会到了。

"清致……"他对着手机那边说了一句。

清致从电话里已经听出了这边乱糟糟的气氛,还有她哥哥带着醉意的声音让她不由得担心。"哥,你在哪儿啊?你怎么了?"

"我在酒吧,清致……"

"哥,发生了什么事吗?"

"小糖糖,她就是小糖糖,是我的女儿……"徐长风明明在笑,可是眼睛里泪光盈然。

清致有些懵,她打电话给了黄侠,她到酒吧门外时,黄侠也到了。两个人一齐走进了酒吧。徐长风的眉眼间明明在笑,可是神色看起来却是那么痛苦。这一幕无疑揪扯着人的心。

清致很担心:"哥,你怎么了啊?"

"小安安就是小糖糖。"徐长风心底痛苦不已,一颗心好像碎了一般。

清致心头一喜的同时又是皱起了眉,如果小安安就是哥哥的亲生女儿,哥哥应该高兴才对呀!

"来,我们先扶他回去吧!"黄侠说。

清致便扶了徐长风一面的臂膀,和黄侠一起两个人扶着他向外走。

徐长风声音悲伤凄惨地说:"黄侠你知道吗?我的女儿,她没死,她就是小安安。她没死,没死就被丢进了太平间。黄侠你说,他们怎么能做出这么惨绝人寰的事,他们是不是人呢!那么小的孩子呀,才刚生下来,就被丢进了死人堆……"

他没有说出一句叫做痛苦的话来,可是那种叫做痛苦的东西仍然从他的神情,从他的言语里流露出来。那么让人难受。

黄侠不是很清楚发生了什么事,他只是听说过小安安的事,但没有把小安安往着小糖糖的身上想。此刻听到徐长风的话,顿时浑身发凉发冷。世上竟然有这么残忍的事情吗?黄侠心头也是咯噔一颤。

"我没脸见她,黄侠,我对不起我的女儿!"徐长风痛苦不已,一手扶住了车身,高大的身子因为痛苦而发颤,"我没脸见她,更没脸见我的女儿。"

只要想起他的女儿,那么小的女儿,气息尚存,便被丢弃在太平间里,曾在死人堆里呆过,他的心便是抽搐不已。

清致也是说不出的难受:"哥,你别说了。"清致流了泪,黄侠也是难受起来,"先上车,风哥,我们先回去。"

黄侠将徐长风扶进了车子里,他绕到前面去开车。清致不放心她的哥哥也跟着坐了进去。

黄侠边开着车,边是气血翻涌:"这件事不能就这么算了,那是一条小生命啊!他们把还有气的孩子就扔进了太平间,那是不人道的,是不道德的,该千刀万剐的!风哥,我们应该去报案呢!"

"我会让害我女儿的人,他们全部都生不如死!"徐长风咬牙,愤怒的火焰从那双深眸里迸射出来。

这一晚上,白惠是搂着小糖糖睡的,小豆豆一直有保姆带着,健康快乐,而小糖糖不同。她这一天来,眼神都是郁郁的,而且看向每个人的时候,都露出害怕的样子。白惠将小小的她搂在怀里,亲昵地给她以母亲的关爱。她给小人儿洗澡,洗头发,又亲自给她换上棉质的睡衣。洗过澡,干干净净的小人儿,虽然瘦弱,可是看起来是那么清清透透的,小娃娃一般。白惠怜爱地将她搂进怀里。

徐长风一早起来所做的事,就是叫人砸了那家医院。身后是一片狼藉和惊叫声,他回转身子,心,仍被无形的力量揪扯着,痛苦而愤怒。从那家医院出来,凉风阵阵,吹过他的脸,他翻腾的心绪渐渐平静,而心中的痛苦又让他无以自拔。他往前走了一段路,招手拦了一辆出租车,向着收养小安安的老人所住的医院去了。

老人的意识还算清晰,因为药物的维持,精神状况还好。徐长风去的时候正好赶上护工给老人翻身,换衣物。徐长风便走了过去,怀着一种沉重的心情,亲自给老人将衣服换上。

老人一看见他,便艰难地笑了:"恩人呀,又见到你了,小安安好吗?"

"她很好,请不要叫我恩人,叫我长风吧。"徐长风听见老人叫他恩人,只觉得惭愧无比。而老人对小糖糖的关心更让他说不出的感动。

"有空,带她来见见我吧,我的时日……不多了。"老人说话的时候,神色十分伤感。

徐长风点头。从医院出来,阳光那么好,可是他的心情却是那么沉重。

如果把小安安就是小糖糖的事告诉他的妻子,她能否承受?死而复生的女儿,固然会令人高兴万分,可是女儿所遭遇的事,那么惨绝人寰,作为一个柔弱的母亲,她恐怕会晕厥过去。

他开着车子,心情复复转转地难受。他还记得老人住过的那个地方,那个贫民窟般的地方。那也是他女儿生活了好几个月的地方。他开着车子向着那边驶去。远远地就看到了那一片低低矮矮的房子。已是傍晚时分,有袅袅的烟雾从一间间房子里飘出来,这是取暖炉冒出来的。旁边的废品收购站,仍然是堆得满满的瓶子箱子,他的车子吃力地开了过去,在老人所住的那间屋子外面停下了。

房门虚掩着,他一推,那门便吱嘎一声打开了。一股子沁人的凉意便扑面而来。房间里有一扇小小的窗子,一张破旧的木板床上是几乎发霉的被褥,一个破布头拼成的枕头和小被子。那都是他女儿用过的东西呢。他的心像是被刀子一下一下剜着。

他又环视着房间的四周,肮脏泛黄的墙壁,一台不知哪个年代的十四寸的电视机放在一张破桌子上,还有一张破椅子,就组成了这个房子里所有的家具。他的心里说不出的难受,难受得他直想大哭。

这个时候有人走了进来,也是一个老人,那老人道:"你就是收养小安安的好人吧?你好人会有好报的。那孩子太可怜,你要好好地照顾她。"

"我知道。"徐长风沉痛地应着。

老人又道:"哎,老黄啊这一辈子命苦,家里穷,腿脚有残疾,一辈子没娶过媳妇,一辈子无儿无女,小安安就是他的命。他自己舍不得吃,也要喂饱小安安,小安安生病的时候,他没有钱给孩子治,就挨家挨户地去借。可是我们这里的人,你都看到了,都是穷人,他借了一天,也没借到几百块钱,几百块钱拿到医院,甚至只是一天的开销……"

徐长风想起了那次在医院里遇到老人的情形,他正抱着小糖糖被医生从诊室里撵出来。他的头上犹如挨了一记闷棍一般,一个踉跄。那个老人怀里抱着的就是他的女儿,而他却没有多看一眼,只是冷漠无情地扔下了一万块钱给那个医生,竟然就这样走了。

如果那时他好心一些,他停下脚步帮帮那个老人,也许,他的女儿就会少受一些罪,也会让那个老人,少一些艰苦。

徐长风不知道是怎么样从那处贫民窟出来的,他开着车子,不时地失神。手机响了好几遍,他都听若未闻。末了,他踏着沉沉的脚步回了徐宅。

楚乔正对镜梳妆。已经三十岁了,她的皮肤失去了年轻时的亮泽,没有了以前的弹性,看着镜子里的自己,楚乔怅然若失。

"小姐,警局的人来了。"一个女佣心慌慌进来说。

楚乔心头一惊,但还是镇定地从卧室里走了出来,两个警察站在楚家一楼的大厅里,正等着她。

"请问你是楚乔吗?有人告你和一件买凶杀人案有关,请跟我们走一趟协助调查!"一个警察面色威严地说。

楚乔心头一跳的同时,已是凛了眉目:"你们胡说什么,我堂堂楚家千金,怎么可能买凶杀人!"

两个警察对看了一眼,却说道:"如果楚小姐和这个案子无关,法律会还你公道,现在请先跟我们走一趟。"

楚乔心头有些冒火,她对着女佣吩咐道:"你们马上打电话给父亲。"

"是,小姐。"女佣神色紧张地忙去找电话了。

楚乔对着两个警察道:"好吧,我跟你们走一趟,但我相信,我是怎么样走的,你们会把我怎么样送回来。"

楚乔心头多少是有些不安的,但是她相信她父亲的力量。她是他父亲唯一的女儿,他最爱的女人生的孩子,她相信,她的爸爸不会让她真的呆在警局。她暗自捏紧了手指,跟着那两个警察往外走去。

林若谦和惜然已经回了D城,这边的宅子就是小豆豆的保姆和白惠还有一个厨师在。

白惠安心地照顾着两个孩子,一直的心慌气短现象竟然减轻了,小糖糖有些适应了她的照顾,也会对她笑一笑了,但是梦里的时候,仍然会哭醒。

这天早上,白惠嘱咐保姆好好照顾小豆豆,给徐长风打了个电话:"长风,那个老人在哪家医院,我带糖糖去看看他。"

徐长风当时就和黄侠还有律师在一起,听到妻子的电话,一颗心就提了起来。

"你身体不好,不要去了,等我有时间我自己带小糖糖过去。"他说。

"不行,小糖糖一定想爷爷了,这孩子已经很可怜了,我不能再不让她见爷爷。"白惠说。

徐长风心头又紧了紧:"好吧,你等我一下。"

白惠捏着手机站在林家的客厅里,抱着小糖糖等着徐长风的到来。小人儿自小跟着那个老人,现在突然间就见不到了那亲切的面孔,小人儿心头的无助可想而知。那个老人就是小人儿心底最大的依靠。在她的眼睛里,别人都只是别人啊!

白惠有些心焦。

不过还好,徐长风很快就来了。一看到站在客厅里殷殷期待的妻女,他的眼睛里便是顿时涌上一股热流。他向着小人儿伸出了手:"来,爸爸抱抱。"

他的一句爸爸完全发自内心,说话的时候,眼窝里都是热的,而白惠只当是他已经将小安安当做了女儿,所以才会这么说,也没有怀疑什么。

但小糖糖却小嘴扁了扁,像要哭的样子。徐长风的心一颤,猛然就疼了。"爸爸这就带你去看爷爷。"他立即就走到车子前,将后面的车门打开了,"来,快上来。"

白惠抱着小糖糖坐了进去。徐长风便绕到前面去开车,黑色的宾利徐徐地驶出了林家的院子,奔向了老人所住的医院。小糖糖在白惠的怀里,很安静,白惠亲昵地抚摸小人儿的头发,小人儿的头发很软,摸在手心无端地让人怜爱。

小人儿抬头看了看她,黑黑的眼珠里带着一种怯怯的味道。白惠便低头亲了亲小人儿的脸,又对她笑笑,似是安慰。徐长风虽然开着车子,可是也会时而从后视镜里看一下后面的人,一个是他的妻子,一个是他的女儿,死而复生的女儿。他心头沉重。

医院到了,徐长风将车子停好,又过来给母女开了车门,白惠抱着小安安从车子上下来。小人儿穿着崭新的棉服,粉粉的颜色,带着可爱的卡通图案,显得那小人儿柔柔的,越发惹人怜爱。

徐长风再次伸出了手:"乖,爸爸抱一下。"他的声音带着一个父亲无比的温和疼爱,眼神更是柔软得滴出水来,将小糖糖抱了过去。他在小人儿的脸上亲了一下又一下,眼睛里热热的,有泪就要流下来。

　　白惠没有注意她丈夫的眼神,她只是满眼怜爱地看着小糖糖,这孩子虽然不是她的亲生女儿,可是却无端地让她有说不出的喜欢疼爱。徐长风有一种难以控制自己情绪的感觉,他再次吻了吻小安安,直到那孩子用一种奇怪的眼神看着他,直到他眼睛里的泪意快要掩饰不住了,这才转身抱着小糖糖大步走进了医院。

　　一看到老人,小安安立即就呀呀地喊了起来,张着两只小手在白惠的怀里往前奔,那意思是要爷爷抱抱。

　　看着小人儿大大的眼睛里全都是泪花急切的样子,老人便也心疼地伸出了那枯瘦的手。"安安,爷爷抱。"老人根本已经不能起来了,但是看到小人儿满脸泪花的样子,老人欣喜地老泪纵横。

　　徐长风忙把小人儿抱了过去,小人儿用她的小脸去贴老人形容枯槁的脸,老人用他一条枯槁的手臂将小安安圈在了怀里。

　　徐长风看着女儿和老人亲昵的样子,心头阵阵难受。从医院离开的时候,白惠还沉浸在一种说不出的悲伤里难以自拔,为什么好人总是不得好报,坏人到处嚣张?

　　她很难过,真的很难过。上了车子一路上她都精神郁郁的。小糖糖在她的怀里,脸上还挂着泪花,不时地扁着小嘴要哭的样子。而徐长风,也是心事重重,要想告倒楚乔,他明白,那将是十分不容易的事。将妻女送到林宅,徐长风匆匆地开着车子就走了。

　　他一走就两天没有回来,白惠不知道他在忙什么,她没有问过,她觉得现在这种状态很好。她不再提离婚的事,只是每天陪在孩子们的身边,享受着难得的天伦之乐。

　　门口处有车子驶进来,徐长风回来了。他看到林家宽敞明亮的客厅里,他的妻子斜躺在皮质的沙发上,闭着眼睛在休息。他一走过来,她就坐起来了。

　　"孩子们都睡了吗?"徐长风问,白惠说:"睡了。"

　　徐长风正想上楼去看看孩子们,手机响了,他边向外面走,边从兜里掏手机。手机掏出来的同时,从他的上衣兜里,也掉出一样东西来。那东西就掉在白惠眼前一米左右的地方,而徐长风却没有发觉,仍然出去接电话去了。

　　白惠将那东西捡了起来。那是一张纸,折叠得方方正正的,上面有折皱的痕迹。她不由得就将那张纸在手心展开了。

　　"亲子鉴定报告"几个字一下子就映入了眼帘。

　　白惠好奇地往下看去,一看到小安安几个字,心头一跳,再往下,又看到了丈夫的名字,她的大脑霍然一空,再看那结论处,她的身子登时就是一个踉跄。

"鉴定人徐长风和被鉴定人安安,DNA结果相符率,99.99%以上,由此证明,徐长风先生就是安安生物学上的父亲。"

这是什么意思?白惠看着那张纸上的字当时就呆在那儿了。

徐长风接完电话回来,看到站在那里呆呆发愣,手里捏着DNA鉴定书的妻子,心情立即就紧张起来。

而白惠已经抬头,眼睛里都是泪花。她满含悲愤地伸出手,一下子就抓住了他的双臂:"这是怎么回事?"

徐长风张了张嘴,他也知道,小安安就是小糖糖的事情不可能一直瞒着她,但是在他还没有想好如何来告诉她这个事实的时候,她却知道了。他一时之间,竟是不知如何是好。

"白惠,你听我说。"他的神情有些焦灼。

白惠的脸上白得厉害:"徐长风,你告诉我,安安是谁的孩子?"

徐长风反握住了她的手,深敛了眉道:"安安就是小糖糖,是我们的女儿,我们的亲生女儿,她就是小糖糖。"徐长风两只手轻握了她的肩,神情复杂,对妻儿的愧疚让他心头的不安再次涌了出来。

白惠霎时瞪大了眼睛,半响才吃惊地道:"为什么?糖糖不是死了吗?"

"没有,糖糖没有死,糖糖就是小安安,是被那个老人救下的……"徐长风语声哽咽,难以成句了。那样的事实太过残忍,他如何能够说得出口,她又如何承受得了啊!

白惠的双眸霎时盛满惊愕无比的神色:"为什么?为什么?我不明白,我不明白,糖糖还没死,为什么会在太平间啊!"

徐长风的神情顿时痛苦不已,小糖糖气息尚存就被无情地丢进了太平间,这样残忍的事情,他该如何告诉她呀!

"白惠,你要冷静一点儿。"他的痛苦的、焦灼的目光锁在她惨白一片,却是紧张不已的面庞上,"小糖糖生下来是有呼吸的,但是被那个医生给丢进了太平间。"

"为什么,她为什么这么做!"白惠立时尖厉地叫了出来。

"因为……"徐长风真的说不下去了,他的心脏已经被什么紧紧地揪住了,疼痛让他难以呼吸,"因为……楚乔指使她那么做的。"

轰的一下,白惠全身像被雷劈过,她一双震惊的眼瞳无限地放大,呆了一刻后,大脑又在刹那间惊醒一般:"啊!"她像是一只失控的小兽凄厉地尖叫着,两只手化成了拳雨点般落在他的身上。愤怒、凶狠、疯了一般,她疯狂地捶打着他。她的脸上,惨白如月的脸上,青筋跳起,强烈的震惊和愤怒让她发了狂。

她疯狂地捶打着眼前的男人,劈头盖脸。她发了疯般地叫着,心跳越来越快,越来越快,终于在某一刻,冲破了她的胸腔,她像一朵棉花猝然间就倒在了他的怀里。

徐长风大惊之下,顾不得脸上、身上的疼,一把将她抱了起来,放到了沙发上。他轻抚她的心口,这一切的错,都是他引起的,他甘愿承受一切结果,可是她不能有事。

"白惠,你醒醒。"

他心焦地喊着,在他就要抱她去医院的时候,她醒了,目光疏离无比:"你躲我远一点儿,我不想再看见你了,这一切,都是你造成的……"

徐长风心头顿时一沉,语声艰难:"我知道,白惠。我知道我无脸见你和女儿,我会让楚乔伏法的,也会让那个医生受到法律的制裁!"

白惠听着他痛苦不堪的声音,只是躺在那里,浑身的力气像是在刚才那一刻被突然间抽空了一般,她的全身只剩下虚无。她的眼睛里依然是愤怒无比,可是她的心脏支撑不了她的愤怒,她觉得现在心慌得厉害,她不得不闭了闭眼睛,喘息着推了他:"我要去看看糖糖。"

她艰难地站了起来,他想去扶,可是他不敢碰她一下,白惠的心跳依然跟不上呼吸,但仍然往前走去。徐长风上前几步:"白惠我知道你恨我,请你相信我,等楚乔的案子一了结,是杀是剐都由你。"

白惠没有回头,她杀他、剐他做什么呢? 她的女儿,能够承受的、不能承受的,无比残忍的事,都已经承受过了。她的眼中悲愤的泪花涌满,双手仍然紧紧地捏着。

婴儿房里很安静,两个孩子都睡着,保姆躺在一旁的单人床上,此刻也已经睡了,听见门响,揉着眼睛坐了起来。徐长风将白惠放下,白惠则是看着熟睡中的女儿。小人儿仰面躺着,细瘦的小手伸出了被子外面,漆黑的刘海下,眼睫颤了颤,喉咙里发出嗯的一个长音,小嘴扁了扁,虽在睡梦中,却似是要哭的样子。

这就是她的亲生女儿,白惠的心头翻动不已。她一直以为是小糖糖的化身的孩子,竟然就是她的亲生女儿。白惠的手颤颤地伸过去,将那个睡眠中神情却是不太安稳的孩子,轻轻地抱了起来。

小人儿的身子软软地贴在了她的怀里,她抱起她的时候,她的小脑袋也搁在了她的肩头,似是感到了母亲怀抱的温暖,睡得踏实了一些。

搂着九死一生的女儿,白惠哭出了声。她要有多么的命大,她要有几条命,才可以在死人堆里被人发现、被人救下? 如果不是那个好心的守门老人,她的小糖糖就会在气息尚存的时候被放进冷冻柜,和那些无人认领的尸体一起送去殡葬场。

她的心霎时又是被人狠狠地撕扯着一般,痛得她几乎无法呼吸。她将小糖糖放在她的床上,眼泪已是啪啪地掉下来。她的全身残存的力气好像都失去了,她瘫倒在床边上。低低的哭泣声,在房间里压抑地传开,声声地搅动着徐长风的耳膜。

她的细弱的手揪住了床单,死死地扯着,那残忍不堪的一幕,只是想象已经让她的心脏如万箭穿过一般,鲜血淋漓。小糖糖本是睡着的,此刻也醒了。她张着一双惶惶无依的眼睛,看看瘫倒在床边的女人,又看看那个站在不远处,一脸痛苦,却不知所措的男人,惊恐瞬间在眼睛里蔓延,继而,哇的一声哭了出来。

白惠像陡然从梦中惊醒了一般,她忙伸出手去将那大声哭泣的小人儿抱进了怀里:"糖糖,乖,妈妈在这里,我是妈妈……"她亲吻着小人儿挂满泪花的小脸,将自己泪水濡湿的脸贴在小人儿的脸上,"糖糖,妈妈的小糖糖……"

徐长风的眼前一片模糊,身子更是麻木了一般,他看着那对悲伤的母女,直到她们慢慢平稳下呼吸,他的心头才渐渐地安定了一些,转身向外面走去。

天似乎很快就亮了,小孩子醒得早,小糖糖也不例外,她在白惠的怀里,伸了伸小胳膊,小手就摸到了她的胸口处,在那团柔软处摸来摸去的。白惠一晚没怎么睡,搂着失而复得的女儿,深深地凝视,抚摸她的瘦瘦的小脸,小手,小脚。小糖糖的小脑袋扎在她的胸前,小手摸着她的乳房,似乎十分好奇里面是什么,白惠怔了怔,轻轻地就将小人儿抱了起来:"糖糖,饿了是吗?"

小糖糖用她黑亮亮的眼睛看了看她,小嘴里竟是有口水流了下来,十分清亮的口水。

白惠忽然间想笑又想哭,她的女儿恐怕不知道奶水是什么滋味。她抱着小糖糖下了床走出卧室,直接去了小豆豆的房间。那小家伙也醒了。此刻正小胖手抱着奶瓶吭哧吭哧地喝奶呢。而在小豆豆的身旁,站着的不是保姆,却是一个衣衫整齐的男人。

徐长风的眼睛望过来时,里面似有血丝,俊朗的容颜上,有她指甲划过的痕迹。但看到她和女儿时,他还是笑了笑:"糖糖醒了?"

白惠的心里忽的一疼。

徐长风走了过来,伸手来抱小糖糖,俊颜露出慈爱的笑:"来,爸爸抱一下好吗?"

小糖糖只是看了看他,却把小脑袋扎在了白惠的肩头,只用一双漆黑的眼睛看着他。

"她饿了,我来给她冲奶粉。"白惠说着,便将小糖糖放在了小豆豆的身旁,去取奶瓶。

徐长风便道:"你看着他们,我来吧。"他说完便去取奶瓶,"糖糖乖,爸爸给冲奶粉,等一下啊!"

白惠看着他拿着奶粉罐仔细瞧上面的说明,然后用小勺子往外舀奶粉,笨手笨脚地放进奶瓶里,又往奶瓶里倒热水。她的心里不知是什么感觉。

徐长风摇晃着奶瓶,又将奶瓶倒过来,往外滴了几滴奶,用手背来感受奶液的热度。他的动作很笨,也很费力,可是很认真,这样的他好像一个十足的奶爸,很难将现在的他与那个风度翩翩的男人联系在一起。

徐长风将奶瓶拿了过来,放在小糖糖的手心,又亲切疼爱地摸摸她的头。小糖糖两只小手抱着奶瓶,也像小豆豆似的喝了起来。

而徐长风则是蹲下,大手轻轻地抚摸着小糖糖的小脚丫。

小糖糖穿着很可爱的卡通小睡裙,两只小脚丫正好露出来,小豆豆浑身都是肉,而小糖糖却过于瘦弱,摸着她的小脚,徐长风便是心疼不已。他低下头,在女儿小小的,花瓣一般的大脚趾上亲了一下。俊朗的眉目之间满是一个父亲才有的深深疼爱。白惠则是微微一呆。

徐长风的电话响起来,他没有出去,而是在房间里接听了,白惠看到他的脸色随着他口中说出的一句"什么?"而骤然间变色。

白惠的心神不由得一紧,黑眼睛目不转睛地盯着他。直到他转过身来,神色忧愤而担心。

"楚乔被无罪释放了。"

他看着她的眼睛,一字一句地说。那一刻,轰的一声,白惠的脑袋有如被闷棍敲过。

"为什么!"她愤怒地喊了出来。

徐长风的一颗心刹那间焦灼不已:"那个医生,她翻供了。"

白惠有一种顷刻间全身冰凉的感觉:"不可以!这不可以!她还没有得到报应!"白惠忽然间发了疯一般大叫。

黄侠的车子和徐长风的车子几乎是同时停在警局门外的,白惠随手抄起了车子中徐长风的公文包,满眼愤怒的火光奔向警局门口走过来的男女。

靳齐和楚乔。

虽然在警局里呆了三天的时间,但楚乔的脸色却似是好得不得了,那双眼睛依然冷漠而高傲,那头发仍然飘逸漂亮。

白惠心底的怒火狂燃,几步奔到了楚乔的面前,举着手中的包,照着楚乔的脸就砸了过去。

"你这个蛇蝎心肠的女人,老天怎么不让你去死!"她愤怒地喊着,一张小脸上青筋乱跳,强烈的愤怒和痛恨让她目光如寒刀。

楚乔眼看着白惠的包砸了过来,急忙躲闪,但是左颊上仍然被公文包硬硬的棱角划了一下,火辣辣的疼立时让她捂了脸。

靳齐忙将楚乔往自己身后一拉，他浑身肃凛地挡在了白惠的面前，大手一伸就扯住了白惠手里的包。

"你干什么！"

白惠看着靳齐那双森冷的眼睛，怒气隐隐迸现，奋力一挣，已从靳齐的手里扯回了公文包，再次砸向楚乔的脸："楚乔，你让人把我女儿丢进太平间，你害我们母女不得相见，你这个丧心病狂的女人，我要砸死你！"

白惠心中的悲愤喷薄而出，她的两只美丽的眼睛里喷涌出可以杀死人的火焰，直要将楚乔焚灭成灰！手中的包狠狠地砸向了楚乔的脸。楚乔惊叫着，伸手去挡，那包便砸在了她细嫩的手背上，留下一道血痕。接着那拉链又挂住了楚乔的头发。而白惠的情绪早已失控，她只恨自己为什么没拿着刀子过来，而是包。

"阿齐……"楚乔大喊着。她比白惠的身子要高上半个头，论体力白惠决顶不上她，但白惠已经接近疯狂的状态，一个母亲的心疼和愤怒让她爆出惊人的力量。靳齐已经呆了。

直到楚乔的哭叫声响起来，他才扯过了白惠手里的包，将她一甩："你赶紧走，我不想对你动手！"

白惠身形一踉跄，徐长风的手臂一把将她揽进了怀里。

"靳齐，你如此是非不分，助纣为虐，我相信有一天，你会死得很惨！"徐长风对着他怒吼。

靳齐那副冷峻的容颜冷硬如冰："徐长风，管好你的女人，她再过来，我就不客气了！"

徐长风俊朗的容颜顷刻间喷出杀人的火焰："靳齐，你敢动她一下你试试！"

白惠在徐长风的怀里星眸灼灼，凄愤异常："靳齐，如果林晚晴看到你现在的样子，她一定会以你为耻！一定会因为是你的妻子而感到羞耻！"

靳齐的心头猝然间颤了一下，腰间已经被楚乔搂住："阿齐……"靳齐有些迷失的神志顷刻间又是回笼了，她再次揽紧楚乔的腰："别怕！"

他搂着楚乔走向他的车子。

"靳齐，你丫的就一傻帽，你就等着妻离子散吧你！"黄侠气得对着靳齐的身影大吼了一句。

但靳齐却顾自扶着楚乔上了他的车子。

白惠经过刚才一闹，身体上又有些吃不消的感觉，她被徐长风扶进了车子里。愤怒之后，白惠很难过很难过，有钱，就可以逍遥法外了吗？楚乔她就永远都不会受到法律的制裁了吗？

而在宾利的后面不远处,有车子驶过来,黑色的奥迪车中,那双漂亮的眼睛里一片忧郁的神色,深深地望过来。白惠半躺在宾利的后厢里,很难受很难受,没有感应到那来自奥迪中的目光,那么的深沉。

徐长风将白惠送到了林宅,就出去打电话了,白惠不知道他都在和谁通电话,声音很焦灼,时而会愤怒地骂一声。她的心很乱,她不能让她的小糖糖白白受那些罪,白白承受那些惨绝人寰的对待。不管怎么样,她都要让楚乔得到应有的惩罚。

她在床上躺了一会儿,胡兰珠过来看了看她,关心地询问她身体的情况,神情不似是假。而徐宾则是和徐长风一起在楼下商量着什么事情。胡兰珠叹息的声音带着羞愧,在白惠的房间里坐了一会儿就走了。白惠又躺了一会儿,心脏的跳动好像恢复平静了,她才从床上下来。

她走到婴儿室门口时,徐长风正好走过来,伸手扶了她一把,并且推开了婴儿室的门。两个小家伙都趴在地毯上,小豆豆嘴里流着口水线,咿咿呀呀地对小糖糖说话,谁也听不懂他说的是什么,他自己倒是说得兴致勃勃。他似乎想让小糖糖和他一起玩,但小糖糖安静极了,只是用黑而亮的眼睛看着他,却并不和他说话,也不和他玩,安静得像是妈妈给他看的图片上的漂亮小公主。

小豆豆就好奇地伸小胖手摸小糖糖的脸。小爪子没轻没重的,弄得小糖糖皱眉,末了就扁了扁嘴,哭了。

白惠几乎是和徐长风同时奔过来的,小糖糖咧着小嘴,十分委屈,大眼睛里盛满了泪珠。而小豆豆则是嘎嘎地笑个不停,边笑,那小嘴里还边往外流着细细的口水线。

白惠看了登时哭笑不得,这小子时而就以欺负他姐姐为乐事。她对着那小子瞪了瞪眼睛,走过去将小糖糖抱了起来,柔声地哄。

徐长风伸手摸摸女儿的小脸,说了句:"糖糖,乖。"便走到儿子的身边,一把将那胖小子抱了起来,故意板着脸道:"欺负姐姐了是不是?臭小子,想我打屁股是不是?"

小豆豆黑眼珠看着他的父亲,却是丝毫没有惧意,反倒是小胖手伸了出来,摸他的高鼻子。末了又把小嘴凑了过来,咯咯地笑着,哈喇子直接淌到了他爸爸的衬衣上。

徐长风脸上往下掉黑线,骂了句臭小子,而那心底里其实甜得不得了,所有的郁闷愤怒,全都在看到一对儿女时消失无踪了。

楚乔在靳齐的护送下回了家,楚乔将自己埋入了靳齐的怀里,柔弱得人见犹怜:"阿齐,谢谢你,只有你对我才是真的好,阿齐,我不知怎么报答你……"

靳齐吻了她的嘴唇一下:"我不要你的报答,这是我愿意做的。"两个人便搂在一起。

楚潇潇的车子驶进院子的时候,靳齐正从楚家出来,他只看了看楚潇潇的方向,也没有说什么,就顾自上车走了。楚潇潇停了车子进屋,直接奔了楚乔的房间。

楚乔正要脱衣服洗澡呢,楚潇潇拍门的声音就传了过来。接着房门就被砰的推开了。楚潇潇一脸愤怒地出现在楚乔的面前,楚乔微微吃惊地看向她的弟弟。

"潇潇,我还没让你进呢!"

楚潇潇却是不理她的话茬:"我问你,是你让那个医生把无辜的女婴扔进了太平间是不是?"

楚乔的心头跳了跳,但面上仍然镇静无比:"我不明白你说的什么。潇潇,我是你姐,你竟然把屎盆子往我身上扣!"

楚潇潇冷冷道:"我有没有往你身上扣屎盆子,你最清楚。你那样做,你就不怕天打五雷轰吗!"

楚乔的小脸顿时青青白白起来:"楚潇潇你给我出去!我不想看见你!"

"我也同样不想看见你。做你的弟弟,我只会感到羞耻!"楚潇潇眼睛里冰冰凉凉的,无比气愤。

楚乔气得咬牙:"你给我滚出去!"楚潇潇便无比愤怒地拍门而出了。

他大步地下了楼,开了车子直接驶出了院子,驶向外面的大道,向着自己的宅子驶去。

这个地方,这个家,他真的是越来越厌恶了。

楚乔听着门被拍上的声响,浑身都气得哆嗦了一下。这个时候,她的手机正好就响了,她颤着手掏出来接听,电话接听的那一刻,她一下子就哭了:"爸爸……"

女儿的事情,楚远山没有亲自出面,但一切都在掌控中。此刻听到女儿的哭声,一下子就心疼了:"怎么了乔乔,那些警察有欺负你?"

听到女儿的哭声,楚远山一下子就心疼了:"怎么了乔乔,谁欺负你了?"

"爸爸,是潇潇,爸爸……"楚乔哭得伤心,"潇潇他说有我这个姐姐是他的耻辱,爸爸,我没有脸了,我不要活了……"楚乔哭着,声音里竟是说不出的伤心。

楚远山沉了眉:"不要听他的,你是爸爸的女儿,永远都是爸爸最爱的女儿!"

"可是爸爸,他是我的亲生弟弟呀,他也和那帮人一起欺负我,不说帮我,还落井下石……"楚乔又适时地插了一句。

楚远山沉了声音:"嗯……这个潇潇……"

楚潇潇回了自己的宅子,车子在院子前一横,大步就进了屋。他心情很烦躁,同时又有一种身为楚乔弟弟的无奈。他的姐姐变化之大,早就超乎了他的想象,让他难以相信,他的姐姐竟然可以做出那么惨绝人寰的事来。

那个小小的婴儿,竟是还有气息,便被丢去了太平间,这该是多么地丧心病狂啊!

身为楚乔的弟弟,他感到很惭愧,他觉得自己已经无脸见白惠了。他去酒柜里取了一瓶酒来,打开了盖子,咕咚就是一口喝了下去……

靳齐从楚家离开,开着车子直接回家了,但是一路上,心头不知怎么的,总有一层阴影似的。他爱楚乔,不会有错,他相信楚乔,她不是那么恶毒的女人,她其实那么柔弱。靳齐扶了扶额……

第四十九章　远赴西藏

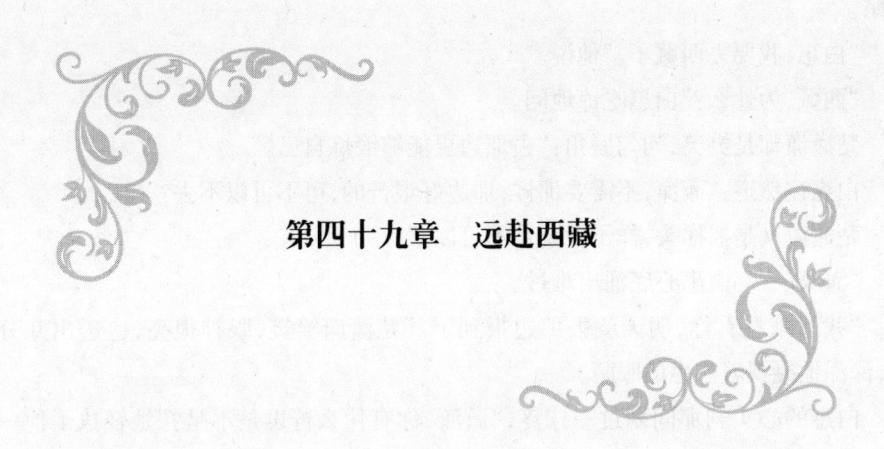

收养小糖糖的老人病情恶化了,医生估计,老人活不过这一个星期了。白惠感到很难受,如果没有这个老人,就不会再有她的小糖糖。

她抱了女儿和徐长风一起去了医院。老人的神志已经有些不清醒,但是见到小糖糖仍然很开心,亲切地叫小安安。

白惠便抱着小糖糖给老人跪下了,这个老人无疑是小糖糖的再生父母。老人虽然意识不清,但那双浑浊的眼睛里仍露出吃惊的神色,他摸着安安的头说:"安安找到了亲生父母,我去得也就踏实了。"

因为老人的生命已经进入了倒计时,白惠便像女儿一样,亲自去给老人挑选了一套质地非常好的寿衣。徐长风则是亲自为老人在郊外的墓地择了位置,他们对女儿的恩人所能做的,也就是这些了。

老人生命的最后几天里,白惠天天都像女儿一样过去亲自侍候,而徐长风也会抽空过去探望。这几天里,白惠把对楚乔的恨压在了心底,她一心想好好地送走老人。

从医院出来,她看看外面阴沉沉的天,心情有些失落,人的生命就是这般无常,好好珍惜现在,才是她应该做的。她打了辆车回到林宅,正好就有车子停下来,黑色的奥迪停在她的身后,半晌都没有动静。白惠不由得回了头,看到那熟悉的车牌号时,她微敛的眉眼便是慢慢地舒展开了,她已经很久没有看到楚潇潇了。

她向前几步走到奥迪车旁,看着那车门打开,楚潇潇的身子钻了出来。他好像瘦了很多,眼睛里少了精神奕奕,有些郁郁地,深深地凝视着她。

"潇潇。"白惠柔声地喊了一句。

楚潇潇的眼瞳里弥漫着深深的忧郁,他低头凝视着她一双美丽却微微带疑惑的眼睛。

"白惠,我要去西藏了。"他说。

"西藏,为什么?"白惠吃惊地问。

楚潇潇却是笑笑,勾勾唇角:"去那边更能够锻炼自己。"

白惠诧然道:"潇潇,不需要那样,那边好艰苦的,可不可以不去?"

楚潇潇又是摇摇头,样子无奈:"不可以。"

"潇潇……"白惠心底涌出难过。

"我过来看看你,明天就去那边报到了。"楚潇潇笑笑,眼神很亮,也透出几分无奈,深深地凝视着白惠的眼睛。

白惠的心头刹那间划过一抹疼,"潇潇,你有什么苦衷是不是?"她轻执了他一只手,她感到了他手掌的微凉。不由得担心起来。

楚潇潇只是笑笑:"没有,那边更适合锻炼自己,这边的生活太安逸了,军人就得去艰苦的地方嘛!"

楚潇潇的神色温和而深邃,就那么凝视着她的眼睛。白惠忽然间就涌上一阵伤感来。她的声音微哽:"潇潇,我会想你的……"

"我也会……想你。"楚潇潇那只被她执着的大手轻捏了她的手一下,又抬起来,轻抚她的头发。眼神是疼爱的,像一个哥哥对自己的妹妹,他的这一辈子对她,也就仅限于此了。

"徐长风对你是真心的,你们还有两个孩子,复合吧。我相信经过那一切,他会知道珍惜你。"

白惠看着他越发深邃的眼睛,听着他温和深沉的话语,心里头却是越发的难受,咬了咬唇,半晌才道:"潇潇,你要多久才回来一次啊!"

"呵呵,我想你了就会回来的。"楚潇潇说。

白惠却只是难受,真的难受,谁都知道西藏那边有多苦,她在杂志上看过,大雪封山,高原反应,一个感冒都有可能死人。

楚潇潇的手轻抚着她的秀发,目光疼爱,像是一个哥哥。"白惠,好好地照顾自己。"

"嗯。"白惠快要哭了,楚潇潇要去西藏,恐怕不到一年都不可能回来。她想起来,已是难过不已。像是身上有什么东西要被生生扯走似的。她的眼圈红了,低着头,不说话。

楚潇潇却是捧起了她的脸,他的双眸含着说不出的怜爱深深凝视着她,然后低头,在她的额上吻了一下:"我走了,再见。"他说完,便已是松了她,反身钻进了车子里,黑色的奥迪一个后倒,就绝尘而去了。

白惠呆呆地站在那里,心里失了什么东西似的说不出的空落和难受。她慢慢地转了身,这个时候她才看到院子门口处站着的人。

徐长风深眸正若有所思地看着她。她却是眼圈红红地站在那里,然后,他就走了过来,走到她的面前,她就说道:"潇潇要去西藏了。"

她的声音染了一种说不出的悲伤,眼圈红红的,说话的时候就有泪滴了下来。

徐长风说不出自己是一种什么感觉,楚潇潇即将奔赴西藏的消息竟然让她如此悲伤。可见楚潇潇在她的心里是多么的重要。他苦笑轻执了她的手,将她揽进了怀里。而她,就那么任他搂着,少有的安静,却是难受得在低低哽咽。

楚潇潇慢慢地开着车子,离开,舍得吗?自然是不。可是父亲那冷绝无情的电话,打碎了他心头仅存的父子亲情,他叫他给他的姐姐道歉,要么道歉,要么走得远远的,永远不要再出现在他的面前。

呵呵,他笑,笑容苍凉,这个家里,他向来不算什么,父亲的身边,只要有姐姐就行了。

车子驶进楚家的院子,他下了车,神色忧郁地进了屋。楚乔就坐在客厅的沙发上,在摆弄着她冷艳的十指丹蔻。

"潇潇,明天就要走了,今晚在谭记设宴给你饯行怎么样?"楚乔说话的时候眉眼未抬。

楚潇潇脚步停了停:"不必了。"他只说了这么一句,便顾自上楼了。身后,楚乔冷冷地勾了勾唇角,哼了一声。

楚潇潇进了自己的房间,他打开柜子,取了几件衣服出来,又拉开了抽屉,将里面一些必要的东西拿了出来,一张照片在他往外拿东西的时候掉了出来落在地板上。

楚潇潇伸手捡了起来,他凝眉看着那张有些泛黄的照片。照片上一个年轻女子抱着一个幼小的孩子,那女人,穿着一条素色连衣裙,梳着两只油亮油亮的麻花辫,桃形的脸,一双眼睛大而亮,眼角眉梢都洋溢着喜悦。她怀里的男孩儿长得很漂亮,手里抱着一只小皮球。

这张照片已经有些年头了,似乎是从他有记忆以来就一直存在着。他不知照片上那个女人是谁,爸爸给他的回答就是亲戚家的一位阿姨。他再问,爸爸就沉了脸,什么都不说了。

楚潇潇将那张照片收进了皮夹。

此去西藏,千里迢迢,气候和生活条件不知会有多恶劣,军人本来就要不怕苦不怕累,但是他只有一种心凉的感觉。特别的心凉。

将自己要带的东西收进了皮箱,楚潇潇就从楼上下来了。楚远山正从外面进来,眉宇敛着,若有所思,看到提着皮箱走下来的楚潇潇,他浓眉一拧。楚潇潇拉着行李箱从父亲的身边走了过去,楚远山的眸光落在儿子高大魁梧,恍似他年轻时代的身影上,看着他身影淡漠地离开,他的心里忽然间被什么戳了一下似的。

楚远山看着儿子将奥迪的后盖打开,将行李箱放了进去,又看着他高大的身影钻进了驾驶位,看着那黑色的车子开走,他迟迟没有收回眸光,心里竟是划过一抹失落的感觉。

楚潇潇是在转天上午上的飞机,白惠匆匆地赶了过去。楚潇潇正走向安检口,提着一只小型的行李箱,身形透着落寞和孤寂。白惠跑了过去,喊着潇潇跑到他的面前。

楚潇潇听到她的声音,落寞忧郁的神情一瞬间就变成了惊喜,他浓黑的眉毛慢慢地就舒展开了,对着那个跑过来的女人绽开了英俊的笑容。

"白惠。"他温和地叫她的名字,眉眼之间,惊喜的神色若隐若现,他向着她伸出了手。

"潇潇。"白惠将拎着的手提袋放在了地上,将自己的手搁进了楚潇潇伸过来的手中,楚潇潇干燥而温暖的手掌便立即将她的手包裹住了。

"潇潇。"白惠的眼圈又红了,"你要好好照顾自己,千万别感冒。感冒会要命的。"

"我知道。我身体很结实的,你放心。"楚潇潇温声地安慰。

白惠抽咽了一下,又将地上的手提袋拾了起来,塞到楚潇潇的手中:"潇潇,这里面有抗高原反应和感冒的药,你带着。"

"嗯。"楚潇潇接过了那个手提袋。他又伸臂将她轻搂进怀里,"白惠,让我抱一抱。"

他的棱角分明的下颌搁在了她的肩头,深深地合了合眼睫,一股涩涩失落的感觉在心头涌动。良久,他才松开了她,拎着行李转身而去。

白惠眼看着楚潇潇头也不回地走进了安检口,眼泪便淌了下来。通过安检时,楚潇潇又回了回头,神情耐人寻味,深深地看了她一眼,这才转身大步向前走去。

白惠久久地站在那里,脸上凉凉的一片,她的心里好空好空的。楚潇潇是楚乔的弟弟,可是她却对他没有一丝厌恶的情绪,反倒是十分的亲切,可是他走了,去了那个遥远的地方,她的心头好像有什么被人扯去了似的,说不出的空落和难过。

"呀,还挺难舍难分的!"身后有凉凉讥诮的声音响起来,白惠立时扭了头,她看到楚乔一脸嘲弄地走过来。

白惠在见到楚乔的那一刻,心底里的愤怒又冲上了头顶。"你这个变态的女人,你迟早会有报应的!"

"呵呵,真是好笑。"楚乔也不理她,只顾自地道,"也不知道你这个女人哪地方好,潇潇竟然会为了你,不惜一切,甚至和父亲反目。"

白惠听到楚乔的话,大脑里登时空白了一下。看到她的眼睛里流淌着的震惊,楚乔越发笑得明媚讽刺:"白惠,这一切都是你害的。"

白惠的心头颤了一下,一时间越发难受,这个时候有人搂住了她的肩:"别听她胡说八道,潇潇的事和你没有关系。"一道温和低沉的声音划过了白惠的耳膜。

白惠猛然扭头,她看到了那个不知何时走过来的男人。他温和地看了她一眼,目光安慰,又把视线转向了楚乔,不紧不慢却是犀利十足的声音道:"楚乔,潇潇是因何而去西藏的,你比谁都清楚,别在这里妖言惑众,不然,我说不定会上去抽你!"

楚乔对上徐长风阴鸷隐着戾气的眼睛,心头不由得一突,而徐长风已经搂了白惠的肩:"我们走吧。"

楚乔忍不住就喊了一句:"徐长风,她心里想着另一个男人呢,你就真的不在乎吗?"

"她想谁不关你事。"徐长风心底里涩然一沉,但面上仍然冷硬如冰,回头睨了楚乔一眼,搂着白惠的肩就拥着她离开了。楚乔站在后面,心头火突突往外冲。

白惠上了徐长风的车子,心头仍然是沉沉的,楚乔说潇潇因为她和父亲反目,那么也一定是因为她,才远走西藏了。白惠越想越内疚,她的五指插进了头发,说不出的一种难过。两人到了林宅,她下了车子,心情郁郁地进屋。两个小家伙在婴儿房的地毯上,爬来爬去。胡兰珠和保姆守在一旁。

白惠看到胡兰珠时怔了怔,而胡兰珠则笑了笑:"我过来看看孩子。"她说。白惠便喔了一声。

小糖糖向着她爬了过来:"妈——妈。"这是小糖糖第一次喊妈妈,奶声奶气的,不是很清晰,但听起来便知那是妈妈两个字。

白惠呆了呆,眼泪竟然瞬间奔出了眼眶。她忙将小糖糖抱了起来。小家伙在她的怀里,眨着那双黑亮亮的眼睛,好奇地看着她,小嘴张着,发出咿咿啊啊的声音,似在和她说话,末了还把小手伸了过来,摸她的脸。

白惠心头激动不已,这说明她的小糖糖正在慢慢脱离胆怯。已经在向开朗活泼里转变了。

她在小家伙的脸上亲了一下:"糖糖好可爱。妈妈爱死你了。"她连着在小家伙的脸上亲了好几下,小家伙觉得很好笑,乐了出来,发出很好听的声音。

徐长风进来,正听见女儿的笑声,奶声奶气的竟是说不出的动人心弦。他忙对着小人儿伸出了手:"乖乖,爸爸的小公主,让爸爸抱抱。"

小糖糖用她黑宝石一般的眼睛看看他,却是没有动静,反是两只小手又抱住了白惠的脖子,没有让他抱的意思。

徐长风便又招呼、哄诱:"乖乖,小公主,爸爸举高高好吗?"

小人儿的眼睛亮了亮,似乎是有些心动了,徐长风便再次把手伸了过去,这次就将小姑娘抱了过来。徐长风俊朗的眉眼全部都舒展开了,他举着那小丫头,一连举了数下,小丫头初时害怕惶恐,但慢慢地就咯咯地笑了起来。

"啊啊……"脚下传来咿咿啊啊的声音,徐长风低头一瞧,但见他的宝贝儿子正把小胖身子爬过来扯他的裤脚,"把把。"小家伙一脸的急切,可能是想说抱抱,结果出口就是含混的"把把"两个字。许是那个天天让他喊爸爸的人,抱着那个小公主举来举去的,刺激到他,小人儿竟然第一次地开口说话了,而一张嘴,就是类似于抱抱的声音。

徐长风惊得半天没说话,白惠也是惊喜不已,小豆豆一直都不曾开过口,开口只是咿咿啊啊,今天竟然会说抱抱了,真是令人开心不已。

她将那扯着男人裤脚的小家伙抱了起来:"妈妈抱。"她在小家伙的脸上亲了一下,满脸疼爱。小家伙却是啊啊叫着,对着他的爸爸,不依地伸小手。

徐长风乐了,那大嘴都弯到了耳根上。他把小糖糖递给了身旁的母亲,将小豆豆抱了过来,满是喜悦地喊着:"爸爸举哦!"

随着他有力的双臂一下一下向上举起的动作,小豆豆开心地嘎嘎笑,两只小胖腿乱蹬,逗得满屋子人都是大笑不已。这是多么幸福啊?她的两个孩子都这么大了,这么可爱,白惠又看向那个男人,他俊朗的眉眼完全舒展开了。说不出的开心与欣慰,说不出的满足与慈爱。

白惠暗暗地失神。

第五十章　心中裂痕

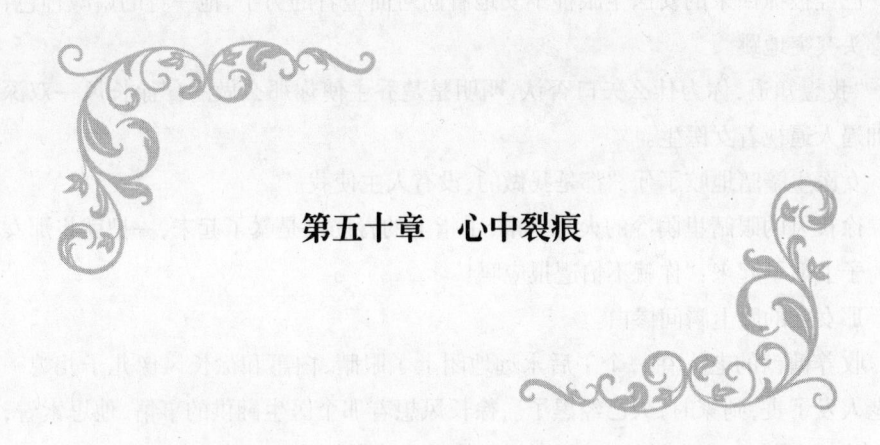

楚远山进家的时候，习惯性地问了一句："乔乔呢？"

"小姐出去了，还没回来。"女佣说。

楚远山便嗯了一声，背着手上楼了。他虽然年过六十，但精于保养和长期打拳，让他的体格仍然魁梧、健康。他上了楼，推开卧房的门，面前是一室的雅致，家具都是上好的红木制造，样式古旧，却并不落俗套。他的眸光向着梳妆台处望去，那个位置，已经三十年没有人坐过了。镜子里，那美丽的妆容，他已是生疏了好多年。他的眼前恍似浮现了那窈窕的倩影，在每一个早晨，她披着一身晨光坐在镜子前，慢慢地梳理着长发。

他醒来的时候，她便回了头，那双漂亮的眼睛，回眸一笑，已是百媚顿生。

"山哥……"

娇婉动听的声音恍若穿越了几十年的时空响在了楚远山的耳边。

"楚远山，你会后悔的！"耳边又有愤怒的声音响起，那张淡妆轻扫的脸不见了，他的眼前出现了一张干净清透的容颜。她乌沉沉的眼睛里满是泪花，脸上惨白一片，颤抖着身子，猛地一个转身跑了出去。随着砰的一声门响，房间里响起孩子的哭声："妈妈，妈妈……"

"潇潇不哭啊……"是老女佣在哄那小小的孩子。楚远山扶了扶额，头一瞬间疼了。

"小姐你回来了。"女佣的声音在外面响起来，接着就响起高跟鞋的声响，楚乔拎着漂亮精致的手包走了进来，"爸爸……"

警局。

已经被抓回来的女医生眼神不安地看向对面坐着的男子,他一身的肃凛神色,让她心头突突地跳。

"我想知道,你为什么矢口否认,明明是楚乔主使你那么做的!"徐长风一双深眸咄咄逼人逼视着女医生。

女医生暗暗地咬了牙:"都是我做的,没有人主使我。"

徐长风的眼睛里阴冷的火光一窜,手指上的青筋已是暴了起来,一把就将那女人从椅子上揪了起来:"你就不怕遭报应吗!"

那女人的脸上瞬间惨白。

收养糖糖的老人在一个午后永远地闭上了眼睛,白惠和徐长风像儿子儿媳一般为老人发了丧,到家时,天已经黑了。徐长风想着那个医生翻供的事情,他思索着,下一步该怎么做,一言未发地上楼,在门口处时手扶了扶额。

眼前,两个小宝宝正坐在厚厚的地毯上,胡兰珠坐在旁边,给他们舀苹果汁喝。小豆豆每天都是开开心心的样子,小老虎一般大张着嘴一口就把小勺子上的果泥吞下去了,而小糖糖则是安安静静地坐在那里,黑眼睛亮亮的,等着她的奶奶喂完了弟弟喂她。

白惠喊了声:"糖糖,豆豆。"两个小家伙便都扭了头看过来。小豆豆一看到她,便扬着两只小手呀呀了两声,四肢并用爬过来了,而小糖糖却是黑亮亮的眼睛看着她,小嘴一张叫了声:"妈妈。"

白惠抱起了飞爬过来的小豆豆,又搂过了女儿。徐长风一双俊眸已经眯了起来,他一双可爱的儿女,就是他心头最大的安慰,见到他们,他有多少的烦闷和不快,心头多少的焦虑都会烟消云散。

"糖糖豆豆,爸爸回来了。"他向着孩子们伸出手臂。

小豆豆在他母亲的怀里,小胖身子蹦了起来,徐长风便高兴地走了过去,手指轻轻地捏了捏小人儿的小脸,又弯身将地上的小糖糖抱了起来。

"糖糖,有没有想爸爸?"

小糖糖看着这个十分俊朗,神色温和的男人,黑亮亮的眼睛星星一般,却是伸出了小手,小脑袋一歪,好奇地去摸徐长风的鼻子。他的鼻子又高又挺的,和妈妈的不一样。

小人儿的小手在她爸爸的鼻子上摸来摸去,好像十分有趣似的。白惠不由得好笑,小豆豆喜欢摸他的鼻子,小糖糖也喜欢。她就走了过来,一手抱着小豆豆,一只手也伸了过去,落在他的鼻子上,手指一紧,拧了一下,然后又拧了一下。徐长风发出了嗯唔一声的闷音,白惠则是咯咯笑了起来。原来她也挺有恶作剧的潜质。

她一笑,小豆豆就跟着笑了,接着是小糖糖。徐长风那漂亮的鼻子虽然被他的妻子和一双儿女都蹂躏过了,却丝毫不觉得别扭,而是也跟着咧嘴露出了俊朗的笑颜。

胡兰珠心头有些感慨,原来有些东西是一开始就定下来的,兜兜转转多少圈,也是要回到原点的。

胡兰珠走后,房间里便只剩下了这一家四口。徐长风抱着小糖糖,白惠抱着小豆豆,保姆准备了晚餐,两夫妻抱着孩子们坐在餐桌前,一口一口地喂他们吃蛋羹。小豆豆尤其调皮,吃饭的时候,小手是一定要抓着筷子或者小勺子的。他拿着那东西啪啪地敲桌面,或者是盘子碗,他就爱听那小勺子敲在盘子碗上的清脆声音,那声音响起来,他便十分兴奋。每吃一口饭,白惠都要哄一句:"豆豆乖,好好吃饭,长得壮哦!"

而小糖糖则是乖得很,坐在徐长风的腿上,被她爸爸一只手臂搂着,一只手拿着筷子往她的嘴里送摘干净了刺的鱼肉。小糖糖安静地吃着,但是那双眼睛仍然像是十分懂事似的,一会儿看看她的爸爸,一会儿又看看她的妈妈和弟弟。

这是多么温馨的一家啊!

白惠不会注意到,而徐长风也没有注意到此时此刻的温馨。他们都把注意力放到了孩子们的身上。晚饭罢,两个小家伙玩了一会儿就睡了,小糖糖很好哄,在她妈妈的怀里,安安静静地躺着,听着她妈妈轻轻哼唱着摇篮曲。而小豆豆则调皮得很,即使是困了,也不会让人好好地抱着,而是要摇着。白惠哄着小糖糖,而徐长风便不得不两只手臂又摇又晃地哄着他的儿子,好不容易小东西睡着了,徐长风的汗也出来了。

两个小家伙被放到了婴儿床上,白惠坐在了床边,一只手臂轻轻拍着小糖糖,小糖糖扯着她衣服的手慢慢地松了下去,神色渐渐安宁。白惠静静地凝视着女儿的睡容,这是她死而复生的女儿,是该她用今后的几十年好好珍爱的女儿。

"白惠,搬回去吧,好吗?"徐长风温醇的声音轻轻地划过了她的耳膜,一只手轻轻地落在了她的肩头,她僵了僵,神思有刹那间的游离。她抬头看向那人一双深眸。他就那么望着她,黑眸里盛放着太多太多的东西,全都是深深的情意。

"我觉得……现在很好。"白惠垂了头。搬回去,她没有想过,过去的伤痕太深,即使淡去了,可也留下了印记。

徐长风修长的手指轻轻地抚摸着她的长发,又将一缕发梢轻轻地缠绕在指间:"白惠,你有没有感觉到,我们,两个孩子,我们在一起的时候,有多么温馨。"

白惠的心头颤了颤,不能不说,她的心弦因着他的话而动了一下,但是这并不能给她以搬回去的勇气和信心。她对未来很迷茫,很多时候她不敢去想。

第五十章 心中裂痕

她曾经强烈地要求和他离婚,甚至鼓足勇气去照了人体艺术照,企图触怒他,让他亲口说出离婚二字,可是现在想起来,她却觉得有些好笑,有些离谱,有些难以置信。她竟然拍过人体艺术摄影,竟然在另外的一个男人面前展露过自己的身体,只为了和他离婚。她的神思有些游离。

"白惠。"徐长风又唤她的名字,眼神里的深邃让她动容,"我们给孩子们一个完整的家,好吗?"

他的话好像瞬间就击中了她的大脑,她呆住了。

而徐长风的手轻抚着她的脸颊,末了,俊颜缓缓拉低,他吻上了她的嘴唇。白惠任他吻着她,那柔情的吻让她越发地迷失了一般。而他却是轻轻地拉开了与她的距离,"我回去了,你睡吧。"他说完,便是转身大步走了出去。

白惠的目光不由得就追了过去,一直看着他走出了她的卧室,消失在门口。心里是茫然的一阵失落。

徐长风大步下了楼,一路出了林家的宅子,开着车子在城市的街头飞驰。末了,他去了一家酒吧。

他一个人坐在吧台边上,慢慢地喝着酒,前尘往事纷至沓来。他和她初见,那清婉的笑,他第一次约她时,她的羞涩和慌乱,及至后来,甜蜜又伴着凄婉的婚姻,纷纷扰扰,合合分分。一晃,竟是过了这么多年。他的唇角溢出越发苦涩的一抹笑来。

"风哥,怎么一个人在这儿喝酒啊?"眼前有人坐了下来,一身休闲装束,风流而倜傥。徐长风轻扯了扯唇角,一抹明显的苦涩溢出了唇边。

"黄侠,如果找到了你心仪的女子,就好好珍惜她,与你的过去,划清界限,别像我现在一样,家不成家。"他眼里的无奈和苦涩越发地深了几分,手里擎着酒杯,却是又往着口里灌了下去。

黄侠看着他黯然神伤的样子,心底不由得动容。他看着他伤感无奈的容颜,不由得想起了自己,想起了那道在脑海里时时会浮现的倩影。

徐长风喝了酒,而且心情明显不好,黄侠便叫来了小北让他开车送徐长风回家。而他自己,则是又在酒吧里坐了一会儿然后离开。

清晨的黄氏大厦,整座大厦里还很安静。黄侠先就到了,他若有所思地从公关部门外走过,时间还早,里面还没有人。他却抬腿走了进去。十来个人的格子间,看起来有点儿拥挤。他慢慢地踱步到了那个熟悉的座位,那台电脑是她每天都要用的,那个座位她每天都会坐。

他伸手指轻挑了挑那桌子上一盆吊兰的长叶子,神情若有所思。外面有脚步声响起,是一向早到的她。

周逸晓走进公关部的时候,她不大不小地惊了一下,因为她的大老板就站在她的办公桌旁,不知在做什么呢!她走过去,叫了声黄总,黄侠便抬了眸,那双带着一些邪恶不羁的眼睛有点儿深。

自从那次他故意搅乱了她的相亲,她便很久都没答理他了。他自知玩笑开大了,试过几次和她说话,但她冷得像冰,看向他的眼神更像是仇人一般。他碰了几次钉子,也便没有再试。现在,他很深的眼眸看看她,却是转身离开了。周逸晓有点儿疑惑不解。

九点到了,员工陆续到齐,公关部经理进来对着她宣布了一个让她吃惊不已的消息:"周逸晓,现在收拾收拾,去找黄总。"

"啊?"周逸晓很吃惊,难不成他吃了她几次瘪要炒她鱿鱼了?她心里恼火,好吧好吧,走就走。

她七手八脚地把桌上的东西收了起来塞进包里,走可以,但是她必须要去他办公室一趟。

她背着包去了黄侠的办公室,到了外面砰砰叩门,里面传来黄侠带了几分慵懒的声音:"进来。"

周逸晓便推门走了进去,她一直走向了那大班椅上的男子,将手里未完成的文案啪的拍在了他的桌子上:"再见,黄大总裁!"周逸晓说完便转身向外走。

黄侠看她背着包,一副气呼呼的样子,不由敛了眉:"周逸晓,有这么跟你老板说话的吗!"

"你不是炒了我吗?我们现在是不相干的人,你管我怎么说话!"周逸晓回头气问。

黄侠却是二郎腿一跷,挑眉道:"这是哪个王八蛋说的?老子让你过来当助理的!"

听着他出口成脏的声音,看着他那副二世祖一般的表情,周逸晓忽然就将手里的包对着那张英俊却是玩世不恭到家的脸砸了过去。

"哎哟喂。"黄侠叫了一声,头一歪,手一伸就将她的手包抓在了手里,"打是亲,骂是爱,你这算亲算爱呀!"

黄侠痞痞的声音让周逸晓脸上大热,气得一跺脚,过来抢她的手包:"流氓!"

门口处,有位副总正要进来,看见此情此景,眼一晕,呆了一下,忙转身走了。

白惠和保姆一起给两个孩子喂过早饭,又陪他们玩了一会儿,胡兰珠过来了。有了孙辈的胡兰珠,面容不知比早前要慈祥多少倍,一见到那对孙子孙女,便是眉梢眼角全都舒展开来:"哎哟,小宝贝们,看奶奶带了什么。"

胡兰珠将手里的箱子打开，从里面掏了一个漂亮的洋娃娃，手指在洋娃娃的身后按了一下，那娃娃便咯咯地笑起来。小糖糖和小豆豆便都好奇地盯着那娃娃瞧，小糖糖好像有点儿害怕，但胡兰珠鼓励地道："来，糖糖，拿拿看。"

她试探着将那洋娃娃放到了小糖糖的面前，小糖糖仍是有些害怕的样子，小手伸过去就是不敢摸，而小豆豆却是小胖爪子一伸就将那洋娃娃的一只小胳膊揪住了，再一用力，那娃娃就到了他的手里。小人儿拧着洋娃娃的小胳膊小腿，扯来扯去，嘴里啊啊出声，好像在跟洋娃娃说："你笑什么啊！"

白惠和胡兰珠都是哈哈笑了起来。胡兰珠对两个孩子越发喜爱得不得了，她坐下来，将小糖糖搂在怀里，哄着她去拿箱子里其他的玩具。

白惠是想去商场买点儿东西的，胡兰珠来了，她正好就有时间出去。她跟胡兰珠说了一声，就从家里出来了，打了辆车直接去了经常去的一家商场。

她正在童装部里转悠着，有人喊她："白姐。"白惠扭头一瞧，但见林晚晴正走过来。

"晚晴？"她的脸上露出几分惊喜的神情。

林晚晴也很高兴："白姐，你来给糖糖豆豆买衣服吗？"

"嗯，是的。"白惠笑得欣慰。

两个女人便结伴挑起了童装。林晚晴给小开心买，白惠给糖糖豆豆买，两个人皆是一连挑了好几件，末了又一起去了休闲厅，要了两杯果汁慢慢喝着。两个人小半个月没见了，自是有很多话要说。

晚晴询问糖糖豆豆的情况，白惠则关心晚晴的生活。时而欷歔，时而又欣慰，两个人正聊着，有两道人影走进视线。一男一女，男的面容冷峻，女的姿容靓丽。两人边说边走，样子亲昵，男人的一只大手提着装着大牌服装的手提袋，一只手还轻揽着女人的腰，在转角处时说了句小心。

白惠一看到那两个人，当时心底里就生出厌恶来。而林晚晴也看到了靳齐和楚乔。靳齐一向都深爱着楚乔，林晚晴知道，但是真的看到他们此般光明正大地出双入对，倒真是第一次。她呆了一下。

"乔乔，你要喝什么？"靳齐的声音很温柔，那是一种林晚晴很少听到的声音。晚晴呆呆地看着他们。而靳齐似乎是察觉到了什么，扭头瞧了一眼，就是这一眼，便看到了坐在斜前方不远处的妻子。她脚下的地板上放着几个印着童装字样的手提袋，明亮的眼睛正带一种忧郁看着他的方向，他不由得呆了一下。

楚乔娇婉的声音道："阿齐，在看什么？"她问的时候，便也向着白惠和林晚晴的方向看了过来，一看之下，眉峰微微一敛，神色已是冷然高傲。

白惠低低骂了一句:"真是一对狗男女!"

林晚晴却是低低的一声轻叹:"我早就麻木了。"

白惠伸手轻握住了林晚晴放在膝上的手,她的手很凉,凉得让她心疼。

"阿齐,明天一早飞日本,你也去吧?"楚乔用一双明艳的眼睛望向对面的男人。

靳齐的神思有些游离似的,他的妻子一双美眸直直地盯视着他,他一向都我行我素,可是现在却有一种浑身不自在的感觉,听见楚乔的声音,他忙哦了一声。

楚乔又笑道:"阿齐,你要是不方便就算了,我一个人也可以。"楚乔白皙的手持着白瓷的小勺子慢悠悠地搅弄着杯中的奶茶。

靳齐道:"没有不方便,明天我去接你。"

楚乔便一笑越发美貌:"好啊,我等你。"

白惠看着那两人眉来眼去你一言我一语浓情蜜意的样子,气得眼睛里冒出了火星子。她不明白,楚乔怎么就这么贱,而靳齐,怎么就跟个瞎子似的,执迷不悟地爱着那个女人,世界上怎么就有这么一对令人恶心的狗男女。

她这里厌恶又恼怒,而一旁的林晚晴却是腾地一下站了起来,拔腿向着那两个人走了过去。白惠眼看着林晚晴走向那两人,呆了一呆,但见林晚晴的手臂忽然间扬了起来,耳边传来一声脆响,楚乔的脸歪向了一旁,林晚晴愤怒的声音骂道:"你怎么就这么喜欢勾搭别人的男人呢!这世上还有比你更贱的女人吗!"

楚乔被林晚晴这一个巴掌给甩懵了,当时就瞪大了眼睛愕在那了,林晚晴可是一个小白兔一般的女人,一向都柔弱,一向都安静,一向都让人没有存在感。所以,她从来都没有把她放在眼里过。

她跟白惠不一样,白惠是那种会咬人的兔子,而林晚晴却是搁在哪里,都是被忽视的一个,都是不会让人在意的一个,是那种被人咬了也不知道还口的一个。

可是现在,她竟然给了她一巴掌,她惊得当时就连还手都忘了,反应过来看到林晚晴那愤怒的目光,一下子就掉了眼泪,颤声念道:"阿齐……"

靳齐也是震撼得呆了。林晚晴竟然会打了楚乔,他做梦都想不到,反应过来,当即就一个巴掌甩了过去。林晚晴的脸上猝然一疼,白皙的脸上霎时就留下了一个大大的巴掌印。她的身子被那股力度震得一晃,双手忙抓住了一旁的桌子才没有摔倒。

白惠眼看着靳齐的大巴掌甩在林晚晴的脸上,当时便是怒不可遏,对楚乔的前仇旧恨,再加上对晚晴的怜惜,对靳齐的气愤,她一股火冲上了头顶,一把就抄起了一旁空位上精致漂亮的小凳子,对着靳齐的后背便砸了下去。

靳齐猝不及防地被白惠砸了一下,当时就低嘶了一声,而那把小凳子则是当啷一声就摔在了地上,靳齐的脸上青筋跳了起来,而楚乔已经惊呆了,口里惊叫连连:"疯了！疯了！"

林晚晴的眼睛里噙着泪花，身子抖得厉害，白惠忙过去将她搂住："晚晴，你怎么样？很疼是不是？"

她脸上那五个清晰的指印让白惠深深地痛心，徐长风也曾背叛过婚姻，背叛过她，但他不会这样子打她，可是靳齐，他简直是猪狗都不如！

靳齐眼睛里阴鸷迸现，两个大手五指捏紧，一副可以杀人的神情，而楚乔已经惊呼着绕过桌子走了过来："阿齐你怎么样啊！你有没有受伤啊！"楚乔的手连连地在靳齐被白惠用椅子砸过的地方抚摩。

靳齐的眼中凶光迸现，阴沉沉地睨向白惠，白惠也愤怒地瞪视着他："靳齐，你真是猪狗不如，她是你的妻子，是你儿子的母亲，你竟然忍心打她，下这么狠的手！"

"我打她是因为她该打，白惠，我们的事和你没有关系，滚！"靳齐瞪着白惠的眼睛里戾色迸现。

白惠只愤怒地瞪视着他："如果和我有关系我会恶心死的！"

林晚晴的牙齿在打颤："靳齐，我再也不要和你过了，你让我恶心！恶心透了。"

林晚晴说完，便是转身头也不回地向外走去。白惠忙去追。眼看着她羞愤不已地匆匆而走，靳齐的心头猝然间一跳。

白惠追了出去，匆忙地寻找林晚晴的身影。

靳齐的怒火渐渐地消下去，后背上便是火辣辣的疼，楚乔不失时机地道："阿齐，我们报警吧，告她故意伤害。"楚乔口里的她，显然指的是白惠。

靳齐的黑眸陡然间望了过来，那眼神竟是有些意外，楚乔的心头不由得一缩，但立时又做出一副十分委屈的样子："阿齐，那个女人她疯了，她竟然用椅子砸你，她是想砸死你呢！阿齐，你知道我多心疼啊……"

商场里人来人往，白惠竟是找不到林晚晴的身影了。她一个人去了哪儿呢？白惠担心不已。她在商场的外面找了半天，也没有找到林晚晴，便开始拨打她的电话，但是没有人接听。

白惠很心焦，也越发地憎恶楚乔和靳齐。也就是在这个时候，靳齐和楚乔也从商场里面出来了。楚乔的手紧扣着靳齐的手，两个人走向停车场。白惠忍不住就喊了一句："靳齐，你的眼睛瞎了吗？晚晴这样贤惠的妻子你不要，却跑去跟这个蛇蝎心肠的女人鬼混，迟早有一天，你会后悔的！"

靳齐的眼睛里顿时阴鸷起来，而楚乔，两只纤白的手根根手指不由得捏紧，一双漂亮的眼睛迸射出狠戾的颜色来。

白惠心急找晚晴，气愤地转身又走了，而楚乔却是不由自主地在发颤。

白惠一直在街头寻了晚晴好久,天色都降下来了,她也没有找到她。气馁的同时,也是心慌不已。就在这时,她的手机响了,她忙掏出来接听,却是林晚晴打过来的:"白姐,你不要担心我,我很好,我一个人静一静。"林晚晴的声音听起来十分落寞和伤感。

"晚晴,你在哪儿?"白惠担心地喊,可是林晚晴却挂了电话。

白惠站在暮色中的街头,长长地出了一口气,她还好就好。她站在那里,浑身又感到了那种熟悉的疲惫。手机再次响起来,屏幕上跳动着的,是她男人的名字。她慢慢地吸了一口气接听。

"白惠,你在哪儿,要不要我去接你。"徐长风问。

白惠轻轻地嗯了一声。徐长风的车子很快就停在了她的身旁,黑色的宾利沉稳而贵气。她走过去直接坐进了后厢,人靠在那里,神思沉沉。

徐长风问道:"怎么了?你脸色不好。"

"我想知道,你们这些男人,都是怎么想的,为什么守着家里那样贤惠的妻子不知道珍惜,却要和一个蛇蝎心肠的女人勾搭在一起。"白惠有些无力的声音在后面响了起来,徐长风拧眉,而白惠又道,"晚晴是多么好的女人呢?靳齐他怎么就看不到晚晴的好呢?"

徐长风深敛了眉宇,听着妻子在后面喃喃自语一般的声音,好半晌才道:"他被楚乔迷了心智了,但是我相信,他迟早有一天,会悔不当初。"

"可是长风,我们的仇,就不要报了吗?就这样算了吗?"白惠忽然又幽幽地道。

徐长风的心登时就是一颤:"相信我白惠,用不了多久了,我就会让她自食恶果,得到报应的。"

白惠微微怔然,他已经有办法了吗?而徐长风却是紧抿了唇角,不再言语了。

林晚晴又气又愤,伤心不已,逃似的离开了商场,此时此刻,她只想找个没有人的地方,把自己藏起来。

也不知道走了多久,她站在暮色沉沉的街头,冷风吹过,脸颊上火辣辣地疼,她伸手摸了摸,那里有她男人留下的指印。

她和他的这段婚姻,她从无限的爱恋,到心灰意冷,这段婚姻留给她的,只剩下了屈辱。

她站在那里,她长得那么甜美,可是神情却是那么凄楚。她不知道该往哪里去,这个世界,生她养她的地方,从不是她的家,而她心心念念爱着的人,她为之生儿育女的人,又那么不待见她。她感到一种说不出的悲伤来。

她站在暮色下的街头,抬头望向苍茫的天际,沉沉地呼吸着,她又向前走去,这里,便是那个曾给她带来过温馨的地方,她想起了那个温情的男人。

陈光修,如果,她是他的妻子该多好!

她走了过去,在陈氏公司外面的台阶子上坐下来。她想起了那一年的某个夜晚,她曾睡在这里一个晚上,头枕着胳膊,身下是冰凉的石阶。

陈光修家里的钥匙落在了公司里,他是回来取钥匙的。而也就是这一趟突然的返回,间接成就了他和林晚晴今后的姻缘。

"喂,林小姐?"陈光修看到台阶子上坐着的人时,目光惊讶,轻拍了拍她的肩。

林晚晴神思游离,思绪浮浮沉沉的,此刻乍然见到突然出现的陈光修,眼睛里竟是霍然一亮。

第五十一章　罪行暴露

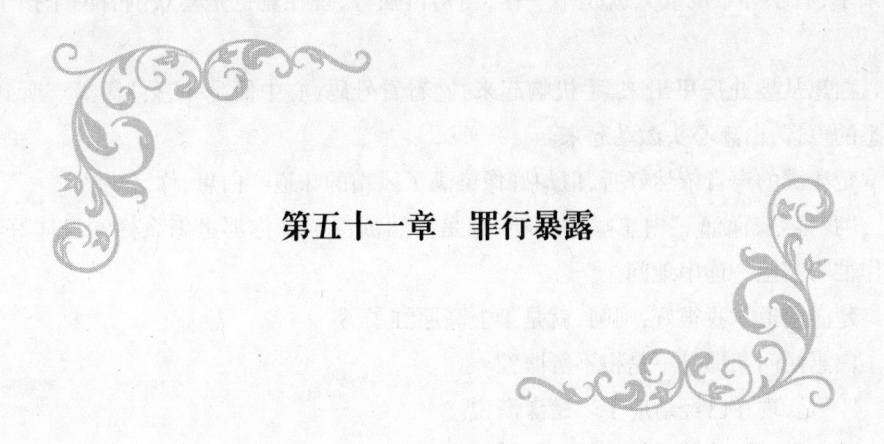

　　白惠跟徐长风回了家,两个孩子正在被保姆和胡兰珠喂着饭,她神色郁郁地进去,直接就上楼了。站在卧室的窗子前,回想着刚才在商场的一幕,仍然有些气愤和抑郁。

　　徐长风走了过来,轻轻地揽了她的肩:"相信我,坏人不会一直猖狂下去。"

　　白惠只目光幽幽:"我不知道,是楚乔太过聪明,还是靳齐,他太过愚蠢,还是爱得太过痴迷,痴迷到……好坏不分的地步。"

　　徐长风轻叹了一声道:"他会有后悔的一天。"

　　"可是晚晴呢?晚晴就注定要承受那一切屈辱吗?"白惠的声音染了伤感。

　　徐长风将她的身子轻轻地揽进了怀里:"这是她自己的选择,所以有些事情,她是注定要承受的。"

　　他又是轻叹了一声。

　　这一夜,徐长风没有走,睡在了白惠隔壁的房间,但是睡意寥寥。后半夜就起来吸烟。一根烟吸完又是一根,末了才睡去了。

　　孩子们都醒得很早,一早上,走廊里就可以听见小豆豆咿咿啊啊的声音,而小糖糖则仍然是安静的,但是眼神里的怯弱不见了,她不是很爱说话,不会像小豆豆一样发出咿咿啊啊的声音,但她一出口,便是整个的词,比如"妈妈""把把(爸爸)"这样。

　　这几天,他在试图纠正她的发音教她喊爸爸,但是小人儿只是用她黑亮亮的眼睛看着他,看着他的嘴唇一开一合,却并不出声。他便笑笑将她放下了,她已经会叫爸爸了不是吗?尽管那声音跟喊屉屉一样。

徐长风去了公司,白惠陪着两个孩子吃过早餐,又陪着他们玩了一会儿,胡兰珠又来了,有了孙辈的女人就是不一样,当初再强势,现在竟也是喜欢围着两个孩子转了。

白惠从婴儿房里出来,手机响起来,她看看号码,心中便是一喜:"潇潇。"听到那熟悉的声音,白惠心头激动起来。

楚潇潇的声音依然好听,但却好像染满了风霜的味道:"白惠,你好吗?"

"我很好,潇潇。"白惠喉头一哽,竟是泫然欲泣了。"你那里怎么样?身体好吗?工作忙吗?"她一连串地问。

楚潇潇道:"我很好,呵呵,就是染上高原红了。"

白惠便问:"那是不是很不舒服?"

"不是,现在已经适应了。"楚潇潇说。

两个人正说着的时候,婴儿房里传来小豆豆咿咿啊啊的声音。

楚潇潇便问:"是你的孩子吗?"

"嗯,是小豆豆,他很淘气的。"白惠郁郁的心情又是因着儿子的声音而染了轻快。

"呵呵,真好。"楚潇潇的声音欣慰里带了宠溺。

电话已经挂断,可是白惠的心头却是怅然若失。楚潇潇一定没有说实话,呆在那边,怎么可能会好?

她发了一会儿呆从家里出来,边走又边打林晚晴的电话,那边很快就接通了,她说她很好,叫她不用担心。

白惠不知道林晚晴在哪里,但还是稍稍放下心来。她是要去看看袁华的,昨天晚上袁华还打过电话来,白惠才发现,这段时间,自己忙忙碌碌的,竟是忽略了袁华。

她去了袁华那里,给他买了许多的滋补品,又留了一些钱给他,袁华现在,用他自己的话来说,他无儿无女,是要指望着白惠给他送终的。

白惠从袁华那里出来,走上街头等出租车,斜刺里一辆黑色的车子冲了出来。白惠毫无所知地站在那里,车子里的女人脚尖一踩油门,车子提了速向着她冲过来。白惠听见车子的声响,猛地回了头,那一瞬间,眼瞳猝然间瞪大。

"小心!"她的大脑猝然间一空的同时,腰间一紧,她被人猛地往着旁边一带,那黑色的车子一瞬间从身侧驶了过去。

白惠大惊失色,心脏怦怦似要跳出胸腔。而那车子却是头都不回地向前驶去,飞快地消失在暮色中了。

"你有没有碰到?"耳边是熟悉又担心的声音,白惠猝然间惊醒一般抬头,她看到了那一脸焦灼的深眸。她的魂魄好像在刚才那惊魂一刻飞出了胸口,她大口地喘息,

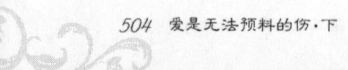

脸色一片惨白。

徐长风拥紧了她,心急地问:"告诉我,有没有伤到!"

"是楚乔。"白惠却是大睁着惊骇的眼睛说。

徐长风眸间骤深:"我知道。"他说完,便一只手臂揽着她将她带离了马路边,"她终于忍不住了。"他只说了这样一句,便带着他的妻子匆匆地走向他的车子。

白惠上车的那一刻,神色仍然惊骇不已,如果刚才不是徐长风的突然出现,她恐怕已葬身楚乔的车轮下。她犹记得那贴膜颜色很深的黑色车子里,那模糊的,却是阴鸷狠戾的容颜。那辆车子没有车牌号,车身被污尘蒙蔽,想是楚乔特意找来,要置她于死地的。她大口地喘息,心跳仍然没有节奏。而她的男人,则是一上车便掏出了电话来:"把你们刚刚拍到的东西给我交到警局去!"

"什么?"白惠骤然间惊醒一般地问。

徐长风却道:"我一直让人跟着楚乔呢,要不然,刚才我也不可能救得到你。不过还好,还好,我叫人跟着她,不然……"徐长风心底骤然间沉下去,"白惠,你不能有事。"

他本是坐在驾驶位的,此刻却是深眸回望着她,一只手伸过来将她因为紧张不安而扒在前座椅上的双手握住了。

白惠心神处于惊撼之中,被他隔着座位握着手,感受着他手掌的温热,一双明眸盛满震惊。

楚乔开着那辆黑色轿车一路疾驶一直驶出了那片路段,她的双眸狠戾毕现,十根手指捏紧,死死地扣在方向盘上,车子嘎地停下了。刚才,她是想就那么送那个女人离开的,虽然她也很害怕那样做带来的后果,但是那个女人像根刺一样深深地扎进她的心里,她怎么着,都是如鲠在喉的难受。可是半途中冲出来的人让她的车子失了准头,楚乔的脊背上腾腾地冒出汗来。

耳边传来警笛声声,楚乔匆忙四顾,却见几辆警车从后面包抄而来……

白惠跟着徐长风回了家,一颗心仍然惊魂难定,她进屋的时候,连手脚都是凉的。

"妈妈——"小糖糖奶声奶气地对着她喊,白惠看到自己一双可爱的儿女,惊魂好像得到了安抚。她走过去将小糖糖揽进怀里,又用另一只手臂搂住了小豆豆。她的脸颊轻蹭过小糖糖的脸,又在儿子胖乎乎的小脸上亲了一下,如果刚刚楚乔的车子真的撞到了自己的身上,那么她,就再也见不到她的孩子们了。白惠搂着她的一双儿女,有种惊骇过后浑身发虚的感觉。

徐长风走过来,将小豆豆一抱,另一只手臂便将妻女搂在了怀里:"别怕,我会保护你们的。"

他温醇的声音轻轻地划过了她的耳膜，似是一缕温暖的风抚过她惊魂未定的心弦，她将自己的头埋进了徐长风的怀里，他的怀抱是温暖的，而那种温暖无疑又是她最最渴望的。

似乎是一夜之间，这个城市，乃至这个国家所有互联网存在的地方，都传播着一段让人震撼的视频：一个年轻漂亮的女人，钻进一辆黑色的没有牌号的小轿车，几分钟之后，那辆小轿车向着街边等出租的女人冲了过去。

视频不长，却是被截取得恰到好处，贴膜颜色很深的前挡处，隐隐可见驾驶位的女人，那阴狠的面色。视频的画外音是富豪之女因爱生恨，试图撞死前男友的妻子。

而视频下面有人发布了一段话：据说，这个女人曾经买通医院的妇产医生将前男友刚出生的婴儿丢进了太平间……

下面列数楚乔的种种恶行，包括放狼狗咬白惠。不说后面的种种，就是单单将刚出生的女婴扔进太平间一项，已经激起了网友们强烈的愤慨，一时之间骂声四起。

跟着这个帖子，楚远山以及楚氏都被推到了风口浪尖。一夜之间，这道视频下面跟帖数千，点击量数十万，并且还在以万计地翻番着。

楚远山正在办公室里和几个下属谈话，有电话打了进来，秘书将听筒递给他，他一听之下，立时惊呆在那里。

白惠仍然像往常一样起床，便过来看孩子们。小豆豆永远都是淘气的，调皮的，穿个衣服也是伸胳膊蹬腿丝毫不老实。而小糖糖依然安静，或许女孩儿就是这样吧。白惠有时候就会想，自己小的时候也是这个样子吗？她给小糖糖穿上了玫红色的棉质小裙子，又在她柔软的头发上面，别了好几个精致的小发卡。小糖糖长得十分清秀，尤其那双眼睛水汪汪的，黑宝石一般，看起来便十分惹人怜爱。她亲了亲小糖糖白里透红的小脸，让小人儿坐在一旁去玩，她又过去帮保姆给小豆豆穿衣服，他伸胳膊蹬腿也咯咯笑，末了，还光着小胖身子呼呼爬走了，就是不让人给穿衣服。

白惠忍不住在小家伙的小屁股上轻拍了一下："臭小子，你不听话！"

"谁不听话啊？豆豆吗？"门外传来温和磁性的声音，却是徐长风一身西装笔挺地走了进来。深色的西装，衬着高大挺拔的身影，白色的衬衣，显得十分干净。

他走过来，将那个淘气宝宝抱了起来，"小豆豆，你怎么这么调皮呢，嗯？"他挑了长眉，声音是教训的，但神色却是说不出的温和宠溺。

浑身光溜溜的小家伙抱在怀里像一条大鲤鱼，徐长风看着儿子，那是看在眼里，爱在心上的。小豆豆黑眼珠看了看他的爸爸，小胖手伸过来摸摸他的脸，末了，听到有水声。

徐长风感到胸口西装领子的敞开处，一片湿热，他不由得低头一瞧，他的崭新的洁白衬衣上,淋湿了一大片,而那小家伙还在毫不知羞地啃大拇指呢。

徐长风的头上掉下无数条黑线,胸口湿湿热热,直达肌肤,他不得不把小家伙放在了床上,伸手扯着被尿得一片湿漉漉的衣服,大嘴抽搐起来。

白惠呆了一下后,看到她男人那苦恼的样子,不由得咯咯笑了起来:"你儿子太爱你了,一早上都没尿尿,就给你留着呢!"

白惠笑得花枝乱颤一般完全没注意到自己的言语之间的调侃,是多么的亲近温馨。

徐长风呆了呆,却也是俊颜咧出大大的笑来,而小糖糖看见她的爸爸妈妈都在笑,便也咯咯咯地笑起来,奶声奶气的,清脆得像是珍珠落在玉盘上。

白惠脸上的笑意还荡漾着,却是对上了她男人一双深邃的眼眸:"白惠,楚乔,马上就会无路可走了。"他对着妻子说。

白惠脸上的笑容僵住,心头惊讶又激动,徐长风握住了她的肩,眼睛里喜悦的火苗跳动:"白惠,楚乔很快就要得到报应了。"

"长风!"白惠喜极而泣,扑进了徐长风的怀里,"我等着恶人有恶报的一天呢!"

早晨,天色很好,林晚晴从楼上下来,靳老太太和靳老爷子都在客厅里,靳老爷子手里捧着一杯茶,正跟老伴说着什么。

"老楚这次,恐怕是大伤其神了。"

靳老太太便深有感慨地嘟哝道:"都怪他有那么个好女儿,从小就娇惯着,现在才会骄横恣意,无法无天。楚远山再不好好管教他的女儿,恐怕迟早有一天,会死在他女儿手上。"靳老太太停顿了一下,又说,"乔乔也真是,当真歹毒到家了,开车撞人的事情都做得出来……"

林晚晴听得心惊肉跳的,她的消息一向都闭塞,平时也不太上网,网上发生了什么,她基本是一概不知,此刻听到婆婆说楚乔开车撞人,便问了一句:"她撞谁?"

"还能有谁呀?当然是徐家那媳妇喽。"靳老太太摇头叹气地说,林晚晴当时就心头咯噔一下。

靳老太太又道:"这孩子,纯粹是疯了……"

林晚晴已是无心吃早餐,立即又回了自己的卧室,拨打白惠的电话。白惠早已经起床了,因为两个孩子醒得早,当妈是真不容易。她昨晚十点钟睡觉,夜里起了三次。小家伙们吃奶的吃奶,拉屎的拉屎,早晨五点钟,两个小东西又醒了。她不得不睡眼惺忪地爬起来。

现在的她,早没有了工作的想法,她很难想象自己在几个月之前还是一所小学的老师来着。还好她手边的钱还充裕,她就每天以照顾两个小孩子为最大的乐事,她正拿着动物卡片教小糖糖认小动物呢,林晚晴的电话就打了进来。

她忙将卡片放下,搂着女儿接了电话。

林晚晴道:"白姐,你没事吧?我刚听见开心的奶奶说,楚乔竟然开车撞你。"

"没事晚晴,我等着她得到报应的一天……"白惠说。

林晚晴捏着手机,心头激荡着兴奋的情潮,楚乔那个女人,早就该得到报应了。"白姐,楚乔就是全身溃烂而死,都不足以赎她的罪。"

林晚晴愤愤地骂着,身后有阴沉的声音响起来:"你说谁呢!"

林晚晴的心登时咯噔地一颤。她捏着手机的手指有些抖,她缓缓地回了头:"我说的就是你的楚乔,她所有的恶行都被曝了光,我看她还能够得意多久!"

林晚晴毫不畏惧地说,楚乔所作所为,无疑让所有人愤怒不平,林晚晴虽然懦弱,但却是一个非常有正义感的人。白惠和小糖糖的遭遇,她感同身受,此刻看到靳齐阴沉的目光,她却是捏紧了手机回视着他。

靳齐阴鸷的目光盯视在她的脸上,在林晚晴以为,他或许会动手扇她一个巴掌的时候,他却转身离开了。

白惠听到林晚晴那边传来的靳齐阴鸷的声音时心头没来由地一跳,不由得担心地问了一句:"晚晴,你没事吧?"

"我没事。"林晚晴回过身来说。

白惠放了手机,自己若有所思地坐了一会儿,视频的事情让楚乔可谓是四面楚歌,对楚家人骂声四起的同时,她又想起了楚潇潇。那是楚家里最为干净的人,最善良的人,楚乔身败名裂了,他这个弟弟,也会受到牵累吧!

生在楚家那样的家庭,当真是侮辱了潇潇的人格。她神思沉沉地发了会儿呆,直到小糖糖扯她的衣角,她才回过神来。小家伙仰着小脑袋,黑漆漆的眼睛望着她,一只小手伸过来,够她的手,似乎想让她抱抱。她便伸了手臂将小丫头抱了起来,在那张白皙粉嫩的小脸上亲了一下,才道:"乖乖,小糖糖,妈妈带你和弟弟去院子里玩玩好不好?"

"喔哦。"小糖糖还不会说好字,但却用黑亮亮的眼睛看着她,张了张小嘴,呀呀了一声。

白惠笑笑,又亲了亲小人儿,和保姆抱着小豆豆四个人下了楼。春日的气息处处弥漫着,院子里的草坪上,有嫩嫩的小草在成长着,小麻雀唧唧喳喳地叫着,在眼前的空地上飞来飞去。两个小家伙坐在婴儿车上,一个粉衣清灵秀气,一个青袄胖乎乎可爱。伸着四只小手咿咿啊啊地要追那小鸟玩。徐长风的车子开进来,他远远地就看到了他的一双儿女活泼可爱的样子,眉梢眼角充盈着淡淡的笑意,就走了过来。

"糖糖豆豆,爸爸来了哦。"

他弯了腰,将小糖糖抱了起来,末了,又用另一只手将小豆豆也抱了起来。一个大男人抱了两个孩子,左右都是他的心肝宝贝,他俊朗的容颜涌现出说不出的满足来。

"爸爸带你们出去玩玩怎么样?"徐长风对着两个小家伙说。

小糖糖清亮的眼睛看着他,小豆豆则是拍拍小手,"去哪儿啊?"白惠问了一句。

徐长风道:"你去了就知道啊。"他边说就边抱着他的两个孩子向外走。

白惠忙道:"你等等,我给孩子们带点儿东西。"

这人说走就走了,总得给孩子们带好奶粉和尿片吧!她匆匆地跑进了屋,将孩子们喝的奶粉,用的奶瓶,还有一包尿片都收进了手提袋里,然后又匆匆出来了。

徐长风抱着两个孩子在大门口处等着她。白惠伸手接过小糖糖抱在怀里,徐长风则接过了她手里的东西,一手抱着小豆豆迈动长腿沿着门外整洁的小路向前走。

"今天那帮哥们请客,我们带着孩子们一起去。"徐长风边说边就在小豆豆的脸颊上亲了一下。

白惠有点儿满头冒黑线的感觉:"你带着他们怎么去呀?他们一会儿吃一会儿喝,一会拉一会儿尿的,怎么能带出去呢?"

"呵呵,有我在呢,你怕什么啊!"徐长风笑得十分爽朗,白惠便只得抱着小糖糖跟着她向前走。

迎面有车子驶过来,却是黄侠的。车窗打开,黄侠对着徐长风抱着的小豆豆打了个响指:"上来,叔叔载你去玩。"

小豆豆好奇的黑眼睛骨碌转,盯着他的车子左瞧右看,这车子和爸爸的好像不一样啊,这辆车子是黄色的,多漂亮啊!

小豆豆被他爸爸抱上了车,小身子在他怀里左拧右蹭,小手左摸右摸,就是不肯安宁。黄侠便道:"瞧,你儿子喜欢我这车,八百万卖你了,给你儿子玩去。"

"卖你个头啊!破车,送我儿子还差不多!"徐长风唇角轻勾,眼睛却是看着儿子的,宠溺明显。

黄侠便不满地道:"什么破车,新买的好不?"

白惠听着那两个男人调侃的说话声,忍不住笑笑。而黄侠却是笑着拿着手机拨了个电话:"周逸晓,马上把我桌上那份文件给我送过来,我等急用呢!"

白惠便道:"你不是去聚会吗?还办公啊!"徐长风笑道:"他办的什么公,他借机会泡妞儿还差不多。"

白惠便有些云里雾里的。她不知道周逸晓是谁,但听起来应该是个女孩儿的名字。

车子在一处十分漂亮的房子前停下，大门打开，黄侠将车子驶了进去。白惠看到，这里已经停了好几辆十分漂亮的小跑或者轿车。徐长风道："下去吧，到了。"他说着就一手开了车门，当先抱着他儿子下车去了。

下了车他又走到白惠这边给她开了车门，"来，把糖糖给我吧。"他伸手臂把小糖糖抱了过去，一个大男人怀抱着两个宝宝大步走进了那房子里。

白惠的手里提着一个大大的手提袋，里面装着奶粉，奶瓶，纸尿片就跟了进去。这是谁的家她不知道，看见大厅里那几道年轻的身影，白惠明白，这些人，都是他的发小们。

徐长风抱着两个奶娃娃在前面大步地走着，有几道身影迎了过来："哟，这是你们家那对宝贝儿呀！"

"哎，长得还真像你呀，老徐。"

"当然了，不像我像谁呀！你们瞧，他们长得多可爱！"徐长风举着两个孩子，整个一献宝的神情。

一对漂亮可爱的龙凤胎，自然是羡煞旁人了。那些人便嘻嘻哈哈地逗弄起两个小家伙来。白惠也到这个时候才明白，徐长风之所以要带两个奶娃娃过来，就是来献宝的，让大家都羡慕他的。看着众人围着那一对小家伙啧啧羡慕的神情，看着他俊朗的眉眼之间浓浓的自豪和喜兴，白惠摇摇头，这家伙一定得意极了。她不由得感叹，她十月怀胎，而他只是辛苦了那么一个晚上而已。

徐长风左面抱着小糖糖，右面抱着小豆豆，满脸的喜气洋洋。"来，白惠。"他向着她喊了一句。白惠便走了过去，那些人都喊道："嫂子好。"

这些人，白惠以前也见过，那还是在很早之前新婚的时候，那个时候，楚乔还没有从法国回来。她扯了扯唇角，说了句你们好。

"嫂子你根本就不像两个孩子的妈妈嘛，身材真好。"一个和黄侠差不多大年纪的女子笑说了一句。

白惠只是莞尔："还好吧。"

就在这个时候，门厅处又有人走了进来，那是一个长得轻轻俏俏的女孩子。周逸晓手里拿着一个文件袋走了进来，边走边在人群中寻找着他老板的身影。

他老板说要她把文件送过来，可是看起来明明就不像要办公的样子，这分明是私人聚会嘛！周逸晓不由得撇了撇嘴。

"老板，你要的文件。"周逸晓终于找到了黄侠，他正单手插在西裤的兜中，一脸笑意徜徉地和另一个男人聊着什么。

"哦，先收着吧。"黄侠那张风流倜傥的脸转过来，竟是大手拍了拍周逸晚的肩，接着又揽住了。"诺,这位是我的哥们,秦氏的秦总。"

"哦,你好。"周逸晓被黄侠揽着肩,身子被迫地贴着他挺拔的身躯很紧,不由得抗拒的皱眉。那个秦发小只是低低地乐,黄侠这厮八成在借机会吃人豆腐呢!

白惠从徐长风的怀里接过小糖糖,往黄侠的方向瞧了瞧,这一看之下,便是有些好笑。徐长风抱着小豆豆,不时地用他微带了胡楂的下巴轻蹭小人儿的脸,逗得小人儿咯咯地笑,笑声响亮。有人与他说话的时候,他都是眉眼不抬,人问什么他答什么,却是连眼睛都不望上那人一眼的。小豆豆的肚子饿了,小脑袋往他怀里扎,他便温声哄道:"爸爸喂奶,爸爸喂啊。"

在场的人凡是听见的都是哄笑。

徐长风却丝毫不以为意,将小豆豆往着沙发上一放,便从一旁的手提袋中取了奶粉和奶瓶出来,大步去取热水了。不一会儿,他就一手举着一只奶瓶回来了。

他一身阿玛尼的西服,衬衣洁白,风度翩翩,这样的形象只能出现在商场和重要场合,可是他却是一手执了一只奶瓶走过来。毫不在意那帮发小们嘻嘻哈哈的指指点点,将一只奶瓶交给白惠让她喂小糖糖,又将小豆豆往怀里一抱,就开始喂他喝奶。

"臭小子急什么。"看着他儿子哼哧哼哧急不可待地捧着奶瓶喝奶的样子,他不由得笑着轻斥。

"风哥,你还真成了奶爸了。"黄侠嘻嘻哈哈地笑,大爪子仍然揽着周逸晓的肩,周逸晓想挣开,他便搂得越紧,浑不在乎周逸晓暗自瞟来的愠怒眼眸。

徐长风道:"奶爸怎么了,奶爸也要有得当才行啊!像你这样的,想当奶爸都没得当啊!"徐长风眉眼不抬地帮儿子扶着奶瓶,边是戏谑调侃地说。

黄侠这个郁闷呢!不就是你有俩孩子吗?至于这么显摆吗?

"我说周逸晓,你嫁给我吧,给我生俩儿子,气气那厮。"黄侠侧了头对着身旁的女孩儿说。

周逸晓当时就目瞪口呆了,"臭流氓!"

反应过来她大骂了一句,脸涨得通红,抬脚,高跟鞋鞋跟在那个人锃亮的皮鞋上狠狠地跺了一脚,一扭身就跑了出去。

黄侠一张帅脸早就扭曲了,哎哟喂一声,就差点儿把那只被周逸晓用尖尖的鞋跟跺得生疼的脚抱起来呵一口了。

徐长风笑得无奈:"喜欢人直说不就得了吗!这下好,这不该的吗!"

黄侠哼哼叽叽地气得没好气地吼了他一句:"我说你不带这么看笑话的吧!"

这一下子,全场又是哄笑。

这些日子,无疑是楚远山最焦虑的日子。楚乔被捕,铁证如山,当时他就懵了,清醒过来,又是难以置信,买凶杀人,试图撞死白惠,那真的是他的女儿做的吗?

不,楚远山到现在仍然不愿意相信。

他回家,脚步沉重地上楼。进了卧室,外衣脱下,他坐在床上,望着梳妆台的位置,恍似又看到了那张熟悉的,娇美的容颜。

她正在对镜梳妆,他醒来的时候,她回了眸,一笑,无限美貌。

"娇兰,是不是我对乔乔太过纵容了,所以,她才会这样胆大妄为呀!"楚远山的眉宇间是深深的忧虑。

好久,他才躺下,可是梦里,仍然对着那个深爱着的女人问道:"娇兰,我是不是太过纵容她了?"

转天,楚远山通过一个熟人的关系,找到了楚潇潇在那边部队的上级。他打潇潇的手机,他并不接听,所以,楚远山只能把电话打到了儿子的上级那里。

"爸爸。"电话那边传来阔别已久的声音时,楚远山心里头激荡了一下。他的妈妈再怎么不讨喜,再怎么让他憎恨,可儿子也是他的,身上流淌着他的血液。久不见面,他也是想的。

"潇潇,最近好吗?高原反应厉害吗?饭菜可还吃得惯?"他一连串地问了好几句。听起来,像一个十足的慈父在对儿子嘘寒问暖。

潇潇沉默了一会儿才道:"我很好,爸爸如果没什么事,我先去忙了。"

楚潇潇站在他上级的办公室里,神色淡薄沉沉,在楚远山沉默的时候,已将电话挂机。他看着窗子外面的皑皑雪山,四千七八百米的海拔高度,空气稀薄,而更稀薄的却还是亲情。

从上级的办公室出来,他的手指慢慢地在手机屏幕上轻触,一条条充满温馨的短信,映入眼帘。

"你怎么样,有没有不舒服?今天吃了什么?记得给我报个平安哦。"这些短信,他看了一遍又一遍,这是他心心念念的那个女人发过来的,字数不多,但足以慰藉他苍凉的心。

聚会一直持续了到了晚上。那帮哥们喝过了酒又搓起了麻将。

"老徐,我说你不来一把啊?"有人对着徐长风喊。

"不来,没看我在陪我儿子女儿吗!"徐长风头都不抬地说。他的样子不由得让人怀疑,他是专门来这里带孩子的。那几个男人便摇头无语地笑:"何时变奶爸了,真是。"

回家的路上,两个小家伙都倦极地睡了,一个睡在妈妈的怀里,一个睡在爸爸的怀里,黄侠那家伙是不能开车了。他好像有点儿郁闷,中午没少喝酒,喝完酒,又发酒疯似的打电话,说什么,他要娶媳妇。

徐长风摇头,看样子,他以后不能再刺激他了。

白惠也有点儿困了,但是怀里抱着小糖糖并不敢睡。好不容易挨到了家里。她把小糖糖往婴儿床上一放,盖好了小被子就去了自己的卧室。她打着哈欠往床上一躺,翻个身睡去了。

她睡得很沉,这一阵是着实累了。以至于身旁有人躺下她也不知道。

徐长风的手臂轻轻地横过了她的胸口,将自己的身体往着她的身后贴了贴。白惠能感觉到身后的温热,但她太困,也没睁眼看看,只是觉得很舒服似的。她嗯咛了一声,往着那热源处贴了贴。温热的嘴唇便在这个时候落在了她的耳际处。一下一下,轻柔得像是羽毛在抚摩,而那环在她腰际的手,却是慢慢地滑向了她的俏臀……

白惠还在梦中呢,身上麻麻酥酥的,有一种十分舒服的感觉,她的喉咙里溢出了一声轻轻的娇吟,犹如天籁一般,轻轻地划过了徐长风的耳膜。他体内的燥热又深了几分。他的手不由得向下滑去,她的肌肤那么光滑,像是最好的丝绸,渴望已久的念头撞击着他的大脑,他体内的躁动明显。他很怕她现在就醒过来,那一准儿会一脚将他蹬下床,或者是扇他一个巴掌,这两种后果他一个都不想要。

他迟迟不敢有进一步的动作。而他的嘴唇却是轻轻地在她的颈子处轻吻。微热的感觉却似乎是舒服无比,她又轻嘤了一声,竟是侧着的身形翻了过来,变成了平躺着的姿势。她睡衣的领口被轻轻地拉低了,露出里面的一片春光。夜色很深,他看不见,但却能想象那片春光有多么的美。曾经的无数个夜里,他曾这样爱抚着她。白惠虽然沉睡,但是身上那不安分的手,不安分的嘴唇终是让她的神志从梦中拉了回来。她睁大了眼睛,气得双拳展开,指甲掐在他的双臂上,拧、撕、捶打,她好像太过愤怒了,他心有不甘地松开了她。

而女人的一脚也蹬了过来:"你这个禽兽,立刻给我滚回去!"白惠对着他横眉怒目,才只是给他点儿阳光而已,他就又开始灿烂了。

"老婆,打是亲骂是爱,亲不够才拿脚踹。咱不用脚踹,咱用嘴亲的好不?"徐长风的神情那岂只是一个风流了得?

"去你的!"白惠对他的下流模样忍不住又扬起了手,清脆的一声响传过来,她的手已经僵在他的脸上了。

徐长风哎哟一声:"老婆——"

白惠也被自己的动作惊了一下,她半响才没好气地道:"谁让你半夜欺负我!去,滚回你自己的家去,别在我这儿睡了!"她将他向着床下推。

徐长风又轻扯了她的手臂:"老婆,现在可是深更半夜呀,你不带这么狠心的吧?

万一路上出了点儿事故,你可就再也见不到我了,你真忍心孩子们没了爹呀!"

白惠是彻底的无语状态,她瞪了他一眼,抱着被子往着床铺的里面挪了过去,"喏,不许再过来啊!"

她抱着被子将自己的身体遮得严严实实的,却再也没有睡意了。徐长风也好像没有睡意,也难怪,被人硬生生从身上赶下来,他能睡得着才怪。

他来回地翻了好几个身,那种百爪挠心一般的感觉真不是好受的。早晨,他的眼睛下面自然地就带了两个黑眼圈,而且迟迟地没有起来。

他一向都早起的,可是今天是彻底地赖床了。白惠已经穿好了衣服,去梳洗了,他还四仰八叉地躺在那里呢!

白惠看了看他,心底有点儿好笑,而他的声音已经响了起来:"白惠,你知不知道我这一夜有多难熬!诶,我怎么不强硬一点儿呢?"他自言自语似的说着人也坐了起来。

白惠没好气地瞪了他一眼:"还好你没强硬,不然,我就让孩子们再也不理你!"

"喂,不带这么威胁我的吧?"徐长风有点儿无语。

白惠却不再理他,顾自出去了。不一会儿外面就传来小豆豆咿咿啊啊的声音。白惠抱着小豆豆走了进来:"喏,有使不完的精力就看孩子吧!"

她把儿子往着他的怀里一放,就出去了。

小豆豆身上穿着纯棉的保暖套,对着他的爸爸咿咿啊啊地说了句什么,亮莹莹的小嘴里便滴出一道长长的水线。

徐长风脸上有掉黑线的感觉,而那小家伙却是咧着小嘴笑着,小爪子攀着他的身体想要站起来,自然是没有成功的,他腿一软,又趴下去了,小脸蹭在徐长风赤裸着的胸口,那串长长的水线自然就沾在了他身上了。

胸口处一片粘腻的湿漉,徐长风的深眉积成了小山,大嘴一咧骂了一句:"你个臭小子,你就不能不流口水呀!"他扶着小家伙的两只小胳膊将他抱了起来搁在怀里,"喏,不许再流口水听到没有。"

"咯咯。"小家伙对着他再次咧了咧小嘴,他那气呼呼的样子在小东西的眼里,竟是好玩至极似的,还以为他老爸的嘴唇一张一合在逗他玩呢。

徐长风彻底无语了,他对小东西讲话,那简直是鸡同鸭讲。他有些郁闷地将小家伙放到床上,吩咐道:"你好好呆着,别动啊,不然掉地上,摔疼你。"他警告着儿子,边拿过裤子来,将两条腿一一伸进去。

那小家伙果真就没往床边上爬,哼哧哼哧地从床头的纸巾盒子里往外抽纸巾。

徐长风穿完衣服的时候,再一抬头,只见那满满一盒的纸抽,空了一大半,雪白的纸巾被小家伙的小爪子抡得床上到处都是。而且还兴致勃勃地将那些纸巾捡起来扯着玩呢!

徐长风的眉心处几乎打了结:"臭小子!"他骂了一句,大手一伸将肉肉的小东西抱了起来,往头顶上一举,"好你个小东西,学会糟蹋东西了啊!"

小东西被他举得高高的一下又过了头顶了,感到十分新奇,不由得又咯咯地笑起来。这一笑,似乎尿就憋不住了。小水龙头哗哗地开了闸,全都浇在了他老子的脸上。

徐长风这个郁闷呢!满脸都湿漉漉的了,而且还往着嘴边上淌。他气得将那小东西给放在了床上,拾起床上散落的纸巾胡乱地就往着脸上抹去。

"咯咯……"门外笑声清脆。徐长风抬头一瞧,但见他的妻子正抱着小丫头看着他一脸的狼狈笑得花枝乱颤呢!

徐长风斜了她一眼:"看样子我昨晚就应该把你给办了!"

他一句话出去,那女人果真就不笑了,哼了一声,竟是抱着小糖糖转身走了。

徐长风到了公司,还疑心病似的往着脸上摸了一把呢。虽说尿是他儿子的,而且还是童子尿,但毕竟也是尿不是?他在大班椅上一坐,又大手摸了一把脸,臭小子,敢尿你老子了!

他嘟哝着,然而心里却是一点恼怒都没有,只是越想越觉得哭笑不得。

白惠仍然和保姆一起照看着两个孩子,和孩子们在一起,看着他们天真可爱的小脸,所有的烦恼和不快都会通通地退去。她仍旧推了婴儿车将小家伙们推到了院子里阳光下,暖融融的太阳照在身上暖洋洋的,很舒服。

白惠坐在一个小凳子上给小家伙们念儿歌儿,很老很老的儿歌儿:"小白兔白又白,两只耳朵竖起来……"

大门处有车子的声响传过来。保姆道:"咦,这是谁的车啊?"白惠的目光望过去,但见一辆黑色的奥迪车停在了门外,那车牌号她很熟悉,那是潇潇的。她的心头一阵雀跃的同时,人也站了起来。

"潇潇!"她的声音只喊出了一半,就在看到那车门打开处钻出来的人时,目光惊住了。

楚远山道:"把门打开。"

白惠走到了门口处,问道:"你想做什么?"楚远山道:"你开了门再说吧。"

白惠便拉开了侧门的插销,楚远山走了进来。他神色仍然威严,人往着白惠的面前一站,深眉敛目,"冤家宜解不宜结。白惠,你是个聪明人,有些事情就让它过去吧,我不会亏待你。"

"你什么意思?"白惠脸上一冷,怒道,"为你女儿来做说客,想要抹杀她所做的一切恶行吗?"

楚远山道:"别说得那么难听!乔乔之所以做了错事,归根结底,还不是你和徐长风一手造成的?有些事情她固然做得不对,可还不是徐长风伤她太深才会如此?白惠,得饶人处且饶人,也可以给自己的后路留得宽一些。"

楚远山眸光意味深长地凝视着眼前的纤秀女人。白惠心里头窝了火,愤怒地道:"怪不得楚乔会恣意妄为,原来是有你这样的爹在撑腰!楚先生,有你这般护短的父亲,我相信你的宝贝女儿,她不会有好果子吃的!"

楚远山黑眸里阴冷的火光一迸:"那好吧,我们走着瞧!"他一甩袖子,愤愤地离开了。黑色的奥迪转弯开走了,又消失在视线里,白惠的心头仍然是愤愤难平。

楚远山对楚乔的纵容都到了没有底线的地步了,他不反思他的女儿所做的恶事,竟然跑过来威胁要她放弃追究楚乔的恶行,有这样的父亲,难怪楚乔会养成那样骄傲、狠辣的性子。白惠的心里头窝了一股火,原先的好心情都不见了。人在院子里的石凳上坐下,目光沉沉,不知在想着什么。

徐长风从会议室里出来,他的父亲叫住了她:"长风啊。"

"爸。"徐长风黑眸看向父亲。

徐宾道:"昨晚,楚远山给我打过电话,说是希望我们能放弃对楚乔的追究。"

"爸怎么说。"徐长风敛眉问。

徐宾道:"放弃,那是他自说自话,他女儿残害我的儿媳,孙儿的时候,可是得意得紧呢!"徐宾说话的时候压抑着的愤怒又涌出来了。

徐长风道:"楚远山这是无路可走,所以才来找我们的。"

"嗯。"徐宾沉沉地应了一声。

"老板。"小北正拿着电话走过来,"老板,刚刚楚远山去找过嫂子了……"

白惠在院子里坐了好久,春风阵阵拂面,心头的火气渐渐地淡去了。门口处有黑色的车子驶过来,喇叭声响起来,保姆忙过去将大门打开了。徐长风的车子驶进院子,嘎的停下,他高大的身影下了车子大步走向他的妻子。

白惠一直看着徐长风走过来,神色担忧。他走到她的面前,身子微蹲:"你没事吧?"

"没事。"白惠很深的眼眸看着他,"楚远山来找过我。"

"我知道。"徐长风的手轻握了握她搁在膝上的手,然后在她身旁的另一个石凳上坐下了,"他是无路可走了。"

第五十二章 小计得逞

白惠将手中的波司登保暖衣连着包装袋一起放进箱子,看着邮局工作人员为那箱子打上封条,贴上收件人信息标签,她给楚潇潇发了个信息过去:"潇潇,我寄了衣服给你,注意查收哦。"

信息发完,她的嘴角弯了弯,心情好像十分愉悦。

夜色弥漫在苍茫雪山,一道穿着军装的身影抱着怀里的箱子进了屋。箱子是他日思夜想的人给他寄过来的。他的手指因为欣喜而微微发抖,他有些迫不及待地轻轻地撕开了箱子上的胶带,箱子盖被打开了,他看到里面两个男士保暖套的盒子。因为他说过,部队里是不能穿便装的,所以她就给他寄了保暖衣过来了。

楚潇潇的唇角不由得轻弯了弯,他将上面的那个盒子打开,里面是一套银灰色的保暖衣。

白惠正在家里给孩子们洗衣服,手机的信息提示音响了起来,她忙起身走回卧室,拾起扔在床上的手机看了看,那个熟悉的号码让她的心头一阵惊喜。

"衣服已经收到了,谢谢。"话不多,但饱含了属于楚潇潇的温情。

白惠捏着手机,心思浮浮沉沉,竟是想起了那些个楚潇潇在的日子。她和他一起去吃拉面,一起去钓鱼,他为她挡住凶猛的大狼狗,白惠的眼窝里一下子就湿了。

"怎么了?"熟悉而温醇的男人声音滑过耳膜,白惠抬起湿漉漉的眼睛看向走过来的男人。徐长风不知何时回来了。正微敛着眉宇有些担心地看着她。

"没怎么。"白惠伸手抹了一下眼睛。

而徐长风已经拿过了她捏在指间的手机,他在那屏幕上看了一眼,神色便是一沉。接着黑色的手机被扔到了床铺上,他的手伸过来,修长光洁的指腹轻轻地抹去了她眼角的湿润:"哭什么?他穿着那么温暖的衣服,幸福都来不及呢!"

他的声音虽然温醇,却不乏酸味,心底里也确实泛酸了。但是楚潇潇却是一个给了他的妻子无限温暖的人,在那些个黑暗的日子里,他无暇顾及她的时候,是楚潇潇陪在她的身边,保护了她的安全,她对他好,是应该的。

白惠垂着头,颊边的发丝遮住了脸颊:"是我害他去西藏的,那个地方要多苦有多苦啊!"白惠能想象得到楚潇潇那张帅气阳光的脸顶着高原红的样子,而且她听说,在西藏那边生活过的人再一回来,身体很多都出了问题,如果楚潇潇的身体也因此而出了问题,她会更加内疚的。

徐长风道:"怎么能怪你呢?怪只能怪他有个好父亲呢!"他的眼神很深,似有无奈,白惠的心头动了动。

徐长风又道:"以后别自己洗衣服带孩子了,我请佣人过来,你这样又是照顾孩子又是做家务太累了。"他轻执了她两只手,这两只手原本是很细嫩的,但是两个孩子耗去了她大量的精力,再加上很多的家务要做,她的手,十根手指,指腹都磨出了茧子。

白惠的手指蜷了蜷:"孩子们当然要自己照顾的,你知道他们就是我的命。"

"嗯,那就请个佣人专门做家务好了。"徐长风知道让她搬回去住,那是不可能的事,便想着尽量给她减轻一些负担。

白惠没有反对,因为两个孩子确实占据了她大部分的时间和精力,其他的事情她几乎无暇去顾及了,请个佣人过来也好。

这些日子,徐长风就住在了他妻子这里,既然她不肯搬回去,那么他就搬过来好了。守着妻子儿女,这也跟在家里差不多。

糖糖和豆豆都醒了,此刻一个光溜溜撅着小屁股爬来爬去,一个坐在那里,摆弄布娃娃。

"啊啊。"小豆豆捡了个拨浪鼓过来爬到了小糖糖的面前,那意思是想和姐姐一起玩,可是小糖糖明显地对那东西没兴趣,只抱着她的布娃娃。

小豆豆啊啊了几声,小糖糖不理他,他便很无趣,又爬向了他的爸爸,啊啊了几声。

徐长风伸手臂将儿子胖胖的小身子抱了起来:"我说儿子你怎么就这么笨呢?怎么就跟个狗似的光会叫不会说呢!"

小豆豆浑没听见似的,小手顾自攥着那个拨浪鼓摇得哗啦响。

"妈妈。"小糖糖奶奶的声音喊了一句,白惠已经过来了,她将女儿抱了起来。相对于小豆豆,她自然更加疼爱小糖糖。她抱着女儿在她的小脸上亲了亲,"糖糖,好乖哦。"

"糖糖，豆豆，爷爷奶奶来喽。"外面传来老年人慈爱的声音，白惠扭头看过去，但见徐宾和胡兰珠走了进来。两个人的手里都提着大大的手提袋，可以看见里面盛放着各种各样的玩具。

　　胡兰珠的脸上说不出的慈祥和蔼，把玩具都拿了出来，两个孩子便立刻都爬了过去。两个老人哄着两个孩子玩了起来，徐长风便拉着妻子去爬山，白惠不放心孩子们，胡兰珠道："去吧去吧，这里交给我们就行了。"

　　白惠便和徐长风出来了。两个人去爬了近郊的一座山，那里清新的空气，葱郁的树木，叠嶂的山峦无不让人心旷神怡。白惠的心情变得悠然而闲适。

　　徐长风轻拉了她的手一下，白惠站到了石阶之下潭水旁，徐长风相机举起来，对着那张笑颜如花的脸咔的按了一下。白惠的心情随着眼前的景致越发优美，而心情越发地愉悦。

　　"你要照吗？我帮你啊！"她对她的男人说。

　　徐长风笑："是我们两个人照。"他说着就对着一个经过的游客道："请帮我们照张相，谢谢。"

　　那个人笑笑，接过了他的相机，徐长风走到妻子的身旁，长臂一伸将妻子纤秀的身形拥进了怀里。

　　"来，笑一个。"那个照相的人对着白惠说了一句，白惠还没有反应过来呢，徐长风却是在她的脸上亲了一下，俊颜凑过去的那一刻，照相的人飞快地按下了快门。

　　白惠的脸上立时就烫了，她瞪了那男人一眼，而他却是浑不在意的，笑笑接过了那个递还回来的相机。

　　眼前数十级的台阶高耸入云一般，上面便是水库大坝了，白惠看得眼晕，往上走的时候，腿脚都发软。徐长风轻扣着她的手腕，拉着她的手带着她一级一级地往上登。几十级的台阶登上去，峰回路转，又是几十级的台阶出现在眼前。

　　白惠的身上已经热热地出汗了，她伸手抹了一把，说了句天呢！徐长风便笑："这算什么，你要是爬不动了，我背你上去。"

　　白惠便撇撇嘴，此处石阶陡峭，他要是背着她，弄不好会把她掉下去，粉身碎骨。

　　石阶好不容易登到了头，眼前豁然开朗，潭水无边，沉静而苍茫。清风拂过来，白惠放眼远眺，心情说不出的爽朗。

　　"嗨，白惠。"耳边有道好听的男人声音传过来，白惠脸上的神情顿时一僵，她立时扭了头，但见一个长相帅气的青年男子正走过来。脖子上挂着摄像机，浓浓的两道眉毛，神色愉悦。她不由得心底抽搐："周相逸。"

　　周相逸笑道："怎么这么巧啊！"

"呃……是呀！"

白惠只觉得自己脸上的肌肉好像都抽了起来似的。她曾经找过这个男人拍过人体艺术摄影，这件事情，让她有点儿别扭，虽然当初是自愿去找他的，但是时过境迁，她却有点儿后悔了。

徐长风听到白惠唤那人的名字，再看到他脖子上挂着的相机，那是专业摄影人士用的一款相机，他不由得长眉一敛。伸臂将妻子的身子一揽，对着周相逸道："周先生的照片拍得不错，果真不愧是专业人士。"

"呵呵，谢谢。"周相逸自是猜到了他的身份，笑了笑。

"白惠，我们该走了，出来这么久，孩子们一定在找你了。"徐长风揽着妻子的肩对着周相逸道："再见，周先生。"

"再见。"周相逸说。

徐长风拥着妻子向前走去。一直走到了下行的地方，看不到周相逸的影子了，白惠才挣开了他，有些恼怒地瞪了他一眼："我们才刚上来好不好，几百级的台阶呢，好不容易登上来的，你这就让我下去呀！"

徐长风手指在鼻子尖处揉了一下："那个，我有感觉，糖糖豆豆在叫你呢！"

白惠用白眼珠剜了他一眼，气呼呼地迈下石阶。时间已是中午，两人返回了市区。"怎么样，今天挺高兴的吧？"回家的路上，徐长风边开着车子边问。

白惠扁扁嘴："高兴什么，我才刚爬上大坝，好几百级台阶呢，好不容易爬上去的，你就把我拽下来了。"

听着妻子言语之间的不满，徐长风笑道："那不能怪我，怪就怪那姓周的小子，要不是他突然出现，我们要在上面午餐呢！"徐长风想起那幅人体艺术照来，就想起妻子脱光了衣服站在那人面前任人摆弄的样子，不由得就恼火。

白惠再次扁扁嘴："你纯粹是心里有鬼。"

"好，我就是有鬼怎么了！"徐长风不以为然地说，"我没把那小子两只眼睛给抠出来就不错了。"

白惠听着脑袋立刻就大了。

"你，你真让人无语！"她气呼呼地骂了一句。

两人回到家，婴儿房里，胡兰珠和徐宾一人搂了一个小孩子，在哄着他们玩，那一幕看起来十分温馨。徐长风不由得伸臂轻搂了妻子的肩一下："你看，我们一家人团聚在一起多好。"

白惠没说话。

徐宾说："白惠呀，搬回去住吧，搬回去你妈帮你照顾孩子们，你就不用这么辛苦了。"

白惠轻扯了扯唇角,只淡淡地道:"喔,以后再说吧。"

胡兰珠语重心长地道:"白惠,还在生妈的气吗?妈以前太相信楚乔了,所以一再地伤害了你,妈妈很后悔。白惠,过去的就让它过去好吗,我们一家人开开心心地过日子!"

胡兰珠的神情无疑是诚恳的,让人心头动容的,白惠仍是轻动了动嘴角:"没有恨了,我从来没恨过你。"她垂了头,往事不堪回首,胡兰珠不是什么大奸大恶之人,但是她对于楚乔的喜爱,和对她这个儿媳的鄙视和厌弃,却也是伤害了她。

"过去的已经过去了,我也尽量让自己去忘记,但是有些事情并不是忘记了,就不会留下痕迹。所以我觉得……现在已经很好了。"她又默默地说。

胡兰珠便不再说话了,而徐长风的眼眸则是越发地深邃而耐人寻味。

一晚过去,徐长风从自己睡的那间房子出来,去看了看两个小家伙,他们伸着小胳膊,睡得香甜甜的呢!

他直起身子,又对着婴儿室的镜子整了整领带,这才转身出来。白惠起床的时候,徐长风已经走了。彼时才早晨七点钟,上班明显是早呢!白惠心底奇怪的同时,觉得心头有点儿空。

徐长风到了公司,大厦里面很安静,只有几个保安在走动。他直接去了自己的办公室,外衣脱下挂在了衣架上,人在大班椅上一坐,便点了一根烟吸了起来。

昨天晚上,她的一番话让他的心头涌出百般滋味,却是酸涩,苦辣,没有一样是甜的。虽然他愿意有阿Q的精神,但他也不能长此这样下去,家不是家的。他蹙着眉尖,吸了好半天的烟。下班之后,他直接回家了。这一天,他没去他妻子那儿。

他直接回了自己的住所,人往床上一躺,却是胳膊一伸,将床头处倚墙立着的大相框拾了起来,他立即看到他妻子白如皎月一般的脸,和那纤秀有度的身子。她站在那里婷婷静立就如一枝白莲,虽然全身一丝不着,可是让人心里生不出一点猥琐,反是觉得美得圣洁。

他在那张秀气的美眸上亲了一下,当初他从展览大厅将这幅相直接扯了下来,身后惊讶抽气的声音不绝于耳,他却愤愤地,恨不得在心里就将那些人的眼睛都挖下来。他亲了一下妻子的眼睛,又将相框放了回去。

这一晚很快过去,转天,他仍然没有去妻子那边。白惠从早到晚地带着孩子,总觉得心里头少了点儿什么似的。小糖糖呀呀地念了一句:把把。

白惠便敛了眉尖,小丫头竟然想她爸爸了吗?那家伙天天在眼前晃,她还不觉得怎么,这两天他没来,她倒是感到空空的,连这所大房子都好像空了似的。

夜色降临下来,她哄睡了两个孩子,自己回了房在窗子前站了一会儿,她好像有种期待似的,可是夜色很深了,外面没有车子驶进来。后来,她就躺下去睡了。

不知过了多久,好像有些不对劲儿,她觉得外面像有人似的,她便下了床,向外走。走廊的灯开着,婴儿室里很安静,而楼下的大厅里,却亮着灯光,有道黑影一闪,接着砰的一声响,那个黑影的身影碰倒了一个花瓶。白惠唔的一声低叫,全身的汗毛都炸了起来。而那人头上罩着黑色的面罩,正在翻她落在楼下的手包。她包里有张银行卡,还有一千块钱,那人把她的钱塞进了衣袋,正要迈步往上来。

白惠的双腿不停地在哆嗦,她知道这人定是个贼。她该怎么办呢怎么办?她自己不打紧,她还有两个孩子呢!这个家里连一个男人也没有,只有保姆和她两个大人,怎么办呢!

白惠惊得身上冒出汗来,突然间大叫了一声:"老公,快来呀!"她的声音很响,那人一听便好像惊了一下,竟然撒腿就往外跑。白惠自是不敢追的。耳听着那人砰的拍上门跑了出去,她已经全身都酸软了瘫在了地上。

保姆已经惊醒从婴儿室里探出头来,看样子好像也被吓到了,连脸色都是白的。

白惠战战兢兢地扶着楼梯下了楼,大厅里处处是被翻找过的痕迹,有些东西还被丢到了地板上。她心惊肉跳地往前走,她很怕那人再返回来,她快速地跑过去,将大门反锁了。人靠在门上呼呼地喘气。

保姆也下来了,一手还捂着胸口呢:"白惠小姐,我……我刚刚给徐先生打电话了,他说马上就过来。"

白惠的心跳便稍稍安宁了一些。

徐长风很快就到了,好像他就守在这附近似的,他有这里钥匙的,院子的电动门一开,他的车子飞速地驶了进来。车门打开,他大步走过来。

白惠从窗子处已经看见了他那熟悉的身影,忙将反锁着的入户门打开了。

徐长风似是一身风尘地走进来,神色急惶而不安:"怎么样,有没有伤到哪里?孩子们都好吗?"他的手紧握住了她的肩,急切地问。

白惠惊惶惶的一颗心便倏然安定下来,她将自己一下子埋入了他的怀里:"长风,我好怕啊……"她在他怀里,感受着那胸口的结实她的身体簌簌发颤,竟是一下子哭了。

"好了,没事了,没事了。"徐长风的手轻抚着她的后脑,那深邃的眉梢眼角却是有一抹浅浅的异样划过。

白惠被那个贼惊到了,后半夜全无睡意,而他好像也没有。他搂着她,躺在她的身边,她枕着他的胸口,把自己整个儿地都贴进了他的怀里。两个孩子则是在睡梦中就都被抱了过来放在了床的里侧。

"还好,那人跑了,要是上了楼该怎么办呢?他一定会伤害我们的孩子。"白惠在他的怀里仍然心有余悸，呜呜咽咽地说。

徐长风便越发地搂紧了她，她穿着睡衣的身子紧紧地依偎着他，柔软而依赖，真是让他感到说不出的喜欢。他又若有其事地说道："嗯，他要是上来，恐怕不但会伤害我们的孩子，还会把你……"他的声音顿了一下，"先奸后杀！"

"啊！"白惠登时尖叫出来，徐长风便长臂收紧，将她的身子搂得更紧了一些。

"明天一早就搬回去吧，还是自家安全，起码，我天天都在呀，会保护你和孩子们的安全。"他趁热打铁似的说。

白惠仍然缩在他的怀里。两个小娃娃人事不知睡得很香，可是她仍然心惊肉跳呢，她把自己的脸在他的肩头贴得更紧了一些，轻嗯了一声。

徐长风的眉梢眼角有笑意流露出来："我明天一早就叫人过来帮你收拾东西。"

"嗯。"

两个人这样紧贴着身子，白惠的倦意渐渐来袭，慢慢地就睡了。徐长风想，他明天要给小北包一个特大号的红包了。

天一亮，徐长风就打电话给徐宅那边告诉母亲胡兰珠叫佣人过来帮忙收拾东西。用了一个上午的时间，将所有的东西都收拾好，徐长风又找来了几辆车子把那些东西都拉走了，那些东西大多是小糖豆的玩具神马。

白惠回到了阔别已久的房子，那是她和他曾经住过将近一年的地方。在这里，每一个角落都留下了她的欢喜与忧愁。

徐长风左臂一个娃娃，右臂一个娃娃，眉梢眼角喜色充溢。那天的天气本就好，万里无云的，风和日丽，他抱着两个孩子，像抱着两个至爱的宝贝一起上了楼。

"看看爸爸给你们准备的房间好不好？漂不漂亮？"徐长风对两个娃娃说着。

白惠看过去，却见原先被当做婴儿室的地方，墙壁上刷着粉色的涂料，还有可爱的卡通图案，偌大的房间里，一张大大的双人床，一面靠墙，三面护栏。

"这张大床，两个孩子睡，不用担心掉地上。"徐长风说。

"宝宝们，看看爸爸给你们准备的玩具多不多？"徐长风又抱着孩子们一转身，北面靠墙的地方，大大小小的玩具，洋娃娃，小狗小猫小兔子，电动的，毛绒的应有尽有。

"来，再看看你们的游乐场。"

徐长风又抱着两个孩子出去了。对面的房间里，摆放着小滑梯，小木马，小火车，小汽车，又是让人不住汗颜。白惠不由得唇角抽了抽，他这都是何时准备的？

两个孩子一看见这么多的东西，自是欢喜得不得了，小糖糖两只秀气的眼睛闪烁着亮亮的光，手里抱着她爸爸给她的漂亮洋娃娃，而小豆豆却已经在他爸爸的怀里呆不住了，他的小胖身子向前倾着，小嘴里咿咿呀呀的，小手伸着要够那辆大汽车。徐长风蹲下将小家伙放进了大汽车里。一面抱着小糖糖,一面就亲自把着儿子的两只小胖手握着方向盘,开着小汽车呜呜地向前而去。

小豆豆一双黑眼珠骨碌骨碌的,看着哪里都好奇,小手在那车子上摸来摸去。徐长风干脆就将女儿给她妈妈送了过去,自己过来一心一意地陪着儿子开汽车。

小家伙坐在车子里,他爸爸一只手臂搂着他的小胖身子,一只手把着极度仿真的方向盘,嘴里跟着那车子发出呜呜的声音。车子呜呜地在房间里行驶起来。小豆豆初时被那突然行动起来的车子骇了一下,但不一会儿就不怕了,咯咯地笑起来。小糖糖便也好奇地伸了伸小手,意思是她也想过去,徐长风便将女儿也放进了车子里,还好那车子够大,放下两个小宝宝,虽是挤了一点儿,但是坐得下。两个小人儿都是十分惊奇的样子,屋子里咯咯的笑声响了好久。

这一天就这么过去了,哄睡了两个小东西,白惠却犹豫了,她晚上睡哪里呢?搬回来了,要和他睡一起吗?

徐长风已经洗完了澡,穿着睡衣就出来了:"快去洗洗睡吧,累一天了。"他黑亮的发丝上,还沾着星星的水珠,沐浴后的他,更显俊朗。

白惠喔了一声:"那个,你晚上睡哪儿呀?"

"当然睡卧室了。"他给了她一个含含糊糊的答案,说完就去婴儿室了。

白惠站在那里琢磨了一下,转身去了另一个卧室。不过这间屋子里可没有卫生间,两个带卫生间的房子一个做了主卧室,一个给了孩子们。她便拿了自己的睡衣出来,去了他房间的洗浴间洗澡。洗完澡又直接回房睡觉了,这一晚倒是挺安生的,他没过来打扰她,而她也睡得踏实多了。转天,徐长风照旧去上班,白惠在家里带两个孩子。胡兰珠一早就过来了,有了孙辈的人就是不一样,每天心里就惦记着这两个小家伙。徐宾上班的时候,有时候还会打电话过来让小豆豆在电话里和他咿咿呀呀地喊上几嗓子呢!

孩子被胡兰珠照看着,白惠便开始收拾房间,收拾完自己的,收拾他的。他的房间是当时的主卧室,床头还挂着她和他的婚纱照,房间里一切如旧。白惠看了看那张大床,就是在这里,她和他度过了风风雨雨的漫长夜晚,欢乐和痛苦交错。

她一点点地收拾着他的房间,将他昨天换下来的衣服收进袋子,准备送去干洗,他的床头立着一个大盒子,她没看,给挪了挪位置,就把那地板全擦了。

徐长风回来神清气爽的,先是逗弄两个孩子,末了一起吃晚饭,仍是两个大人一人腿上一个,耐心地喂他们吃饭。孩子们睡着以后,白惠也累了,就回房休息。

而徐长风也躺在了床上,但是他没有睡意,她就在他的对面房间呢,他其实真想过去和她一起睡,搂着她,软玉温香,再行使一下做丈夫的权利。嗯,他很久没有做过那种事了,他怀疑再这样下去,他的某种功能会报废。

他手一伸,又将床头立着的那幅相拿了过来,因为她们搬回来了,他不得不给这幅相穿了件衣服——包上了盒子。

他从盒子里把相片拿了出来,放在眼前端详着。她可真美,而且白得可爱。他忍不住笑意的同时,对着那样一具白皙纤细有度的身子,身体里有异样的感觉生出来,热热的,难受。他不得不咽了一下口水。

咚咚,有叩门声响起来,接着房门就推开了,"长风。"白惠拿着他的手机进来了,他晚饭时把手机落在了客厅里,手机铃声正响着。白惠敲了两下门就进来了。徐长风暗叫一声不好,白惠已经走了过来。

"你电话。"

"哦。"徐长风将手里的相框放在了床上,伸手接她递过来的手机,可是那铃声却断了。

白惠将手机递给她,便好奇地将那相框拾了起来,一看之下,她的眼睛瞬间瞪大了。

竟然会是她的那张人体艺术摄影。白惠喉咙有些发干:"那个,你拿着这个做什么?"

"呵呵,没什么,我看看。"徐长风也笑,黑眸却是热热地盯着她瞧。

白惠拧眉,又看了看自己的照片,又看了看他,脸上忽然间就热了:"你没事瞧它做什么!"

话一出口,白惠就愣了,而徐长风眼中的笑容却是越发地温和明朗:"我都很久没有碰过你了,看一看总行吧?"他笑得风流而揶揄。

白惠脸上刷的就红了,她气得将那相框对着他砸过去:"下流!"

徐长风笑着,手一伸,那相框就脱了手,被他放到了床下,而她的手臂被他用力一带,她的整个人便由床下跌到床上去了,直接跌进了他的怀里。

白惠啊唔了一声,人已被他压在了身下,他的俊颜笑意流淌,眼睛里灼灼的光芒流泻。

"我一直在等你呢,宝贝儿。"他对着她吐出如兰的气息,竟是低头将她的嘴唇吻住了。

白惠又是呃喔了一声,躲开了那个贼,又掉狼窝里了。她的手动了动,试图推开他,但是男人就是男人,那力量那体格不是她一个小女子就能撼动的。他的长腿别着她的腿,一只手臂又轻易地压住了她的双手。

"乖,安静一点儿。"他对着她说,声音里带着隐隐的急切。白惠瞪了瞪眼睛,"你不可以！我不想！"

"你马上就想了。"他低下了头，嘴唇落在她光洁细嫩的脖子上，又轻咬她细嫩的耳垂儿。他或轻或重地咬着，她本是气恼的，但却不由自主地轻吟。

他不由得笑了，笑意温和而俊朗，"瞧瞧，你多敏感。"

白惠的脸颊上立刻就热了，她想一脚给他蹬下去，可是他把她的腿压得紧紧的，她只能气得不得了，却是推不开他一点儿。

"滚！"她对着他咬牙。

他却又是一勾唇，眼眸里的暧昧那么明显，热浪灼灼，危险十足。"你马上就会舍不得让我滚的！"

"你真下流，你给我滚！"她又羞又气喊出来，可是他突然间又轻咬了她一下，她的喊声马上就又变成了一声轻吟。

他便立时又笑了："是不是很舒服？"

白惠的脸刷的就红了，可是他按着她的手，她连赏他一个巴掌都赏不来。她想干脆咬他一口，可是他的头在她的胸口，她够不着。

她真是万般煎熬，心里面将他骂了个千万遍。可是他坏心得很。他的一只手将她的睡衣拂了上去，她的身体露出来，他看着眼前皎月般的身体，俊颜便笑得越发地暧昧邪肆。

"真美！"

他轻说了一句，双眸黑而亮。他看看她因为羞窘气愤而涨得通红的脸，却是又笑笑，轻轻地咬住了她的嘴唇。

她呜呜咽咽地咬唇出声，他却松了她的手。她哭了，双手揪他黑亮的发丝："你坏，我恨你……"

白惠这一觉睡了很久，连孩子们醒了她都不知道。不能不说，其实被他搂着睡，那是真正的踏实。分开的那些日子里，她经常噩梦连连，后来找到了小糖糖，女儿死而复生，她的梦魇消失了，但还是睡不安稳。那是幼年时心灵上的阴影带来的，可是他在身边的时候，她便可以睡得沉沉。

"妈妈，妈妈……"有奶声奶气的声音，隐隐传来，白惠睡得迷迷糊糊的，直到有温软的小手摸到了她的脸，她才睡意惺忪地睁了眼。她看到了她的小糖糖。那小丫头正趴在她的身上一双黑亮亮的眼珠看着她。

白惠一下子醒了。

小糖糖黑亮亮的眼睛看看她，又吭哧吭哧地把目光下移，落在了她半露的胸口，小手好奇地爬了过去，摸在她的柔软上。

小糖糖小嘴半张着,吭哧吭哧的,一道清亮的口水线竟是滴了下来。白惠的头上直掉黑线。

小丫头好像是馋了。竟是小脑袋贴了过去,小嘴含住了她的乳头。这种吃奶的动作当真是天生的一种本能。小糖糖从未吃过母奶,也没含过奶头,但是这种吸奶的动作却是人类与生俱来的。她的小嘴里发出嗯嗯呀呀的声音,竟是又松开了奶头。她低头瞧了瞧,小眉头聚了起来。她好像在奇怪,为什么别家的小妹妹就这样吃,吃得香香的,美美的,可是妈妈的这里怎么没有奶?

"哈哈……"徐长风终于是爆出了一声大笑。他伸臂将他可爱的女儿抱了起来,"小丫头,你妈妈那里没有奶诶,爸爸去给你冲奶粉喝。"

他抱着小糖糖又回头看了一眼他的满脸通红的妻子,迈步离开了。白惠扯下睡衣一把将自己的胸口盖住了。她郁闷这男人的同时,又很疼惜她的孩子们,生下来就吃不到母奶。她换了衣服梳洗过后,走到婴儿室去看孩子们。

小豆豆已经吃完了牛奶加蛋羹,小嘴上沾着牛奶渍,嘴里打了个饱嗝,而小糖糖却把郁闷的目光投过来,小眉峰仍然敛着,吃不到母乳的孩子,好郁闷呢!

"来,糖糖吃蛋羹了。"徐长风亲自端了碗在喂她。糖糖张开小嘴吃了一口,却又把一双郁郁的眸子望向她的母亲。

白惠满头掉黑线。这小丫头可真会折磨人。

"来,妈妈喂。"白惠走过来,一手搂了她,一手就接过了徐长风手里的碗,一手拿着小勺子,轻舀了一口蛋羹递到小糖糖的口边。小糖糖便张嘴吃下了。白惠低头在小家伙的发顶处亲了一下,她的小糖糖真是让人疼惜呀!

徐长风到了公司,一路精神奕奕。他的员工们见了他纷纷问好。背过身去又偷偷议论,徐总今天心情真好。

小北哼着歌儿来上班了,崭新的一款保时捷跑车被刷地停进了车位,小北关了车门,又左左右右上上下下地检视了一番,确认不会被别人刮蹭,才双手插兜地进楼。

"哎,北助理,这车谁的?"有好奇的同事过来拍了拍他的肩。

"当然我的了,你没看见我刚从那上面下来吗!"小北说。

那人便眼神奇怪又不相信地斜眼睨他:"你发财了吗?这车可是一百多万呢!"

"对呀,哥就是发财了。"小北伸臂拍了拍那人的肩,"哥明儿载你兜风去!"他一句话弄得那人满脸黑线。

小北边走边美得哼着歌儿,别人做贼会被抓,弄不好还判刑,他做贼却可以换来一辆豪华小跑车,嘿嘿,但愿老板以后多让他做几次。

今天是给两个孩子打疫苗的日子,白惠给两个孩子穿好了衣服,和保姆一人一个地抱下楼,她看到了楼下停泊着的炫目跑车。车门向上打开,小北钻了出来:"嫂子,老板正开会呢,让我过来载你们去。"

白惠便笑道:"小北,你这车新买的啊？挺漂亮的!"

"那当然了。"小北的嘴边立即就咧出开心的笑来。白惠并没有多想,只是呵呵笑笑,抱着孩子上了车。

医生是提前约好的,两个娃娃打了针,委屈得不得了。小糖糖搂着她妈妈的脖子,大眼睛里含着泪花,看起来就让人心疼。小豆豆咧着小嘴一会啊啊几声,一会儿又看看她,然后继续啊啊。在他们快要钻进小北车子的时候,徐长风匆匆赶来了。

他一手抱过了保姆怀里的小豆豆,疼爱地问道:"儿子,疼了吧？"他这一问,那小家伙小嘴又一扁,小脸一仰,又啊啊哭了起来。这孩子知道妈妈只疼姐姐不疼他,所以他看见爸爸,那才会哭得厉害。

徐长风便从上衣兜里抽出了手帕来,给儿子擦小脸上的泪花:"乖儿子不哭了,爸爸带你和姐姐去游乐场玩。"

小豆豆便止了哭声,用黑眼珠看了看他的爸爸,徐长风在儿子的小脸上亲了一下,"嗯,臭小子你听得懂啊!"

见徐长风抱着孩子走向自己的车子,小北便道:"老板,不用我了？"

"嗯,不用你了。"徐长风头都没回。

小北又欠抽地加了一句:"老板,有事您尽管吩咐啊！我随时为您和嫂子,效犬马之劳!"

徐长风的眼睛立时瞪了过去:"你哪来那么多废话!"

"啊呵呵。"小北伸手挠了挠头。

白惠则好笑,小北何时变得这么好开玩笑。

徐长风转身向着妻子时已又是一脸的笑:"老婆大人请上车。"白惠扯了扯唇角,感叹这个男人脸色变化之快,脸颊上有点儿抽搐。

一家人都上去,徐长风仍然将小豆豆交到保姆的怀里,将车子开出了医院。

夜色降临,哄睡了两个孩子,白惠被她的男人揽在怀里,她枕着他的臂弯,往昔的很多事情在她脑海里浮光掠影,她幽幽地说道:"我有时候就想,同是一母所生,为什么潇潇会有那么善良的心,而楚乔却心如蛇蝎。"

徐长风轻叹了一声才道:"谁说他们是一母所生,才不是呢!"

"啊？"白惠登时回了头,一双明亮的美眸望向她的男人,她眼睛里的震惊藏都藏不住,"你说什么？"

"我说,潇潇和楚乔,他们其实是同父异母的姐弟。"徐长风说。

白惠的眼睛登时就直了。竟然会不是亲生的,这件事情太过震惊了,她久久地呆在那里。潇潇曾说过,他的生日一向都是自己一个人过,他的父亲从来只会给他的姐姐过生日。

白惠喃喃地道:"那么,潇潇的妈妈,是个什么样的人?"

徐长风轻扳了她的小脸,眼神似在回想:"听妈说,潇潇的妈妈是一个很温和很漂亮的女人,但是在潇潇两岁的时候就离家出走了。后来再无消息。"

潇潇和楚乔并非亲生姐弟,以及潇潇母亲的身份,是极少有人知道的,这是楚远山的禁忌。他当年和楚乔还在一起的时候,听楚乔说过,她说她父亲不让任何人提起潇潇的亲生母亲,对外只称,潇潇是她的亲弟弟。

潇潇和楚乔并非亲生姐弟的事情,这个世界上恐怕没有几个人知道,而知道的人,莫不讳莫如深。

白惠心头越发地震惊无比,潇潇的母亲为什么会置年幼的儿子于不顾,却狠心离家出走,一去不回呢?她就不想念她的儿子吗?

白惠是做了母亲的人了,她深深地知道,孩子对于一个母亲来说有多重要。即使是离家几个小时,她也会对两个孩子牵肠挂肚的,更别说是一去不回头的二十多年,他的妈妈就真的那么狠心吗?

见他的妻子痴痴呆呆的一副模样,徐长风轻叹了一声,轻抚了抚她的头发:"我们自己的事情都还忙不过来呢,就不要想别人的事情了。"

"潇潇不是别人,我把他当哥哥一样呢!"白惠郁郁地低下了头。

徐长风的眉眼变得很深:"我知道你把他当哥哥,可是他母亲的事情,我们是琢磨不透的。所以,不如留下时间来,想一想我们的事情。"

"我们什么?"白惠再次抬眸。

徐长风轻勾了唇角笑道:"我们什么时候补套婚纱照。"

"去你的!"白惠白了他一眼。

这段时间以来,楚远山可谓是焦头烂额。他的宝贝女儿所为,让他丢尽脸面的同时,楚氏也受到了巨大的影响,公司业绩直线下滑。还有徐长风那边结合了林家所竖起来的坚固堡垒。他们聘请了业界最有威望的律师,势必要打赢这场官司,将他的女儿送进监狱。

楚远山不是不想救女儿出来的,她再怎么错,也是他的女儿,是他最爱的女人生的女儿,但是他的对手那么强大,并不是光有徐家那么简单,他想要让女儿全身而退,真是难如登天呢!他沉沉地叹息了一声,心头忽然感到一种说不出的挫败。这些年,他宠爱楚乔的同时,对她的道德教育也确实是缺失了。

他的眼前恍惚就浮现了一张熟悉的脸。

"山哥,你要好好地待我们的女儿,她最可怜了,从小就失去母爱。山哥,你答应我,要用你的一生来爱护,来保护我们的女儿……"

他心爱的女人临终之前的话又响在了耳边,他的心头感慨万分。

白惠和保姆一起将两个孩子放进大大的浴盆里,温热的水流泡过两个白滑的小身子,小豆豆开心不已地两只小手拍着水,嘎嘎地笑,小糖糖仍然有些害怕的样子,两只小手抱着白惠的脖子不肯松开。

白惠轻声安慰:"乖,小糖糖像弟弟一样泡个澡,可舒服了!"

小糖糖低头瞧了瞧,水流没过了她的小腿,她看了看,便又小嘴扁了扁,仍然抱着白惠的脖子不松手。

"糖糖看,这是什么。"徐长风走了进来,他穿着整齐的西装,才刚从外面回来。将手里一堆黄色的小鸭子放进了大浴盆里。一只大鸭子,五只小鸭子,像是一家六口在水里游来游去。

"糖糖,快来逮鸭子。"徐长风笑哄。

小糖糖的眼睛里亮了亮,那两只抱着白惠脖子的手便慢慢松开了,她伸手试探地去拿那小鸭子。白惠便就势将小人儿放坐在浴盆里。小豆豆早小爪子一伸将那只大鸭子拾了过去,又拿了一只小鸭子递向小糖糖,嘴里还啊啊地说着大人听不懂的话,小糖糖便和弟弟一起玩起了小鸭子,白惠便赶紧给小糖糖洗澡。

看着两个可爱的小家伙坐在水盆里,光溜溜的样子,徐长风的脸上笑意流淌。他掏出手机来,对着两个小家伙咔咔地按起了快门。他发现,他的一双宝贝还真是上相,无论怎么照都是那么可爱。

白惠给小糖糖洗澡,他便收了手机给小豆豆洗。只是那小家伙着实不像他姐姐那么听话,他调皮得很。徐长风给他洗澡的时候,小家伙便小胖手在水盆里啪啪地拍起来,水花四溅,溅了他姐姐一脸,又溅了他爸爸一身。小糖糖被溅了一脸的水花,小手去抹眼睛,小豆豆却笑得欢。

徐长风自是不会恼,做儿子的越调皮,做父亲的越开心,这是毫无疑问的。

"臭小子,真皮!"徐长风伸手抹了一把被儿子泼到脸上的水花。白惠也不由得弯了唇角。

这个时候保姆拿着白惠的手机走进来:"白姐你电话。"

白惠接听,电话是林晚晴打过来的,她说:"白姐,我不想跟靳齐过了,真的不想了……"在半个小时之前,她才和靳齐因为楚乔发生了激烈的争吵,只觉得身心俱疲的她,看不到未来的一点点曙光。

徐长风见到妻子郁郁的神色,便问道:"你怎么了?这么不开心。"

白惠转过头,轻蹙着眉尖对他道:"长风,如果晚晴和靳齐离婚,你帮帮她好吗?帮她拿到小开心的抚养权,帮她获得最大的权益。"

徐长风不由得轻敛了眉,深眸凝视着她,半晌才道:"白惠,只要你开心,我什么都可以做。"这下子倒是让白惠呆了一下。

"好了,看你这样子好像很累,快去洗洗睡吧!"徐长风的手轻落在她的发顶处,揉了一下。白惠便喔了一声,站了起来。

她的确累了,照顾一天的孩子,本身就是累的,再加上林晚晴的事情,她又感到了说不出的伤神。她起身去了卧室,将外衣脱了,直接去洗浴间放水去了。

浴缸里放好了水,她把自己放了进去,身子慢慢地没入水中,一种舒爽之感才慢慢袭来。她把长发全部收拢到了浴缸的外侧,躺在那里,倦意一点点地加深,她就睡着了。徐长风进来的时候,轻唤了声她的名字。白惠躺在浴缸里,睡得正香。

徐长风轻轻地推开了浴室的门,看到他睡在浴缸里的妻子,他不由得敛了眉。取了浴巾过来,他一只手臂在她的肩下一揽,轻轻地将她娇软慵懒的身体抱扶了起来:"起来,不要在这里睡。"

白惠迷迷糊糊地嗯了一声,两只手臂却是在他一抱的时刻,下意识地圈住了他的脖子。徐长风用浴巾将她挂着水滴的身体轻轻地裹住了,然后抱了起来。白惠睡得迷迷蒙蒙的,此刻便微微地睁了眼,眼神十分迷离。

她双唇微启,喊了声:"长风。"

徐长风道:"以后不要睡在这里,小心把头没到水里,会死的。"

"喔。"白惠浅浅地应了一声,她被他抱了出去。

徐长风把她放在床上时,她身上的浴巾就滑下去了。露出她白皙滑腻的身体。看着她的玲珑有致徐长风微微地出神。

白惠脸上一热,忙将被子扯到身上遮住了自己。徐长风的喉结处滚动了一下,"快睡吧。"他说完就赶紧出去了。白惠躺在床上,睡意却一下子就没了。

徐长风出去继续陪着孩子们玩。两个小家伙好像有用不完的精力似的,他陪着两个孩子玩的时候,脑子里不时地会闪过他妻子那白皙的身体,还有她睡在浴缸里那天然的慵魅。

"爸爸,觉觉。"小糖糖的小手抓到了他胸口的衣服,小脑袋也歪了过来。

小家伙终于困了。

徐长风忙一把将女儿抱了起来。两个孩子都睡着,徐长风交待保姆好好地照看着,便从婴儿室出来了。他在他妻子睡的房间外面犹豫了一下,推门而进。白惠其实并没睡着,她只是蜷着身子,眯着。

身后的位置无声无息地一陷,接着有凉凉的肌肤贴过来。一只男性的手臂已经轻揽了她的腰,将她揽进了怀里。白惠的身上不由得一阵紧绷,可是他温热的气息随之就缭绕而来了。

他在她的耳际轻吻,温热的嘴唇在她最敏感的地方轻轻呵着热热的气息,又沿着她的耳根往下,一路若轻若重地游走。

白惠轻吟了一声:"别。"她伸手去挡他继续轻吻的嘴唇,他的手却抬起来,轻捏了她的指尖,用自己的手掌裹住,白惠的手指间是他手掌给予的温热,他的嘴唇却已经堵住了她的嘴……

黑暗的房间里,春色无边。

明明是半推半就,欲拒还迎,却让人有一种回味无穷的感觉。白惠睡着很久之后,徐长风还躺在那里久久地回味着刚才的美好。

一大早,小豆豆就小嘴念叨起了:"转转。"白惠听了好几遍才听明白,她的儿子说的其实是船船。

徐长风正打好了领带走进来,听见儿子小嘴叨叨出来的话,笑着,手指一刮小人儿的鼻子:"臭小子,还想坐船是不是?"

小豆豆的眼睛便立时亮了起来,两只小胖手扶着他爸爸的手臂,小胖身子摇摇晃晃地站了起来,"爸爸……转。"

徐长风立时就笑了起来,这个世界上最有趣的人,大概就是他的宝贝儿子了。

他只一手臂抱着儿子,一只手掏出手机来拨了个号码出去:"小北,你让秦经理代我见那个客户。"他手机挂断,便对着白惠道:"走了,我们带孩子们去划船。"

白惠喔了一声,黑亮的眼睛在对上他一双深眸时,脸上不由得就热了。昨夜像朵花似的绽放在他身下,现在,她有点儿累,也有一种久违的娇羞感。

徐长风却对着她咧唇一笑,轻拍了她的肩一下,用他低醇的声音在她的耳边道:"昨晚你真美!"

白惠听到他极富磁性的声音,又对上他一双十分暧昧的深眸,当时脸就红了:"下流死了!"她低低骂了一句,却是抱起了小糖糖当先就往外走去了。身后是徐长风的轻笑声。

白惠一家四口外加一个保姆,还带着各种各样备用的婴儿用品,浩浩荡荡地出发了。春夏之交,天气晴朗,公园里游人如织。他们推着两个可爱的小宝宝,惹来无数羡慕的目光。

"快看,多可爱的小宝宝,好像是龙凤胎诶!"有惊讶的声音传过来,他们的对面走过来一对青年夫妇。男的帅气，女的漂亮，女人的肚子处微微地有些突起，似是孕妇。

那女人走过来，对着两个小娃娃忍不住地端瞧："老公，我们要是也能生一对这样可爱的龙凤胎该多好！"

那男人便笑道："我们给他们照张相回去，放在床头天天看着，说不定就会生龙凤胎。"

"嗯。"那女人便连声应着，就对着徐长风道："先生，我们可以给您的孩子们照几张相吗？"

这样的场景是多么的熟悉呢？白惠不由得想起了自己和徐长风的当初。他们也是这样对着一对陌生夫妇的小宝宝拍了好几张照片，然后放在床头天天地瞧，没想到就真的生了一对龙凤宝宝。

她的唇角不由得弯了弯。

徐长风温笑着答应了，那对小夫妻对着小糖豆拿着个手机左照右照，最后欢天喜地地走了。白惠笑笑摇摇头，徐长风脸上的笑意仍然十分明显，这两个孩子俨然就是他最大的骄傲了。

他们推着两个孩子往前走，前面有两道熟悉的身影，白惠看到与陈光修站在一起的林晚晴，有些意外。

"白老师，这么巧。"陈光修已经看到了白惠，先行打招呼了。白惠看看陈光修，又看看林晚晴，心中惊讶，而林晚晴脸上热了热，已经喊了声白姐。

陈光修温和地笑笑，对徐长风说了声你好，又弯身摸了摸婴儿车上两个小家伙的脸："哟，双胞胎吧，真可爱。"

"是啊。"徐长风淡笑。

白惠目光里有难掩的疑惑看向林晚晴，林晚晴则轻捏了她的手一下，白惠心里有疑惑，也只是压在了心底，对着陈光修笑笑："小宇好吧？"

"他很好，前几天还念叨白老师来着。"陈光修说。

白惠便笑笑，陈光修道："我还有事先走了，你们聊。"他又转头目光很深地看了看林晚晴这才离开。

白惠看向林晚晴："晚晴，你……和他……"

"白姐，你很奇怪是吧？我……"林晚晴微垂着头，脸上红了红。"陈先生帮过我很多忙，我把他当成最好的朋友了。"

白惠心底里便隐隐地明白了一些什么，林晚晴离开后，白惠和徐长风带着两个孩子划船，徐长风说："那个陈光修，不就是你学生的家长吗？怎么又和林晚晴在一起了？"

"他们是朋友。"白惠说。

徐长风便一挑眉道："嗯,我记得,他和你也是朋友,他好像有点儿喜欢你来着。"

"你瞎说!"白惠没好气地瞪了他一眼。

徐长风敛眉,若有其事:"嗯,如果不是我抓得紧,你可能真和他在一起了呢!"

"你……你这人你怎么满嘴瞎说八道你!"白惠气得抬腿蹬了那个邪恶的男人一下,那一脚正中他的膝盖骨,他崭新的黑色裤子上,留下一个湿湿的脚印。他却只是微敛眉宇,并不恼,"嗯哼,糖糖豆豆,你们妈妈好厉害!"

他做出害怕的样子来,两个小家伙被他们父亲的样子惹得咯咯地笑。白惠气也不是,笑也不是。

就在这个时候,徐长风的手机响了,电话接完,他的刚才还俊朗温笑的眉眼渐渐地绷了起来,电话收起,他对白惠道:"律师叫我过去一趟,你们也不要玩了,我让小北过来接你们。"

"出了什么事?"白惠担心地问。

徐长风拍了拍她的肩膀:"没什么大事,我会很快回来的。"

徐长风匆匆地走了,小北开着他崭新的跑车过来接白惠和她的孩子们。两个孩子还没玩够,被从船上抱下来,十分不满。小糖糖郁郁着小脸,又用那十分委屈的眼神看着白惠,而小豆豆则是小胖手抓着那船帮不撒手,啊啊着就是不肯下来。

白惠哄了好半天,小家伙跟没听见一样,末了还咧着小嘴嗷嗷地哭了起来。白惠无语又没办法,小北却是将西装上衣兜里的白手帕掏了出来,搁鼻子下面一系,对着小豆豆做起了鬼脸:"呀呀呀,我是强盗,我来抓小孩子……"

小豆豆瞪着黑溜溜的大眼睛看着小北,惊奇地看着他做那些奇怪的动作,看着他吹着胡子瞪着眼睛的强盗模样,竟是嘎嘎地笑了起来。

白惠也好奇地看着小北逗弄小豆豆,正想着这家伙挺有办法的,挺会逗小孩子的,可是脑子里忽的就冒出了一幕来:小北那脸上裹着手帕,只露出一双眼睛的奇怪模样与脑子里那个蒙着黑头套的人重叠了。

小北也意识到了什么,目光不由得向着白惠看过去,对上她的眼眸时,却是心慌,对着白惠咧嘴干笑:"嫂子,您这么看着我干吗,怪发毛的。"

白惠道:"为什么我看着你的眼睛这么眼熟啊!"

小北道:"您不天天看到我吗?眼熟不很正常吗!"

白惠仍然敛着眉尖,一副若有所思的神情,小北心里打起了鼓,他直怪自己,没事把脸上蒙个手帕干吗。

"啊呵呵,嫂子,小豆豆不哭了,我们走吧!"他满脸堆笑地看着白惠,那样子越发地让白惠心里头怪怪的。

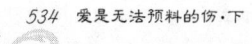

车子一到白惠的宅子,小北就逃似的走了,白惠心里头有些疑惑未解,一直等到徐长风回来。徐长风带着俊朗温和的笑进了屋,当先做的第一件事自然是要抱抱两个小宝贝。

"糖糖,豆豆,爸爸抱。"

他向着两个小娃娃伸出了手,小糖糖当先小手扶着父亲的手臂晃晃悠悠地站了起来:"爸爸,抱。"

奶声奶气的声音依然是这个世界上最美的天籁。徐长风一把将女儿抱了起来,手臂一抬将小家伙连连举了好几个高高。他满脸宠溺的笑在小家伙的小脸上吧的亲了一下又一下,才不舍地放下去:"嗯,豆豆来,爸爸举高高。"

他又把儿子抱了起来,小家伙本来看到父亲举着姐姐就已经又羡慕又心急地张着小手大叫了,此刻已经高兴得小腿都踢腾了起来。

白惠一直看着她的男人把两个小娃娃挨个儿地都举过了,这才说道:"律师找你做什么?"

"没什么大事,放心。"徐长风轻握了握妻子的肩,眼神安慰。他说完,便边解着衣服边往楼上去。白惠在楼下站了一会儿,却对着他的背影忽然喊道:"长风,警方有没有说那个小偷抓到了没有?"

"呃……没有。"徐长风略一沉吟便回眸说。

白惠皱眉道:"都过去这么久了,为什么还没有抓到呢?"

徐长风道:"只是个偷儿而已,那些个杀人放火大奸大恶的人,还抓不过来呢,哪有功夫管那个小毛贼!"

白惠对她男人的答案似乎并不满意:"只是偷儿也不能放任不理呀!说不定姑息了他,他又去偷别的人家了。"

"只要不偷我们家就好了。"徐长风眯了眯眸,恨不得立刻结束这个话题,"别人的事我们哪管得了那么多呀,我们管好自己就不错了。"

白惠便有些无语地看着他,想了想又道:"对了,我一直都没问你,你那天是呆在哪儿呀,怎么会接到电话那么快就到了呢?"

"啊?呃……"

徐长风不由得伸手挠了挠鼻子:"我车子开得快嘛!"

白惠仍然不满意他的答案,满脸狐疑地看着他:"那个贼会不会是小北呢?我发现小北的眼睛和那个贼长得真像……"

"呃呵,老婆你说什么呢!"徐长风颊上的肌肉有些抽搐,"小北怎么可能是贼呢?他跟了我那么多年了,一直都安分守己的,他不会做贼的。"

白惠仍然郁郁不解的样子:"可是他们的眼睛真像,而且我看了看他的身形,和那个贼好像是差不多的高度呢!"

看着她越说越像的样子,徐长风满头掉黑线,看样子她还不是太笨的。

"怎么会呢!小北可是我的得力助手,一直都忠心耿耿呢!何况他也不缺钱呢!我给他那么高的薪水,他哪用得着去做贼呢?"他说。

白惠仍然蹙着眉尖,狐疑不解的样子。那天,她并没有丢多少东西,只是少了一些现金而已,而且她只是喊了一嗓子,那贼就吓跑了,真是奇怪,她一个女人,竟能把那贼给震住吗?还是那贼有蹊跷?

"好了老婆,不要去想了。"徐长风眯眸温笑。

白惠仍然蹙着个眉尖,徐长风走过来,大手揉了揉她的发,满眼疼爱:"还想,傻妞儿!"

"你才傻妞儿!"白惠没好气儿地伸手捶了他一下。

徐长风却是咧唇轻笑。伸手将她的腰揽住,一下子揽进了怀里……

"老板,我没做错什么吧!"小北对身旁一早上就沉着个脸的男人说。

徐长风双眉轻敛,"小北,你小子给我注意着点儿,你有事儿没事儿,你弄块手帕搁脑袋上干吗!我告诉你,她要是知道了这件事,我不但炒你鱿鱼,我还把车给你收回来!"

小北瞪了瞪眼睛,样子委屈:"老板,我那不是为了哄你家的小太子和小公主高兴嘛!"

徐长风却只是勾了一下唇角,哼了一声,人已经迈步进了办公大楼。

"糖糖豆豆,我们快上车喽!"又是一个傍晚,白惠和保姆带着两个孩子在公园里散步划船过后,上了小北的车子。

徐长风只是陪了他们一会儿就被公司的人叫走了,仍然是小北过来接他们。

白惠抱着小豆豆,保姆抱着小糖糖,她们坐在小北的车子里,小北将车子平稳地驶离那片风光无限的区域。

小糖糖安安静静地坐在保姆的怀里,秀气的眸子看着母亲和弟弟的方向,而小豆豆却没有那么老实,他在母亲的怀里不时伸小手摸摸这儿摸摸那儿,在白惠的腿上吭哧吭哧地鼓捣着,末了小手一抓,就从小北的车门处抓起了一个黑色的东西。

白惠有些乏了,也没有注意儿子抓了什么,打了个哈欠。那小家伙却把那东西拿到了眼前,好奇地瞧了瞧。

这是神马?这么多洞洞。

小人儿敛着小眉毛,一副疑惑不解的样子,一只小手拿着那黑色的东西,另一只小手则是伸进了上面的两个洞洞里。他觉得好玩极了，胖胖的小手指从那两个洞洞里伸出来，他自己嘎嘎地笑起来。

白惠正又困又乏打着哈欠呢，猛一看到那东西登时就呆了。她反应过来，一把就将那黑色的东西从儿子的手上拿了过来，她飞快地翻看着，这分明就是一只头套嘛！

她看着那两个黑洞洞的窟窿，想起了那个夜里，那个一身黑色，戴着头套的贼，白惠的呼吸一下子就粗了……

"嫂子，老板他说要晚些回家，晚饭要你们先吃，不用等他。"小北边开车边说。

后面好半天没有动静，小北从后视镜里一瞧，但见他的秘密宝贝正拎在身后的女人手里呢，小北的头一下子就大了。车门砰的一声被拍上，小北哪看着那个脸沉似水的女人抱着小豆豆上楼，他不由得伸手挠头，这下有好戏看了。

小北的脸皱得像根苦瓜，他应该把那东西给丢掉的，可偏他家那淘小子喜欢，他就拿来逗儿子玩的，可是想不到今天被老板的儿子给扯出来了。小北咧着嘴，当真是不知如何是好了。

徐长风从酒宴上回来，神清气爽地拍家里的房门，但是没有人应声。难道不在家吗？不可能啊！都晚上九点钟了。徐长风手指又按门铃，但是门铃响了一遍又一遍，里面仍然是没有人应声，偏巧，他今天就忘了带家里的钥匙了。

"老婆！"他喊。没有人应声，"老婆！"他又喊了一句。

里面终于有脚步声响起了，但是房门仍然没有打开，保姆的声音隔着防盗门传过来："徐先生，白惠姐让你去别的地方睡。"

徐长风当时就怔了，他想他一定是听错了，不由得笑道："去哪里呀，这不是我家吗？"

"是您家，可是您不能进来。"保姆又说。

徐长风郁闷道："为什么呀？"

"那个，白姐说不让给您开门。"

"不让？"

徐长风有点儿摸不到头脑了。这个时候，他的手机响了起来，他掏出来接听，小北的声音有点儿无措紧张："老板，那个……嫂子她都知道了。"

小北的话还没有说完，徐长风脸上已经有无数道的黑线掉下来："叫你小子小心一点儿！"

听着老板的骂声，小北在那边只能干笑。

徐长风手机收线，心里头也开始不安了。他和她才算是重修旧好，那感情可以说还一点儿都不牢靠呢，现在又知道了他骗她，她还不得恨死他？徐长风有点儿着急了,人站在外面,左右难安。

他两手插着兜,凛着眉,来回踱了几回步,这才重又开始叩门:"白惠,我不是有意那么做的,白惠,你先把门给我打开。"

他急切的声音透过防盗门传了进去,白惠就站在客厅里呢。因为怕吵醒睡着的孩子们,她让保姆关上了婴儿室的门,她坐在沙发上,脸色很不好。

他为了让她带着孩子们搬回来,竟然连叫小北假扮贼的事情都做出来了。真是不可思议,同时她又感到恼火。他竟然这样骗她,把她当傻子。她甚至开始想象,他一面在她住的地方外面偷笑,一面等着她的求救电话时的样子,不由得越发地火大了。

"我不会给你开门的,你哪远给我滚哪儿去!"她对着外面低吼。

徐长风听见她毫不留情的声音便道:"白惠,我错了好不?我知道我不应该骗你,但是我也是迫不得已啊!我心急地想一家团聚,想给孩子们一个安稳的家嘛!"

白惠蹙着眉尖,一言不发,徐长风仍然说道:"我知道我错了,你不看僧面看佛面好不?看在孩子们的面上让我进去……"

白惠愤愤地道:"我谁都不要看,徐长风我不会给你开门的,你赶紧滚吧!"

徐长风在外面又是满头掉无数条黑线:"白惠,你先让我进去好不?我知道我错了,我进去做牛做马给你。"

"我不需要你做牛做马,你别再喊了,再喊我也不会给你开门的,你快点走吧,我要睡觉了。"白惠说完就站起来回房了。

虽然心里也确是有几分不忍,但是他那么骗她,把她当傻子似的耍,想起来白惠就不是滋味。为了让她回家,他竟然让小北扮贼,大半夜跑到她住的地方去吓她,然后他却躲在离林家不远的地方,静待时机闻风而动。

她可以想象,保姆的电话打过去时,他那副幸灾乐祸的表情,然后又装成心急火燎,担心不已的样子匆匆而来,而其实那心里不知多恣意,多快活呢!白惠越想越郁闷,又堵心,又生气,干脆将大被一蒙,自己裹着被子睡觉去了。

徐长风的声音又响了好几次,末了就消停了。白惠心底其实有不忍的,但是她仍然咬了牙硬着心肠没给他开门。她最恨人骗她了,包括那次,他说是去出差,结果他和楚乔在一起,而后出了车祸,他用身体护住楚乔。现在,他又骗她了,这不能不让她恼火,因此心里再有不忍,也还是硬着心肠没给他开门。

这一夜过得有点漫长,她好不容易才睡着了,不能不说,她其实真不是硬心肠的人,把他关在外面,她竟然一夜难眠。天色微微发亮时,她朝着窗外看了看,他的车子还在,那么他呢?

她轻轻地拉开防盗门锁，门有点儿沉，她一下没推动，便探了头出去，只见防盗门的外面靠坐着一个人。她看过去的时候，他也正好睁了眼："老婆，这样睡好累。"

徐长风脸上有疲惫之色，站了起来，白惠又沉了脸道："是你自找的，你该知道，谁也不喜欢被人骗！"

"我知道错了。"他的手伸了过来，他想够她的下巴，摸摸。但是她的手一抬，啪的就打掉了他伸过来的手，"别碰我，哪远走哪儿去，我不想看见你！"

白惠啪的又将防盗门带上了，徐长风看着那冰凉冰凉的门，有点无奈。伸手想再敲门，但手并没有落下去，他有些苦恼，他知道他妻子是不会再给他开门了，他在外面又站了一会儿，便下了楼。

白惠听见车子响的时候，不由得向着窗子处走去，她怀里抱着小糖糖，却见那辆黑色的车子已经从楼下驶离了。

今天的老板心情不好，人人都看得出来，那张一向俊朗的脸，长眉深敛，神色肃寒，有一种让人畏惧的感觉弥漫在空气中。

秘书端咖啡过来的时候，小心翼翼的："老板，您的咖啡。"她说完，就又一声不响地退了出去。她记得有一段时间老板总是这样的神色，那时，有位副经理说错了一句话，就被他给扣了三个月的奖金。

徐长风坐在大班椅上，没有伸手去端那杯咖啡，而是一手扶着额若有所思。房门被人叩响了，他微沉的声音说了一句："进来。"

小北便手里拿着一个带着黑色包装的东西进来了。"老板。"小北神色讪讪的，脸上赔着小心。

徐长风深眸顿时一阴："你还有胆过来！"

"嘿嘿，老板。"小北努力地挤着笑，心跳却怦怦的，"我看您现在得用这个了。"小北对着徐长风晃了晃手里的黑色东西。

徐长风道："那是什么？"

小北便又嘿嘿了一声，手一拽，那个黑色的包装袋便落了下去，徐长风的眼前出现了一个木板样的东西，只是那个木板有些与众不同，板身上都是凸起的一道道横棱。

"老板，我和我老婆吵架的时候，我都是跪这个的，这个东西叫搓板，跪这个超级管用。"小北说。

"滚！"徐长风对着小北一声低吼，那双深眸喷出足可以杀死小北的光来。

小北心头一跳，咧了咧嘴："老板，我是为了你好啊！"

徐长风也笑了，他向着小北走过来，大手一伸："车钥匙拿来。"

小北怔了怔："啊？"他面上惊讶，但仍然将腰带上别着的车钥匙摘下来递给了徐长风,徐长风接过看了看又道:"小北,仓库那边可能还缺一个开叉车的,你去开那个吧。新车我暂时先替你保管着。"

小北的头当时就大了,脸变成了苦瓜:"老板,不带这样的吧!"

可是那男人已经出去了。

徐长风开着车子在马路上行驶着,他绞尽脑汁地琢磨怎么样才能够让他的女人原谅他。可是想来想去他也没有办法。于是他想起了小北拿给他的那东西。

那厮纯粹是想看他笑话,他一堂堂徐氏总裁,能跪那东西吗?可是进不成家,看不到她和孩子们,那也不行,那比什么都难受。他又想起了小北给他看的那东西,他咬了咬牙……

白惠仍然像往天一样陪着孩子们玩,给他们读识字卡片,让他们听儿歌儿,这一天过得充实而且疲惫。两个小家伙睡了后,白惠找出了研究生班的书,看着那熟悉的一页一页,她有些感慨,曾经想要读完的研究生,在如今儿女承欢的生活里,竟然变得那么微不足道了。她又翻了翻手中的书,回味着那些学过的知识,房门就打开了。她抬头一看却是她的男人走了进来。

"诶,你怎么进来了?"白惠立时又蹙了眉尖,脸色一沉。而徐长风却将手里拿着的东西往地板上一放,两膝一屈就跪在了上面。"老婆,你原谅我吧!"

他这突然而来的举动让白惠当时就惊呆了,她瞪大了眼睛难以置信地看着那跪在搓板上的男人:"你……你……你疯了!"

"我没疯,老婆。"徐长风抓了她细白的两只手,"你要是肯原谅我,我就天天给你做牛做马,你要是不原谅我,我就跪在上面不起来了。"

白惠一时之间竟是语噎了:"你你……你赶紧起来!"

"不!"徐长风神色笃定。

白惠有些凌乱了,他这样跪在她面前,感觉怪怪的,她想无视他,可是她浑身都别扭,她便双手用力拽他:"你起来!"

"不起来!"徐长风摇头,"你要是不原谅我,我就不起来!"

"那你就跪着好了!"白惠气呼呼地对着他喊了一句,这下子徐长风脸都绿了。他的大嘴咧了咧,"老婆,不带这样的吧!"

白惠无视他那张苦瓜似的脸又气又恨地道:"那要怎么样啊?徐长风你不要以为你跪在这里不起来,我就原谅你,我最恨别人骗我了,徐长风你总是把我当猴子耍!"白惠转了身,心头是又气又恨,又无语,而且还夹杂着一些叫做心疼的东西。她不想看他,干脆就躺床上去了,大被一蒙,直接给了他一个后背。

徐长风脸颊上的肌肉都抽搐起来了。小北那个鬼东西,还说什么跪这个超级管用,纯粹是屁话！徐长风心里将他那个倒霉助手骂了一顿,两膝下被搓板上的硬棱硌得真疼,他呲了呲牙,膝盖处动了动,嘶了一声。白惠背对着他躺着,其实也睡不着。她原本是困了的,但是徐长风这突然的举动让她没了睡意,她背对着他侧着身子,脸朝着窗子处,眼睛却是睁着的。

这家伙不知是听了谁的话,竟然用上了跪搓板这一招儿,不能不说,他跪在那里,她还真有些呆不踏实了,叫他起来,自己心里别扭,不叫他起来,又于心不忍。他的口里发出嘶的一声,她的心便跟着颤两颤,但是这么容易就原谅他,那她也不会甘心的。而且太容易原谅了,他就还会骗她,想到他把她当猴子似的耍,她就心气。

于是干脆用被子将耳朵蒙住了,徐长风见状心底郁闷,这女人心还挺狠的！

"白惠,你真忍心啊！"

他徐长风可真是从来没有这样低三下四过,跪搓板这样的事情在他的头脑里那是天方夜谭。以前圈子里有个小子,超级怕老婆,一有什么事,就跪搓板,大家伙还都嘲笑他来着,想不到他今天竟然也这样了。徐长风脸上的神情说不出地郁闷古怪。

白惠又将被子往着脑袋上蒙了蒙,将他的声音隔绝于外。徐长风真的感到骑虎难下了。她一向都心软,他才这样跪下的,可是今天她却铁石心肠了,偏就不让他起来,两膝处那么疼,却站也不是,跪也不是,而且这样跪着多损他男子汉的形象啊！

他咧了咧嘴,一张脸上那个难看啊！

他想了想还是站了起来,"老婆,你原谅我一次吧,就一次。"他忍着两膝上的疼走到了床边上,手落在她的肩头。

白惠登时就坐了起来:"徐长风你说你不起来的！"

"嗯哼,我尿急。"

徐长风被她突然的恼怒弄得一脸的抑郁,说着,竟是又向着卫生间去了。但是还没走到门口,却是右膝一软,人扑通就跪地上去了。"哎哟！"他低叫了一声,样子十分痛苦。

白惠蹙着眉,却听见他的惨叫,心头登时就是一跳,但见他竟是一下子矮了下去,膝盖磕到了地上,她便掀被而起了。她走过去,拉他的胳膊:"喂,你怎么了?"

徐长风单膝跪在地上,神色痛苦无比:"可能跪久了,腿没知觉了。"他边说边就将裤管撸起来了,那汗毛浓浓的一截男性的小腿露了出来,接着是他的膝盖。白惠看到他的膝盖处被搓板硌得红红的几道印子,好像都要破了似的,不由得心弦颤了颤,便想将他扶起来。

徐长风大手搭在她的手心,白惠是想把他拽起来的,但是下一刻,她就知道,她不能心太软。因为她被一股子大力给拽倒了,不偏不倚地砸在了他的身上。两个人全都倒地上去了。

白惠瞪大了眼睛看着身下那双深邃却含着笑意的眼睛,她的身体压在他的身上,她穿着睡衣,柔软的身体与他男性强健的身体紧紧相贴。

她不由得挣了挣,想爬起来,但是他的手却适时地勾住了她的腰,又是一个反身,她被他压在了身下。木质地板的微凉从她身后薄薄的睡衣里透进来,她不由得揪紧了他的衣服:"你干吗!"

徐长风的眼中笑意明显,唇角微勾,一只手撑着地板,一只手却是落在她细嫩的脸颊上,轻轻地抚摩:"老婆,你真美!"

"滚!"白惠爆出一句粗口。

他便低嘶了一声:"老婆你这么狠!"

白惠也不理他,趁他一躲身的工夫,爬了起来,但是他的手马上就伸了过来,一把将她扯进了怀里。白惠只觉得额头一木,她的头正撞在他的胸口处,身子也被他揽进了怀里。她本能地反抗推拒,他炽热的嘴唇却落了下来,劈头盖脸地落在她的额头,脸颊,又大手托了她的脸,一下子吻住她的嘴唇。

所有的抗争便停止了,白惠的大脑一阵发懵,而他已经将她抱了起来。谁说他腿木了,纯粹是装的,他的步子利落极了。他将她抱起来,紧走两步,两道身影一起落在大床上,一上一下。

房间里的气温似乎是一下子升高的,一种欲望的气息在空气中缭绕,白惠的呼吸因着他进一步的动作而紧促起来,"别……"

"别怕,乖……"

天色亮了,睡眠中的男人醒了过来,徐长风眯眸看向怀里的女人,昨夜,她像一朵昙花娇羞地在他怀里绽放,他不由得笑了,温和的笑意在唇边流淌。他在她的额上亲吻了一下,然后轻轻地下了床。

穿好了衣服,他去了婴儿室,而白惠也醒过来了。昨夜的一切让她有些恼火,而更多的是甜甜的味道。

她的舌轻舔了舔唇角,眼睛里有亮亮而羞涩的光。她正趴在被子里胡思乱想的时候,房门被推开了,他的男人走了进来。他眯着一双深邃的眼睛,眼光柔和而暧昧,他两只手撑在了她的床边上:"宝贝儿,昨晚你可真美!"

看着他那暧昧邪恶的样子,白惠便又羞又火,一手抓过了床头的书照着男人的头顶就拍了一下:"你去死吧!"

徐长风头顶处火辣辣的,不由得咧了咧嘴,揉了揉头:"暴力狂你!"

第五十三章 入 狱

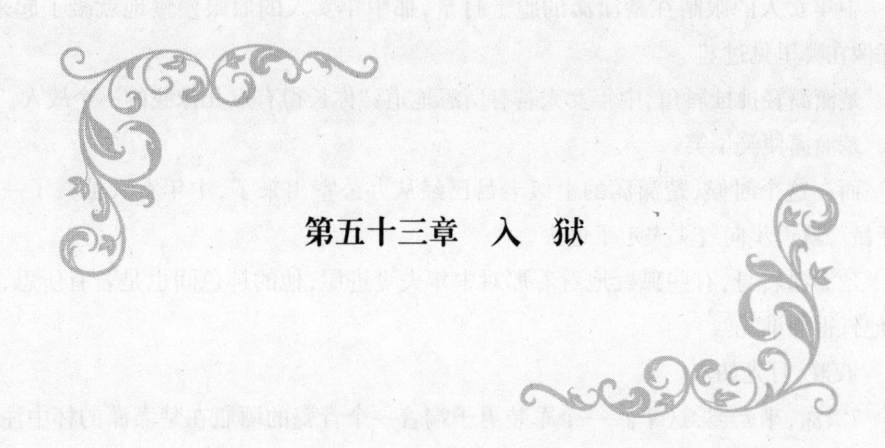

"潇潇,你父亲电话。"楚潇潇刚从外面视察回来,他的上级老吕神色和蔼地对他说。楚潇潇嗯了一声,走到了电话旁,老吕便关门出去了。对于父子亲情,楚潇潇由原先的热切盼望到淡薄失望,再到现在的心如死灰,他已经心淡如水。

"爸爸。"楚潇潇拾起听筒,脸上的神色十分沉静。

"潇潇啊,最近好吗?"楚远山的声音传过来,温和慈祥。

楚潇潇淡淡地道:"我很好。"

楚远山沉吟了一下道:"潇潇,找个机会调回来吧!"

"不用了,我在这边很好。"楚潇潇打断了父亲的话。

楚远山便沉默了。这么些日子里,他不是不想念自己的亲生儿子的,但是电话一旦接通,他又是很多话都说不出来。

"如果没有别的事,我先挂了。"楚潇潇不等楚远山再次应声,已经将电话挂断了。楚远山听着那边嘟嘟的声音,沉沉叹息了一声。

楚潇潇从他上级的办公室里出来,望着远处苍茫的雪山,心思浮浮沉沉。一别已经数月,父亲的形象留给他的,仍然只是寡情和凉薄。

"吕婶您慢点儿。"视线里有一男一女走过来,男的是个勤务兵装扮,女的五十有余的年纪,长相朴实。一只皮箱被勤务兵拎在手里,两个人向这边走过来。

见到楚潇潇,那个勤务兵把手提箱往地上一放,对着他两脚一磕,啪的敬了个礼。楚潇潇眸光看向那个中年女人,女人也看着他。

"你是……"中年女人满脸狐疑地问。

楚潇潇道:"您是婶子吧,我是楚潇潇。"

中年女人的眼睛在楚潇潇的脸上打量,那中年女人的眉眼慢慢地就凝了起来:"好像在哪里见过。"

楚潇潇轻扯扯唇角,中年女人若有所思地道:"你长得有点儿像我的一个故人。"

楚潇潇便笑了笑。

而在这个时候,楚潇潇的上级老吕已经从办公室出来了,中年女人忙喊了一句"老吕",就迈步向着丈夫走了过去。

楚潇潇转身,有些狐疑地看着那对中年夫妻进屋,他的神色间也是若有所思,她说他长得像谁呢?

夜晚,月光如水。

"潇潇,来,尝尝这个。"一个军装男子端着一个青瓷的酒瓶在楚潇潇的杯中注了一些透明的液体进去,"这个就是青稞酒了。"那人说。

楚潇潇看着杯中那微黄,有些像小麦颜色的酒液,轻勾了勾唇角,"来,干一杯。"他说。

那人便也举起了酒杯:"来,干。"

两个大男人在这边远军区的一间小宿舍里,边饮边谈。

"明年的这个时候,我就可以回去跟我老婆团聚了。"那男子眉眼之间露出几分欣喜和憧憬来。

楚潇潇说:"那恭喜你。"

军装男子呵呵一笑:"来,喝酒。"

两个人碰碰杯子,又喝了一口酒,男子又道:"潇潇,有没有女朋友?"

"没有。"楚潇潇眼神微微一沉,心底有些许的晦涩。

那人便又道:"你这么帅气,家世又好的男子,不定有多少女孩子喜欢呢!"

"呵。"楚潇潇唇角微勾,失笑。

那人便又道:"潇潇,有没有想过在这里安家?"

楚潇潇便诧然抬眸看向眼前的男子,那张显得很敦厚的面上,染着两抹高原红,此时已是酒意微醺:"据我所知,这里好几个姑娘喜欢你呢。潇潇,你就没有中意的吗?"

楚潇潇眼神便深了,中意的,当然有,但怎么会是这里的姑娘呢?他心底有一轮明月,但那轮明月她装点着别人的夜空,他对她心心念念,却只能远远相望。到现在,身在遥远边疆,他对她的爱恋便全部化成了深深的思念。在每一个难眠的夜里,她会悄然入梦而来。这西藏的冷月,知道他心底的凄凉,他这一生,就留在这里吧!

他心生说不出的感慨,几杯酒下肚竟是醉了。对面的那个年轻军官还在嘟嘟囔囔地说着什么,他的眼前却恍似有道纤秀的身影踏着月色而来……

楚潇潇一觉睡了很久,也很沉,直到东方破晓。太阳穴有些疼,他揉了揉额角,坐了起来。打开钱包,里面一眼可见一张发黄的照片:一个年轻女子怀里抱着小小的男孩儿。

周末的晚上,老吕的房子里十分热闹,楚潇潇进去的时候,已经有好几个年轻军官在了。老吕的妻子是一个很热情的人,十分好客,正在给那些年轻人发放瓜子花生类的东西,看见楚潇潇便笑了笑:"哟,快进来。"

楚潇潇说:"吕婶好。"老吕的妻子道:"别客气随便坐啊!"楚潇潇坐下来,老吕妻子便又继续忙别的去了。

楚潇潇在那个可以说叫做简陋的客厅里坐了一会儿,便起身去卫生间,厨房那边有声音传过来,"老吕,潇潇的亲戚里面有没有姓温的?"吕婶的声音伴着哗哗流水冲洗蔬菜的声响传过来。楚潇潇的身影顿了顿,不由得屏紧了心神。

"这个我怎么知道,潇潇是半年前才调过来的,他的家世我也不了解啊!"老吕说。

吕婶便若有所思地道:"我真觉得这孩子好像在哪里见过,怎么那么眼熟呢?"

"呵呵,说不定他长得像你见过的人,所以你会觉得他眼熟。"老吕笑说。

吕婶便道:"有可能。"

楚潇潇仔细回味着吕婶的话,他的亲人里面有没有姓温的,是什么意思?

老吕从厨房里面出来了,看到楚潇潇便道:"潇潇,怎么不去和他们一起下棋呀?"

"哦,这就去。"楚潇潇笑笑走去了客厅。

客厅里面正热闹着,两个青年在下棋,旁边好几个人屏神观望,时而指指点点。在这个偏远的连个网络都不能正常运转的地方,休息时间也就是这样消遣而已。楚潇潇坐下来,便立即有人拉着他一起融入到那场棋局中。

从老吕那里离开,已是下午,楚潇潇将手机拿了出来,手指在信息条里一下一下地翻动着,一条一条信息都是她发过来的,带着她满满的关怀和眷恋,在这个天高地远的荒僻地方,没有网络,没有娱乐设施,更没有一个亲人,每个不眠的夜,他便是一条条地读着她发过来的信息,然后入眠的。

她提醒他天冷要加衣服,平时少喝酒,不要太过剧烈地运动,免得高原反应,楚潇潇心头暖暖的,在这里的日子因为有了她跨越千里的关心和问候,而显得不再那么寂寞和苦闷。

楚乔的案子如期审理了。因为那个医生的指证,楚乔试图谋害小糖糖的罪名成立,庭审的时候,又有人送过来一封举报信,那是楚乔以匿名的形式写给部队,陷害楚潇潇的。楚乔矢口否认写过那封信,但笔迹核对,让她无处遁形。在一片欷歔声中,楚乔瘫软在法庭上。

"真是个疯子,连自己的亲弟弟都要陷害!"有人愤愤地骂着,"也不知这楚远山是怎么教育的女儿,这样的孩子,生下来就该掐死……"

楚远山浑浑噩噩地出了法庭,一个趔趄,险些就摔倒了,被他的秘书和助理一把扶住了。女儿对于白惠母子所做的事情,他并不是完全相信,而即便是真的有那样的事,他震惊之余也不会完全甩手不管,可是潇潇被诬陷的事情竟是来自他最宝贝的女儿,他真的没有想到,做梦也不会想到。在法庭上当着那么多人的面,那封匿名信的举报人被公布出来,楚远山的脑袋如遭重击。再怎么样,他们也是姐弟,她怎么连诬陷亲弟弟的事情也做得出来呢?他瘫坐在了车子里,眼前昏昏暗暗,几乎不知所措。

白惠和徐长风从法庭上出来的时候正碰见了靳齐,他的目光有些呆滞,似乎浑浑噩噩的,白惠和徐长风从他的身旁走了过去,身后忽然间传来愤怒的吼声,她回头瞧去,但见靳齐的手臂死死地掐住了楚乔的脖子:"楚乔,你竟然把我的孩子打掉了,我是那么爱你……"

靳齐满眼的泪光,满脸青筋暴跳,愤怒羞辱和深深的失望让他发了狂。

白惠才想起法庭上,女医生的话,她说,楚乔是在打胎的时候认识她的,她说她不想要那个孩子,让她想个办法快点给她处理掉,像处理掉一堆垃圾。而那个被打掉的孩子就是楚乔的第二胎,和靳齐一夜迷情的结果。

白惠摇摇头和她的男人向前走去。

"明明不是你写的,为什么要承认呀?"白惠坐在副驾驶的位子上,目光向着她的男人瞟过去。徐长风也侧过头来,一双深黑的眼瞳望向她,"你都跑去质问我了,我不承认怎么行啊?"

白惠便想起那日气急攻心的情形,她确是跑到了他的公司,一出口便质问他来着。她转过身去,将头往着他的肩头处搁了搁,声音忧郁地道:"你可以否认啊!"

"呵呵,我否认你会认为我是在撒谎。"徐长风摇头笑得无奈。那只被他的妻子枕住的臂膀,却是轻轻抬了抬,从她的背部环过去,落在她的腰际。

"想不到楚乔竟然连自己的亲弟弟都要陷害,潇潇有这样的姐姐,真是悲哀。"白惠在他的臂弯里幽幽一声轻叹。

徐长风道:"她已经丧心病狂了,什么事做不出来呢?"

白惠又幽幽道:"那封举报信不知是谁交给律师的?"

徐长风笑笑:"知道这个有什么好处吗?"

"没有。"白惠在他怀里摇头,徐长风便道:"那就不用知道了。"

自从那天离开法庭之后,楚远山的血压一直居高不下,心脏也出了点儿问题,时而就会胸闷。这几天一直是李嫂照顾着他。

"先生,您该吃药了。"李嫂端了水杯进来说。

楚远山躺在床上,此刻微微抬了抬头,"先放下吧。"

李嫂道:"先生,您要记得吃药。吃太晚了,会降低药效的。"

"我知道了。"楚远山对着李嫂挥了挥手,李嫂便不再说什么出去了。

楚远山躺在床上,感到全身都是那么地无力。想到那天庭审上的一幕,他沉沉地叹息了一声,只觉得胸口处闷得厉害。他扶着床坐了起来,将李嫂给他准备好的药吃下。好半晌,才感觉胸口没那么闷了。

他重又躺下,房间里没有开灯,月光从敞开的窗帘处照进来。这些日子以来,他一直都不曾合上窗帘,不知怎的,窗帘一合上,看不到外面的月光,他就觉得胸闷的感觉会加重。

现在已经是夜里十点钟了,不知潇潇睡了没有。他的手机,一向都是打不通的。但是这个时候,办公室里估计也没人。他还是拨了儿子的手机号码。嘟嘟声响了有十余下,终于接通了,楚远山竟是有些兴奋:"潇潇。"

他的声音染了苍老的味道。此刻,他很希望听到儿子的声音。

楚潇潇躺在床上,但没有睡意,每个晚上,都是如此。以前在家乡那座大都市的时候,从部队回来,他有时候还会和几个朋友发小们聚一聚,生活不出位,但绝不会单调。可是现在,在山高水远的地方,他已经逐渐适应了这里天一黑就躺下的生活。只是,却睡不着。

心里的思念没有随着时间的推移而淡去,却是绵绵长长地悠远。有的时候,他会想起她的一颦一笑,想起和她在一起时那为数不多,却很温馨的情景。有时候,他也会想起自己的父亲和姐姐。

那份父子之情,从来就没有太多热烈,所以现在也说不上淡然。只是一次次对亲情的失望之后,他不再渴盼那种叫做父爱的东西。而那个被他称做姐姐的人,他早已视同没有。

"潇潇,睡了没有?"楚远山有些苍老的声音缓缓传进了耳膜,楚潇潇淡声道:"快了。"

"喔。"楚远山好像有些失望,许久才道,"潇潇,回家来吧,爸爸想你了。"

楚远山一句爸爸想你了,让楚潇潇的心头顿时激起一阵涟漪。从他有记忆以来,他的父亲极少看他一眼,只是有时候,他淘气地出气玩,从一身严肃的他身边跑过时,他才会看他一眼,问上一句,"潇潇,功课做好了吗?"

"做好了,爸爸。"他会立即站住,认真地回答他的父亲。那个时候的他,小小的他,是很渴望父亲能够多跟他说一句话的,可是他的父亲只是点点头:"去玩吧。"

他在外面和小伙伴们一起玩,他的姐姐回来了,背着书包,低着头,好像在想着什么事。他踢完球进家的时候,看到他的爸爸用他宽厚的手掌抚摸着姐姐的头,声音慈爱:"乔乔,怎么不开心啊?谁欺负你了吗?"

他便看到他的姐姐摇摇头,而后他的父亲便道:"那是学习太累了?"

"不是。爸爸,我想妈妈了。"他的姐姐用很伤心的声音说。

"哦。"回答他女儿的是一声沉沉的叹息,之后,他的姐姐就被父亲拥进了怀里。

七岁的楚潇潇站在院子里,看着他的父亲拥着姐姐,心里有点儿空荡荡的。他也想妈妈。他也很想爸爸像抱姐姐那样抱抱他。他走进屋去,低低的声音说道:"爸爸,我也想妈妈了。"

他父亲的眼睛便立时瞟了过来,含了一抹他看不懂的犀利。"男孩子想什么妈妈!"他说完,就松开了怀里的女儿,顾自上楼去了。

楚潇潇站在那里看着他父亲突然间冷漠下来的背影,心头有些难过。

"潇潇,有听到爸爸说话吗?"楚远山带着苍老的声音又划入了耳膜,楚潇潇的神志清醒了一些,淡淡地道:"听到了。"

楚远山能料到儿子的淡漠,但是心头仍然有些失落,有些不好受:"潇潇啊,你姐的事情,你是不是已经听说了……"

楚潇潇沉默着,听着父亲的话,说道:"是谁陷害我,对我来说已经不再重要了,爸。"

楚远山忽然就是一阵心疼。

"潇潇……"

"我要睡了爸,明早还有任务。"楚潇潇说完,电话已经挂断了。他双臂枕在头下,儿时的往事在这个时候一幕一幕地闯入脑海中来。

"潇潇,我的手表是不是你弄坏的!"

"不是,爸爸。"

"不是怎么会在你房间里!"

"我也不知道爸爸。"

"还嘴硬!"暴戾的吼声突然间响起来,接着他的身子被按在了床铺上,裤子被扒下去,男人粗大的巴掌啪啪地落下来,那儿童细嫩的皮肉一瞬间就留下一个个纷乱的巴掌印。

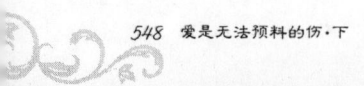

"不是我,爸爸,我真的不知道。"

"我叫你嘴硬!"

伴随着男童的哭声,是越发有力的巴掌声。

屁股上的疼好像还清晰地存在着,楚潇潇一声长叹,眼睛里溢出晶亮的泪珠。

又是一个难眠夜,楚远山靠在床头抽烟。女儿,是他一向的娇宠,是他一生之所系。可是她做出的事情却是件件令人发指,让他无地自容。楚远山感到一种深深的失败,那种养子不教父之过的失败和伤感。

"妈妈。"小糖糖小手扶着沙发怯怯地向着她的母亲走过去。

"不怕,糖糖,走过来,妈妈给苹果。"白惠的手里举着一只又圆又大看起来香喷喷的大苹果对着女儿晃了晃。

小糖糖的唇角便滴出了口水来:"妈妈,要。"她松开了扶着的沙发,小手伸了伸,白惠便道:"来,走过来,妈妈马上就给你。"

小家伙怯怯地迈动了小腿,嘴里喊着妈妈,试试探探地走了过来。到了近前时,白惠手臂一伸将女儿搂进了怀里:"嗯,糖糖好棒!"她在女儿白里透红的小脸上吻了一下,又将小家伙抱了起来。小家伙抱着那个看起来比她的小脸还要大几分的大苹果,小脸上竟是露出甜甜的笑来。

"我们看看爸爸回来没有。"白惠抱着女儿往外走,小豆豆也被保姆抱了出来。

徐长风的车子缓缓地驶进了院子,从车前窗里,他远远地就看到了他的妻子儿女,俊颜上在看到那一大两小的亲切面容时,便绽出了笑来。他将车子泊好,迈步向着妻子走过去。

"爸爸。"奶声奶气的声音是小糖糖的,小人儿一见到那亲切的面容,便雀跃起来,奶声奶气地喊爸爸。

要说这一天里,徐长风见过很多的人,也处理了很多的事,可是哪怕是谈了一笔利润过千万的项目,他都不会比回家时见到一双儿女来得开心。

"嗯,乖女儿。"他抱过了小糖糖,亲了一下小人儿的小额头,又伸臂将小豆豆抱了过来。他抱着他的一双可爱的儿女,又把嘴唇凑到了妻子的脸旁,在她仍然细腻的脸颊上,送上了一吻:"老婆,看到你们在这儿等着我,我特别有家的感觉你知道吗,我特别高兴。"

"咦,你喝酒了。"白惠皱皱小脸,故意忽略了他的话,伸手挥了挥那缭绕而来的淡淡酒味。徐长风笑了,"心情好嘛,喝点酒不算什么。"

白惠又皱皱鼻子:"我说过了,喝酒不许开车。"

"只喝一点点。"徐长风对着妻子略含暧昧地笑。

白惠又瞪了他一眼："就这一点就可能出事故的,你不能拿自己拿别人的性命开玩笑。"
　　"呵呵。哪有那么严重!"
　　"你还不听!"
　　"好好,我听,老婆大人遵命!"
　　看着他那嬉皮笑脸,满脸不正经的样子,白惠没好气儿地瞪了他一眼。
　　楚乔已经正式被收监了。一向穿着讲究,时尚大牌不离身的她,此刻再没有了那些名贵的珠宝,也没有了漂亮的礼服,她被迫穿上了浅蓝色囚服,被狱警带着,走到了一间不算大的房间里,里面有人在给女囚理发。
　　"坐下。"狱警说。
　　楚乔便被按坐在了凳子上。一个女狱警拿着剪子过来,一手撩起了她一络长发,咔的就是一剪子。楚乔登时尖叫,双手捂了头："别剪我头发!"
　　狱警严肃的声音喝道："你别大呼小叫的! 这里是监狱!"
　　楚乔立时就没了声,人像是一只饱胀的气球突然间被人用针刺破了一个口,瞬间瘪蔫下去。
　　狱警的手又拾起了楚乔另一面的头发,咔的又是一剪子,漆黑的发丝顿时成撮儿地掉到了脚下。楚乔到现在才真正地明白,她是真的要住在监狱里了,她是一个刑事犯了……

　　徐长风去香港四天了,不能不说,习惯了有他在身边的夜晚,白惠一个人还真是孤枕难眠。她翻了几个身,仍是没有睡意,就又把手机拾了过来,她正想发个短信过去,可是他的短信倒是先过来了。
　　白惠看到手机屏上亮起的徐长风这几个字,心头便是涌过小小的惊喜,她手指飞快地点开了那条信息：
　　"老婆,睡不着。"
　　"喔,我也睡不着。"白惠回了几个字过去。
　　那边的人便又发了信息过来："老婆,给我发个玉照过来。"
　　白惠能想到那边的人两眼色色的样子,气呼呼地手指在手机上划了几下,发了个信息过去："不给。"
　　"给吧,老婆!"那边很快有信息回复过来。
　　"不给!"白惠又发了一条。
　　"好吧,那我给你发。"叮的一声,是他的彩信过来了,白惠点开一看,就是他的一张大头照。照片照到他的胸口，发型有点儿乱，像是翻来覆去睡不着，在枕头上给碾出来的。紧实的胸肌露出来，显示着他的男性气息。

白惠呲了呲牙。她把手机对着床头处，咔的按了一下。因为哄着孩子们玩，床头上贴着喜羊羊的大贴纸，她把喜羊羊的照片给他发了过去。彩信发完，白惠有一种恶作剧似的得意，将自己缩进被子偷笑去了。

徐长风看着手机屏上那咧着大嘴正笑得得意的喜羊羊图片，鼻子差点儿抽歪掉。

第五十四章　始知当年都是错

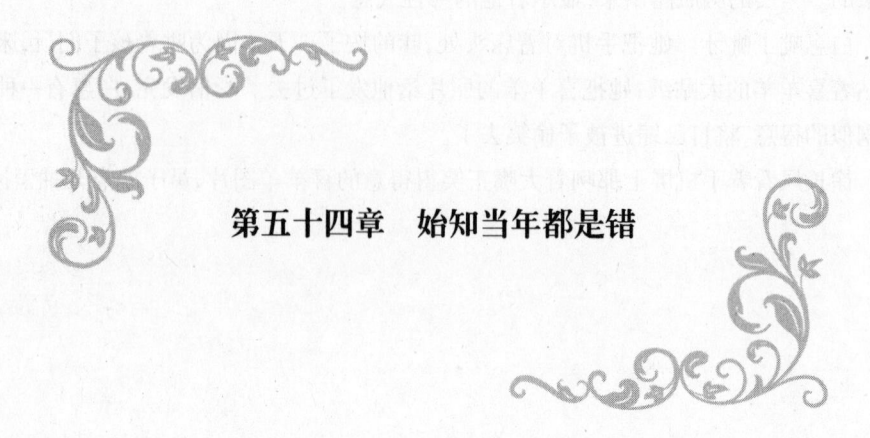

屋子里里外外都是那么空空荡荡的,楚远山感受着那份四下无人的空寂,心头说不出地失落。一清早,他叫人开车去了监狱,楚乔被人带到了会见室,隔着厚厚的玻璃,她见到了她的父亲。

"爸爸……"楚乔一下子奔了过来,她知道,只有她的父亲才能救她于水火,她见到父亲,也便像是见到了救星。

楚远山见到女儿的一刻,老泪纵横。他颤颤的手抬起来,沿着玻璃窗勾画着女儿的脸:"乔乔啊,爸爸来看你了。"

"爸爸,我不要呆在这里,一分钟都不要……"楚乔哭着,这些日子以来,她算是真正地知道了,在这个方寸之间的地方,是另一个世界。没有人会管她是谁的女儿,她不但每天都要干很多粗活,晚上还要被那些泼妇们收拾。

"乔乔啊,你要知道,不是爸爸不救你,不想让你出去,实在是你犯了不可饶恕的错。"楚远山想到自己这么多年来对女儿疏于教育,心头悔恨交加,老泪往下流。"爸爸不好,不应该一味地纵容你,不是我一味地纵容你,乔乔你也不会一错再错。乔乔啊,好好改造,爸爸等你出来……"

楚乔满脸泪痕:"爸爸你不能这样,你要救救我……"而楚远山却是流着泪站了起来,缓缓地背过了身。楚乔一直看着父亲倍显苍老的身影离开,眼睛迟迟没有移开,她的父亲真的不管她了,她真的要在这个阴暗冰冷的地方呆上十余年了,"爸爸,你不能这样——"

她的手猛烈地拍打着那厚厚的玻璃,悲痛异常。楚远山走出会见室的那一刻,心头重重地失落,重重地疼着。他仰头看了看那苍茫的天际,摇了摇头,迈开步子想上车,可是却是猝然间一歪……

楚潇潇听到父亲昏迷入院的消息那一刻,他的心跳猝然间就停住了。

"潇潇,马上回去看看你父亲吧。"老吕粗糙的手掌握在了楚潇潇的肩上,楚潇潇深闭了一下眼睛,心脏在一阵猛抽过后,缓缓复苏,"我马上就回去……"

楚远山被人送去了医院,他有脑出血的征兆,如果不及时治疗,情况是十分危险的。楚远山躺在医院的病床上,他看着空荡荡的房间,看着那些冰冷的仪器,他开始越发想念自己的儿女。

楚乔还在狱中服刑,是不可能出来陪他的,而他唯一的儿子,楚潇潇呢?他也不肯回来。

"潇潇……"他从梦中醒来,唤的竟是儿子的名字,可是两只手抓到的是空空如也。

"董事长,您醒了。"他的私人助理关心地走过来。

楚远山道:"我睡了多长时间?"

"两个小时。"助理说。

楚远山叹了口气,最近的睡眠真是越发少了。

"董事长,您晚上没吃东西,要不要现在吃点儿?"助理问。

楚远山道:"没有胃口啊!"

助理道:"没有胃口也要吃啊,人是铁饭是钢嘛!"

"呵呵。"楚远山笑了,可是心里都是苦涩的滋味。现在可真所谓,他自己酿造的苦果他自己吞了。一向娇宠,视如掌上明珠的女儿,做恶多端监狱服刑,而他一向出类拔萃的儿子被他送去了西藏。楚远山摇摇头,只觉得悔恨万分。

"小李呀,讲讲你小时候的事吧!"楚远山有些感慨地说。

叫做小李的助理微微惊讶,伸手挠了挠头,不好意思地道:"董事长,我小时候没啥可讲的。我爸说,我就上房揭瓦的事情没做过。什么掏鸟窝,打架,逃学的事,一个都跑不了我……"

"呵呵。"楚远山笑了,笑容苦涩里含了回味。他的眼前,恍惚出现了一个小小的身影,他站在他卧室的门口处,他开门出来时,那小小的身影抬起了头,用一双黑亮亮的眼睛看着他,"爸爸,早。"

"嗯,早。"那时的他,只是淡薄地回了一句,却是多一眼都没有看他的亲生儿子,而是径自去了公司。

他没有多看一眼,当然也就没有发现,他的儿子小腿处,缠着纱布。直到三天之后,那天,他回来得早,学校的电话正好打过来,他才知道儿子的腿受伤了,心里多少有些内疚。

可是一进屋,他看到他一直放在抽屉里的那块女式腕表不见了。他便喊来李嫂询问,李嫂说没看到,而他的女儿告诉他:"爸爸,我看见潇潇的房间里有那块表。"

于是他火了。

忘了儿子还受着伤,他一把推开了儿子的房门,他的儿子躺在床上,睡眼惺忪的,似乎是刚刚醒来。而他的床边,则放着他一直小心收藏着的那块腕表。见到突然间进来的满脸阴沉的父亲,他的儿子,他的小小的儿子面上露出吃惊的神色。

"爸爸?"小小的潇潇坐了起来。

他却一把将那块腕表拾了起来,他看到那表针一动不动,他晃了晃那表,表针依然不动,可却有湿漉的东西沾湿了他的手指。他一下子便急了:"潇潇,这表是你弄坏的是不是?"

"不是,爸爸。"他的儿子忙摇头。

"不是你弄的,怎么会在你房间里!"他厉声质问,他的儿子便如受惊的小鹿,"爸爸,我不知道,我睡着了。"

"你还狡赖!"

他的大手一把揪起了他的儿子,将他的小身子往着床边上一按,厚厚的蒲扇一般的大巴掌便扇了下去。

"我叫你狡辩!我叫你不承认!"

他愤愤地边打边骂,而他小小的儿子却一直咬紧牙关,当他打得手麻,李嫂闻声赶进来的时候,他才住手,而他的儿子,已经小身子沿着床沿滑倒在地,小脸上全都是眼泪。

楚远山晃了晃头,他有些后悔,心上被针扎了一下似的疼了:"小李呀,你出去吧!"他对着年轻的助理挥了挥手。小李便喔了一声:"董事长,您有事叫我。"

"嗯。"楚远山沉沉地应了一声。现在,活该儿子不来看他呀!他重又躺下,心头又是失落,又是怅然,又是透着一种说不出的沉重,就这样迷迷糊糊地睡了。不知道过了多久,房门轻轻地推开了,助理的声音说:"楚哥,董事长在睡着呢。"

"我知道了。"楚潇潇将行李轻轻地放在了地板上,望向床上的老人。比起他离开的时候,楚远山看起来苍老了许多,躺在那里分明就是一个老人了。

楚潇潇原先心头的疏冷在见到父亲苍老的容颜时,所有的怨恨好像就都淡去了。他轻步走到了父亲的床前,攥住了父亲的手。

"爸爸,我回来了。"

楚远山处在一种似睡非睡，迷迷糊糊的状态中，眼前一会儿是儿子对他的怨恨，一会儿又是女儿泪涟涟的脸。他急促地呼吸着，想要醒过来，可是却坠在了梦魇中一般，就是睁不开眼睛。

"爸爸？"楚潇潇的手轻捏住父亲的手，"爸爸？"

"哎……"楚远山醒过来了，他看到眼前渐渐清晰的容颜时，呆了呆，不由得微微地眯了眼睛，"潇潇，真的是你吗？"

"是我，爸爸。"潇潇说。

楚远山的唇角便轻轻地弯了起来，他的一只此刻倍显苍老的手轻拍了拍儿子的手："潇潇啊，你总算回来了。"

"老板，东临的陈总约您今晚吃饭。"小北的脚步追着从办公室出来的男子说。

徐长风脚步未停："下次吧，今天没空。"

"老板，陈总问今天没空，明天行不行。"小北又问。

"明天也不行。"徐长风很干脆的声音打消了小北想要说下去的欲望。"你收拾收拾，我们晚上的飞机飞回去。"

"啊？老板这么急！"小北又追过来，满脸惊讶。

徐长风道："你要不急，就多住几天。"

"呃……不不。"小北忙摇头。

两个人到了外面，上了公司在这边的车子，有司机将他们送去了入住的大酒店。徐长风直接走进了自己的房间，打开柜子，将里面整齐挂着的西装拿了出来，卷了卷，塞进了旁边的皮箱里。

刚刚在公司里，他的妻子打了个电话过来，那一向都温柔的声音幽幽的，她说："你怎么还不回来啊？你还要忙多久？"

他的心一下子就软得滴了水。他来这里已经快半个月了，他也很想念他的妻子儿女，可是这边的业务还没有处理完，他没办法回去，但是刚刚接到了妻子的电话，只是一句略略带了埋怨和委屈的话，便让他立即就有了，恨不得肋生双翅飞回去的感觉。

他想他们，一刻都不能耽搁了。他将自己的一应用品全数收进了皮箱，便拉着拉杆箱向外走去。

"小北，你完事没有？"

他抬手敲小北房间的门，小北的声音忙回道："马上就好，马上就好。"

老板这是怎么了，一个小时之前还说要后天才能回去呢，怎么这会子，就恨不得立即飞回去了？

小北一边乱想着一边收拾着东西,七手八脚地收拾好,拉了行李箱出来,两个人奔了大堂。房子退掉,酒店的车子把他们送去了机场。

"老板,十点一刻的飞机,现在才七点,是不是太早了。"小北到车上说。

徐长风道:"你嫌早,你回去再躺会儿。"

小北便立刻不吱声了。

两个人到了机场,小北无所事事,到处逛悠,徐长风则是拿出了商务包中的平板电脑,开了QQ,直接开了视频功能。

白惠正给两个孩子洗澡呢,手机响起来,她边给孩子洗着澡,边对着那搁在耳边的手机说:"喂,你干吗?"

"我在QQ上呢,把孩子们抱过来看看。"徐长风说。

白惠道:"孩子们在洗澡呢!"

"那你洗完澡抱过来。"那边的人说。

白惠无语摇头,把手机放下,继续给孩子洗澡。澡洗完,她和保姆把两个孩子挨个儿放到电脑前,视频里,徐长风那张俊朗的容颜,眉梢眼角全都是笑。"宝贝儿,可见到你们了。"

白惠一扁嘴,而怀里的小糖糖看到电脑屏前的人,已经兴奋得张开两只小手,叫起了爸爸。小豆豆也是十分兴奋的表情,伸着两只小手要抓电脑屏。徐长风在那边乐不可支。

小北在机场逛了一圈儿回来,他的老板正咧着大嘴笑,他便也把脸凑了过去,但见视频的那头,两个可爱的小宝宝正张着小手叫爸爸呢。小北咧嘴笑笑:"老板,您可真幸福!"

徐长风哪有工夫理他呢?他在和那边的小宝宝们说话。

"想爸爸没有,宝贝儿们?"

"想。"小糖糖咬着手指头奶声奶气地说。小豆豆则是小嘴对他啊呀喔呀地说不停。

"好了好了,孩子们都要钻进去了。"白惠说完就把视频功能关掉了,徐长风眼前一空,两个小宝宝已经不见踪影,不过还好,他后半夜就能看到他们了。

白惠和保姆把孩子们抱离电脑前,又陪着他们玩了一会儿,孩子们就睡了。白惠也累了,洗了个澡就也躺下睡了。

后半夜的时候,房间的门悄悄打开,一道男人的身影走了进来。徐长风没有开卧室的大灯,而是轻手轻脚地扯去了领带,脱掉了外衣,又轻手轻脚地去了洗澡间。洗过澡出来,估计身上的温度不算太凉了,就轻轻地掀了被子的一角,躺了进去。

白惠正睡得迷迷糊糊呢，腰间一凉，接着她的身子就被人拥进了一个微凉的胸膛。她嘤咛了一声："谁呀？"她的手一伸正抵上他微凉的胸口，她便立时睁了眼，黑眼睛在夜色下闪了闪，看清了眼前模糊的容颜，她便低叫了一声，"徐长风？"

"是我。"徐长风的嘴唇顺势堵住了她惊讶张开的嘴唇。

"嗯……你怎么回来了？你不是后天吗？"白惠边推搡着他，边说。

徐长风温醇的声音在她耳边低喃："我想你所以就回来了。"

"你是想你儿子和女儿。"

"都想。"

房间里是窸窸窣窣的一阵声响，接着便是软语轻吟。

清早起来的时候，白惠觉得浑身都发酸，她的男人一起床就去婴儿房看两个孩子了。她过去的时候，两个小家伙小手里都拿着父亲从香港给带过来的玩具，小糖糖的是一个穿紫色衣服的漂亮洋娃娃，小豆豆手里的是一只电动小狗。

徐长风满眼笑容地看着他的一双小儿女好奇地摆弄着手里的玩具，不时摸摸孩子们的头，小脸，小手和小脚，眉梢眼角，那种深深的喜爱挡都挡不住。

"老婆。"白惠靠在门上出神的时候，徐长风将一条漂亮的项链从她的颈子处挂了上去，白惠惊了一下，徐长风道："这是我给你的礼物。"

白惠摸摸那白金质，中间镶了钻石的别致的坠子，若有所思。徐长风道："喜欢吗？"

他的声音悦耳醇和，说话的时候，嘴唇从她的耳际轻蹭而过，"这是我挑了好久的。"他搂住了她的腰。

白惠对于珠宝方面的东西，并不像有些女人那样在意，首饰对于她来说，不要太多，身上有一样就够了。

"喜欢。"她说。

"骗人。"徐长风轻捏了她的小鼻子，"你的眼睛里没有一点喜欢的样子。"

白惠便无语地笑笑。伸手捶了他的胸口一下："知道我不喜欢，还买。有这些钱捐给希望小学，可以救助许多孩子呢！"

"呵呵。"徐长风将妻子往着怀里又搂了搂，"那我们回头去捐。"良久之后，又道："白惠。"

"嗯？"白惠沉醉在他的怀抱里，讶然看向他。徐长风的眉眼变得很深，"楚潇潇回来了。"

"潇潇啊，给爸爸讲讲你那次，腿是怎么受伤的？"楚远山半躺在床上，眉眼深远地问他的儿子。

楚潇潇呆了一下，"哪次？我不记得了爸爸。"

楚远山便微微敛了眉:"潇潇,爸爸小时候对你关心不够,是爸爸的错。"

楚潇潇听着父亲带着惭愧的声音,心头刹那间就疼了一下,良久才道:"都过去了爸爸。你该吃药了,我去打水。"楚潇潇说完就站了起来,顾自向外走去。楚远山的目光一直目送着儿子的身影消失在门口他才沉沉地叹息了一声。

小时候的事情,很多记忆都很深,尤其是那些被忽略,被误会的事情。人的记忆是很奇怪的,你越想忘记的东西,可能记得越深。就譬如他腿受伤那次……

"楚潇潇,你爸爸怎么从来不来参加你的家长会?"

"他很忙。"

"我爸爸也很忙,可是他每一次都来,该不会你不是你爸爸亲生的吧?"

"你胡说!"

"我没胡说。我妈说,你爸爸从来都不看你一眼,我妈还说,你爸对你姐可好了,而且你长得也不像你姐……"

那说话的孩子是他的邻居,家里也有自己的公司。楚潇潇小小的心灵受到了伤害,他也是一个很骄傲的孩子呢!

"你住嘴!"他对那个孩子吼了一句。

那个孩子便对他做了个鬼脸:"楚潇潇,有娘生,没爹疼……"

楚潇潇又气又恼,扑了过去,与那个孩子扭在一起。他把那个孩子打倒了,但是腿也受伤了,并且因此而耽误了五天的课程。

楚潇潇的心神从记忆中收回,心头仍有一种说不出的滋味。眼前出现了一张清秀的容颜,楚潇潇顿时一呆。

"潇潇,你什么时候回来的啊?"白惠惊喜地喊了一声。楚潇潇的脸上有混混沌沌的神色,"白惠?"

"是我,潇潇。"白惠的心头涌动着说不出的一种情愫,有些激动,有些惊喜,亦有些难受。

楚潇潇的唇角微微地弯了起来:"又见到你了,真好。"他将手中的热水壶放下,轻轻攥住了她的手。眼中涌动着的是一种难以言喻的欣喜和异样的,说不出的一种滋味。

"潇潇,你什么时候回来的,怎么不告诉我一声啊?"白惠说话的时候,心头仍然难受。数月不见的楚潇潇,黑了,瘦了。眼睛里的那种阳光不见了,取而代之的是几分沧桑的味道。

"我还没来得及打电话给你。"楚潇潇心头有万千种的滋味在涌动着,他有很多很多的话想对她说,他无数的思念都深藏在了他的眼睛里,但是千言万语到了嘴边却只是这样一句。

白惠的眼睛眨了眨,心头难受得想哭,嘴唇抿了又抿,那种难过的滋味仍然难以消除。

"潇潇,谁来了?"楚远山的声音隔着病房的门传出来,接着房门就打开了。楚远山一身病号服地出现在白惠的视线里。

白惠知道楚远山病了,楚潇潇回来是来看望父亲的,但是她仍然忍不住过来看望楚潇潇。可是现在与楚远山面对了面,白惠有难以预料的一种尴尬感觉。

楚远山盯视着她的眼睛,初时含了一抹犀利,但渐渐地就温了下去。他转身想进屋,但是下一刻,目光在她和楚潇潇交握着的手上一瞥时,却又顿住了。

白惠的手从楚潇潇的紧握中抽了回来,微微敛眉垂了头,她没想过要跟楚远山打招呼,她喜欢楚潇潇,不代表她也喜欢楚远山。

楚远山的目光深深地盯视着白惠的右腕,一截白皙纤细的手臂,上面一点黑色,那么眼熟。

"你等我一下,我进去一趟。"楚潇潇不知道他父亲在想什么,而是拾起地上的暖壶,转身对着父亲道:"爸,进来吃药吧!"

楚远山目光仍然犹疑不定地落在白惠的腕部,那目光似在沉思。听见儿子的喊声,便慢慢地转回了身。楚潇潇进屋之后,倒了一杯热水,又把父亲要吃的药都准备好,楚远山道:"你去吧,我自己吃就行了。"

楚潇潇看了看他的父亲,便放下了手中的杯子转身从病房出来了。楚远山看着儿子关门而去的背影,思想却仍停留在白惠手腕的那个痣上。他记得,是谁也有过这样的痣来着?

他的思绪飘飘忽忽地,一道女人的身影竟似是从外面飘忽而来:"楚远山,你也有今天吗?"

楚潇潇从病房里出来,白惠仍然站在走廊里,数月不见,她苗条的身影依然跟记忆里那道纤细的身影重合。他静静地凝视着她的背影,直到她回过头来,他才说道:"孩子们都好吧?"

"嗯,他们都很好。"白惠说。

楚潇潇便笑笑:"他们一定像你一样可爱。"

白惠便微微垂了头:"潇潇,你有没有想过结婚啊?"

楚潇潇轻勾了勾唇角,眼睛里感慨无限:"曾经沧海难为水啊……"

白惠心头又涌出一种淡淡的,却是很忧伤的感觉。她很心疼眼前这个男人,自小失去母亲,父爱淡薄,有个姐姐,心如蛇蝎,连自己的亲弟弟都陷害。白惠由衷地希望,能够有那么一个女人,来温暖楚潇潇的心。

手机响起了铃声,白惠知道,那定是她的丈夫打过来的,他给了她过来看望楚潇潇的机会,同时也不希望她待太久。白惠捏着手机沉默着,楚潇潇道:"回去吧,你家人在等你。"白惠抬了眸,看着他一双深刻的眼睛,"你好好保重自己。"

"我会的。"楚潇潇说。

白惠便离开了。楚潇潇的目光一直目送着她走出去老远,身影消失在电梯入口,他才收回视线。而白惠从住院部大楼出来,却见到她的男人正站在门口外面的台阶下面。她呆了一下:"你什么时候来的?"

"没多久,刚到。"

徐长风边说,边似笑非笑地伸臂揽了妻子的肩:"我们走吧,孩子们在想你了。"

两个人的身影向着停车场走去,黑色的车子载着他们离开了医院。徐长风开着车子,偶尔目光就会望一眼他的妻子,她目视着前方,不知在想着什么。

"其实楚潇潇很幸福了,有你这么天天惦记着他。"他感叹似的说。

白惠看了看他,却是若有所思地道:"我只希望,他能够早日遇到一个喜欢的人,结婚,生子。"

徐长风看着她幽幽的神情,张了张嘴,却没说什么。黑色的车子在红灯过后,加速向前驶去。

楚远山的气色有些见好,许是有儿子陪在身边的缘故。楚潇潇很沉默,除了阳光好的时候陪着父亲出去散散步,他很少说话。

记忆里的儿子不是这个样子的,他一向很阳光。楚远山知道是自己偏宠女儿的行为深深地伤害了儿子,所以,想到曾经对儿子的冷漠和淡薄,楚远山对自己的行为感到深深的自责和惭愧。

"潇潇啊,爸爸以前,对不起你,爸爸很惭愧。"他感慨万分地说。

楚潇潇只是轻动了动唇角:"爸爸,血缘关系是无法改变的,我是您的儿子,永远都是。"

"潇潇。"楚远山心上一酸,声音便哽了。

这是一个雨天的早晨,因为下雨,徐长风没有太早去公司,他站在窗子前,看着外面的蒙蒙细雨。雨点哗哗,窗子处很快就朦胧了。很少有这样的时候了,能够偷得浮生半日闲。

"爸爸。"小糖糖在白惠的怀里张着小手喊。

徐长风扭头看向自己小小的女儿,他的俊颜便立即绽出了笑来,伸臂将女儿抱了过来,"糖糖,爸爸抱你看雨。"

"雨。"小糖糖学着父亲的口型说。

徐长风便在女儿的小脸上亲了一下："嗯，雨。"

小糖糖伸着小手指头在窗玻璃上划来划去，不知划着什么，徐长风则是伸手掏出了兜中正响着的手机，他看了看号码，有些陌生，但还是接听了。

"你说什么？"

白惠听到她的男人说了这样一句，之后黑眸便露出一种叫做激动的神情。他的眼睛里有清光在闪动，那边的人话一说完，他便转身对白惠道："白惠，福利院说，找到了你母亲的遗物。"

白惠一听，当时就惊呆了。醒过神来又是激动万分地一把就攥住了徐长风的手，迫切地说："是真的吗？真的有我母亲的东西吗？"

"嗯，王院长说，有。"徐长风一字一句看着她的眼睛肯定地说。

"长风！"白惠立即扑进了徐长风的怀里。

福利院找到的是一张照片，因为原先的旧楼年久失修，院方用徐长风捐赠的钱在院子里别的位置重新盖了一幢，这几天正从旧楼往着新楼里面搬东西。旧楼里面的东西被搬空，许多无人问津的死角便也都露了出来，有义工便从一份遗落的档案里找到了那张照片，而那份档案便是关于白惠的，那个时候，她还叫做玲玲。

王院长说："我好像记得是有这张照片的，但时间太久了不敢确定，还好有了这份档案，照片也还在。"

白惠的手在颤抖，王院长把照片递过来时，白惠的手指险些捏不住。那张照片早就泛黄，效果也没有现在的数码照片那么清晰，但仍然可以清楚地看到上面的人。那是一个长相甜美漂亮的女子抱着一个两三岁的男孩儿。女子很年轻，也就是二十出头的样子，大眼睛亮亮的，两只发辫又黑又长。而她怀里的小男孩儿，浓眉大眼，长得十分可爱。

白惠捏着那张照片，久久地出神，这是她的母亲吗？她的母亲就长这个样子吗？那么，她怀里的男孩儿又是谁呢？会是她的亲人吗？白惠在那一瞬间心潮激烈起伏。

"白惠？"徐长风扶住她，又将她的身子搂住，"白惠，你没事吧？"他一脸的担忧和焦灼。白惠缓缓抬头，双眼泪雾迷蒙："这真的是我的母亲吗？她会是谁呀？她怎么能就那样死了，一句话都没有留啊……"

徐长风心头一疼，手臂更紧地圈住了妻子的腰："你别激动，一切都会有水落石出的时候。"他顿了顿又说："我们不是已经找到照片了吗？那个年代，信息不发达，但现在不同了。现在我们有网络，有电视，有报纸，我们有很多方式可以查到你母亲的身份，可以知道她是谁。"

"嗯……嗯……"白惠的头伏在他的肩上，心头是万般的滋味。

第五十五章　错爱一生

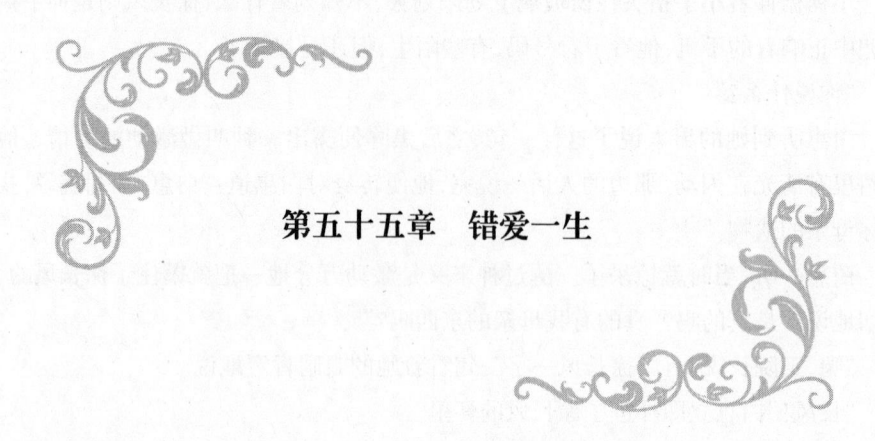

暮色沉沉,一辆黑色的车子载着楚远山回了家,开车的人,正是他的儿子楚潇潇。

楚远山已经住了半个月的院了,此刻看着空寂寂的院子,心里头别有一番滋味。楚潇潇拎了父亲的东西走过来,又扶了他:"我们进去吧。"

"我自己走吧。"楚远山说。

父子两个人进了屋,楚潇潇把父亲的东西放进了他的卧室,他一抬头之间,就看到了那张看起来十分古旧的梳妆台上的照片。照片上的女人,约摸三十岁的年纪,姿容十分明艳。

那张照片摆放了至少二十九年了,从他有记忆以来,他就看见过,每到春节,清明,或者祭日,他的父亲便会让他和他的姐姐一起给那张照片上的人上香。

他的父亲叫她娇兰。

而他和他的姐姐叫她妈妈。可是不知为什么,看着相框中那张酷似他姐姐的脸,看着那张漂亮的容颜,他却没有亲切的感觉。这会是他的妈妈吗?为什么他会感觉不到妈妈的气息?是因为她离去太久了吗?楚潇潇站在那里出神。

衣兜里的皮夹被掏了出来,皮夹打开,露出夹层中的一张照片。他凝视着照片中那张女人的脸,年轻的,秀气的,却也是亲切的脸。

"潇潇。"楚远山走了进来,他边解着外衣,边向着儿子走过去,楚潇潇似是沉思着什么,并没有听到父亲的喊声。楚远山走过来,他顺着儿子的目光,看到了那皮夹中的照片,一看到照片上那副年轻甜美的容颜楚远山登时就呆住了。

楚潇潇轻轻地合上了皮夹,又收进了衣兜里,这才看向他的父亲,他的父亲脸上正泛着一种少见的白,两只眼睛瞪得老大,似在沉思,又似是难以置信。

"你怎么留着这张照片?"他好半响才问他的儿子。

楚潇潇道:"觉得亲切,就留下了。"

楚远山嘴唇翕动:觉得亲切,果真是母子血缘吗?

"爸爸,您的东西我都放好了,我先出去了,如果有事您再叫我。"楚潇潇说完,便向外走去了。

楚远山直直地站在那里,仍然难以从那张照片中回神。

楚潇潇回到了自己久未住过的房间,他住过了二十九年的房间。小时的情景依稀已记不清,但却好像有个声音会在他午夜梦回的时候,轻轻响在耳边:"潇潇乖,乖宝宝快点睡喽……"

白惠已经睡了,手边就放着那张从福利院带回来的照片。老院长说,那是从那个死去的可怜女人的大衣兜里掏出来的,徐长风拾起那张照片放在眼前端详。女人长相甜美,眉眼之间又隐隐地透出一种英气,而她怀里的男孩儿,黑黑的眉毛,宝石一般的眼睛,长得十分可爱。

徐长风捏着那张照片,在寂静的夜里沉思着,照片上的女人眉眼依稀之间,似有些熟悉,而那怀里的男孩儿,那双眼睛……

也是似曾相识。在哪里见过呢?

徐长风敛眉思索着,久久没有睡去。肩部微微一沉,怀里已多了一个女人的脑袋,一只柔软的手抚上了他的胸口,睡意迷蒙的声音问:"你怎么不睡?"

徐长风低头看看怀里那星眸半睁的脸,温声道:"这就睡了。乖,你睡吧。"他的手轻轻抚开妻子额上的碎发,嘴唇凑过去,吻了一下。白惠便又嗯了一声,沉沉合上了眼皮。

早晨,一如既往的是先去看孩子们。徐长风走得很早,白惠起来时,他已经走了。白惠发现,她放在床边的照片也不见了。她正想打电话问问他有没有见到,又琢磨着,他此时可能还在路上,开着车子接电话,她多少有些不放心,便想过会儿再打。而后,就有孩子的哭声传来,她心头一惊,忙奔向了婴儿房。

保姆正抱着小糖糖,一副十分焦急的神色:"白姐,糖糖好像发烧了。"

白惠忙过去急切地伸手摸女儿的额头,小人儿的头有些热。

"妈妈,疼。"小糖糖的小手覆在了肚子处。

白惠听了,心弦猛地一抖。她伸手摸了摸女儿的肚子,问保姆:"早上有喂她吃东西吗?"

"没啊。"保姆忙说。

白惠心头起急,孩子们长到这么大,还是头一次闹毛病呢。白惠担心不已,便忙打电话给徐长风:"长风,糖糖不舒服。"

她担心不已的声音让徐长风立时就紧敛了眉,"你先别急,我叫小北过去接你们去医院。"

小北的车子很快就到了,他风风火火地从车子上下来给白惠开车门。

"妈妈。"小豆豆看到白惠抱着姐姐出去了,便在房间里呆不住了,伸着小胳膊喊她。

白惠忙又回身安抚儿子:"豆豆,姐姐不舒服,妈妈送她去医院,你乖乖跟阿姨呆着哦。"

"妈妈。"小豆豆伸着小手还要够她,可是白惠已经抱着小糖糖匆匆地上车了。

小糖糖在妈妈的怀里,不舒服地扭着小身子:"妈妈,疼。"

小小的人儿不会说太复杂的话,只是简单的一个"疼"字已经让她的妈妈难以承受。

"乖乖,一会儿就到医院了哦,医生会给糖糖看病的。"白惠把头贴在了女儿的头上,那热度好像又重了。

到了医院,白惠抱着女儿等着医生的诊治,小北站在一旁安慰她:"嫂子你不要急,小孩子闹点儿毛病是正常的。"

白惠当然明白小北说的道理,可是一旦轮到自己的孩子生病,明知只是头疼脑热那么简单的事,但身为一个母亲的揪心绝不能免。

医生正给小糖糖诊治着,徐长风的身影匆匆而来:"怎么了糖糖?"他的大手急切地覆在了女儿的小额头上。小糖糖只蔫蔫地看了看她的爸爸,就闭上眼睛了。

"这孩子烧三十九度五,先打针退烧吧。"医生看了看体温表说。

徐长风问道:"医生,我女儿为什么发烧?"

"她扁桃体发炎了,所以发烧,发烧又引起了肚子痛。"医生说。徐长风听了稍稍放下心来。

小糖糖打针的时候,白惠都不敢看。她本就胆小,再想象着那针头扎在女儿柔嫩的小屁股上的情形,便是越发的心惊。

打针的时候,小糖糖哭得很厉害,白惠的心便跟着女儿的哭声一揪一揪地,徐长风抱着女儿,让女儿趴在他腿上,护士的针扎进女儿的小屁股,他的心也跟着抖了一下。

他自己出车祸,受伤住院,他也只是眨下眼睛的事,可是轮到他的女儿就不行了,做父亲的心果真是禁不得一点儿磕碰的。

小糖糖哭了半天,徐长风就哄了半天。一个大男人抱着小小的女儿连擦眼泪带举高高。小糖糖仍然很委屈,伏在他的肩头,小肩膀一抽一抽的。

小糖糖是早产儿,自小营养又没跟上,这一病,就比别的孩子重,白惠怕小豆豆也跟着生病,这几天都是抱着小糖糖回主卧室睡。但是都说双胞胎里有一个生病,另一个就会生病,小豆豆也没能逃开这句话,小家伙在他姐姐生病后第二天,就开始发烧了。

白惠看着两个生病的孩子,这个发烧,那个蔫蔫的,她像被人抽去了筋骨似的,揪心又无力。

胡兰珠和徐宾一有时间就往这儿跑,帮忙照顾自己的孙子孙女。

"不,不。"小豆豆一看护士拿着针走进来,立刻就两只小手扒住了白惠的肩膀,小身子往着白惠的身上爬。

白惠忙哄:"豆豆乖哦,打了针就不发烧了哦。"

"不不。"小豆豆仍然拨浪鼓似的摇晃着小脑袋,两只小手紧抱着母亲不松手。

白惠心里有点儿起急,胡兰珠和徐宾也过来哄,几个人好不容易哄着小豆豆打了针。小豆豆哇哇哭个不停,徐宾和胡兰珠便一个抱着孙子,一个使尽招数地哄。

小糖糖因为已经不再发烧,处于康复期,没打针,被过来看望的林晚晴抱了出去,如果小家伙也在,听见弟弟的哭声,一定也会跟着大哭。

林晚晴抱着小糖糖从病房出来,哄着她在儿科外面的院子里玩。红色的海棠花开一片红,她抱着小糖糖,温婉地跟她说着话。

一片海棠花的后面,靳齐的深眸望着他妻子温婉的容颜,他的眼神变得落寞颓丧。

"姨姨,花。"小糖糖被林晚晴哄得开心了,此刻伸着小手要够树上的花,林晚晴便伸了手,去头顶的枝丫上摘下一朵海棠。就在这不经意之间,她看到了那片片红色海棠之间站着的人,他呆呆地看着她,站在那里,双眸深深不知所思。

林晚晴吃惊之后,一个转身就抱着小糖糖离开了。

"姨姨,花。"小糖糖在她怀里说。她抱着小糖糖匆匆地就离开了靳齐的视线,靳齐呆呆地站在那里,心里像是突然间空出了一个洞来……

自从女儿入狱之后,楚远山的睡眠一直不好,儿子回来之后,他失眠的迹象稍稍有些好转,但仍然是前半夜能睡,后半夜无眠。他躺在那里,眸子一直是睁着的,在这寂寂无人的夜晚,他想起了他的两任妻子。

楚乔一周岁时便死去的娇兰,之后便是他续娶的妻子。他轻叹了一声,愈发没有睡意。

电话的铃声在这个时候响起来,刺耳而急遽。楚远山忽然间有一种不好的预感,心脏急促地跳动,怦怦地,似乎要冲出胸腔。

"先生,不好了,小姐出事了。"李嫂风风火火地在外面砰砰敲门。楚远山的大脑嗡的一下,他急促地从床上坐了起来,"怎么了?怎么了?"他边问边急切地想要起来,但是太过的担心让他的眼前猝然间黑了一下。

楚潇潇已经披衣从卧室出来了,李嫂看到楚潇潇便忙道:"潇潇啊,刚才监狱里来电话,说是乔乔小姐她……她自杀了。"

李嫂显然也是刚从床上被急促的电话声叫起来的,身上穿着睡衣,一只脚穿着鞋,一只脚是光着的。楚潇潇闻言,心头也是噔的一下,他忙推开了父亲房间的门,楚远山手扶着床,手指颤颤地:"潇潇,快……快带我去医院。"

楚远山的身形已经不稳了,楚乔再怎么样狠毒,再怎么样不知悔改,她也是他的女儿,是他唯一的女儿,是他和这辈子最爱的,唯一爱过的女人生的女儿。楚远山的担心是无法言喻的。他下楼的时候,双腿在发抖,原本魁梧的身形变得脆弱不堪一击。楚潇潇架着父亲的身体,扶着他下楼,将他扶进车子,又匆忙绕到前面去开车。

楚乔毕竟是他的姐姐,她再怎样作恶多端,可也终是他的姐姐,听到楚乔自杀的消息,楚潇潇的心也跟着沉了。

他和他的父亲匆匆赶到医院的时候,楚乔已经被推去了急救室。两个警察在急救室外面守着,楚远山一看到那紧闭的急救室大门,心跳又是一阵闷塞,他的手撑在了楚潇潇的肩头,才让自己的身形站稳。

"我姐怎么会自杀?"楚潇潇问其中一个警察。警察道:"事情的真相正在调查中,请你安心等候调查结果。"

楚远山沉声道:"什么安心等候!人是关在你们狱里的,现在出了人命关天的事,你们想逃脱责任不成!"

那个警察正色道:"没有人要逃脱责任,这样的事情我们也不想发生。请您安心等候调查结果!"

楚远山脸上青筋暴跳,但是此时此刻除了等待,他也只能等待。

急救室的大门忽然间就开了,一个医生匆匆而出:"病人失血过多,需要大量AB型血,现在血库的存量不够,请问你们病人的家属有没有可以为病人提供血液的?"

楚远山一听之下,目光立即望向了自己的儿子,楚潇潇忙上前一步:"我是B型血,我姐可以用吗?"

那医生一听,面上露出意外的神色:"病人是AB型血,你的血或许可以用,但最好是同型的血。"

这时楚远山已经急切地说道:"输我的,看看我的血型。"

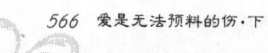

那医生看了看他,楚远山的年纪显然是不合适的。

"用我的吧,我是O型血,当年我就给她妈妈输过。她妈妈也是AB型的。"楚远山又说。

那医生用一种很奇怪的眼神看着他。

在这个时候,有另一位医护人员匆匆而来,"血浆已经找到了。"两个医生便忙回了急救室。

楚远山松了一口气,额上已经出了汗了。"还好,还好。"楚远山慢慢地在长椅上坐了下来,目光一抬之间,却见他的儿子正用一双意味深长的眼睛看着他。

"知不知道,O型血和AB型血的人,是生不出AB型血的孩子的。"楚潇潇说。

楚远山当时就是一呆:"你说的什么,潇潇?"

"我说,O型血和AB型血的人,是生不出AB型血的孩子的。"楚潇潇看着父亲的眼睛重复了一遍。

楚远山当时就像是被雷劈了一下似的,呆若木鸡。

"潇潇你不要胡说,乔乔是你姐姐,是我唯一的女儿。"楚远山反应过来,神色便是猛的一沉。

"呵呵,我有没有胡说,只要去问一下医生。"楚潇潇的笑容里含了几分嘲弄,恰巧手机铃声响了起来,他走到一旁去接听电话,而楚远山则是被雷劈过似的,呆在那儿了。

楚乔是在晚上同屋的人都睡下之后,用刀片割破手腕自杀的,谁也不知道她的刀片是从何而来,一个晚上她一声都没吭,任血液一滴滴地从她的身体里静静地流出来,从生机勃勃到气息奄奄。她不想活了,在这个不见天日的地方,或许只有死才是最好的解脱,而也只有死,才能够再次得到她父亲的怜爱。她就是要他心疼。

"我要见我爸爸!"清醒过来,她对着那狱警说。

女狱警道:"是你爸爸不想见你,不是我们不让你见。"

楚乔登时就是一呆,继而脸色更白。

病房的外面,楚远山呆坐了好久。血型的事情,他并不是太懂。他只是想O型血的他和AB型血的妻子生下一个AB型血的孩子,这不是很对吗?

他一生商场打拼,几乎是白手起家,对一些生活细节性的东西,并不太在意,更何况是医学细节,对于女儿的身世,他从没有怀疑过。谁能怀疑一个自己深爱的女人呢?

"病人醒了,楚老您要不要进去见见病人?"狱方的领导在一早上匆匆来到时说。

楚远山却是无力地摇了摇头,他的心头被什么反复地撕扯着,楚乔不是他的女儿吗？他浑身的力气好像突然间就被人抽走了,他没有了进去见一见女儿的心思,他只想找一个没有人的地方静一静。他对着那人挥了挥手,便无声无语地走了。

楚潇潇一直没再说什么,有些话点一次也就够了。他慢慢地开着车子,脑子里也是思绪复杂,如果楚乔不是父亲的女儿,不是他的姐姐,那么错在哪里？这个姐姐是从哪里来的？

楚远山颓然地坐在车子后面,人一下子像是苍老了十岁。两只往昔炯炯有神的眼睛,此刻黯淡无光。

车子驶进院子,楚远山慢慢地下车,又慢慢地,几乎叫做步履蹒跚地走进了屋。楚潇潇跟在后面,看着父亲一下子变得颓废的身影,心头涌出百种的滋味。

"先生回来了,小姐怎么样？"李嫂关心地问。

楚远山背着手,脊背微弯,没有说话,默默无声地就从李嫂的身边走过去了。李嫂的脸上露出意外的神情。楚潇潇也没有心思说话,顾自回屋了。

楚远山关上卧室的门,他定住脚步望着梳妆台上那张熟悉的脸。他的娇兰,她做了什么？他忽然间迈步走了过去,一把将梳妆台上的照片拿了起来。他脸上的肌肉在抽搐,他捏着照片的手指在哆嗦:"娇兰,为什么会这样？乔乔她是谁的孩子？"

楚远山的眼中是一片的凄冷。他的手颤得厉害,苍老的眼中流出混浊的泪来:"娇兰,你告诉我这都不是真的……"

"徐先生,我们目前查找到的资料里面并没有照片上的这个人,那个年代的信息不发达,时间又过了这么久,说不定有些资料已经不见了,但是您不要着急,我们一有消息就会通知您。"档案处负责人说。

"谢谢。"

徐长风有些颓丧地从那家档案部门出来,外面阳光热烈,他伸手在额头处扶了扶,已经过了一个多星期了,他一点消息都没有得到。

小豆豆发烧转成了肺炎,这些日子还在医院里呢,他开了车子先去的医院。

已经住院好几天了,楚乔仍然没有见到父亲的影子,她的情绪便有些不稳定了,人显得很焦躁。警方怕再出事,就打电话通知楚远山,过来安抚一下他的女儿。楚远山人看起来比前几天还要苍老,楚乔不是他的女儿,几乎是板上钉钉的事了,可是他仍然难以相信,这是真的。

他怀疑是医院提供的楚乔血型有误,可是输血记录不会有错,他想,是不是当年他的妻子生产时,抱错了孩子？

可是他妻子生产的时候,同时有生产迹象的只有三个女人,另两个都是生的男孩子,院方说,恭喜他,得了个漂亮的千金。

他当时便是喜不自禁,刚毅的容颜绽开比花儿还要温和的笑,搂着他的女儿,喜欢得不肯撒手。

他想他这一辈子所有的爱,都要给她,和她的女儿。楚乔,一个乔字,娇字的另一半,却没有了娇字的俗气,他爱这个女儿如珍宝。

楚远山沉沉地闭了闭眼睛,又睁开,他缓缓地站起了身,"小李,把车子开过来。"

"出去!你们出去!"楚乔对着医护人员狂吼。

"你安静一点。"医生没办法给楚乔继续诊治。不得不按了她的手臂。但是楚乔仍然极为不配合地胡乱扭动身体,嘴里还又喊又叫。

病房的门推开,楚远山走了进来。他看了看那个脸白如纸,却是愤怒异常的女儿,他的眸子里涌出难以言说的滋味。不是他的女儿吗?他养了三十年,疼了三十年,宠了三十年。他把她当成心肝宝贝一样地宠着,甚至她犯了错,他也不加苛责,他千方百计为她开脱,只为她是他最喜爱的女人生的孩子,楚远山走进病房的那一刻感慨万千。

楚乔原本歇斯底里地又喊又叫,眼睛看到她的父亲走进来时,便安静下来,她盯视着楚远山的眼睛,颤声说:"爸爸,你把我忘了吗?"

楚乔这一声爸爸,让楚远山的心头又是轰然一下,他闭了闭眼睛,压抑着心底的涩然,他走向了楚乔。

楚远山坐在了女儿旁边的椅子上,神色感慨万分,眼前这张脸,像极了她的母亲,像极了他的娇兰,所以,他从不曾怀疑过。这么多年,他看着女儿一天天长大,由一个吃奶的小娃娃长到现在三十岁的成年女人,他对她的爱丝毫没有因为她的长大而改变。他爱他的女儿,连带着她母亲的那份爱统统都给了她。

可是老天跟他开了多么大的玩笑,他一向疼着爱着,纵容着的女儿,竟是别人的。

他的手颤颤地伸过来,抚摸着女儿的额头,像极了她母亲的额头。

"乔乔,好好配合治疗,你还年轻,要爱惜自己的生命啊!"

楚远山这一句话说得沧桑无比。心头的晦涩滋味让他的脸上露出难言的感慨和苦涩。

"爸爸,我生不如死。爸爸,你要救救我,爸爸,妈妈在的话,她不会忍心的……"楚乔的手抓住了父亲的衣袖,眼睛里涌满万分迫切的期待。

"乔乔……"楚远山心里涩得厉害,虽然这是一个养育了三十年,却毫无血缘的人,但是养了这么多年,疼了这么多年,听到她的恳求,楚远山的心情之复杂,没有人能够理解。

"乔乔,你犯了不可饶恕的错,爸爸无能为力了。你,只有好好地改造,早日出来好好做人,才是你唯一的出路。"

楚远山颤颤地伸了手,摸了摸女儿的,眼神之复杂,让楚乔的心头犹如黄沙漫卷而过。楚远山慢慢地转身离去了。

楚乔难以置信地看着父亲离去的背影,心里的渴望、期盼突然间就化成了空洞,强烈的绝望让她大声喊了出来。

"啊——"

楚远山从住院大楼出来,站在医院的院子里,他抬头看了看眼前的海棠浓艳,他的心头百般滋味萦绕。

"妈妈。"奶声奶气的声音从前面传过来,楚远山看过去,却见一道苗条的女人身影站在不远处。她将手里的东西往着衣兜里一塞,便将婴儿车上的小娃娃抱了起来,"豆豆,饿了吗?"白惠抱起儿子问。

小豆豆的小手摸摸白惠的脸,小嘴里哦哦了一声。白惠便一手抱着儿子,一手推着婴儿车向前走去。

楚远山收回视线,却看到了白惠掉在脚下的东西,那是一张照片。他走过去,拾了起来,一看到照片上的人,却是十分意外。

她怎么会有这张照片?这不是在潇潇的皮夹里吗?

楚远山捏着那张照片,出了一会儿神,就将照片放进了衣兜里。他心事重重的,这件事就这么忘掉了。

白惠抱着小豆豆回了病房,把保温瓶里的小米饭、蛋羹一口一口地喂给小人儿吃。等到小人儿吃饱了,困了,白惠哄睡了儿子,才想起那张照片来。她在衣袋里掏了掏,却是什么也没掏出来,当时脑子里就是嗡的一下。她让保姆照看儿子,自己匆匆出去找照片,可是她什么都没找到。

楚远山回了家,李嫂告诉他可以吃晚餐了,可是他没有胃口,他只说了一句:"先搁着吧。"就顾自上楼了。

他进了卧室,走到梳妆台前坐下,看着眼前相框里那张漂亮明艳的脸,她还一如当年的美丽,那双眼睛,还一如当年一样地牵动着他的心,可是她,却骗了他。

她生了不知是谁的孩子,却让他养育了三十年。

娇兰,是你耐不住寂寞,和别人生了乔乔吗?

楚远山心头百般滋味缠绕,愤恨、懊丧,可是这些都没有用,他的娇兰,早已死去了近三十年,尸骨早化成了灰,留给他的,只有这张照片,一张数十年不变的脸,姣美如花的脸。

楚远山真的想问一问,问一问他的娇兰,楚乔到底是谁的孩子,她为什么要在每个晚上倾诉着和他的恩爱,却又一边爬上别人的床。

可是四下风声寂寂,死者已矣,他只能把满肚子的疑问,满肚子的愤慨,满肚子的悔恨,都化成深深的无奈。

小豆豆仍然需要继续治疗,但是已经不用住院了,白天徐长风把孩子和他母亲送到医院,输完液再让小北接回去。白惠让保姆带着孩子先去小豆豆住的那间高等病房,自己出去办一些手续,看到前面的人影时,她的心头立即涌出惊喜。

"潇潇!"她喊了一声。

楚潇潇立即就回了身,看到身后的纤细女人时,他的俊颜便展露出温暖的笑来,"白惠。"

"潇潇,你怎么在这儿呀?不舒服吗?"白惠关心地问。

"不是。"楚潇潇是来给他姐姐办一些手续的,但是他又不想提起楚乔,便说道,"我来为一个朋友办点儿事。"

"哦。"白惠的担心减去了。

楚潇潇道:"小豆豆还没好吗?"

"快好了,就是还有点儿咳嗽。"

"哦,你辛苦了。"

白惠笑笑:"我是母亲,哪有辛苦这一说啊!"

白惠的眉眼不经意之间,看到了楚潇潇敞开的皮夹中露出的照片。

"咦?"她的眼中露出十分惊讶的神色,楚潇潇知道她在看什么,便说道:"哦,这是我一个姨。"

白惠的眼睛却是直直地盯在了那张照片上,没错,这张照片和她母亲留下的那张一模一样:"这个孩子,是你?"

她吃惊地抬头看楚潇潇。

楚潇潇道:"是呀,是我。"

"那这个女人呢?她叫什么名字?"白惠忙问。

看到她眼睛里的紧张和迫切,楚潇潇有些疑惑:"我也不知道,我爸只是说,这是一个亲戚,我觉得亲切,所以一直带在身边。"

白惠听着楚潇潇的话,脑子里一片乱纷纷。他的亲戚,那么说,她的妈妈,和楚远山是亲戚吗?

"你怎么了?"

楚潇潇见她呆呆发怔,便担心地问了一句。

白惠喃喃地道:"她是我的妈妈呢,我的妈妈……"

楚潇潇的神情十分意外和震惊,他看着眼前这张秀气的面容,敛眉道:"你说的什么,白惠?"

白惠的脑子里乱纷纷似是一团乱麻,她嘴里喃喃自语:"妈妈,妈妈……"

楚潇潇见她像是梦魇摄住了似的,不由得合上皮夹,握住了她的肩:"白惠,你怎么了?别让我担心,告诉我你怎么了?"

白惠却在这时陡然间抬了眸,"潇潇,这个女人是我妈妈!"

楚潇潇这一次是真的听懂了,听明白了,他一下子也是惊诧万分。

"白惠,你……你说什么?"

"潇潇,她是我妈妈,是我妈妈。"白惠的眼泪一下涌了出来。她捂住了脸,深深地吸气又松开,眼泪沾湿了一手,"潇潇,她是我妈妈,我的亲生妈妈。"

楚潇潇呆若木鸡。

楚远山沉浑的声音从卧室里传出来,"我名下所有的家产,都归我的儿子楚潇潇所有……"

"楚老,您的女儿呢?"律师提醒了一句。

楚远山目光深深地望向风轻云淡的窗外,似有所思,良久之后才道:"公司所有的股份和房产归潇潇,存款中的百分之七十也归潇潇,余下的百分之三十,给我的女儿,楚乔。"

律师嗯了一声在笔电上敲记下了楚远山的话,又抬头望着他,楚远山沉吟一下道:"没事了,你走吧。"

"那再见,楚老。"律师起身离开了。楚远山看着外面渐渐沾染了暮色的天,无声念道:"百分之三十的财产,是乔乔出狱后再生的资本,娇兰,我也算对得起你的嘱托,对得起我和乔乔父女一场了。"

"爸爸。"房门被人叩了一下。楚远山缓缓回头,楚潇潇已经推门走了进来。

他的手里拿着那个熟悉的皮夹,走到他父亲的面前时,从里面把那张照片抽了出来:"爸爸,你告诉我,这个人到底是谁?你跟她熟吗?"

看着儿子急切等待答案的眼睛,楚远山心头噔的一下,他平复下心跳才问:"潇潇,你问这个做什么?"

楚潇潇道:"我想知道她到底是不是还有个女儿?"

楚远山听完儿子的话,心头豁然一松。有些事情,他知道不可能隐瞒一辈子,但至少现在,他并不想让他的儿子知道,而且如果有可能,他一辈子都不想让那些尘封的记忆浮出水面。

"潇潇,她没有女儿。"

楚远山的手微微用力在儿子的肩上拍了一下,用一种坚定的眼神看着自己的儿子。楚潇潇道:"您确定吗?"

"确定。"楚远山说话的时候,心头又是噔的一下,"难道她离开之后,再嫁他人,又生了女儿吗?"

"或许有吧。"楚远山敛了眉目,样子好像有些许的烦躁。"潇潇,不要管别人的事,我们家里的事情,还乱成一团麻呢!"他又说。

楚潇潇凛眉看着自己的父亲,他却已经背过身去,楚潇潇心头疑惑丛生,可是他知道这些年,父亲都对这个女人的事情绝口不提,现在,他也是问不出什么的。他只得转身出去了。

白惠满脸泪痕的样子在他的眼前挥之不去,她哭得那么伤心,那么心酸,像是隐藏着极大的痛苦,她到底是怎么了?这个女人,真的是她的母亲吗?

楚潇潇手里捏着那张照片,一时间呆呆地出神。

回到家的白惠仍然被一种极强烈的复杂情绪感染着,那种难受说不出来,却是让人肝肠寸断似的。

徐长风担心不已:"告诉我,到底怎么了?是谁欺负你了吗?"

"没有。"白惠心头颤得厉害,语调不成声。"潇潇有同样的照片。和我妈妈留下的一模一样的。"

徐长风的脑子里嗡的一下,有几分空白。"他说了什么?"他忙问。

白惠哭着说:"他说,那是他们家一个亲戚。"

徐长风的脑子在一片空洞中回旋,他妻子的母亲,是楚家的亲戚,所以会留下那张抱着潇潇的照片?

徐长风觉得脑子里乱纷纷的,一重重的迷雾挡住了他眼前的天空。从医院回来,他先将妻儿送去了家里,然后借口去看望母亲,去了他父母那里。

胡兰珠这几天有些不舒服,小孩子闹毛病,当奶奶的跟着揪心,胡兰珠这几天一直吃不下饭,有点儿上火的迹象。佣人给熬的冰糖雪梨粥,胡兰珠刚刚喝了一点儿。

"妈。"徐长风走了进来。

胡兰珠问道:"长风,豆豆今天怎么样了?"

"豆豆还好。"徐长风在母亲的床前坐下,若有所思地问道,"妈,可见过潇潇的母亲?"

胡兰珠愣了一下:"你怎么想起问这个?"

"因为她是楚家的亲戚。"徐长风说。

胡兰珠便敛眉若有所思,"潇潇的母亲,我也只见过一次。她和楚远山住在另一所宅子里,楚乔住在这边的宅子,由李嫂带着,楚远山常常回来看望女儿,但却很少带着潇潇的母亲回来。"

徐长风认真地听着母亲的回忆,他思索着,为什么楚远山极少带潇潇的母亲回来,而后来,为什么又和他的母亲分开,现在,他的母亲是死是活呢?

"潇潇的母亲我虽然只见过一次,但印象还好,那是一个很灵气的女人,性格温和,但不知为什么,突然有一天就离家出走了。楚远山对这件事讳莫如深,加之本来知道这个女人的人就不多,时间久了,这个女人,就从人们的记忆里消失了……"

胡兰珠似在努力地回想,然而那个女人终究只是像天边的一抹流云,在这么多年的岁月里消失无踪了。

徐长风从母亲那里离开,他一路上都在猜测着,楚潇潇的母亲离开的原因。不知怎的,对于楚潇潇那位神秘的母亲,他竟是比之于他的岳母还要疑惑不解。

是因为和楚远山赌气离开吗?一走近三十年,她恨楚远山,难道连自己的亲生儿子也不想念吗?

这个时候,他的手机响起来,他看看号码,是母亲的。便接听。胡兰珠道:"长风,你走了之后,我又想了半天。我想起来了,潇潇的母亲,好像是叫什么'玲',我听见楚远山是这么叫他的……"

什么"玲",究竟是什么"玲"?

徐长风眼前的云雾好像忽然间被人拨开一角,他的妻子小名叫玲玲,是福利院根据包裹她的小被子上写着的"玲"字取的。那个小被子上,是白惠的母亲咬破手指用血写成的一个"玲"字。那个"玲"字代表了什么?是说,她母亲的名字里,也有一个"玲"字吗?还是说,她想给她的女儿取一个带有"玲"字的名字,还是,另有他意?

徐长风一边开着车子一边想着,由于思绪游离,前面有车子停下,他也没有发现,黑色的宾利直冲着那车子的屁股撞了过去。

前面的人见状连连按喇叭,徐长风惊觉过来,背上冒了一层的汗出来。车子被紧急刹住,宾利停在了路边。

黄侠从前面的车子里钻了出来,向着他走过来。他敲他的车窗:"风哥,想什么呢?想要我命也不带这么要的。"

徐长风笑笑从车子里钻了出来:"你这不还好好地站在这儿吗?"

黄侠看看他,不满地道:"我要是不按喇叭你不就撞过来了吗?"

"你不是按了嘛!"徐长风的手拍了拍黄侠的肩,"不妨事,你晚上还可以继续泡妞。"

"哎,你……"黄侠被徐长风的话噎得说不出话,光瞪着眼睛了,而徐长风已经拍了拍他的肩,又啪的带上了车门,宾利后倒一下,就从他身边开过去了。

黄侠这个郁闷,一脚踢在了自己的车子上,然后对着车子里面吼道:"去去,滚出去,哪远滚哪儿去!"

里面便有娇嗲不满的女声传出来:"黄哥,你这是做什么嘛!"

再不愿意,里面的人也还是从车子里钻了出来,很性感很惹火的一副身材,披肩的长卷发,打扮时髦,长相是又萌又嗲。黄侠一待那女孩儿下了车,他便矮身钻了进去,车子倏地就驶了出去。

"喂,你怎么就这么走了……"后面那个性感小辣妹对着那绝尘而去的黄色跑车连喊带跺脚。

徐长风回家时,他的妻子正温柔地哄着几个孩子玩,小开心也在。林晚晴在厨房里帮忙做饭,白惠看到进来的男人,眼睛里亮了亮。

小开心叫了声:"徐叔叔。"徐长风走过来,轻捏了捏小开心的小脸,这才伸手又摸摸儿子的头,微凉里带点儿汗津津的。

"嗯,这才是正常体温嘛!"他说。

"饭熟了,可以吃了。"林晚晴身上围着天蓝色的围裙从厨房里走了出来,在林家好几年的婚姻里,她极少下厨,现在,她是极想为她的白姐做些什么的。

"哦,吃饭喽。"小开心已经饿了,此刻便从沙发上跳了起来。林晚晴看看高兴地跑过来的儿子,笑笑摸摸他的头。嘴里疼溺地说:"傻小子。"

白惠和徐长风一人抱了一个孩子,和林晚晴母子一起来到餐厅,落座。晚饭吃得安静而温馨,徐长风时而会向着他的妻子望上一眼,她已经不像早晨时那样激动了,脸上流露着恬淡的笑,眉眼里更是无限的母爱流露着。

他蹙了眉,他在想,她的母亲,她到底叫什么呢?是不是也有个"玲"字?

很晚了,楚潇潇还没有睡意,心里对那张照片更是疑惑重重,父亲的讳莫如深让他的心头越发奇怪那个阿姨的身份来历,为什么白惠会说,她是她的妈妈?

楚潇潇双臂压在头下,想来想去,没有结果,便又坐了起来。他拿着那张照片下楼,来到李嫂的房前敲门。

"谁呀?"李嫂带着些睡意的声音问。

"是我,潇潇。"楚潇潇说。

李嫂便披了件外衣将门打开了:"潇潇,这么晚还没睡啊?"

"我睡不着。"楚潇潇进了屋,却是将手里的照片展现在李嫂的面前,"李嫂,认识这个女人吗?"

李嫂低头瞧了瞧楚潇潇手里捏着的照片,但立时又像是见了什么可怕的东西似的,连连摆手带摇头:"不认识不认识。"

楚潇潇拧眉,李嫂的样子看起来有些惊慌:"李嫂,你真的不认识?"他不由得又问了一句。

"不认识,不认识。"李嫂又说,神色看起来十分慌乱。

楚潇潇心底起疑,只盯视着李嫂的眼睛:"你真的不知道?"

李嫂道:"潇潇,我真的不知道。你还是不要让李嫂难做了。"

楚潇潇看着李嫂慌乱又不安的样子,心头的迷雾越发重了。李嫂显然是知道些什么的,只是她似乎是在畏惧着什么,不敢说。

他将那张照片捏紧,对着李嫂道:"好吧,你休息吧。"他关上门从李嫂的房间出去了。李嫂骤然间松了一口气,跌坐在了床铺上。

楚潇潇疑惑重重地上了楼,推开自己卧室的门,向着他的床走去。他没有睡意,便点了一根烟,躺在床上一个人抽了起来。

而此时的楚远山,他也没有睡意。他的人生好像一出笑话,他深爱的妻子背叛了他,生下别人的孩子,他视如珍宝这么多年的女儿并非亲生,而他自己的儿子,他却从不曾真的疼爱过。每当潇潇为他做这做那,殷勤照顾的时候,他便感到一种发自内心的羞愧。他想,他今后的生命,他是要用来好好疼爱他的儿子的。

"妈妈,妈妈。"寂静的夜里,急切的声音自身旁响起,徐长风从梦里醒来,忙去推身边的女人:"白惠?"

白惠摇晃着头,双目紧闭,颊上一片晶亮,口里却在不停地喊着:"妈妈。"

"白惠!"徐长风轻拍了拍妻子的脸,"白惠,你醒醒!"

沉沉的梦魇像是厚厚的沙尘蒙蔽着白惠的眼睛,白惠听得到徐长风的喊声,但却睁不开眼睛。

"妈妈,妈妈……"她哭着,两只手胡乱地抓着什么。

"白惠!"徐长风将妻子乱舞的手臂轻撵了,又将她的头搂进了怀里,让她贴近他的胸口,"白惠,醒醒,你做梦了。"

白惠乱动着身体在他的怀里奇异般地安宁下来。她张开了眼睛,眼睛里一片晶亮:"长风,我梦见了我妈妈,她死得好惨……"

"我知道。"徐长风搂着她的手臂收紧,在她汗津津的头上吻了一下,"我知道。"

白惠感受着他熟悉而安慰的吻,心头得到了几分安宁,她在他的怀里,却是难抑地发抖:"我妈妈是怎么了?怎么会一个人抱着我在那么冷的夜里跑出去,她就没有家人吗?没有人心疼吗?"

徐长风听着她悲痛的声音,心弦也像是被人狠狠拧了一把似的,倏地一下就疼了。她的妈妈会有那么悲惨的遭遇,足以见得,她没有遇上一个真的疼爱她的人。

是不是婚姻的不幸,让她抱着刚刚产下的孩子离家出走呢？徐长风在心里琢磨。

"如果有一天,我找到了那个男人,我一定要问问他,怎么可以那样对我妈妈,怎么能够让她刚刚生产的身体流落街头,怎么可以让她惨死……"

白惠的手指揪紧了他的睡衣,在他的怀里再度泣不成声。胸口处微凉,她的眼泪濡湿了他的睡衣,他的怀抱又紧了紧,心头被一百只手揪扯着一般,疼。

"一定的,一定的。"他对自己说,也对着她说。

清晨的楚宅,楚潇潇的手机铃声响起来,后半夜才睡的楚潇潇此刻睡意正浓。听见手机铃声,他伸着手臂到床头,将手机拿过来,用睡意迷蒙的声音问道:"喂？"

那边是一个中年的声音响起来,"潇潇,我是老吕……"

老吕的妻子来这边走亲戚,但是人生地不熟,老吕不放心,所以特意打电话给楚潇潇,让他给照应一下。楚潇潇爽朗地答应下来。

吕婶是在转天的下午到的,楚潇潇亲自去火车站接了那个中年女人。

"潇潇啊,麻烦你了。"吕婶不好意思地说,她中年的面容带着一种特有的醇厚和质朴。

"不麻烦,吕婶。"楚潇潇笑着接过了吕婶手中的行李箱,"上车吧,我送您去酒店。"

楚潇潇开着车子将吕婶送去了他给预订的酒店,将吕嫂安顿好,又交待前台一些事情,这才准备离开,吕婶却叫住了他,"潇潇。"

"啊？"楚潇潇回头,容颜帅气而熟悉。

吕婶道:"潇潇,我在这边有个朋友,但是二十多年没有联络了。我不知道她住在哪里,我想试试看能不能联系上她。"

楚潇潇认真听着:"什么朋友？"

吕婶想了想道:"潇潇,她叫温玲,我们小时候是很要好的朋友,但是她后来嫁给了一个带孩子的有钱人,我们就没有再联络,不知道她现在过得怎么样了,我想见见她。"

楚潇潇沉默了:"吕婶,您有她的照片吗？"

吕婶便哦了一声,忙打开了挎包,掏出一个发旧的信封来,从里面拿出一张照片:"这是我们两个小时候的合影,你看,那个梳辫子的就是她。"

吕婶指着一个长得十分秀气,眼睛清亮的女孩儿说。

楚潇潇一看之下,立时就呆住了。他的眼睛直直地盯视着照片上的女孩儿。十七八岁的年纪,一脸纯真,青春的热情洋溢在那张年轻的面庞上。

"潇潇?"吕婶见他呆怔的样子,担心地喊了一句。

楚潇潇伸手接过了那张照片,仔细凝视着那个年轻的女人,她有着和他皮夹里那张照片上的女人一般无二的面容,只是一个看起来更小,更青春,一个看起来,脸上洋溢着母性的温暖。

"您说她叫什么?"他呆呆地问了一句。

吕婶道:"温玲。"

楚潇潇喃喃地念了一句:"温玲,这就是她的母亲吗?"

白惠从没有见过她的生身母亲,而那天在医院,她又连她母亲唯一留下的照片也弄丢了,心里不停地自责,白天经常会失神。

林晚晴见到她的样子很是担心:"白姐,伯母在天有知,她会保佑你早点知道真相的。"

白惠点头,心头的痛却是仍然淡淡淋淋地揪扯。

"白姐,你的电话。"家里新雇的女佣将白惠的手机拿了过来,白惠看看号码,竟是潇潇的。她的心头立时就涌起了一种暖暖的感觉,不知道为什么,一见到潇潇这两个字,她就会感到温暖。

"白惠,你有没有时间出来一趟。"楚潇潇说,"我有很要紧的事找你。"

白惠看了看手表,已经快晚上六点了:"很急吗,潇潇?"

"嗯,很急。"

"那我现在就去。"白惠边说就边回了自己的卧室,她换上了外出的衣服,对着林晚晴道:"晚晴,你先帮我照看一下孩子们,我出去一趟。"

"好。"林晚晴看着白惠匆匆地走了出去。

楚潇潇和吕婶就在城区一家不算太远的茶吧里。吕婶不喜欢咖啡,倒是喜欢喝茶,所以楚潇潇选了这样的地方让她和白惠见面。

白惠下了出租,迈步走进了茶吧,楚潇潇在包间外面迎着她:"白惠,来,我给你介绍一个人。"楚潇潇伸臂揽了她的肩让她进屋。白惠看到了包间里面的中年女人。

吕婶站了起来,目光在看到白惠时,便是用一种很吃惊的眼神看着她,眼神久久地凝在她的脸上。

"你就是,温玲的女儿?"她问。

白惠看看楚潇潇又看看吕婶奇怪地说道:"谁是温玲?"

楚潇潇道:"白惠,温玲,就是你母亲的名字。吕婶是你母亲的同学。"

白惠的眼睛登时瞪大,惊讶无比的神色从她的眼睛里流露出来:"你说什么? 我妈妈,我妈妈叫温玲,您真的是我妈妈的同学?"

"是呀,我是她的小学同学,那个时候我们可好了,她来这边上学后,我们还通过信呢。"

吕婶边说边就从包里掏出了那张给楚潇潇看过的照片来:"你看,这是那年,她回老家时我们的合影。"

白惠手指颤颤地接过了那张照片,那一刻,虽然还没有看到照片上的人,可是她的一颗心已经簌簌地在流血了,她的心情激烈起伏,却又被强烈地抑制着。

她看着照片上那个在无数个夜里,被她凝视了无数次的脸庞,这就是她的母亲吗?她多灾多难的母亲,她青年早逝的母亲,她惨死在福利院门口的母亲,白惠的指尖颤颤地抚过照片上那张笑容洋溢,春春飞扬的脸,她的眼泪簌簌地滴下来。

"妈妈……"她的眼泪打在了温玲年轻温和的容颜上,母亲一双秀气的大眼睛看着她。青春年少的母亲完全不知道她将来的生命之路会有多坎坷,她的生命之花会以怎样悲惨的方式凋零。

白惠的眼泪一颗颗晶莹滴落,簌簌地打在那张照片上:"妈妈,我终于知道你是谁了……"她的声音未落,人却是潸然而倒。

"白惠!"楚潇潇一把将那倒下来的身子抱住了。

白惠的心好像在滴血,全身的力气却像在一见到少女时代的母亲的照片时而被全数抽空了,她虚软地靠在楚潇潇的怀里,声音凄凉:"潇潇,我终于,知道我妈妈是谁了……"

如果不是有过白惠这种坎坷经历的人,很难体会到她这句话里蕴含了多少痛苦和辛酸。生身母亲惨死街头,她却连一点儿她的身份经历都不知道,甚至是在她死后二十多年才知道她的存在,可又不知她姓甚名谁,是什么人。

而如今,听到吕婶的讲述,白惠知道,原来,她的母亲,叫温玲。她也有过那么美好的青春时代。她的眼睛里,泪珠清亮,她终于知道她母亲的名字,她的心里,得到了很大的安慰。

"吕婶,您可知道那个人是谁?他叫什么?"她急切地抓住了吕婶的手问。

吕婶哑了哑声才道:"我也不知道他叫什么,她结婚之后,我们再没有联系过。"吕婶用奇怪疑惑的眼神看着白惠,她当然不知道她的朋友早已死去多年,而眼前的年轻女子便是她朋友临死之前放到福利院门口的遗孤。

"怎么你这样问我?你母亲呢?"吕婶终于奇怪地问。

"她……早就死了。"白惠的悲伤一瞬间涌了出来,忍不住双手掩面。

吕婶显然没有料到这个答案,十分伤感:"怎么会这样呢?"吕婶仍记得,她和温玲的最后一次见面,她青春洋溢的笑容,神采飞扬的样子。可是世事难料,温玲竟然早已不在人世。

吕婶心中伤感,掏出手帕来擦了擦眼睛,口里念道:"怎么会这样,怎么会这样……"

温玲之于楚潇潇,他只知道,她早已死去,还有就是,她是白惠的母亲。她曾经抱着他留下了那张照片。可是楚潇潇的心,却也在此刻难受起来。

温玲显然和自己的母亲很要好,要不然,怎么会抱着他留下那张照片呢?可是既然她和母亲很要好,为什么父亲却是对温玲讳莫如深呢?楚潇潇百思不得其解。

温玲既然是楚家的亲戚,为什么父亲却对她讳莫如深呢?楚潇潇百思不得其解。

既然温玲嫁给了一个带孩子的有钱人,那么说,白惠就应该是那个有钱人的女儿,可是为什么,最后被扔在福利院门口呢?这其中发生了什么?楚潇潇心痛的同时也不由得猜测起来。

对于吕婶所提供给白惠的一点有限的资料,白惠仍然感到欣慰,她从此知道了母亲的名字,从此以后,母亲在她的心里,再不是那个连身份都没有的人了。

临别之时,白惠向吕婶要了那张照片,吕婶爽快地答应了。她说,如果温玲知道她的女儿长成了这么大的姑娘,而且还生下了一双儿女,过得很幸福,她在地下也会高兴的。

白惠因着吕婶的话而点头,但是眼泪却再度从眼睛里冒出来。回去的路上,她的神志有点儿飘忽,但却紧紧地捏着那张照片。

白惠到家的时候,院子里停放着她老公的车子,他已经下班回家了。她进了屋,看到她的男人正站在客厅里,怀里抱着他们的女儿,似乎在等她回来。见到她,他微微敛了眉:"潇潇叫你去做什么?"

无论何时,楚潇潇这个名字对于徐长风来说,都是敏感的。白惠只怏怏地将手里捏着的照片放在了眼前的茶几上,而她自己却在沙发上一躺,神情萎靡。

"那是什么?"徐长风拾起那张照片看了看,他看到了照片上两张年轻的脸,一张陌生,一张熟悉。"这是哪儿来的?"他问。

"潇潇介绍我认识了一个人,那个人,是我母亲少年时的朋友……"白惠说。

楚远山从公司回来,看到他的儿子坐在沙发上,手里捏着那张他看见过好多次的照片。

"潇潇,你在这里坐着干什么?"他问。

楚潇潇本是一手支着额的,此刻就抬了头,目光深奥,"爸爸,我想知道,这个女人到底是谁。"

楚远山明显地一敛眉:"我不说过了吗,那是一个姨。"

"那您告诉我,这个姨的丈夫是谁?为什么会抛弃结发妻子,连自己的亲生女儿也不要。"楚潇潇神色严肃地问。

楚远山当时就是一怔:"什么结发妻子,什么亲生女儿?"

楚潇潇道:"那个姨叫温玲对不对,她在二十多年前,冻死在福利院的门口,怀里抱着生下来才几天的女儿。"

楚远山的大脑嗡的一下,立即斥道:"你说的什么!温玲她怎么会死!她身体好得紧!"

楚潇潇的眼睛里立时就划过了一抹深刻的异样:"爸爸你很了解她是不是?那你告诉我,她的丈夫到底是谁?那个忘情负义的男人是谁?他知不知道他还有个女儿流落在外!"

楚远山如遭雷劈一样,楚潇潇的话让他产生了说不出的震惊和意外:"潇潇你说的什么,什么女儿!"

楚潇潇的脸上青筋在跳,不知怎的,虽然温玲并非他的母亲,白惠亦和他毫无血缘,可是他一提到温玲却会说不出地痛心,说到白惠,便会说不出地疼惜,而想到那个狠心让温玲母女流落街头的男人,则是义愤填膺,说不出地一种愤慨。

"那个男人他有个女儿,是温阿姨流落在外生的,我想帮她的女儿,找到她的亲生父亲。"他一字一句,眼神异样地深刻。

原来她还有个女儿,她和谁生的?楚远山的大脑嗡嗡作响,在那一刻,好像不会思考了。

楚潇潇见父亲神色失常,心里生出气恼:"爸,您一定认识温阿姨的丈夫对不对?他是一个道德败坏的男人,所以您在替他隐瞒着身份对不对?"

面对着儿子的质问,看着儿子那双咄咄逼人的眼睛,楚远山心头有什么激烈翻涌。他是她的丈夫没错,可是在二十多年前,她离家出走了,自此音信皆无。难道她再嫁了不成?

她嫁给了别人,又生了个女儿,最后却冻死街头?不可能,不可能,怎么会有这样的事呢?楚远山难以置信地连连摇头。

"潇潇,你哪听来的这些消息,不要乱说话!"他又斥了儿子一句。

楚潇潇道:"我说的没有错,这一切都是她的女儿亲口告诉我的,温阿姨早就死了,二十多年前冻死在了街头,只留下了一个女儿扔在了福利院。"

楚远山的身子猝然间一震,楚潇潇的话无疑是在他的头上扔下了一枚重磅炸弹。他的大脑嗡的一下,瞬间空白一片。

死了,怎么会死了呢?他喃喃地念着,忽地又想到了一句话:一生一世一双人。

什么,一生一世一双人,都是假的。当初,他和她领了结婚证,正式在一起的时候,她总是跟他说,一生一世一双人,原来,也不过是如此。离开了他,便和别人生了孩子。只是后来,却冻死街头。

他在心底不住地唏嘘着,心头却已经乱了。强烈的震惊冲击着他的大脑,这么多年过去,时间冲淡了他对她的厌恶和愤恨,可是他想不到她竟然已经死了。他闭了闭眼睛,呼吸稍稍平复。

"潇潇,别人的事情不要管太多,家家都有难念的经。你怎么就知道,是人家的父亲道德败坏,而不是你的温姨有错在先呢?"

楚潇潇却义正辞严地道:"我相信,温姨她不是一个坏女人,即便她做了错事,她的丈夫也不应该让她带着刚出生的孩子流落街头而置之不理。"

楚潇潇神色很冷。他的父亲,从不肯跟他多提一丝关于那个温姨的事情,他知道,他不用再问什么了,问什么都是白问。他从他的父亲身边大步走了过去。楚远山看着儿子离去的身影,深深地合起了眼睛……

而此时,在徐家,白惠闷闷不乐地喂怀里的小糖糖吃饭,小糖糖的小手攥着小汤勺,一面小嘴张开吃着她母亲递过来的饭,一面用小勺子在餐桌沿上磕着玩。

瓷勺磕在小碗碟上的声音叮当清脆,然而白惠却是愁眉深锁,那个带着孩子的男人是什么人呢?是她的父亲吗?他叫什么?母亲嫁给他后发生了什么?为什么母亲会冻死街头?

当的一声,是小糖糖手里的白瓷小勺子掉在了地上:"妈妈,要。"白惠被那一声清脆的声音惊醒了神志,她看到女儿正张着小手低着小脑袋在往地板上找餐勺。

"妈妈,要。"

白惠忙弯身去捡拾地上那只摔掉了一块瓷的小餐勺,徐长风已经将女儿抱了起来,"糖糖乖,爸爸喂。"

这个时候,他的手机响了起来,他一只手臂抱着女儿,一只手掏了手机出来,接听电话。

"喂,我就是……"

白惠看向她的男人,只见他微敛着的眉忽然间一挑,"你说什么?嗯,嗯,我知道了……"

白惠正在猜想那边的人跟徐长风说了什么,徐长风已经将怀里的小糖糖交到了保姆的怀里,深眸望向了他的妻子。

"谁的电话?说了什么?"白惠惊讶地问。然而她一连串的问话并没有得到回答,她的手却是被她男人的大手攥住了,"白惠,你母亲当年所读的学校查到了。"

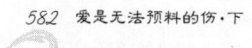

白惠惊讶地看着眼前的男人,却已经喜极而两眼冒出泪花:"还查到了什么?"

她的手不由自主地紧紧地攥住了她男人的手,眼睛中的急切让人忍不住动容。徐长风抽出一只手来,轻放在她的肩上,深深凝视着她的眼睛,"那个带着孩子的男人,也就是你的父亲,他姓楚。"

"啊?"白惠陡然间瞪大了眼睛,"他叫什么名字?"

"这个他们也不知道,他们只查到了这么多。"徐长风眼神疼惜地说。

白惠的心头又是掠过重重的失望,她的眼神重又黯了下去……

深夜寂寂,楚远山在晚上十点钟时睡了一觉,醒来时,时钟滴答,夜静更深。他打开了床头灯,看了看床头放着的腕表,是午夜一点多。

他又关了灯,重新躺下。刚才,他梦见了他的第二任妻子,那个叫温玲的女人。她的脸色很白,穿着白色的衣服,怀里抱着一个小小的婴儿,从落雪纷飞的街头向他走过来。

她的神色很冷,恨意重重从那双秀气的眼睛里流露出来,直直地盯视着他。

"你真的去了吗?"梦里的楚远山竟是这样问了一句。

而温玲,她冷幽幽的眼睛看看他,却是转身,白色的身影离开了他的视线。楚远山便醒了。

醒来之时,心里头说不出的空寂,说不出的一种伤感缭绕。白天儿子的那番话在他的心里掀起了滔天巨浪,这么多年,他从没有去想过温玲,因为心里太过厌恶,愤怒,她的一颦一笑,共同经历的点点滴滴,竟是从不愿去想。可是今天一听到她的死讯,他还是难以抑制地失眠了。

他梦到了她。在她离开后的二十多年里,他有限地几次梦到了她。

这么多年,那些爱恨纠缠似乎都已淡去,她离开时,那愤怒的容颜还清晰地印在他的脑子里,可是却不再有恨和恼,而是空空的惆怅,空空的心。

尤其是,得知楚乔并不是他的亲生女儿后,他的心里,更是愈发说不出的一种滋味。而脑子里,想起温玲的时候便多了起来。他叹息了一声。

天明之后,楚远山起了床,神色间带了几分憔悴,他走到了儿子的门口,敲门:"潇潇。"

楚潇潇刚刚起床,已经穿好一身运动衣。"爸。"他把门打开了。

楚远山道:"给你温姨磕个头吧!"

楚潇潇神色意外地看看他的父亲,但还是点了点头。只是他是怀着一种悲悯的心情在院子里,遥向西方跪下的,并不是怀着一个儿子该有的孝子之心给温玲磕头,这也让他在不久的将来,更加怨恨他的父亲。

第五十五章 错爱一生

磕完头,楚潇潇就出去了,而楚远山则是站在院子里,面朝着西方,久久地沉思。

楚潇潇沿着别墅区外面的小路跑了一圈儿,浑身出了热热的一层汗,每个毛孔都觉得十分舒畅。他抬手擦了一把脸上的汗,站在石桥上远眺。家乡的景色是如此的美。家乡的人,是如此地让他眷恋,回来这段时间,他又有了一种不想离去的感觉。他依恋地看着眼前的景色,又想起了那个心之所系的女人。

白惠如每个早晨一样,照看两个孩子。但是偶尔就会失神,那个姓楚的人,会是谁呢?她不求那个人,能够认她这个女儿,她只想亲自去问问他,"为什么我母亲会抱着我流落街头,为什么我母亲会惨死。你就没有一点点的不忍吗?你的良心真的能安吗?"

"妈妈?"奶声奶气的声音响在耳边,一只柔软的小手攀上了白惠的肩膀,白惠游离的神志回笼。

"糖糖。"她摸摸女儿的头。

"尿尿。"小糖糖说。

白惠便抱起了女儿去了卫生间。等她抱着孩子从卫生间出来的时候,看到了客厅里多出来的人。

楚潇潇。

"潇潇?"她的双眼立时就是一亮,面上的惊喜掩都掩不住。

而楚潇潇则是看着她怀里的孩子,漂亮的眼睛里是掩饰不住的惊讶:"你的女儿都这么大了!"

"是呀,她都一岁生日了。糖糖,叫叔叔。"

"叔叔。"小糖糖黑眼睛看看眼前的帅气男人,亮亮的一双眸子,像是会说话一样。

"小兰,去把豆豆抱过来。"白惠对保姆说。那保姆便忙去抱小豆豆。没一会儿,那淘小子便被抱到了楚潇潇的面前。

"潇潇,这是豆豆。"白惠说。

楚潇潇又看向那个长得颇为神似他父亲的小家伙,神色感叹,摸摸小豆豆的小脸:"真想不到,都长这么大了。"

白惠也有些感叹,她坚信,那些个痛苦的时刻,如果没有楚潇潇的陪伴,恐怕不会有现在的她。

楚萧潇将小豆豆抱了过来,又抱过了小糖糖,一人一口在他们的小脸上亲了一下,那么一个大男人,看着眼前这两个可爱的小娃娃,竟是说不出的一种亲切感觉。

"我要回西藏了。"楚潇潇抱着两个孩子眼神深深地说。

白惠的心登时就是一紧:"这么快!"

"是呀,我已经回来很久了。"楚潇潇将怀里的两个孩子又交到了白惠和保姆的怀中,神色变得凝重,"你母亲的事情,你不要太过焦心了。逝者已矣,有些事情,查不到,就那么去吧,如果查出来,很可能又是一段伤心事。"

楚潇潇说得很对,如果查出来,很可能又是一段伤心的过往,白惠抿了抿唇角,楚潇潇拧了眉道:"你嘴角怎么了?"

白惠忙伸手摸了一下,这几天这里一直疼,已经起燎泡了。楚潇潇不由得伸手,手指落在了她的一面脸颊上,"瞧你,怎么把自己弄成这样!"

他的眼神和语气,都锁满了对她的心疼,白惠轻收了视线,缓缓地垂了头,楚潇潇细长却又很有力度的手指在她的脸颊上轻轻地抚摩,这其实,是很难得的一刻,他很想,抱抱她的。

可是,他不能。

他所能做的,只能是这样,手指贪恋地在她的脸上,感受到她的温度。

"爸——爸。"是小豆豆的声音,白惠惊然抬头,她看到视线里,她的男人正从外面走进来。

而楚潇潇的手指在她的脸上僵了一下,便缓缓地收了回去:"我走了,再见。"

他说完,竟是转身便离开了。他没有和徐长风打招呼,就那么从他的身边走过去了。徐长风拧了眉,神色耐人寻味。

"他已经走了。"他对着仍然望着楚潇潇离去的方向,呆呆而站的妻子说。

白惠这才望向她的男人,他微敛着眉,但神色间的不悦也是看得出来的。她转头,眼睛里的晶莹被轻轻地抹去了。

徐长风走了过来,在她身后道:"你是不是在后悔没有和他在一起?"

"没有。"白惠轻摇了摇头,她又转回了身,眼神幽幽,"我只是很内疚,很遗憾,如果没有我,潇潇或许就不用去西藏,就会比现在过得好。"

"这怎么能怨你呢?"徐长风的手搭上了她的肩,带着几分少有的力度,"怪只能怪他有那样的父亲和姐姐。"

白惠有感于他的语气和肩上的那股力度,不能不说,她感到了来自于他手掌的疼。而他又是轻叹了一声,低声道:"对不起,我失态了。"

他的手抽离她的肩,转了个身,径自上楼去了。白惠看着他离去的背影,心里百般滋味。

楚潇潇离开徐长风的宅子,心里头刚才还满溢的喜悦全化成了失落,他的心头空荡荡的。他若有所思地开着车子,一路到家。

楚远山靠坐在床头,这几天,身体不太舒服,可能真的老了,经不得什么事了。一直宠爱的女儿,不是亲生,再得到温玲惨死的消息,楚远山感到一种说不出的疲态,而很多事情,他是不能说,不能怨的。

楚潇潇进屋,直接来到了父亲的房间,他看到那幅一直摆放在梳妆台上的照片,那个明艳的女人的脸不见了,相框被人调转了方向,背向着外面,那个女人的脸则是被贴在了墙壁上。他收回视线走向了他的父亲,他的父亲不知在想着什么,此刻就坐在床上若有所思。

"爸。"他喊。

楚远山抬了眸:"潇潇。"

"爸,我要走了。"楚潇潇在父亲的身边坐了下来。

楚远山的眼睛里重又浮起了吃惊的神色:"你还是没打算留下来?"

"我已经习惯了那边,爸爸。"楚潇潇望着父亲含了失望的眼睛说。

楚远山沉沉地叹息了一声:"潇潇,爸爸,就只有你在身边了。"

楚潇潇却道:"爸爸需要我的时候,我会回来的。"

楚远山没说话,而楚潇潇又道:"爸爸,如果你知道那个男人是谁,希望你告诉我吧,请你体谅一下一个从没有见过自己父亲,又生下来就失去了母亲的人的心情。"

楚远山便立即看向了自己的儿子,眼睛里含了一抹犀利:"她是谁?让你这么在意。"

"白惠。"楚潇潇看着父亲的眼睛,一字一顿地说。楚远山眼里的震惊立时涌现。"就是那个被姐姐差点害死孩子的白惠。"楚潇潇又说。

楚远山脸上的肌肉在剧烈地抽动:"怎么会是她?怎么会?"

楚潇潇看着父亲变得吃惊无比的神色,又是一字一句地道:"爸,如果您还不肯说,我也无话可说,我只当,没有您这个父亲吧!"

"你说什么!"楚远山腾地一下从床上站了起来,面色陡然变怒。

楚潇潇眼神间流露出讥诮:"那个人他也姓楚,这就是爸爸竭力隐瞒的原因吧?因为那是爸爸的亲戚是吗?"

"你说什么!"楚远山的神色变得更为惊异,楚潇潇道:"温玲嫁给的那个男人,他带着孩子,而白惠的父亲,他姓楚。爸,这是多么相似,温玲是不是你的妻子,而你就是那个带着孩子的人?"

"啪"的一声,楚潇潇的脸上剧痛渗入骨髓,楚远山的大掌重重地落在儿子的半面脸颊上。

"你再给我说一句试试!"楚远山满眼戾色地瞪视着自己的儿子。

楚潇潇一咬牙:"好吧,你守着这个秘密,永远都别说!"他说完,陡然间转身,一身冷肃地向外走去。

楚远山看着儿子气愤离开,他的手掌兀自发麻,刚才那一巴掌让他自己也惊到了,他颓然后退一步,却在听到外面传来的皮箱拉动的声音时迈开步子出去了。

"潇潇!"他喊儿子的名字。

楚潇潇停住脚步看向自己的父亲,他的脸上,期待明显:"潇潇,别走。"

"这个家对于我来说,没有任何可以留恋的地方。"楚潇潇神色冷然而失望。

楚远山倒吸了一口凉气:"潇潇,给爸爸一点儿时间,有些事情,不是一言一语可以说清楚的。"

楚远山声音越来越低,慢慢地转了身,又回房了。如果他在这个时候,说出儿子的身世,或许他这一辈子还有可能得到儿子的原谅,可是他没有说,也注定他的晚年,将要失去他唯一的儿子。

楚潇潇没有走,毕竟是父子,血肉相连,楚潇潇没有办法一下子离开。他做不到。

楚远山在这个傍晚,一个人步出了院子,他沿着别墅区外面的小路慢慢地走着,前尘往事好像都一一地回到了眼前。

他的娇兰,他的后任妻子,温玲。

"出租。"他看到身边驶过的蓝白相间的车子时招了招手。那出租车便停下了。楚远山一手扶着车门慢慢地将自己的身子坐了进去。

这个傍晚的天气很好,小区里面花香阵阵。白惠和保姆一起,推着一辆双座的婴儿车,带着她的孩子们在小区里面散步。

糖糖和豆豆眼神新奇,东张西望,小嘴里时而发出啊啊的声音。楚远山的出租车慢慢地驶了过来,从车前窗,他看到了那一幕很温馨的画面,白惠推着她的两个孩子。

这就是你的女儿吗?楚远山在心里问温玲。车子从那三母子身边驶过时,楚远山的目光下意识地望向白惠的手腕,那上面有一枚黑色的痣,确切地说,那不是痣,那应该是个胎记。不大,也不影响美观,但刚好可以看到。

"呵,这样的胎记,温玲也有。"楚远山想起了他的第二任妻子,那个一怒之下,离开他再也没有回来过的女人。

"你竟然已经不在了吗?"车子从白惠的身边驶过去了,楚远山没有再回头。

白惠从不知母亲葬在哪里,她没有地方可以去凭吊她的母亲,便只能默默地对着母亲的照片出神。她让人把母亲的照片放大和白秋月的照片一起,放在家里一间无人住的屋子,这是她的两位母亲,一个养了她二十年,一个生了她,却悲惨死去。

白惠每日会为两位母亲上一次香,想念白秋月,她可以去给她上坟,然而对于自己的亲生母亲,她却是一腔思念无处倾诉,她的母亲,她连个坟都没有。白惠一想到此处,便心如刀绞。

徐长风下班回来,看到妻子仍然停留在那间放着他两位岳母照片的房间里,便走过去拈起一炷香点了对着那两张照片拜了拜。

白惠转头道:"过段时间,我想去母亲的家乡走一走。"

徐长风怔了怔:"你一个人?"

"嗯。"白惠默然点头。

徐长风便用很深的眼神望着她。

第五十六章　永不原谅

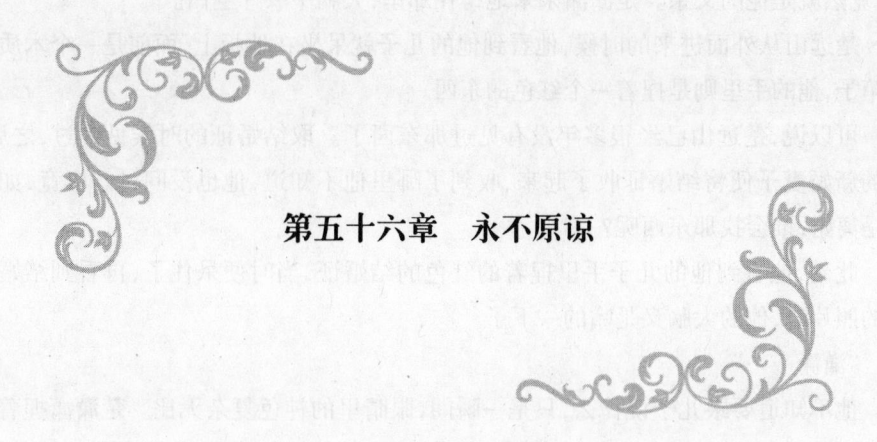

楚潇潇从楼上下来的时候，李嫂正在清理储藏室的东西，一件件过气的，看起来有些年头的东西被从里面清了出来，楚潇潇看到满地堆着的箱箱柜柜，皱了皱眉。

"先生说，把这里的东西清理一下，该处理的处理掉。"李嫂对楚潇潇说。

楚潇潇便哦了一声，他抬腿从储藏室的门口走了过去。但是他的脚被什么绊了一下，脚面有些硌疼。绊他的，那是一只木质的箱子，看起来有些年头了，上面落满尘土。箱子的材料有些陈旧，但是样式挺好，就像是过去人家几代人流传下来的那种类似古董的东西。

他蹲下身来，把箱子的锁扣打开了，那箱子没上锁，只是用锁扣扣着。他把那箱盖打开，一种潮湿发霉的味道便立时扑鼻而来。他皱了皱鼻子，伸手挥了挥那股子味道，他看到里面是一叠叠码放整齐的衣物，他用手轻翻了一下，那里面的衣物看起来也像这箱子一样有些年代了。全是女式的。

在箱子的侧面，他看到了两个红红的本子。本子上面竟然写着"结婚证"三个字。他心念一动，便立刻将最上面的本子拿了出来，他飞快地打开了封皮，看到了里面一张双人的照片。

一对年轻夫妻。男的三十多岁的年纪，浓眉大眼，身子魁梧而阳刚，女的看起来小很多，也就二十岁出头，梳着两条大辫子，长得清灵而秀气。

那个男的浓眉重目，一看便是他的父亲，年轻时代的父亲，而那个女的，楚潇潇一看之下，登时呆若木鸡。他的目光急促地往下看去，结婚证上写着"楚远山，温玲"几个字。

温玲,温玲,楚潇潇的大脑嗡嗡炸响,他竟会是父亲的妻子。那个带着孩子的男人,竟然就是他的父亲。楚潇潇呆呆地蹲在那里,大脑中一片空白。

楚远山从外面进来的时候,他看到他的儿子就呆坐在地板上,面前是一个木质的小箱子,他的手里则是捏着一个红色的东西。

可以说,楚远山已经很多年没有见过那东西了。取结婚证的时候见到过,之后,他的新婚妻子便将结婚证收了起来,收到了哪里他不知道,他也没问过。毕竟,如果不是离婚,谁会找那东西呢?

此刻,他看到他的儿子手里捏着的红色的结婚证,当时便呆住了,再看到结婚证上的照片时,他的大脑又是嗡的一下子。

"潇潇……"

他不知道要跟儿子说什么,只是一瞬间,眼睛里的神色复杂无比。楚潇潇捏着那张结婚证站了起来,神色痛苦可怖:"原来,你就是那个男人,你就是温玲的丈夫。"

楚远山双眉拧结,心头忽然间紧张,一种隐隐的不安压向头顶。楚潇潇失控地吼了起来:"我是温玲的儿子,你这个骗子!"

楚远山的头顶如炸雷滚过,他的眼前一黑,险险晕过去:"潇潇……"他试图去抓住儿子的手。

"你别叫我名字!"楚潇潇暴喝了一声,"我没有你这样的父亲,你这个全天下最最残忍的人!你为什么这么做!为什么不告诉我,她就是我的亲生母亲,为什么让我管另一个女人叫了二十多年的妈妈!"

楚潇潇的痛苦和羞愤终于爆发出来了,情形是难以控制的悲烈。

楚远山双唇激烈抖动:"潇潇,你听我说……"

"不!"楚潇潇大叫了一声,"你害死了我母亲,你骗得我好苦,这么多年,你怎么忍心呀!你怎么忍心把自己的亲生儿子当傻子一样地骗呀!"

楚潇潇的眼中迸出了泪,那种一直被欺骗着的愤怒和痛苦生生地撕扯着楚远山的心,他从没有这一刻,这么地痛苦过。

"你是她的儿子没有错,是我不对。"楚远山苍老的声音颤颤响起,人已跌坐在沙发上,"我不该……一直欺骗你,潇潇……"

"啊!"楚潇潇却突然间大叫了一声,他抱着头转身便跑了出去。

他黑色的车子发动起来,像是一头凶狠的豹子飞快地冲出了院子。当的一声巨响过后,黑色的奥迪撞开大门冲进了夜色里。从那之后,楚远山有生之年再没有见到过他的儿子。

"乖乖,这个字是'妈',妈妈的'妈'哦。"白惠拿着识字卡片对着小小的一双儿女说。

"妈——妈。"小糖糖永远都是那么的乖,那么的可人,而小豆豆则是咧着小嘴,把大拇指塞进了嘴里,清亮的口水线顺着嘴角滴下来。

白惠皱皱眉,有些哭笑不得。

"徐先生,您回来了。"保姆的声音响起来,白惠向着门口看过去,只见她的男人,微敛着眉宇正走进来。

"爸——爸。"小豆豆这会儿倒是张着小手说话了。

徐长风说了句"乖儿子"。大手摸了摸小家伙的头,便眼神深刻地看向他的妻子。

白惠整理着手里的识字卡片问道:"今天怎么这么早?"

徐长风轻喊了一声:"白惠。"

"嗯?"白惠此刻才抬了眉眼。

"有件事情……我得告诉你。"徐长风似乎欲言又止。

"什么?"白惠面上露出诧然的神色。徐长风对着两个保姆道:"你们把糖糖豆豆抱屋里玩去,我有话要和你们白姐说。"

"哦。"两个保姆抱走了孩子,屋子里剩下这夫妻俩。

"什么事,长风?"看着丈夫那神色凝重的样子,白惠心头疑惑。徐长风似乎在琢磨着下面的话该要怎么说出口,而此时,天边一道炸雷,外面狂风大作。

"白惠,有件事情我说出来,你不要激动。"徐长风半天才开口。

"什么?"白惠疑惑地问。

徐长风道:"是关于你身世的。"

"你查到了?"白惠的眼中顿时露出惊喜的光芒。徐长风咬了咬牙道:"娶了你母亲的人,就是楚远山,而你和楚潇潇,是兄妹。"

嗡的一下,白惠的大脑好像在这一刻炸开了。

"不,你瞎说什么,长风!你喝醉了不成!"白惠的脸在一瞬间苍白了,她难以置信地连连摇头。

徐长风苦笑道:"我没有瞎说,这一切,是潇潇告诉我的。"他边说,边掏出了手机来,手指在屏幕上轻划了几下,一条信息便显示出来:

"我的母亲,也是温玲,白惠是我的亲生妹妹,请好好照顾她。"

楚潇潇别。

"不,不!"白惠大叫起来。这不是真的,这绝不是真的! 她沉浸在强烈的震惊里,惊叫不已。

"不,不!"她不要做楚远山的女儿,她也不要做楚乔的妹妹! 白惠大声尖叫着,两只手捂住了耳朵,"徐长风你瞎说什么,这都不是真的,不是!"她哭着,突然间向外跑去。

"白惠!"

徐长风吃惊不已地飞奔了出去,而白惠已经跑到了院子里,大雨就在此刻突然间倾盆而下,雨点噼里啪啦地打了下来,砸在白惠纤瘦的身子上。她站在雨雾中,大哭不止。

徐长风跑过来,想要搂住她,她却对着他狂叫:"你别过来,这都不是真的,我在做梦,我在做梦!"

看着她痛苦到发狂的样子,徐长风揪心不已,如果有可能,他永远不想让她知道这个秘密,可是楚远山病了,病势沉重。虽然他并不想和楚远山再有什么瓜葛,可是白惠毕竟是楚远山的女儿,他没有权利不告诉她这件事。

"白惠,你冷静一点。"他的双手握住了她的肩,她却是陡然抬起了泪眼,两只手抓住他的衣服,眼神期待明显,"长风,你告诉我,我在做梦,你说的都不是真的。"

看着妻子那满含期待的眼睛,徐长风真的想告诉她:是,他说的都不是真的,她只是做了一场梦,可是……那只是自欺欺人。

"白惠,你冷静一点。"他的神色是焦灼的,担忧的,更是心疼的。白惠眼睛里的泪和那种痛苦绝望深深地刺痛了他的眼睛。

白惠再度大哭:"为什么!为什么会是他!"

她忘记了她曾经说过的话,她说如果找到了她的亲生父亲,她一定要问问他,为什么要害她的母亲流落街头,以至惨死。可是现在,楚远山就是她父亲的事实让她几乎崩溃了。

如果人生可以选择,她绝不要做他的女儿,绝不要!

"不,不是,不是!"她连连地摇着头。

"白惠,你冷静一点!"徐长风满眼焦灼地拥住了他的妻子,大雨中,她的身子在簌簌地颤抖。他把她的脸颊贴在了自己的胸口,拥紧了她的身子。

人这一生,有两件事情没有办法自己选择,那就是父母和出身。如果温玲有看穿未来的眼,她不会嫁给楚远山,如果白惠有选择的可能,她不会投胎做楚家的女儿。

可是这一切只是如果,而这世界上,永远都没有如果。白惠被迫接受着楚远山就是她父亲的事实,她不知道楚乔不是她的姐姐,楚远山将楚乔并非他亲生女儿的事情深埋在了心底,没有对任何人提起过。白惠为着有楚乔这样的姐姐而难受着,憋闷着。她真恨不能飞回到二十多年前,亲手抹杀掉自己是楚家女儿的事实。

而楚远山,自那夜潇潇走后他便病了。心悸,气短,头晕无力,这是心脏病的迹象,他被他的助理送去了医院,并且连续守了一天一夜。

楚远山他尚不知,白惠便是他的亲生女儿,潇潇离开的时候,什么都没对他说。

走得决绝。楚远山知道，他这一辈子，恐怕难以得到儿子的原谅了。他长长地叹息了一声，两行泪水滴落下眼角。

胡兰珠和徐宾是在楚远山住院后的第三天过来的。如果没有后来楚乔的作恶多端，没有楚远山的一味护短，徐楚两家仍是多年的朋友。如今，楚乔已经服刑，楚远山生病，而白惠是他的亲生女儿，胡兰珠和徐宾想，无论如何，他们应该过来看看楚远山的。

楚远山躺在床上，神色憔悴而无力。胡兰珠和徐宾走进来，楚远山便手扶着床，慢慢地坐了起来。

徐宾道："你生着病，就不用起来了。"

楚远山道："我做了孽，现在，该是我承受一切报应的时候了。"

徐宾轻叹道："你有一个好儿子。远山，你这一辈子应该感到骄傲，潇潇是那么好的孩子。"

楚远山的心便是猝然间一疼，他一手捂住了胸口。就是那么好的一个孩子，他却伤他那么深。

徐宾道："我来，一是为了看看你，二来是跟你说一声，白惠，也就是我的儿媳，她便是你的亲生女儿，她的生日是……"

楚远山扶在床头的手颤了颤，思绪一刹那间飘飞，那个冬天，那个时候，距他跟温玲吵架，不过是六个多月而已。温玲在那年的夏天离家出走，自此一去未回。

那么说，她并没有嫁过别人，而白惠，那个被他一心宠爱的女儿屡次伤害的女孩儿是他的亲生女儿。楚远山后背如遭重击，他颓然地靠在了床头，他这才知道，他是真的造了孽，他这一辈子犯了无法让人原谅的错。

两天之后，病房的门被人推开，白惠看着床上那个形色萎靡的老人，她迈步走了过去。

上午的阳光照在了白惠的脸上，神色沉静而冷漠，楚远山一手撑着床，慢慢地抬起了身子："白惠……"

他唤女儿的名字。

白惠微闭着嘴唇，并没有应声，而是径自慢慢地走了过去。她在楚远山的床前站定，一双黑眸定定地看着他。

楚远山在那一瞬老泪纵横，"爸爸对不起你……"

"你没有对不起我，因为你根本不是我爸爸。"白惠心头悲痛，声音却是决绝。

楚远山犹如遭了雷击，心弦颤抖不已。他闭了闭眼睛，泪滴滚落。

"我今天来，只是想问问你，当年你和我的母亲，发生了什么，她怎么会离家出走，以至惨死。"白惠的心头一种说不出的痛恨在剧烈地翻涌着,她的眼睛里不知不觉地就含了泪,连声音都是难以抑制地颤抖。

楚远山的心犹如被人拿在火上煎,他再一次尝到了百般悔恨的滋味。他合了合眼睫,怅然一声长叹:"一言难尽呢!"

……

下午的阳光尽情地播撒着它的热量,白惠却没有感觉到一丝的暖,她从楚远山的病房出来,神色怔怔恍恍。她不知道自己是怎样走出病房的,亦不知道自己是怎么样来到外面的。

停车处停着她男人黑色的车子,一道颀长的身影正抱着他们的女儿站在那里,小丫头的小手指着什么在问她的爸爸,奶声奶气的声音十分好听。

"妈妈。"小人儿看见她,欢快地伸出了小手。

白惠默然无声地走过去,将女儿抱了过来……

番外　黄侠

这段时间,总是闷闷的,少了点儿什么似的,有点儿抑郁,有点儿失落。黄侠在椅上扶了扶额,打起精神处理手边的事务。丁零清脆的手机铃声打破办公室的寂静,他看了看号码,接听。

"黄少,今天有没有空过来,人家亲自为你做了生日蛋糕哦!"手机那边是一个娇滴滴的女声。

黄侠挑了挑眉尖:"你做的?"

"嗯,当然是了。"那边的女人声音里染上一抹自豪和几分娇嗔。

黄侠笑道:"好吧,一会儿过去。"

下了班,他去停车场取了车子开往小情人的住所。房门打开,一道幽香的身影扑进了他怀里,"等了你半天了,才来。"女人不无幽怨地说。

黄侠道:"今天工作多。"

女人哼了一声,拉了黄侠的手往餐厅走,一股子蛋糕的香气钻进了黄侠的鼻孔,黄侠吸了吸鼻子。女人把他按坐在餐椅上:"你看,我做得怎么样?"女人指着眼前精心烘烤出来的心形蛋糕说。

黄侠睐了一眼:"不错。"

女人娇滴滴地说:"就不错吗?人家学这个可是用了大半个月时间呢!"

黄侠被她娇语软嗔磨得有点儿消受不了,"好好,你想要什么?"

"瞧你说的,人家哪里想要什么?"女人娇滴滴地低眉敛目,却又忽然搂住了黄侠的脖子,在他脸上亲了一口,"今晚留下来,亲爱的。"

黄侠只勾了勾唇角,没做声。

蛋糕被切开了,黄侠的头上被女人戴上了生日帽,黄侠被动地许过愿,被动地品着蛋糕,唇齿间蛋糕的香气缠绕,可是他总有点儿提不起精神。

餐罢,他在沙发上漫不经心地看电视,女人香喷喷的身子倚了过来,搂住他的脖子,嫣红的嘴唇吻过来,黄侠呆了一下,却又将怀里那具软玉温香轻轻推开了:"我得走了。"

他说着就站了起来,女人眼见他整整衣襟,马上就要离开的样子,立即又扑了过去抱住他的腰:"黄少,你已经很久没有在这里过夜了……"

"最近身上不得劲儿。"黄侠把女人从他身上拉开,便头都不回地开门走了。

身后的女人气恼地跺了跺脚。

夜风吹过来,黄侠深深地吸了一口气,迈步走向自己的车子。他在酒吧里枯坐了一会儿,又驱车回家,然而,睡意寥寥。

他坐在床上,点了一根烟吸上了,最近,他总是这样,像失掉了什么东西似的,这种感觉让他有点儿害怕,又有点儿不知所措。

天色渐亮,他梳洗过后,去外面吃了早点,然后驱车前往公司。照旧地早到,在公司外面,他远远地看着视线里那道纤秀身影骑着一辆轻巧的自行车进了公司院子。他神情有那么一刻的迟滞,然后将车子驶向了地下停车场。

这一天有点儿忙,他心头那种失落少了一些,到了快下班的时间,徐长风打了电话过来,约他一起喝茶。他应了。

然后从办公室出来。他看到前面一道身影斜挎着包匆匆地走进了电梯。黄侠从办公大厦里出来的时候,他看到周逸晓骑着自行车往公司外面驶去。

黄侠眉心微动,正好有个男职员骑着车子经过,他便长臂一伸拦住了那男子:"把车子借我一下。"

那男子一脸茫然地下了车子,看着黄侠长腿跨上去,蹭蹭地往外面蹬去,真是见鬼了,他的大老板竟然骑起了车子。男职员一阵欷歔。

周逸晓沿着马路慢慢骑着,街边的绿树为她遮住傍晚的太阳,红灯亮了,她停下车子,细腻的脸上有细细的汗冒出来,她伸手抹了一把。绿灯亮了,她又迈上了车子,加把力气往前骑去。因为有了要存首付买房的念头,周逸晓白天在黄氏上班,晚上在离黄氏三站公交处一家餐馆打工。

黄侠完全是身不由己地就骑着车子跟了过去。他在那家餐馆不远处停下,看着周逸晓把车子锁在一棵大树下,然后走了进去。

他奇怪,她到这儿来做什么,喝茶吗?他迟疑一刻,把车子也停在了那家餐馆的外面,然后走了过去。

餐馆的迎宾员跟他微笑着打招呼:"先生,里面请。"

黄侠收住脚步,往里面看了看,那餐馆好像不大,也不豪华。

"那个,那女孩儿是来做什么的?"他问那个迎宾员。

迎宾员笑说:"她是来这里打工的。"

"打工?"黄侠拧拧眉。黄氏的薪水不低了,她还来这里打工?黄侠觉得匪夷所思。

他没有进去,转身若有所思地离开了。周逸晓在餐馆一直工作到晚上十点钟,这才拖着疲惫的身体从里面出来,推着车子,她连迈上去的力气好像都没有了。到了寓所,她洗了个澡,就把自己扔在了她的单人床上。这个房子是合租的,对面的小情侣把房门关得紧紧的,可是里面仍然有异样的声音传出来,周逸晓捂住了耳朵。早晨的时候差点睡过头,看看表,她一骨碌从床上爬了起来,匆匆洗漱,然后骑着自行车去上班。

今天的工作有点儿多,周逸晓一直忙到快中午的时候,头晕眼花,去餐厅端了份套餐一个人坐下慢慢吃着。黄氏丰厚的薪水让她在这两年的时间里,存下了足足十万块,她再工作两年,加上外面兼职的薪水,再贷一部分款,她就可以在这座城市的远郊买一套小面积的房子了。到时候,就可以把年迈的父母接过来。周逸晓想到此处,心情大好,吃得也津津有味起来。

晚上下班,她又匆匆奔去了那家餐馆,只是她想不到,今晚,她会有一个极大的意外。

她接过主厨递过来的餐盘便匆匆往外走去。包间的门打开,里面坐着一个人。她端着菜盘走了进去:"先生打扰一下,您要的大拌菜。"她把菜盘放在餐桌上,退后两步,想出去,却又在抬眼之时呆住了。黄侠拧着眉,俊眸满是奇怪地看着她。

周逸晓想不到黄侠会到这种地方来,在他来说,这个小餐馆应该是他不屑一顾的地方。

"你……你怎么在这儿啊?"她有些不安地问。

黄侠说:"我来吃饭。你怎么到这里打工?黄氏给你的薪水还少了?"

周逸晓说:"黄氏的薪水不少,可我要存钱买房子,所以出来打工。"

黄侠便匪夷所思地看着她。

"抱歉,我去忙了。"周逸晓转身出来了。

黄侠要了两个菜一个汤,周逸晓再进去的时候,那盘菜还没有动筷子,他显然也不是来吃饭的。

"你还有什么需要服务的吗?"她很恭敬地站在那里问。

黄侠说:"没有了。你吃饭没有,坐下一起吃吧!"

周逸晓摇摇头:"我是来打工的,不能在这儿吃饭。"

"哦,那你去忙吧!"黄侠拾起了筷子,周逸晓出去了,黄侠夹起了一块拌菜,可是送到嘴边时又停下了,他没有胃口。

周逸晓忙完手头的工作时,往黄侠呆过的那个包间看了一眼,里面的人已经不见了。她换回自己的衣服,去外面取了车子慢悠悠往家骑。

进了门,洗去一身的餐馆味,她这才躺在床上,很快就进入了梦乡。

黄侠到公司时,时间还有点早,公司里只有寥寥几个员工。他两手插在兜里,信步走着。公关部门开着,有手机铃声传出来,黄侠望进去,里面没人,那只手机放在周逸晓办公桌上,不知那丫头去哪儿了。

他走了进去,拾起手机看到上面显示着"妈妈"两个字。他往外又看了看,没有看到周逸晓的身影,手机还在响,他便按下了接听。

"逸晓啊,打了半天电话怎么都不接啊?你爸爸和我准备这两天去你那边看看……"

周逸晓从洗手间回来的时候,办公室的员工基本都已经到齐了,她的手机静静地躺在办公桌上,她坐下,开始工作。

这天一早,黄侠换上了清清爽爽的一身银色西装,发型利落而有型,他噔噔地从楼上下来,手里的钥匙按了一下,车锁打开了,他走过去,钻进车子,往外驶去。

二十分钟之后,他的车子已经稳稳地停在了本市火车站的地下停车场。他从车子里钻出来,进了电梯一路到了出站口。

他在一道道匆匆的身影中找寻着,他抬腕看了看表,九点二十分。人群里出现了一对老夫妻,黄侠用自己的手机拨了那个预先存储在里面的号码,视线里那个老妇人放下手中的行李,手在衣兜里翻找,应该就是他们了。

黄侠按断了手机,往前走过去。

"大叔大婶,请问你们是不是逸晓的爸爸妈妈呀?"

"啊,对,我们是。"周逸晓的父亲说。

黄侠笑道:"我是逸晓的朋友,她现在在上班,我替她过来接你们,两位老人家跟我来吧!"

他说着就接过了周父手里的行李箱,转身在前面引路去了。两个老人看看他衣冠楚楚的高大背影,彼此面面相觑。

"哎,小伙子,我们怎么称呼你呀?"在车上,周父问黄侠,黄侠说:"叫我小黄好了。"

老人便连连道:"哦,好好。"确切地说,两个老人已经被眼前的情形搞懵了。原本就是一对乡下夫妻,没怎么到过城里,此刻,再坐进黄侠那辆漂亮又华贵的小轿车,有些晕晕然,以为身在梦中。

老人又问了一句,两只手还握住了黄侠的靠椅,"小黄,你真的是逸晓的朋友?"

"是呀,我是逸晓的朋友。"黄侠边开着车子边大大方方地说。

老人心里很奇怪,女儿怎么会有这么有钱的朋友,"小伙子,这车,怎么也得个七八万吧?"

黄侠一听,差点把早饭喷出来:"是呀,大伯,整八万呢!"

老人一听就乐了:"我猜也是,我们村里那二柱子买了一个旧夏利花了八千块,你这车子这么好,怎么着也得八万。"

黄侠乐出了声,这老人真是纯朴得可爱。

待到黄侠把车子停在自己的寓所院子里时,两个老人又惊呆了。三层的房子,院子很大,遍植花草,靠左还有个游泳池,那水碧蓝碧蓝的。

两个老人看着如此气派的房子不敢坐下来,黄侠十分亲切地扶他们坐下,然后让人给上茶。

周逸晓接到母亲的电话时,惊得几乎跌倒。

"妈,你们什么时候来的?我怎么不知道!"

"就早晨来的呀,坐了一夜的火车呢!那天跟你打过招呼的,你忘了吗?"周母声音慈爱,也染着一丝对女儿忙过头的埋怨。

周逸晓说:"妈,那你们现在在哪儿啊?"

周母说:"我们在你朋友小黄这里。"

周逸晓奇道:"哪个小黄?"

"就那个……开个小汽车,家里住大房子的那个。"周母说。

周逸晓翻遍了自己的脑子,也没找到那么一个,开着小汽车,家里住着大房子,叫小黄的朋友,这个时候,黄侠接过了周母的电话:"周逸晓,是我……"

周逸晓整个人呆在那儿了,像被人在头上敲了一棍,她搞不清楚现在的状况,好像站在了一团云雾里。她拿了自己的包,跟主管请了假,匆匆地往外奔去。

黄侠的寓所,她认识,她曾经替酒醉的他开过车子,并且把油门当了刹车,两个人都差点儿上了西天。

出租车在那幢漂亮的别墅外面停下,她付了车钱,便狂按门铃,大门打开,她匆匆奔了进去。

一路上有黄侠的女佣跟她打招呼,她也没工夫搭理,急匆匆地就奔进了黄侠的客厅。

客厅里,她的父亲和母亲都笑呵呵地坐在黄侠那宽大漂亮的真皮沙发上,父亲的手里还端着一杯茶,黄侠坐在对面,跷着一条长腿,样子亲切而随和。

"逸晓,怎么才来呀,让我们这么麻烦人家小黄。"周母拧着眉头埋怨女儿。

周逸晓看看那个痞里痞气的男人,他正斜挑着一道长眉,眸光瞟过来。

小黄小黄,母亲在叫家里的那条大黄狗吗?

周逸晓虽然不知原因,但是也有几分恼火,很明显,父母不可能知道黄侠的号码,并且跑到他的家里来。

"黄侠,你告诉我这到底是怎么回事?"她问那个笑眯眯望着她的男人。

黄侠站了起来,微笑着走向她:"事情就是,你在忙,没空接大叔大婶,所以我替你把他们接过来了。"

"你……"周逸晓下面的问话全被他的一句话给噎回去了。

"小黄啊,逸晓回来了,我们就不在这里麻烦你了,我们去逸晓那儿好了。"周母说。

黄侠笑道:"大婶您别这么客气,我和逸晓是朋友,您和大叔大老远过来,我应该尽尽地主之谊的。"他笑笑,"这样吧,我们去谭家菜用餐。"

周逸晓发现,自己的大脑短路了,在黄侠说出这样的话之后,她竟是不知如何应付了,母亲还在和黄侠客气着什么,可是黄侠已经乐呵呵拿着车钥匙出去了。

周逸晓追了出去,在他的车子前低喊:"喂,你到底什么意思啊!"

黄侠一扭头,浓眉扬起:"没什么意思。就是想请他们吃顿饭。"

他亲自给周家二老开了车门,周家二老被黄侠照顾得妥妥帖帖,心里很是喜欢这个年轻人,但却不知这个年轻人和女儿真的只是朋友关系吗?

周逸晓蹙着眉上了黄侠的车子,黄侠把车子开出了院子,绕过几个弯之后,就停在了谭家菜馆。

他礼貌而随和地给二老开了车门,又亲切地招呼他们入座,点菜的时候还充分地照顾了两个老人的胃口,周逸晓虽然对黄侠和父母在一起的事情奇怪不已,但也不敢当着父母的面问什么。

席间,黄侠还跟周父喝了一杯酒,一老一少,倒好像很聊得来。周母不时用十分喜爱的眼光望望黄侠的方向,然后轻捏捏女儿的手:"逸晓啊,这个年轻人可真不错。"

周逸晓听着母亲的夸赞,两道眉毛都拧成了两条小虫子。午饭热热络络地吃完,从餐厅出来,趁着父母去洗手间的空,周逸晓逮到了黄侠:"告诉我,到底怎么回事,你怎么会和我爸妈在一起?"

"我说,妞儿。"黄侠回了头,拧着眉似笑非笑,"别那么多怎么回事好不好?事情就是凑巧了而已。"

黄侠仍然没有给她想要的答案,周逸晓越发疑惑重重,又没办法。回去的路上,周逸晓盘算着去哪里给父母找一处便宜些的旅馆。

黄侠说:"我有一处房子空着呢,你要是不嫌弃,就先让伯父伯母住过去吧!"

周逸晓看看他:"我还是找个旅馆吧!"

最便宜的一家连锁旅馆,连带着押金也花去了周逸晓一千五百大洋。安顿好父母,周逸晓就睡在了父母房间的外头。

"逸晓。"周母推了推女儿,周逸晓迷迷糊糊地嗯了一声,周母说,"逸晓你跟妈说,那个小黄,到底是什么人呢?"

周逸晓翻了个身:"他就一闲人。"

女儿又睡去了,周母越发糊涂了。她捏着女儿的手说:"逸晓啊,那个小黄看起来就是个有钱人,咱们不是一路的,你们做做朋友可以,千万不要做别的呀……"

转天的早晨,周逸晓正在梳头,黄侠的电话打了过来,周逸晓接听,黄侠说:"今天不用来上班了,放你几天假,陪你爸妈到处看看吧!"

周逸晓愣了一下,刚想说什么,那边已经把电话挂了。

一连三天,周逸晓带着父母转遍了这个城市所有的景点,陪在父母的身边,她很幸福,可是又有些焦灼,因为餐馆那边打了好几个电话催她去上班了。

"逸晓啊,今天晚上,你把小黄叫过来,我们做东,也请人家一次。"周母说。

周逸晓勾了勾唇角:"我们请不起他的。"

周母愕然,周逸晓搂住了母亲的脖子,"妈,他是个大忙人,哪有空陪我们吃饭啊?还是不要叫他了。"

周母说:"明天我和你爸就离开了,不请人家一次,心里就过意不去。"

周逸晓咕哝道:"他不会在乎的。"

她翻个身又睡去了,周母无奈,便不再和女儿说话了。转天一早,周父周母动身回乡,把手里一筐东西递给女儿:"这点东西虽然不值钱,可全是咱家乡的特产,回头你把它交给小黄,也算是咱的一点心意。"

周逸晓拧拧眉,黄侠那东西会喜欢这个?她表面上应了,但并没把那东西给黄侠送过去。

送父母上了火车,周逸晓拎着那筐东西回到了自己的寓所,可是黄侠的电话打过来了:"大叔大婶走了没有,我去送一下。"

周逸晓说:"他们已经上车了,你不用送了。"

黄侠说："那我去取东西,大娘说有什么家乡特产给我。"

周逸晓差点吐血,她看看手里拎着的那筐心里美大萝卜。她的爸爸妈妈简直是要命啊,竟然还给他打了电话。

"那个……没有什么特产,你不用过来了。"

"怎么没有呢?大娘电话里亲口对我说的。"黄侠说。

周逸晓无语了。十几分钟后,黄侠的车子停在了她租住的楼下,周逸晓从窗子处看着他迈步进楼,她看看脚下的那一筐大萝卜,摇摇头,吐了口气出来。

黄侠轻叩了叩门,房门刷的一下就打开了,一筐大萝卜被递了过来:"喏,你要的特产。"周逸晓面无表情地说。

黄侠先是怔了一下,接着就乐了,伸手接过那筐萝卜,迈步就要进去,周逸晓挡住了他,"哎,你别进来了,我要睡觉了。"

黄侠说："这才几点,天还亮着呢!"

周逸晓说："我累了,困了。"

黄侠说："那好吧,你休息。"他拎着那筐萝卜转身要走,却又回了身,"餐馆的那份工,就别打了吧!你要是缺钱,我先借你点儿。"

"我不是你的那些女人!"周逸晓冷冷地说,眼一白,把门也关上了。黄侠张了张嘴,被她一句话给噎住了。他摇摇头转身往外走去。

周逸晓照样白天工作,晚上去餐馆打工。这样三个月下来,手里多了好几千元的薪水。

这天晚上,她从餐馆里出来,夜风吹拂着她的长发,她把衣领立了起来,进秋天了,有点儿冷。

她正骑着车子,忽然被谁拽了一把,她整个人连同车子都被拽偏了,人扑通摔在地上,肩上的包已经不见了,眼前一道黑影飞速消失在夜色里。

"喂,给我包!"周逸晓顾不得两膝和两手摔得生疼,爬起来就追。"喂,你站住!"

可是没有人理她,那道黑影跑得飞快,转眼就无影无踪了,夜风吹过来凉飕飕的,周逸晓弯着腰捂着膝盖喘气。她垂头丧气地推着自行车回家,包里有她的工作证,身份证,还有今天发的薪水,整整三个月的呢!

"哪个天杀的小贼,让我逮住他,非给他碎尸万段不可!"周逸晓在心里骂着,又是心疼得不得了。她颓丧极了,这一晚上没睡好,早晨也没精神,一早到了办公室就坐在椅子上发呆。

黄侠叩了叩敞开着的办公室门,周逸晓抬了头,满眼都是幽怨。黄侠拧眉,心底奇怪:"一大早上就这么不高兴,谁惹你了?"

周逸晓却突然大叫了一声:"别惹我,烦着呢!"她的十根指头插进了漆黑的发丝,样子十分烦躁。

黄侠更纳闷了,一脚跨进了她的办公室:"喂,你中邪了不成!一大早跟见了仇人似的!"

他的话还未说完,一支圆珠笔就奔着他那张邪里邪气的脸飞过来了,黄侠偏头躲过,刚想说话,却见周逸晓忽然间趴在办公桌上,大声哭了起来。

黄侠被她这一系列反常的举动惊呆了。

"喂,喂,你哭什么?"他有点儿莫名其妙又不知所措。

周逸晓心疼那些钱疼得一晚都没怎么睡,心里头像被谁剜去了一大块肉似的,黄侠几句话就把她的难过给挑了出来。她一边哭,一边把办公桌上能拿的东西都扔了过来:"你出去,你出去,不用你管!"

眼见着她的自行车钥匙,矿泉水瓶子,湿巾都飞了过来,黄侠的头立时一个变三。他伸手挡着,让那些东西都在他四周纷纷砸落。

周逸晓发泄过了,心里好像好受了一些,抹了一把眼睛里的泪花。而在此时,有早到的员工进来了,见到满地乱扔的东西,和门口处僵立拧眉的老板,再看看办公桌后面,红着眼睛,抹眼泪的周逸晓,疑惑不解,眼睛都瞪大了。

黄侠转身离开了,那个女职员欷歔地说:"小周,该不会是……你和老板有什么吧?"

周逸晓顿时诧然。

一晃就是好几天过去了,周逸晓去茶水间的时候,听到里面有人说话:"哎,你们听说过没有,公关部那周逸晓和咱老板……"

后面的声音很低,周逸晓竖起耳朵使劲儿听,也没有听到什么,可是此刻里面又爆出惊叹声:"真的吗?不会吧!老板什么时候开始吃窝边草了?"

周逸晓的两颊立时火烧了起来,她这才想起那天被同事撞见的情形,八成是被有心人误解了。

她心里窝着火,立时就推了门进去:"喂,你们瞎说什么呢,我们什么关系都没有!"

里面的人都愣了。周逸晓红着脸,接了一杯水,转身就走了,身后传来一片轻呼和欷歔声。

周逸晓端着水杯从茶水间出来,这时有个保安递给她一样东西:"周小姐,这是你的吗?"

周逸晓看过去,却是自己那晚被人抢走的手包。她立时接了过来,手急切地打开了包包拉链,里面的钱自然是没有了,可却有她的工作证和身份证。

周逸晓吁了一口气出来,有些丧气。

"怎么,包被人抢了?"有男人的声音从发顶处传来,周逸晓抬头,看到她的大老板两手插兜站在她面前。

她很低地嗯了一声,黄侠却拿过了她手中的包,往里面看了看,里面有一包湿纸巾,一支笔,还有她的几种证件,又递给了她:"钱丢了是小事,人没事才是大事。"

他看着她,眼神深沉而柔和,周逸晓的心突地跳了一下。

下班时,周逸晓在电梯边碰到了黄侠,她出来得晚,公司里已经很安静,电梯门打开时,黄侠没有进专用电梯而是迈步进了她的那一间。

"晚上一起吃个饭吧!"黄侠手插在兜里站在她对面的位置,周逸晓看看他:"我马上要去餐馆。"

黄侠有些无奈:"那好吧!"

从电梯出来,周逸晓就头也不回地走了,黄侠看着她匆匆而去的背影,微微出神。

一直忙到晚上十点钟,周逸晓从餐馆出来,正要去取车子,却有辆车子滑了过来,车窗打开,黄侠的脸在灯光下有些模糊,但眼神很深。

"我等你半天了,上来跟我去喝杯咖啡吧!"黄侠说。

周逸晓很讶然于他的话:"那个……黄总,我很累,我想快点回家去睡一觉呢!"

黄侠轻勾了勾唇角,笑了:"用不了多久的,就当是给自己轻松一下。"

周逸晓搓搓手,冬日的风吹得她浑身瑟瑟地冷。

"那好吧!"周逸晓去拉开了后面的车门,想钻进去,却又忽然间想起了什么似的说,"等一下。"

她跑到了自己的自行车旁,把车子搬了起来,一直搬到餐馆的门口,对里面的人说了句什么,就把车子搬到里面去了。

黄侠坐在车子里不由得乐了,她还真细致。

周逸晓匆匆又回来了,进了他的车子,黄侠便把车开走了。他带着她去了一家咖啡厅。周逸晓轻轻地呷了一口茶,香气馥郁,在唇齿间缭绕。这一天忙忙碌碌,在此刻,她才觉得有一些轻松。

黄侠慢慢地品着咖啡,眸光时而落在周逸晓的脸上,那张原先带着婴儿肥的脸,不知何时两颊都削下去了。他眉心微微一蹙:"为何要把自己弄得那么辛苦呢?我借你钱,把房子买了,以后你再慢慢还给我。这样有何不可呢?"

周逸晓拧拧眉:"我更享受自己努力赚钱的感觉。"

"好吧,当我没说。"黄侠又呷了一口咖啡。

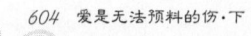

周逸晓也慢慢地喝着花茶,很显然,她的心思有点儿游离。

"黄少,这位又是你的小情人吗?"不知何时,身旁出现了一个漂亮女人,那女人眉梢一挑,眸光已在周逸晓的脸上扫过,"长得蛮甜的。"

黄侠的脸上有几分抽搐,他想直接否认,但又不知怎么的没说出来,只把一双眼睛瞟向了对面的女孩儿,视线里,那女孩儿已经放下手中的杯子,站了起来:"抱歉,我不是他的什么小情人。"

周逸晓拿着包就走了。

那个女子僵愣在场,黄侠的脸上一瞬间变得古怪。

周逸晓从咖啡厅出来,招手拦了一辆出租车,然后直接回家了。那个漂亮女人有些尴尬,朝着黄侠摊了摊手。黄侠轻叹了一声,站了起来,往外走去。他开着车子,心不在焉的,到家时,把车子一停,迈步进屋,一屁股就坐在沙发上了。

他在沙发上枯坐了一会儿,眼前总是浮现着周逸晓那厌恶的表情,就像是吞了大粪似的。他有些别扭。

"先生,这萝卜,您要不要吃呀?马上就要坏了呢!"女佣端着一盘切成小条状的萝卜出来了,黄侠随手拿了一块,搁嘴里咬了一口,脆里带着点儿甜,也带着一点微微的辣。

"搁这儿吧!"他对那女佣示意,那女佣便把手里的萝卜托盘放在了他面前的茶几上。

黄侠把手里的萝卜条咯吱咯吱地吃完了,又拿了一块,他就坐在那里,在一个人的夜晚,四周寂静,只有他拿着一根萝卜条在慢慢地吃着。盘子里的萝卜条不知何时都进了他的肚子,肚子里凉凉的,像灌了冰水,可是这都不如他心里难受。周逸晓那厌恶的神情总是在他眼前浮现,像吞了大粪的样子,他在她眼里就是一泡粪吗?

黄侠心里说不出的一种滋味,不知是难过,是别扭,是伤心,还是别的什么。

盘子里的萝卜都没了,他还枯坐在那里。

转天,周逸晓在公司的楼道里碰到过一次黄侠,但两个人都没有说话,就那么擦身而过了。到了傍晚,上司突然要她留下来加班,她便只得给餐馆打了个电话,请了个假,那边自是不愿的,周逸晓费了好些口舌,才让餐馆老板通融了。

整个公关部的人都在埋头工作,周逸晓也不例外。这一天的电脑下来,她的眼都花了。她从包里拿出滴眼液来,朝着眼角滴了一滴,眼睛闭了闭,舒服了一些。

工作做完,大家纷纷回家,周逸晓从公司出来,走过那座大桥去打车,有道黑影挡在了她的面前。黄侠双手插在衣兜里,夜色下,眸光奕奕。

周逸晓惊了一下:"你还没走?"

"我在等你。"黄侠的语声温和而深沉。

周逸晓头一低从他的身边走了过去,边走边丢下一句:"你等我做什么?"

黄侠的手臂从后面拉住了她的胳膊:"周逸晓!"

周逸晓的心忽然间怦的一下。

她回头,黄侠拧着浓眉,眸光正盯着她的眼睛,她心里一阵紧张:"你干吗?"

黄侠的手仍然紧攥着她的手腕,那力度让人不能忽略:"你为什么那么厌恶我?我就那么不堪吗?"

他的眼神咄咄逼人,气势中带着无声的凛冽,周逸晓心又一紧,手挣了挣,想挣开他的束缚,但是没挣开。

"说啊!"黄侠再一次咄咄出声。

周逸晓也不说话,低头就去咬他攥着她的手,黄侠心一狠,手背上的肌肉绷了起来,在她一口咬在他手背上的时候,他也将她推靠在桥柱上。他狠狠地吻向她的嘴唇,她又惊又恼,拼了命地推他。两个人挣扎之间,周逸晓手中的包脱了手,斜斜地抛向桥下,耳边只传来扑通一声,包已落入水中。

周逸晓惊叫了一声,黄侠松开了她,眸光在此刻如一水深潭。他退后两步,伸手去解外衣的扣子,外衣脱下,他把它搭在了桥栏上,一手撑住桥柱,竟然纵身一跃,夜色中,只见他的身影在眼前一晃,便消失了。

周逸晓惊骇无比,转身扒住桥身:"黄侠!黄侠!"她惊慌无比,双眸疾疾地在黑漆漆映着灯光的水面上搜寻着什么,然后忽然间向着桥边跑去。她飞快地跑下了桥,一直跑到水边上,光滑的石堤,让她收不住脚,险险栽下水去。

水面上一道黑色的身影手里举着一个东西向着这边游过来。

周逸晓眼看那身影越来越近,便忙伸出手想要去拉他上来。黄侠游到岸边,把自己的手递向她,周逸晓顿时感到手指间冰凉无比。她攥紧了那只手,拉了他上来。

他全身都湿淋淋的,一身寒意逼人,却把手里的东西递给她:"你的包。"

他抹了一把脸上的水珠,向着岸上走去。

周逸晓的心颤个不停,她顾不得去检视包里的东西是否完好,匆匆地上了岸,跑去将他的外衣拿了过来要给他披上,他却冷冷地接过,一言不发地走向他的车子。

周逸晓怔怔地看着他头也不回地坐进车子里,绝尘而去,一颗心好像坠入了无边的荒漠。

转天,她没有看到黄侠的身影,第二天也没看到,但是到了傍晚的时候,她听见他的秘书说,他病了,发着烧,人在医院。

周逸晓的心又是惊乱无比。她的脑子乱乱地全是那晚的情形,他要吻她,而她固执地挣扎,她的包掉进水中,他却不顾冬夜的寒凉,跳入水中去拿回了她的包。

想起他那湿淋淋、浑身冰冷的样子,她的心就簌地一颤。

一下班,她给餐馆那边打了个电话,也不管那边愿不愿意,她就向着从黄侠秘书那里打听来的医院而去。她匆匆地进了住院大楼,眸光急切地向一间间病房中搜寻。可是都没有黄侠的影子。她的心跳越来越急,心头的不安越来越浓,呼吸也加了速。她在楼道里转了个圈,视线中,没有一个她熟悉的人。

"你在找我吗?"一道十分熟悉的、微微带着几分无奈的声音从她身后响起来,周逸晓猛地回了头,视线里,黄侠穿着一身病号服,站在离她不远处。

周逸晓深深悬着的那颗心猝然间滚落,她轻舒了一口气出来,一手覆住心口,眸光里的焦灼和担忧深深落进他的眼睛。

"你……没事吧?"她半天才开口。

"我要是有事,现在你就该给我送花圈了。"黄侠平静地说了一句,就向前几步,推开了病房的门。在他的身后,一道年轻而高挑的身影跟在他身后进了屋。周逸晓在外面僵站了一会儿,也跟着进去了。

黄侠坐在床边上,咳了一声,那个年轻漂亮的女子便将一杯水递给黄侠。

"感冒了还抽烟,瞧,又咳嗽了吧!"温柔的声音带着一抹轻嗔,轻声细语,十分舒服。

周逸晓看了看那女孩儿,鹅蛋脸,长卷发,眉眼清亮,身材窈窕,是一个人见犹怜的女子。

她又看了看黄侠,黄侠端着水杯,正慢慢地喝着。

周逸晓说:"你好点了吗?"

黄侠的眸光睐过来,带着几分探究,视线中的她,神色拘谨而不安。

"已经不烧了,没什么大不了的,你不用担心。"黄侠将手里的水杯递给眼前的女子,那女子却把眸光投向了对面的周逸晓。她的眼神很温和,微微带了一抹笑意,看着她。

周逸晓不知道这个女孩儿是什么人,难道是他的新欢吗?

"那就好。"她垂了眸,心里头有些难过,手指蜷起又伸开,一时间不知道再说些什么好。

黄侠旁边的女子轻声说道:"要不要我出去一下?"

耳边黄侠的声音扬起来:"不用了。"

周逸晓又抬了头,黄侠的眸光斜斜地睐过来,明亮的灯光下,他的脸庞光洁,英俊,微微蜡黄,却又神色不羁。周逸晓不知道应该再说些什么,那天的事情,她很内疚,可是此刻他那么漫不经心,却又高高在上的姿态让她感到说不出的落寞。

"那我不打扰你休息了。"她一转身便往外走去。

眼看着她娇俏的身影落寞地消失在门口处,那个一直站在黄侠身边的女子娇嗔地砸了黄侠一拳:"哥!"

黄侠只一拧眉。黄馨有些气恼地说,"明明心里那么在意,还冷落人家,一会儿看你后悔的。"

黄侠只哼了一声,没有说话。

黄馨也微拧了秀眉,轻轻摇摇头。

"我回家去给你取点汤过来,你先休息一会儿吧!"黄馨拿着包出去了,黄侠坐在那儿,眼神飘渺,就那么沉默地坐了几分钟,却又站了起来,披上自己的外套,便出门了。

楼道里早已没有了周逸晓的身影,黄侠加快脚步来到电梯旁,猛按按钮,电梯门打开,他跨了进去。电梯从十七层一路下行,到达一层的时候,黄侠随着人流一起走出来。他正在左右张望着,右侧的安全出口处,走出一道身影来,黄侠的眼睛顿时一亮,他一把抓住了那人的胳膊:"周逸晓!"

周逸晓没有料到会在这里看到黄侠,她猛地一呆。黄侠已经将她扯了过来,一把搂进了怀里。

他热切的气息,喷洒在她的发顶,她木然地站着。

他又拉着她沿着楼梯一路往上走,手攥得紧紧的,像是生怕她会逃开。周逸晓没有反抗,只任由他拉着她往上走。

在三层的拐角处,他的身形一转,双手捧住了她的脸,他的眼睛那么明亮,像是天上最璀璨的星光,他热切的呼吸流露着他对她的爱恋,"周逸晓,接受我好吗?"

周逸晓的心一颤,那一刻,呼吸好像被滞住了。她仰头回望着他,他的眸光那么热切,爱恋那么浓烈,让她无处遁形一般。

"我……"她快要失语了。

"我不是你的那些女人。"她只能这样说了一句,又重复了一遍,"我不是你的那些女人。"

"你当然不是她们,你是周逸晓,是我心里最纯洁的女孩。"黄侠一把拥住她,"给我个机会让我去爱你,我爱你,周逸晓。"

周逸晓的头昏昏的,他的话让她难以相信,一时间心头掠过一千一万个念头,他有那么多的情人,他是个风流大少,还有……

她在他的怀里猛地抬了头:"刚才那个女孩儿呢?你不爱她吗?"

"呵呵,傻丫头。"黄侠怜爱地抚摸着她光洁细腻的脸颊,"她是我妹妹,小馨。"

刹那间,周逸晓的脸晕红一片,她的耳根和脸颊都热热的,烫得她想找个地缝钻进去。

她一把又推开了他:"不行,不是,不可以。"又惊又乱的心让她语无伦次,"你不会爱我的,你不可以爱我,我们不可能在一起。"她猛地转了身,脚步噔噔往下跑去。

"喂!"黄侠又是头疼不已,当他追出来的时候,外面已经没有了周逸晓的身影。黄侠眸光四处找寻,他看到那抹浅灰色钻进了一辆出租车里不见了。

"哎!"他不由得叹息了一声。

周逸晓的一颗心狂跳不已,虽然车子早已驶离了医院,眼前早已没有了那人热切的眸光,没有了那灼热的呼吸,可是她的脸上,心上还是热热的,如在火上烤一般。

她摸了摸自己的脸,又望了望窗外,心头悸动得凌乱,呼吸那么急促,让她难以安静下来。

他的话都是真的吗?他真的爱她吗?那他以前的那些女人呢?他一点都不爱她们吗?

他是想和她玩玩,还是认真的?

周逸晓心乱得像一团散开搅乱的线团,他的话吹皱了她一池春水,让她一个晚上都不能安然入眠。

转天在公司里,周逸晓见到过一次黄侠,他的气色看起来还好,有好几个职员跟他打招呼,唤他黄总,他都温声应着。他走过时,她侧身站在走廊边上,让他过去,他侧眸看了她一眼,那一眼深深地落在她的脸上,然后又迈开步子走了。

周逸晓松了一口气。自从他对她说出那样一番话来,她见到他就没有了往昔的云淡风轻,他走过去时,她回头,望向他高挺的背影,心头有些空空的感觉。

一连几天,周逸晓像以前一样地工作着,她和黄侠没再有什么交集,她看见的他,平静如水。她想,他那天的话,一定是说着玩的,这样也好,省得她再费什么心神,虽然他是一个足够优秀的男子,但未必是她的良人。

下班以后,她继续在餐馆打工,十余点钟餐馆打烊,她推了车子出来,黄侠从一棵大的树下走了出来,周逸晓惊了一下:"你……你怎么在这儿?"

黄侠穿着一件男士夹克类外罩,身上透出在寒夜里站久了而感染的冷意,"我在等你呀!"他声音温和地说。

周逸晓道:"你等我做什么?你快走吧,别让你那些朋友看见了,又说我是你的情人。"

黄侠笑了一声:"我把你当女朋友,不是情人。"

"我也不是你女朋友。"周逸晓有些恼了,这家伙春心泛滥,逮住个女人就当女朋友。她可忘不了他的那些莺莺燕燕们,桃红柳绿,争奇斗艳的。

黄侠说:"我喜欢你,周逸晓,从第一眼看见你,就喜欢,我相信你也喜欢我……"

他的话没说完,一个苹果朝他飞过来,咚地一声砸在他的额头上。

黄侠差点被砸晕。他一错神的功夫,周逸晓已经骑上车子走了。黄侠拧拧眉,也上了车子朝着她离去的方向开过去。

周逸晓的车子骑得飞快,后面一辆小轿车不远不近地跟着,她回头瞧了一眼,看不见车牌号,但她有个直觉,一定是黄侠在后面跟着她。她便加快了车速,后面的车子也提了速,他超过了她,喇叭被按响,接着那车子就停下了,周逸晓也下了车子,朝着那走过来的人怒吼:"姓黄的你想做什么!"

黄侠摊摊手:"我不想做什么,我只是想送你回家。"

周逸晓说:"我不用你送,你快走吧!"

黄侠眉心揪起来:"你干吗这么凶,我又不是洪水猛兽。"

周逸晓说:"你不是洪水猛兽,可是你比洪水猛兽可恶。"

"哎,我哪里可恶了,你给我说清楚!"黄侠也有些恼了,伸手就攥了她的手腕,往着自己的方向一拽,周逸晓手里的车把就脱手了,车子哐啷一声滑倒在地,她也被他揪到了他面前。

"周逸晓你今天就给我说清楚,我到底哪里有那么惹你讨厌!没错,我是包过情人,我是有过很多女朋友,可是我发誓,自从我想和你在一起,我就再没有找过一个女人。你为什么要那么拒人于千里之外?"

他的手紧紧地控制着她的手,两只漆黑发亮的眼睛燃烧着灼灼火光。

周逸晓哑了哑,忽然间吼道:"我不是你的那些女人,我受不了喜新厌旧,始乱终弃。如果你的话没有经过深思熟虑,不能保证一辈子都不变心,请不要对我说'喜欢'两个字。"

黄侠脸上的每一块肌肉,每一根神经都强烈地抖动起来,他突然间大吼了一声:"周逸晓,如果我黄侠不是真心喜欢你,是想耍着你玩,我就被汽车撞死——"

他突然间走向了马路中央,一辆辆车子惊啸着从他身旁斜斜开过去,他站在那里,夜色下,车流纷纷,他站在马路中间,突然间仰天大喊。周逸晓的心在那一刻咚咚地跳,越跳越快,在那一刻,好像撞破了她的胸腔,她的大脑一片空白,却迈开两腿跑了过去。那只冰凉的手一把掩在了他的口边,车流纷纷从她和他的身旁飞驰而过,她懊恼地,心疼地,气愤地,挥动着小拳头:"干什么瞎说!瞎说什么!真的出事怎么办……"

说不出来是喜悦,是感动,是心疼,还是别的什么,周逸晓的眼睛里冒出晶晶亮亮的泪花,那只手紧紧地掩在他的口边,死死地掩住,就像她一松手,会从里面飞出一只可怕的小怪兽。

黄侠的嘴想咧开,可是怎么都咧不动,他笑都笑不出来,眼睛里流出了泪花,他一把将她揽进了怀里,只是呵呵地傻乐着。在他这番惊心动魄的表白和死缠烂打之下,他的心上人算是缴械投降了,但是她却只是答应暂时和他在一起,能不能发展为恋人还要看以后他的表现来决定。黄侠嘿嘿地乐着,一个风流大少,三十要出头的大老爷们,好像没谈过对象一般,欣喜着,激动着。他想,周逸晓就是他这辈子的克星呢!

周逸晓说,他要和以往的所有女人划清界限,他答应了;她说,不要在公司里表露他们的关系,不要让同事们知道,他和她在处"朋友",他也答应了。

然后周逸晓就说:"那你可以回去了。"

黄侠说:"就这么就回去了? 我可是辛苦了半宿。"

"那你要怎么样?"周逸晓拧眉。

黄侠眼睛像两只大灯泡一般,一把将她扯进了怀里,在她那张微微嗔怒的小嘴上啪的印上一吻:"行了,我可以走了。"

他又松开了她,然后倒退着往后走,几步之后,他又一个转身,快步走向了他的车子。周逸晓一直看着他钻进车子里,又看着那车子划出一道优美的弧线消失在夜色里,她还尴尬地站在那里,脸颊上像燃着了两团小火苗。

死东西,就知道他是个大流氓! 周逸晓在心里把黄侠大骂了一百遍。然而骂归骂,心里却又浮起丝丝的甜。

她钻进被子里,一会儿朝着东面躺,一会儿又朝着西面躺,一会儿闭上眼睛,一会儿眼睛又睁得像铜铃一样,最后又一把将被子蒙过了头顶。

虽然她不让黄侠在公司里表露她和他的关系,但黄侠却总会在她早去的时候给她一个小惊喜。比如,她习惯早到,而他便到得更早,在她进办公室之前,在她的桌子上放上一枝玫瑰。当她拾起那枝玫瑰放在鼻子底下轻嗅的时候,又看到他站在门口处对着她弯着唇角,笑得温和璀璨。

他对着她挥挥手,然后就走了。周逸晓站在办公桌后面,好半晌才将他带给她的丝丝悸动平复。

"哎,哪来的花啊? 真漂亮!"同事小李进来了,一把抢过了她手里的玫瑰搁在鼻子底下闻了闻,"周逸晓你在谈恋爱呀?"

周逸晓一时不知该如何回答,只忙乱地伸手夺过了那枝花,随口说道:"路边捡的。"

"哟,那你告诉我在哪儿捡的,我也去捡一枝。"小李说。

周逸晓没词了,把花往自己的水杯里一插:"你来得太晚了,现在估计早就没了。"

小李听了便不以为然地撇撇嘴。

周逸晓工作的时候,玫瑰的香气会一阵阵地往她鼻孔里钻,她的眼前总是会浮现他站在门口对着她扬起唇角,笑得温和璀璨的模样。她发现,她的心,真的乱了。

"一会儿晚点儿出去,等着我。"快下班时,黄侠发了个信息过来。周逸晓挑挑眉,故意磨蹭着,直到办公室里所有的人都走光。

"周逸晓,你还不走啊?"小张问。

周逸晓说:"我工作还没做完。"

所有的人都走了,周逸晓才拿着包从公司出来,站在大厦的外面,她的心咚咚地跳着,视线里,黄侠的车子驶了过来。车门打开,他对着她一扬眉:"上车!"

周逸晓背后的两只手揪在一起,犹豫了一下,上了他的车子。他的车子里很干净,周逸晓也不是第一次坐了,以往总会有些女人的香水味蹿入鼻端,但是现在,很清新的一种味道,她看见他的车前挡放着一盒空气清新剂。

"我要去餐馆呢!"逸晓提醒了一句。

黄侠说:"不能不去?"

"不能。"周逸晓回答干脆。

黄侠便只得说:"那好吧!"

他把周逸晓送去了餐馆的门口,她下车的时候,他说:"你下班的时候我过来接你,然后我们去吃宵夜。"

周逸晓嗯了一声。

一连忙了好几个小时,工作结束的时候,周逸晓虽然很累,但心情却没来由地好。黄侠的车子早就停在了餐馆的不远处,周逸晓下意识地往外面看过,他的车子在她下班之前至少半个小时就已经停在那儿了。她不让他靠得太近,他便离得远远的。

周逸晓走过去的时候,黄侠对着她弯起了唇角,漾出一抹动人的笑来。周逸晓的心跳倏地一下就漏跳了半拍。

"走了,我们去吃宵夜。"黄侠动听的嗓音在车子里扬起,周逸晓的两颊微微发热,她走过去,拉开车门,坐进了他的副驾驶位。

"以后不要接送我好吗?"她侧头,明亮的眼睛看着他。

黄侠说:"为什么?"

周逸晓说:"这样不好,别人都会对我指指点点的。"

黄侠无奈地笑笑:"好吧,不送也不接。"

十点钟的街市仍然热闹,一辆辆的车子穿梭不停,像点着一个个小灯笼。黄侠把车子停在一家二十四小时营业的饭店前,周逸晓跟他一起下了车子,两人坐在了靠窗的位置,在这里可以看到外面迷人的夜色。

周逸晓还没有坐下,就有一种奇怪的感觉,好像哪里不对劲儿似的,她的眸光下意识地一瞧,就见斜前方一个位子上,坐着五六个青年男女,大学刚毕业的模样,一张张脸上朝气蓬勃,正笑呵呵地说着什么。其中一个青年男子,正望着她,目光耐人寻味。

周逸晓心里打了个突,在那一瞬间,忽然间觉得有些尴尬。

"先生,三百二十块,请买单。"服务员小姐恭恭敬敬地站到他们的面前。

黄侠从兜里掏出那看起来十分精致名贵的皮夹来,皮夹打开,周逸晓看到里面各种各样的卡片,普通银行卡、白金卡、钻石卡,在他修长的手指掏抄票的时候,在她的眼前晃过,她听到了那个女服务员低低抽气的声音。

黄侠抽出几张粉色钞票来:"不用找了。"他把那些钱递给服务员,就又把皮夹折好收进了衣兜。

"你怎么了?"黄侠的手覆上她的。

周逸晓垂下头,那只被他攥住的手忽然间一缩。对面的餐桌旁,那几个青年男女还在谈笑风生,可是周逸晓却觉得声声都是讽刺似的。

她忽然间抓起了自己的手包,向外面跑去。黄侠不明所以,拧眉追了出去。

"喂,周逸晓!"在踏出饭店的台阶时,他追上了她,攥住她的胳膊。"你怎么了?"

周逸晓用力挣了一下,但没挣开,她低着头,一声都不吭,但明显的不对劲儿。黄侠心底疑惑重重,他一只手拈起了她的下颌,让她的眸光迎向他的:"你到底怎么了?"

周逸晓忽然间用力地抹了一把眼睛,带着哭音说:"我不能和你在一起了,你不要再去找我了。"

"喂,你发什么疯!"黄侠恼了,一把就扯住了她的胳膊。

周逸晓用自己的手包砸开他的手:"我觉得我很没脸,根本就是一个拜金女人,还装清高!"她的眼泪刷刷地掉下来,她胡乱地去抹。

黄侠又惊又叹:"你到底怎么了?好好的,闹什么呢!"

"我没闹什么,我们就是不应该在一起!"周逸晓挣开他,迈开步子就走。

黄侠心底窝了火,也没去追,这个时候,从饭店里走出一对青年男女,嘻嘻哈哈有说有笑。

当中一个男子目光落在他的脸上,似乎是笑了笑,黄侠觉得这人似乎在哪儿见过。

一个女孩子说:"小林,那个女孩就是你相过的那个?看起来就是拜金女嘛,还好你没和她在一起……"

黄侠的耳根跳了跳,额头的青筋也跳动起来。他的手攥紧成拳,捏了捏,迈开步子走向自己的车子。一年前的那一幕被拉回到了他的脑海,她在相亲,而他的心里酸不溜丢的,就过去没头没脑地说了几句。现在,过去了那么久,那几句话又清晰地在耳边回响:"逸晓的标准呢,也不高。玫瑰花园的四室两厅有一处就行了,外加一辆宝马X6,就行了。"

他的脸上忽然间热了起来……

一晚上没睡好,黄侠自己拿了一瓶酒,坐在沙发上喝,心里总是不是滋味,越琢磨越不是滋味,就是难受,说不出来为什么。也许是她的眼神,她眼中突然间生出来的嫌恶。也或许是自己的脑子里的金钱至上,是呀,不是所有的女孩子都像他曾经有过的那些女人们,总有一些,是纯真的,爱情至上的。

他又喝了一口酒,心里头还是闷得慌。于是又披上外衣出去了,除了徐长风那个有家有妻有小的人没被他招起来,几个从小玩到大的发小都被他折腾到了酒吧。

开了个房间,他让那几个人陪他喝酒,

黄侠一向是个洒脱乐观的性子,会这样闷闷不乐,愁眉不展,众人都很奇怪,有人就笑呵呵地一拍他的肩:"喂,怎么跟媳妇被人抢了似的,这不像你呀!"

黄侠郁闷的手一挥,把那人的手挥开:"去去去,别给老子废话,喝酒!"

他又把酒杯举了起来,那几个人你看看我我看看你,都呵呵一笑,跟他碰了碰杯子。

那几天黄侠每天都喝酒,心里就是闷得慌,到家倒头就睡,白天上班,也是闷声不响,处理完公务就走。

这一天,一股强烈的念头驱使着他走到了公关部,他往里面看了一眼,职员们都在认真工作,可是他的浓眉很快就皱了起来,周逸晓的位子上坐着一个年轻女孩儿,相貌陌生。

"你,过来。"他对着位子最前面的小李说,小李见老板脸色不好,心里头有些忐忑。

心里打着鼓走过来,"老板,您找我。"

"我不找你,我找周逸晓。"黄侠沉着脸说。

小李心一抖,"周……周逸晓,已经辞职了。"

轰的一下,黄侠几乎呆立当场。小李只见到她的大老板那张英俊的脸一会儿青,一会儿白,青青白白过后,忽然间一转身,大步往外走去,她感到莫名其妙。

黄侠一直来到大厦的外面,头脑中还有一股力量不停地冲撞着。他怎么突然间就辞职了呢?这样不声不响的,就不辞而别了。黄侠想不明白,自己就那么让她厌恶吗?以至于,连招呼都不打,放弃黄氏这么好的工作,不告而别?

黄侠好半晌都不能让自己狂乱的心绪平静下来,他坐进车子里,握着方向盘的两只手在发抖,从没有过一个女人让他这样,这般失魂落魄过。

湿淋淋的一场雨过后,空气泛着潮湿,这是南方的一个小镇,虽然北方已是寒冬,这里草木依然青碧。半月前应聘于当地一家幼儿园的周逸晓骑着自行车从镇上的幼儿园回来,她一路慢悠悠骑着,脑子里时而掠过一丝熟悉的景象,有片刻的出神后,她晃晃头,继续前行。

黄侠从朋友那里借了辆越野车向着从公司档案资料上记来的地址慢慢开去。眼前是不同于北方大都市的景色,一棵棵椰子树从车窗外缓缓晃过,眼前却是一条三岔路口。他正寻思着该怎么走,车前挡处有人影一晃,他暗叫了一声不好,忙向右侧打方向盘,但是那个人影还是倒了下去。

黄侠停了车子,忙下去查看,却从路边蹿出一个人来,一把揪住他:"喂,你撞到我哥了,你怎么开车的!"

黄侠心一惊,定睛往那个趴在地上的人瞧过去,那人好像很痛苦的样子,伏在地上,嘴里哎哟哎哟地叫着。

"对不起,我马上送他上医院。"黄侠说着就要往那个趴在地上的人走去,可是身旁的瘦小男子紧紧地拽住他,"上医院做什么?医院远着呢!"那人松开他,又过去扶起地上的人,"我们看你也不像本地人,这样吧,你掏五千块钱,你就走吧,我们自己去医院。"

黄侠一听,心底便起了疑,再一想想刚才的情形,这两个人确是从路边冲出来的,莫非遇到了碰瓷的不成?

"喂,你给不给呀!再不给我们报警了!"那个自称为弟弟的人又吼道。

黄侠眉一拧:"那就报警吧,让警察来解决这件事。"他边说边从兜里掏手机要打电话,那个瘦小男子突然间扑了过来,一把刀子对准了黄侠的胸口,"把手机给我,不然我捅死你!"

黄侠心一突,手机慢慢递向瘦小男子,瘦小男子接过手机又说:"把钱都给我,我就让你走。"

黄侠手指捏紧,那把刀子尖就抵着他的胸口,他不能轻举妄动,他只能说:"好,你等着。"

他在瘦小男子锐利的眸光注视下,慢慢走向自己的车子,他从车子里把所有的现金都拿了出来,对着瘦小男子一扬手:"喏,都在这儿了。"

瘦小男子见状，便立即伸手去拿钱，黄侠趁机便夺了那人手里的刀，挥出一拳把他打翻在地。可是那个被称为哥哥的男子又扑了过来。黄侠被哥哥手中的刀子划伤了手臂，眼看着那人面目狰狞，一刀又捅过来，忽然身后有人影一晃，一记闷棍敲在了那人头顶，那人啊的一声，朝前扑倒。

　　黄侠低头瞧瞧两个趴在脚下的黑衣男子，再看看眼前突然间出现的可人儿，她满脸怒色，两只手举着一根不知从哪捡来的，有一个人手腕那么粗的木棍。

　　她伸脚踢了踢脚底下趴着的人，恨恨地骂了一句："不要脸，臭贼！"

　　黄侠呵呵地笑了起来，笑声朗朗，他上前一步，一把将那个日思夜想的可人儿抱进了怀里……

　　临近新年，阳光晴好，白惠推着两个孩子和林晚晴带着小开心在湖边散步，耳边有声音传过来，清清亮亮的，好听。

　　"我记得这儿有个雕像的，怎么没了？"

　　"什么时候有过啊？我怎么没看见过？"是一个男人的声音，有点熟悉，白惠瞧过去，却是乐了，竟然是黄侠。黄侠的对面站着一个年轻女孩儿，此刻正噘着一张小嘴："我就是看见过，不信你问问。"

　　黄侠拧着眉，问身旁遛狗的一大爷："大爷，这儿原先有个雕像吗？"

　　那大爷看看他又看看噘着嘴的周逸晓，压低了声音说："想要哄女朋友开心，这儿就有个雕像，不想哄，就没有。"

　　黄侠的脸上立刻古怪起来。

　　白惠咯咯笑了出来，这个情场浪子，竟然也有怕的女人了吗？真是一物降一物啊！

　　白惠笑笑，推着婴儿车和林晚晴一起往前走去。